C. E. Bernard

Das Lied der Nacht

Bist du bereit für die versteckten digitalen Bonusinhalte in diesem Buch? Mit der App »Dein AR Viewer« geht es sofort los! Scanne zum Beispiel den Buchumschlag, um dir das Lied der Nacht anzuhören, oder entdecke die Landkarte in Farbe. Am Ende des Buches findest du eine Übersicht aller Bonusinhalte, damit du nichts verpasst. Und noch ein Tipp: Scanne Seiten, auf denen ein weißer Fuchs versteckt ist. Viel Spaß beim Entdecken.

C. E. Bernard

DAS LIED DER NACHT

Roman

Deutsch von Charlotte Lungstrass-Kapfer

penhaligon

MIX
Papier aus verantwortungsvollen Quellen
FSC® C083411

Penguin Random House Verlagsgruppe GmbH FSC® N001967

1. Auflage 2021

Redaktion: Jennifer Jäger
Karte: Annika Walter
Umschlaggestaltung und -motiv: Isabelle Hirtz, Inkcraft
BL · Herstellung: MR
Satz: Mediengestaltung Vornehm GmbH, München
Druck und Bindung: CPI books GmbH, Leck
Printed in Germany
ISBN 978-3-7645-3263-5

www.penhaligon.de

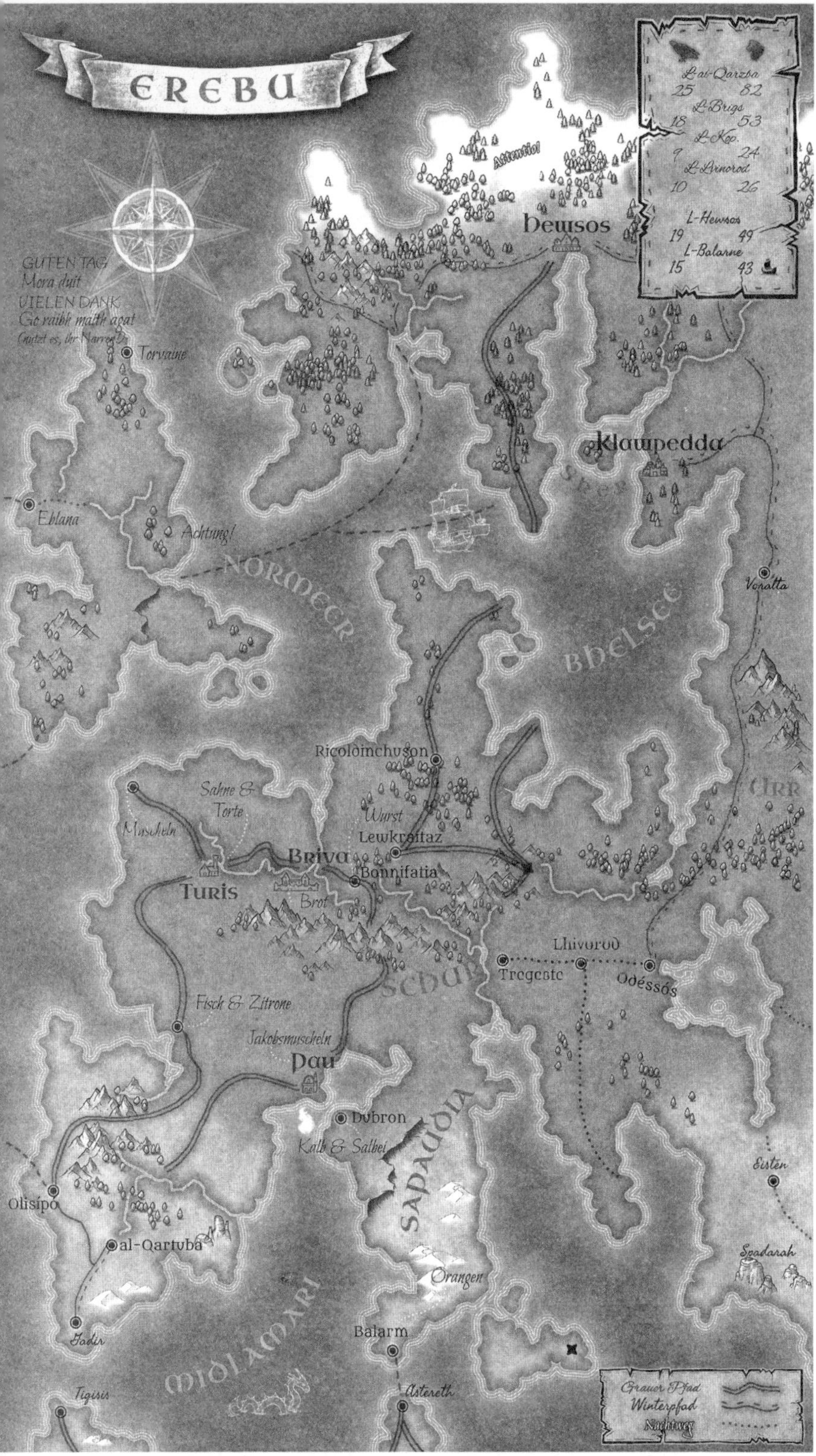
EREBU
L-al-Qarzba
25 82
L-Brigs
18 53
L-Kep.
9 24
L-Lhinorod
10 26
L-Hewsos
19 49
L-Balarne
15 43
GUTEN TAG
Mora duit
VIELEN DANK
Go raibh maith agat
Attentio!
Hewsos
Torvaine
Klawpedda
Eblana
Achtung!
NORMEER
BHELSEE
Voratta
Ricoloinchuson
Sahne & Torte
Muscheln
Wurst
Lewkraitaz
Briva
Bonnifatia
Turis
Brot
Lhivorod
Tregeste
Odéssós
Fisch & Zitrone
Jakobsmuscheln
Pau
Dubron
Kalb & Salbei
SAPADOIA
Olisípo
al-Qartuba
Orangen
Spadarah
Eistén
Gadir
Balarm
MIDLAMARI
Tigisis
Astereth
Grauer Pfad
Winterpfad
Nachtweg

Für den Barden, der befand,
dass die Fantasie ein Menschenrecht ist

Des Nachts erwachen die Geschichten.

Schnell fliegen sie dahin in den fahlen Stunden des Zwielichts, dem bläulichen Dunkel der Dämmerung.

Denn Geschichten, müsst ihr wissen, Geschichten reisen unaufhaltsam wie das Licht, über breite Straßen und verschlungene Pfade, durch Wälder und über Berge, selbst über das weite Meer. Ein geflüstertes Wort, mehr braucht es dazu nicht. Eine leise Melodie. Ein Stückchen Garn, einen Tropfen Tinte, eine tapfere Seele.

Erinnert euch.

Erinnert euch an die Geschichte, die keine Stimme mehr hat, an das Lied, das nicht mehr gesungen wird. Erinnert euch an die mächtigen Türme, an die Melodie der Nacht, an die hohen Brücken weit über dem Meer.

Erinnert euch, wohin euer Herz euch führen wollte, bevor Furcht auf allen Wegen wandelte.

Ich werde euch dabei helfen. Schürt das Feuer und rückt dichter zusammen, lasst euch nicht schrecken von meinen Narben und dem Blut auf meinem Mantel. Wenn ihr euch zu mir setzt, singe ich ein Lied für euch, und ich erzähle euch eine Geschichte. Sie beginnt in einem finsteren Tal mit hohen, schneebedeckten Bäumen. Auf einer uralten Straße, einst breit und stolz, nun stumm und grau. Sie beginnt mit einem einsamen Wanderer in den fahlen Stunden des Zwielichts, im bläulichen Dunkel der Dämmerung.

Sie beginnt mit einer Frage.

Fürchtet ihr euch?

1

Das Massaker am Pass

Sie waren überall heutzutage, die Fremden.

Da war man sich einig im Tal von Schur, tief versteckt zwischen den hohen, zerklüfteten Bergen. Natürlich konnten die Leute damit nicht ihr eigenes Tal meinen. Hier gab es nur sehr wenige Fremde, kaum jemanden von außerhalb, seien es Kaufleute, Reisende oder Entwurzelte. Vor allem jetzt im Winter, wo der Pass im Norden durch den Schnee abgeriegelt war und die Höhlen im Süden von den Soldaten des Barons. Niemand reiste mehr über die Straße zwischen dem Nördlichen Pass und dem Südlichen Tunnel.

Niemand außer ihm.

Die Dämmerung senkte sich bereits herab, als der Wanderer den Grauen Pfad hinaufkam, jene einst so stolze, mit blütenweißem Stein gepflasterte Straße, die heute kaum mehr war als ein Schotterweg. Ein Mann, dem man wohl keinen zweiten Blick geschenkt hätte, wäre er nicht so groß gewesen und hätte er nicht eine so außergewöhnliche Stute am Zügel geführt – schwarz wie die Nacht war ihr Fell mit einem rötlichen Glanz. Doch selbst seine Größe, selbst sein prachtvolles Reittier, selbst das leicht beunruhigende Grau seiner Augen, schimmernd wie das Meer an einem trüben Morgen, wäre wohl nicht weiter aufgefallen, wenn er nicht leise vor sich hin gesungen hätte, während er ging: eine altbekannte, sonst so fröhliche Melodie. Traurig klang sie aus seinem Mund, traurig und wundervoll zugleich. Er war der einzige Fremde, dem man hier im Tal begegnen konnte, er und seine Gefährten. Den Vagabunden nannte man ihn im Tal, denn er war auf unbekannten Wegen gereist, hatte Berge erklommen und Meere durchkreuzt, von denen man im Tal kaum zu träumen wagte. Er war der Einzige, der selbst im Winter den Pass überwand, der Einzige, der beide Meere gesehen hatte, das im Norden und das im Süden, auch wenn niemand im Tal von Schur sich wirklich sicher war, ob es so etwas wie ein Meer überhaupt gab. Seine Abenteuer waren Legenden, um ihn rankte sich so manche Geschichte. Und Geschichten begegnete man in diesem Tal mit äußerster Vorsicht.

Seinen wahren Namen kannten sie nicht. Für die Leute war er einfach nur ein Reisender mit einem Schwert, das eines Königs würdig gewesen wäre. Einem Schwert, das er nur zog, wenn es absolut unumgänglich war. Seine Schritte waren schwer, die Schultern gebeugt. Die Erschöpfung hatte von ihm Besitz ergriffen, war bis tief in seine Knochen gedrungen, hatte sich wie ein dicker, stumpfer Dolch in seine Muskeln gebohrt.

So erreichte er schließlich die Alte Wegscheide, an der einst der höchste Lampenturm des Tals gestanden hatte. Stark und unverwüstlich war er gewesen, aus weißem Stein aus dem Süden erbaut. Nun passierte der Vagabund nur noch eine Ruine, brüchige, unter dem Schnee verstreute Steine. Hier wandte er sich ab und betrat den Wald, wo er einem Pfad folgte, der sich nur jenen zeigte, die genau wussten, wo er sich befand.

In diesem Moment geschah es.

In diesem Moment erhoben sich die Schatten.

Noch bemerkte es niemand. Nicht die einfachen Dorfbewohner, die gerade die Lampen löschten und Türen und Fenster verriegelten. Nicht der Herr über dieses Tal, der Baron, in der höchsten Kammer seiner Festung, wo das Zwielicht durch zwölf schmale Schießscharten fiel, zwölf fahle Streifen auf seinen Körper zeichnete, während er zusah, wie sich die Nacht über das Land legte. Nicht der Wanderer und seine Stute unten im Wald, angetrieben vom schwindenden Licht ringsum, auch wenn die Erschöpfung an seinen Knochen nagte und an seinen Muskeln schabte.

Angetrieben von dem Wunsch, nach Hause zu kommen.

Immer schneller raubte die Nacht dem Himmel seine Farben, immer schneller eilte der Wanderer den Pfad entlang. Er konnte spüren, wie die Dunkelheit auf seine Brust drückte, wie die Berge immer näher heranrückten. Und als die Dämmerung endgültig schwand, tauchte kein einziger Stern am Himmel auf, kein silbriger Mond stieg über den Horizont. Nur undurchdringliche Dunkelheit legte sich über den halb vergessenen Pfad zwischen den Bäumen. Denn zu jener Zeit waren die Nächte finster, so finster, dass kein Stern und kein Mondstrahl sie durchdringen konnte. Wie ein erstickendes Tuch nahm sie einem die Sicht, diese Finsternis, Vögeln und Getier ebenso wie Männern, Frauen und Kindern. Schon bald sah der Wanderer nicht einmal mehr die Zügel in seiner Hand, den weißen Schnee, durch den er stapfte, den Pfad vor seinen Füßen. Das einzige Licht, das verblieb, kam von der silbernen Brosche an seiner Brust. Wie ein Stern war sie geformt, jener Stern, dessen heller Glanz am Himmel den nördlichsten Punkt markierte – wollte man der Legende Glauben schenken.

Bis plötzlich vor ihm in der Dunkelheit ein kleiner Schimmer erschien. Warmes, goldenes Licht flackerte irgendwo zwischen den schwarzen Bäumen auf.

Licht, das ihn wieder frei atmen ließ, Licht, das die Schwere aus Knochen und Muskeln zog. Auch sein Pferd warf den Kopf hoch, stampfte auf. Lächelnd drehte sich der Wanderer zu der Stute um und klopfte ihr den Hals. »Wir sind zurück, Raud«, sagte er leise, woraufhin sie glücklich wieherte und den Kopf gegen seine Stirn drückte.

Und so folgten die beiden dem Willkommenslicht, das seine Gefährten entfacht hatten, obwohl es im Tal von Schur unter Strafe verboten war, in der Nacht auch nur die kleinste Lampe zu entzünden oder mehr als ein Flüstern von sich zu geben, denn die Menschen und ihr Baron fürchteten, dass Licht und Lärm Fremde in ihr Tal führen könnten. Oder die Furcht heranlocken würden.

Durch das Licht fand der Wanderer schließlich nach Hause.

Tief im Wald lebte er, in einer vergessenen Poststation, die er instand gesetzt hatte. Sie lag am Ende einer Lichtung zwischen hohen Tannen und Fichten, deren Nadeln grün-blau schimmerten wie das tiefe Meer und die Luft mit ihrem würzigen Duft anreicherten. Schon während er sich dem Haus näherte, hörte er leise Klänge, die feine Melodie eines Liedes, das dort drinnen gesungen wurde, auch wenn es gegen das Gesetz dieses Tales und seines

Barons verstieß, auch wenn man dafür in den tiefsten und dunkelsten Kerker unter der Festung von Schur geworfen werden konnte.

Mit einem Lächeln auf den Lippen lauschte der Wanderer den leisen Klängen.

Und auch da.

Auch da krochen die Schatten unbemerkt durch das Tal. Lautlos und unüberwindlich glitten sie dahin, gehüllt in die undurchdringliche Finsternis der Nacht.

Der Wanderer brachte seine Stute in den Stall, den letzten von vielen, der dieser Poststation noch geblieben war, da seine Gefährten und er nur diesen einen wiederaufgebaut hatten. Nachdem er ihr den Sattel abgenommen und das schwarze Fell trocken gerieben hatte, schmerzten seine Arme. Nur für einen Atemzug lehnte er sich gegen die Stallwand, ließ sie einen Teil seines Gewichts tragen, und musterte seine Hände. Blau vor Kälte waren sie, aufgerissen und schwielig.

Er lehnte den Kopf gegen das Holz und schloss die Augen.

Nur für einen kurzen Moment.

Da hörte der Wanderer, wie eine Oud angeschlagen wurde.

Ohne den Kopf zu drehen, lachte er auf. Und er konnte das Lächeln in ihrer Stimme hören, als sie leise zupfend in der Gemeinen Sprache sagte: »Eine Sekunde lang dachte ich, ich müsste nur mit meiner alten Oud einen Pferdedieb verjagen.«

»Hast du etwa keine Wurfspieße bei dir?«, fragte der Wanderer. Seine Stimme war fast so rau wie seine Hände. Er räusperte sich.

Sie schlug die ersten Töne eines Liedes an und erwiderte mit ihrer weichen, tiefen Stimme: »Du kennst mich doch. Ich bin durch und durch Pazifistin.«

Noch einmal lachte er laut auf. Er drehte sich um.

Sah sie an.

Mit der Oud vor dem Körper stand sie vor ihm und zupfte mit langen, starken Fingern an den Saiten ihres Instruments, dieser entfernten Verwandten der Laute. Hochgewachsen und drahtig war die Bardin, das Haar so dunkel wie die Augen, die Fäuste so treffsicher wie ihre Worte. Sie trug eine enge schwarze Hose, darüber eine Tunika und ihre liebste Tassel aus feinster dunkelroter Wolle.

Er war ungefähr so groß wie sie, und in seinen Augen war sie wunderschön – ihr Körper, ihre Stimme, ihre achtlos geflochtenen Haare. Aber am meisten faszinierten ihn ihr Gesicht, ihr Lächeln und diese langen Finger mit den schwieligen Spitzen. Ihr raues Lachen – denn sie zog das Lachen stets dem Lächeln vor und das freche Grinsen noch dem Lachen.

»Estela vos sal, Caer«, begrüßte er sie in einer ihrer Lieblingssprachen, Pausian, gesprochen in einem Land an der Küste, südlich dieser Berge, das sie beide seit so vielen Jahren nicht mehr besucht hatten.

»Amics, ben sias benvengutz ara tornats sai«, antwortete Caer in derselben Sprache. Und dann grinste sie und fügte voller Überschwang hinzu: »Willkommen zu Hause, Weyd!«

Lächelnd ging der Wanderer auf die Bardin zu. Als er sie an sich drückte, begriff er endlich, dass er tatsächlich zu Hause war.

Und während die beiden einander umarmten, drangen

die Schatten am anderen Ende des Tals weiter vor. Dichter und immer dichter schoben sie sich an das Dorf Festra heran, das Dorf direkt am Pass, dreißig Meilen von der Poststation entfernt.

Caer drückte dem Wanderer die Oud in die Hand und nahm ihm die Satteltaschen mit den Nahrungsmitteln ab. Dabei schnupperte sie an den Lederklappen, um herauszufinden, was er mitgebracht hatte, womit sie ihm ein weiteres Lachen entlockte. Befreit klang es. Erleichtert. Weit hatte er das Tal von Schur hinter sich gelassen, um die Nahrung zu erstehen, in freundlicheren Gefilden am Fuß der Berge.

Und während Caer und Weyd die Tür des Posthauses hinter sich zuzogen, setzten sich die Bewohner von Festra in ihren Betten auf, von der Ahnung geweckt, draußen etwas gehört zu haben.

Die Kräuterfrau, die Stria, schreckte als Erste hoch. Ihr Wissen um die Kraft der Pflanzen und die Tatsache, dass sie ein paar Worte in der Sprache des Wassers beherrschte, hatten ihr diesen Ehrentitel eingebracht. Nur ein Sohn und eine Tochter hatten es bis ins Erwachsenenalter geschafft, und beide wohnten nun bei ihr, nachdem auch deren Kinder alle tot und begraben hinter dem Haus ruhten.

Die Alte schob die nackten Füße aus dem Bett und schlich zur Tür ihres Häuschens. Mit angehaltenem Atem lauschte sie, spürte, wie die kalte Winterluft den Schweiß auf ihrer Haut trocknete.

Und jenseits der Tür glitt ein Schatten heran, lautlos und sanft.

Vierzehn Schatten fielen in Festra ein, glitten zu den Häusern rund um den Markplatz, lautlos und zart wie ein Nebelstreif.

Viele Meilen weiter südlich verriegelte Weyd die Haustür hinter sich. Caer schleppte die Satteltaschen in die Küche, die selbst ihren starken Muskeln einiges abverlangten, während Weyd im Lesezimmer das Willkommenslicht löschte.

Die Poststation bestand aus zwei großen Räumen, dem Lesezimmer vorn und der lang gezogenen Küche hinten, an die sich noch ein Waschraum anschloss. Im Lesezimmer lehrten sie die Talbewohner an manchen Tagen fremde Sprachen. Denn benötigte man etwas von Feuer, Wasser, Tieren, Luft oder Klang, eigentlich von allem, was diese Welt durchstreifte, in ihr wuchs oder auch nur existierte, so musste man seine Sprache lernen und höflich bitten. Manchmal half das. Manchmal nicht. In dieser Hinsicht hatte die Welt Ähnlichkeit mit den Menschen. Es kamen nicht viele zu ihnen in das Lesezimmer, denn in Schur begegneten viele fremden Sprachen mit Misstrauen, und wer sie beherrschte, galt schon beinahe als Entwurzelter. So blieb dieser Raum selbst am Tag oft leer, und nachts war er düster und kalt, weshalb Weyd Caer eilig in die Küche folgte.

Sobald er über die Schwelle trat, schlugen ihm Licht und Wärme entgegen, strichen sanft über seine schmerzenden Füße und die müden Schultern. Hier nun war es endlich warm und trocken, und mehr als das: Über dem gefliesten Kamin war eine Seekarte an die weiß verputzte Wand gemalt, in der Ecke stand ein hölzernes Bett, und die Mitte des Raums wurde von einem wuchtigen Tisch beherrscht. In den Regalen lagerten Gewürze aus all den Ländern, die der Wanderer bereist hatte; Thymian, Salbei und getrocknete Lorbeerzweige hingen von der Decke herab. Und vor allem waren hier seine Gefährten.

Zuerst ging er zu Bahr der Seefahrerin, eine kräftige Frau mit den grauen Locken und den blassen Brandnarben an Hals und Handgelenken, die gerade am Feuer beschäftigt war. »Wie geht es dir, Bahr?«, fragte er sie und legte ihr eine Hand auf die Stirn. Bei seiner Abreise hatte sie an einem Fieber gelitten. Sie schlug seine Hand weg und zog ihn in ihre Arme, bestimmt mit der Absicht, ihm sämtliche Knochen im Leib zu brechen.

»Kannst von Glück sagen, dass ich's geschafft hab, dir noch ein paar von den gerösteten Kastanien aufzuheben, so spät bist du dran!«, brummte sie. »Nichts als Ärger hat man mit euch Wanderern.«

Lachend löste er sich von ihr. »Immerzu wollen wir fort«, bestätigte er. »Ganz wie ihr Seefahrer!«

»Unverschämtheit«, murmelte Bahr, hielt ihn aber noch immer fest im Arm. Der Schein des Feuers zeigte ihm, dass sie wieder kräftiger aussah; ihre umbrabraune Haut schimmerte im Licht, war aber nicht mehr von kaltem Schweiß bedeckt. Und sie war wieder so bärbeißig, wie sie sich am wohlsten fühlte. Zufrieden ließ Weyd sie los.

Sofort wandte Bahr sich wieder dem Feuer zu und sprach leise auf die Flammen ein, um sie dazu zu bewegen, nicht allzu viel Qualm zu produzieren. Nun konzentrierte sich Weyd ganz auf den alten Jori, der bereits auf ihn zukam. Als Erstes untersuchte er den Verband an Joris Hand, der in sauberem Weiß leuchtete. Jori ließ sich diese Fürsorge gefallen, er genoss sie sogar, denn er legte seine faltigen Hände an Weyds Wangen und drückte einen herzlichen Kuss darauf.

»Siehst du, mein Junge, solange ich dein Gesicht noch packen kann, ist es nur halb so schlimm«, verkündete er fröhlich. »Meine Finger sind so gut wie neu, und dieser kleine Zwischenfall mit Bahrs besten Küchenmessern ist schon halb vergessen. Ich hätte sogar schon wieder unterrichten und die lästigen, fremdartigen Worte aus der Sprache der Murmeltiere und Mäuse an die Tafel im Lesezimmer schreiben können, wenn irgendeiner dieser Talbewohner mal hier aufgetaucht wäre.«

Seine Stimme klang unbeschwert und volltönend. Niemand wusste, wie alt er genau war – nicht einmal er selbst –, doch er sagte oft scherzhaft, er sei älter als so mancher Stern. In seinen Augen lag stets ein schalkhaftes Funkeln, sein weißes Haar war stets zerzaust, seine Ohren riesig und das Gesicht mit dunklen Altersflecken übersät. Auf dem Kopf trug er einen Hut mit einer Feder, die ein prachtvoller blauer Vogel in den Bergen ihm freiwillig überlassen hatte, denn Jori beherrschte die Sprachen fast aller Tiere zu Land und zu Wasser und wäre eher gestorben, als einem von ihnen ein Haar zu krümmen, weshalb in der Poststation auch kein Fleisch auf den Tisch kam.

Weyd wandte sich dem letzten Mitglied ihrer kleinen Schar zu und beugte sich zu Bellitas hinunter, der neben dem Tisch saß und interessiert die Rüben, Kartoffeln, Kohlrabi und Kohlköpfe musterte, die Caer gerade auspackte. Jori hatte eines Tages mit dem weißen Fuchs Freundschaft geschlossen, der nun tagsüber meist schlafend bei ihnen am Feuer lag, um nachts im Tal auf Jagd zu gehen, wobei er so weite Kreise zog, dass er sogar bis zum Pass und bis nach Festra streifte. Bellitas ließ sich von Weyd den Rücken streicheln und unter dem Kinn kraulen, doch selbst als ein wohliges, leises Schnurren Weyds Finger vibrieren ließ, verharrte der scharfe Blick des Tieres auf den Satteltaschen. Offenbar hatte sein Geruchssinn dem Fuchs bereits verraten, dass ganz unten in den Taschen noch einige Winterbeeren warteten. In Bezug auf die angenehmen Dinge des Lebens war Bellitas wahrhaft unersättlich, seien es nun Essen, Trinken, Streicheleinheiten oder Musik.

»Gehst du heute gar nicht auf die Jagd, mein Freund?«, erkundigte sich Weyd in der Gemeinen Sprache, denn so viele menschliche Sprachen des Kontinents er auch beherrschte, die Sprachen der Tiere gehörte nicht dazu. Bellitas hingegen verstand die Gemeine Sprache der Menschen zumindest gut genug, um nun seine Hand zu lecken, wohl auch, weil sie schön salzig schmeckte. Nein, der Fuchs war in dieser Nacht nicht auf die Jagd gegangen, denn die liebevolle Aufmerksamkeit hier in der Poststation war der Wildnis draußen doch eindeutig vorzuziehen. Wäre er gegangen, so hätten sie ihn niemals wiedergesehen, denn er wäre auf vierzehn lautlose, unüberwindbare Schatten gestoßen. Und die Bewohner der Poststation ertrugen Verluste nur schwer. Die meisten von ihnen hatten bereits zu viel verloren, bevor sie Teil dieser bunten Schar wurden, in der man gemeinsam allen Gefahren trotzte, manchmal sogar dem eigenen Wahn.

In Festra stieß die Stria den Atem aus und wandte sich von der Tür ab. Selbst dieses zarte Geräusch hallte dröhnend laut in der Nacht wider. So leise wie möglich schlich sie zu ihrem Bett zurück und zog ein altes Schwert darunter hervor. Gehegt und gepflegt hatte sie es, wie ihre Kinder, die der Tod geholt hatte. Schnell warf sie sich einen

Umhang über, bevor sie sich in der Dunkelheit ihrer Tochter und ihrem Sohn zuwandte.

In der Poststation ging Caer zu Weyd hinüber, zog ihm die Reisetassel von den Schultern und scheuchte ihn zu einem Stuhl. »Macht Platz für unseren strahlenden Leitstern, ihr Bauern! Macht Platz für den Wanderer! Macht Platz für Weyd den Weltenbummler!«, rief sie in der Gemeinen Sprache, der einzigen, die sie alle verstanden.

»Schrei nicht so, midons«, mahnte Weyd gutmütig. »Obwohl deinesgleichen wahrscheinlich gar nicht dazu in der Lage ist, leise Töne anzuschlagen.«

»Leck mich, mos segurs«, erwiderte sie freundlich, und benutzte den Kosenamen, mit dem sie ihn so gern aufzog. »Überlass es den Menschen in Schur, mich Krähe zu schimpfen und nachts nur zu flüstern, und setz dich endlich.«

»Ich würde mich geehrt fühlen, wenn man mich als Krähe bezeichnen würde«, stellte Jori wie schon so oft fest. Caer schnaubte nur und warf dem Alten die Tassel des Wanderers zu, der sie grinsend am Feuer aufhängte. Dann schlug Caer Weyd noch einmal kräftig auf die Schulter, bevor sie ebenfalls zum Kamin ging, sich kurz die Hände wärmte und die brummige Bahr in eine feste Umarmung zog, ob es der Seefahrerin nun passte oder nicht. Hin und wieder bezeichnete Caer Weyd als ihren Leitstern, als strahlendes Licht, oder sie sang die Balladen, die bereits von dem Wanderer berichteten, was Weyd aus nur ihm bekannten Gründen von Herzen verabscheute. Er rächte sich dann, indem er sie midons nannte und laut die Vorzüge von Ruhe und Frieden betonte. Selbstverständlich ließ sie sich dadurch nicht abschrecken, dazu machte es ihr und den anderen viel zu viel Spaß, ihn zu triezen, wo er doch oft so still war, sein Lächeln und seine Lieder so traurig.

Doch nicht heute. Heute ließ sich Weyd mit einem zufriedenen Ächzen auf den Stuhl fallen. Endlich, endlich konnte er die Stiefel ausziehen und die langen Beine den wärmenden Flammen entgegenstrecken.

Caer ließ sich im Schneidersitz an dem behaglich prasselnden Feuer nieder, legte ihre Oud auf ihren Schoß und bat den Klang, nicht weiter vorzudringen als bis zur Tür. Sie beherrschte die Sprache der Klänge, und keiner von ihnen hatte Lust, sich plötzlich einer Horde von Holzfällern mit gezückten Äxten gegenüberzusehen. Mit den Holzfällern von Schur sollte man sich nicht anlegen, denn es gab enorm viele von ihnen, und sie brachten allen Entwurzelten ein tiefes Misstrauen entgegen. Denn der Baron selbst hatte mit Gesten großen Bedauerns sichergestellt, Jahr für Jahr, dass sie wussten, wie leicht sie zu ersetzen waren, durch wandernde Arbeiter, die im Frühling zuhauf den Pass hinaufkommen würden.

Deshalb sorgte die Bardin dafür, dass von ihrem Lied nichts nach außen drang. Sobald der Klang sein Einverständnis gegeben hatte, stimmte sie eine fröhliche Melodie an. Sie sang eine Ballade von der schönen weiten Welt dort draußen. Und Jori legte Weyd den Arm um die Schultern, während Bahr die Seefahrerin den Fuchs Bellitas mit saftigen roten Beeren fütterte, die so herrlich auf der Zunge zerplatzten, und sie gemeinsam dem Gesang der Bardin lauschten, untermalt von dem Knacken der Kastanien über dem Feuer.

Die Stria von Festra hatte kein Feuer. Sie konnte nur mit steifen Fingern ihr Schwert packen und ihre Kinder wecken. Fest drückte sie die Hand auf ihre Münder, damit sie bloß keinen Laut von sich gaben.

Vor der Tür glitten die Schatten heran.

Nur ein Schritt zur Tür. Ein langsamer Schritt. Und dann noch einer.

Lautlos näherten sich die Stria und ihre Kinder der Hintertür, den Blick unverwandt auf die Haustür gerichtet. Kaum ein Atemzug schaffte es über ihre Lippen.

Draußen.

Schatten an der Schwelle.

Sie waren bereit.

Die Stria und ihre Kinder stahlen sich durch die Hintertür, als in Festra das erste Zischen ertönte, das erste dumpfe Dröhnen, das erste Flüstern. Das Zischen einer Flamme, die unter einem Wasserstrahl erstickt. Das dumpfe Dröhnen der Trommeln in den tiefsten Tiefen der Berge. Das Flüstern, rau und unverständlich. Nur spüren konnte man es, denn es legte sich um das Herz und ließ es erstarren. Die Stria legte eine Hand an die Brust, wo doch eigentlich ihr Herz schlagen sollte. Stattdessen spürte sie nur entsetzliche Stille.

Für einen Moment stand sie nur da, wie betäubt.

Die Stille.

Und in der Stille das Flüstern. Das Dröhnen. Das Zischen.

Die Schatten waren gekommen.

Während die Stria dastand mit der Hand auf der Brust und das Entsetzen ihr den Atem nahm, setzten sich die Freunde in der Küche der Poststation zum Essen zusammen.

Die Flammen im Kamin tanzten fröhlich knisternd mit den Schatten an der Wand. Warmes Brot gab es und dazu die Kastanien, die sie im Herbst von dem mächtigen Baum hinter dem Haus gepflückt hatten. Dann sang Caer noch eine Ballade für sie. Diesmal ließ sie die dichten Wälder von Klawppeda vor ihnen entstehen, Bäume mit salzverkrusteter Borke, die direkt aus dem Meer emporwuchsen. Sie sang von Roggenstockbrot, gebacken über einem Lagerfeuer am Strand, gewürzt mit Kümmel und Koriander.

Sie hörten die Trommeln nicht. Festra war zu weit entfernt, einen halben Tagesritt nach Norden, durch die Sorteid-Klamm musste man, bis an den äußersten Rand des Tales.

Doch die Stria hörte sie. Ihre Kinder hörten sie. Die Kühe, die Pferde und die Vögel hörten sie.

Caer sang von einem Hähnchen, das sorgsam mariniert werden sollte in Wein, Zitronensaft, Knoblauch und Rosmarin und nur mit letzter Not entkommen konnte, bevor es gerupft wurde. Entkommen wie die Vögel von Festra, die in Scharen über dem Dorf aufstiegen und flüchteten, während die Kühe, die Schafe und die Pferde ihr Entsetzen hinausbrüllten.

Das hörten auch die Menschen von Festra. Das ließ sie aus dem Schlaf schrecken.

Aus dem Schlaf schrecken, als die Schatten ihre Türen aufbrachen.

Caer sang die Geschichten von all den Wegen, die der Wanderer beschritten hatte, und von jenen, die man nur in Balladen erkunden konnte. Ein Lied folgte aufs nächste, bis ihre Gefährten sich nach und nach dem Schlaf ergaben. Ein Haus folgte aufs nächste, als die Schatten über Festra herfielen. Während Bellitas sich warm und sicher unter dem Tisch zusammenrollte, traten sie über die Schwellen der Häuser am Pass. Während Jori sich ins Bett legte, seinen alten Körper mit einem zufriedenen Lächeln auf der Strohmatratze ausstreckte, hoben sie ihre Klingen, scharf und tödlich, kümmerten sich weder um das flehende Flüstern der Erwachten noch um die letzten Träume der Schlafenden.

Während Bellitas leise schnurrend die Augen schloss, fielen die Schatten über den Milchmann her, über den Schuster und über den Schmied und schlachteten sie in ihren Betten ab.

Geduldig verfolgten sie jene, die vor ihnen flohen. Sie verfolgten die Stria und ihre Kinder auf ihrer Flucht zum Stall, in dem die Pferde tobten vor Angst.

Als die letzten Worte des letzten Schlafliedes in der Poststation verklangen, waren alle eingeschlafen bis auf die Bardin und den Wanderer. Während Caer ihre Oud zur Seite legte, hetzten die Stria und ihre Kinder in Festra zur Stalltür. Hinter ihnen glitt ein Schatten heran.

Langsam.

Geduldig.

Tödlich.

Nach und nach schwand die Glut aus den Kohlen im Kamin, während der Wanderer auf seinem Stuhl saß und sich alle Mühe gab, nicht zur Bardin hinüberzusehen. Nicht ihre Haut zu mustern, braun wie die Bronzespitzen ihrer Pfeile, nicht zu beobachten, wie sich die sterbende Glut in ihren Augen spiegelte.

Ihre Schultern berührten sich. Ihre Arme waren stark, da sie oft mit Wurfspeeren und Bogen hantierte. Sicher war sie es, die sich zu ihm gebeugt hatte. Fast hätte sich ein wehmütiger Laut über seine Lippen gestohlen. »Bist du nicht müde, Caer?«, fragte er.

»Doch«, antwortete Caer.

»Tja.« Er schwieg kurz. »Ich auch.«

Trotzdem machte keiner von ihnen Anstalten aufzustehen. Nachdem er so lange unterwegs gewesen war, nachdem er bis nach Briva gewandert war, in die Blaue Stadt oben im Norden, wollte er in ihrer Nähe sein.

Überallhin war sie mit ihm in den vergangenen acht Jahren gereist, hatte ihn blutverschmiert gesehen, schlammverklebt, oftmals auch beides gleichzeitig. Hatte gesehen, wie sich seine Hand voller Verzweiflung um den Schwertgriff legte, wie seine Muskeln sich bis zur Schmerzgrenze spannten, wie er dem Tod ins Gesicht sah. Das alles hatte sie gesehen und war trotzdem noch hier. Auch in stillen Momenten wie diesem, zusammen an einem sterbenden Feuer, mit dem Duft von Thymian, Salbei und Kiefernnadeln in der Nase, wenn er sich die Frage stellte, ob sie vielleicht dasselbe empfand wie er.

Ob auch sie ihn liebte.

Und wenn er nichts sagte? Würde er dann mit neunzig – falls er so viel Glück hatte – auf dem Sterbebett liegen und voller Stolz verkünden: Aber wenigstens habe ich es ihr nie gesagt?

»Hat der Baron während meiner Abwesenheit etwas von sich hören lassen?«, fragte der Wanderer schließlich.

»Er war sogar hier.« Sie versuchte, es ungerührt klingen zu lassen, wenn überhaupt leicht belustigt, doch die leise Anspannung in ihrer Stimme war nicht zu überhören.

Er hob den Kopf. »Was wollte er?«

»Das Übliche«, erklärte sie achselzuckend. »Mich auf ein Bärenfell betten. Er hat wieder diesen schrecklichen Pelz getragen, weißt du, in dem er sich offenbar für unwiderstehlich hält.«

Weyd schwieg.

»Hör auf.« Sie warf ihm einen mahnenden Blick zu.

»Ich sage doch gar nichts.«

»Trotzdem höre ich, wie du dich sorgst. Eiserner Baron hin oder her, Lurin könnte mich niemals zu etwas zwingen. Klugerweise hat er es nicht versucht. Wahrscheinlich hatte er keine Lust, mit einem Pfeil in der Luftröhre zu enden.«

Plötzlich schien sich kaum noch Luft in Weyds Lunge zu befinden. Oder zu viel davon. »Danke, dass du auf die Poststation aufgepasst hast, während ich fort war.«

Deshalb war sie dieses Mal nicht mit ihm gekommen. Sie hatten entschieden, ihre Kräfte aufzuteilen. Dieser Winter war länger und kälter als alle, an die sie sich erinnern konnten.

Caer drehte sich zu ihm um, wobei ihre Schulter sich wieder gegen seine drückte. Ihr Blick war stechend. »Du musst dir nicht immer die ganze Verantwortung für alles aufbürden, Weyd.«

Er wich ihrem Blick aus. »Lass gut sein.«

»Du bist nicht allein«, betonte sie. »Und es sollte nicht dein Zweck sein, auf uns aufzupassen. Denn dazu sind wir sehr gut selbst imstande.«

»Und was sollte dann mein Zweck sein?«, fragte er betont scherzhaft. »Natürlich auf keinen Fall, für deine Sicherheit zu sorgen, auch wenn mir für einen erfahrenen Wanderer nicht viel anderes einfallen will.«

Caer lehnte sich noch näher zu ihm. »Mein lieber Wanderer, in einem kannst du dir sicher sein: Ich brauche niemanden, der mich vor dem Eisernen Baron beschützt. Lurin ist ein Schwein, nichts weiter.«

Es dauerte lange, sehr lange, bis er erwiderte: »Vielleicht bin ich das ja auch.«

Sie stieß frustriert den Atem aus. Nichts wünschte sich Caer mehr, als dass er sich einmal so sah, wie sie es tat: das Strahlen seiner Augen, sein warmherziges Lächeln, seine Verbundenheit mit all den Sprachen, mit den Wegen, den Karten, den Sternen und den längst vergessenen Liedern. Seine langen Finger, die Art, wie sich die Adern an den Unterarmen unter seiner Haut abhoben, sodass sie nichts lieber tun würde, als darüberzustreichen. Manchmal konnte sie an nichts anderes denken, wenn sie ihn ansah. Er hatte sie alle hier aufgenommen, sogar sie, obwohl sie nicht wie Bahr mit dem Feuer sprechen konnte, nicht wie Bellitas sogar in der finsteren Nacht sehen konnte, nicht die Raben dazu überreden konnte, ihre Reste mit der Gruppe zu teilen wie der alte Jori. Caer beherrschte keine andere Sprache als die der Klänge und keine andere Fähigkeit als das Singen von Liedern. Sie hatte nichts mitgebracht außer einer Oud und ihrer Stimme, die rau und kratzig gewesen war, schartig wie ein altes Schwert vom vielen Schreien. Und die Angst hatte sie dabeigehabt, dass sie nie wieder weich klingen, nie wieder heilen würde.

Weyds Herz begann zu rasen, als er plötzlich Caers Hand auf seiner spürte. »Ich wünschte, du würdest nicht so über meinen Freund sprechen«, sagte sie leise.

Er nahm ihre Hand in seine. Musterte sie im letzten Licht der glühenden Kohlen. Vorsichtig strich er über ihre spitzen Knöchel. Über ihre schwieligen Fingerspitzen. Während er nichts lieber getan hätte, als hochzusehen und sie zu küssen. »Dein Wunsch ist mir natürlich Befehl.«

Seine Stimme verriet ihn, verriet die Zärtlichkeit.

Die Nacht, die Dunkelheit, das sanfte Glühen der Kohlen machten ihn mutig. Vertrieben die Anspannung. Ließen den Gedanken in ihm erwachen, dass

vielleicht

vielleicht

alles gut werden würde.

Wenn er jetzt den Kopf hob, wenn er die Hand hob, wenn er sanft über ihre Wange strich, über ihre raue, wundervolle Haut …

Vielleicht würde sie gar nicht flüchten. Sie, die erfüllt war von Witz, Geist und aufrührerischen Liedern. Sie, der es auf ihren gemeinsamen Reisen nie an Gesellschaft mangelte, während er stets die Freudenhäuser aufsuchen musste, wenn seine eigene Hand nicht mehr ausreichte, um ihm Erleichterung zu verschaffen.

Und einen Moment lang dachte Caer, dass

vielleicht

vielleicht

alles gut werden würde, wenn sie jetzt seine Hand an ihr Gesicht hob, sie küsste, ihr Schandmaul dazu benutzte, ihm zu sagen, wie sehr sie ihn liebte.

Ja, die Nacht machte sie mutig. Denn dazu waren die Nächte bestimmt gewesen, bevor sie so finster geworden waren. In manchen Liedern erzählt man sich noch davon: Wie des Nachts ausgesprochen werden konnte, was man im hellen Licht des Tages nie wagen würde.

Sag es ihm, befahl sie sich.

Sieh sie an, befahl er sich.

»Weyd.« Ganz leise sagte sie es.

Und er hob den Kopf.

Während sich in der Poststation zwei Blicke trafen, stürzten in Festra die Stria und ihre Kinder in den Stall. Sie öffneten drei Stände. Griffen nach dem Zaumzeug. Die Pferde wieherten wild.

Im selben Moment glitt der Schatten in den Stall hinein. Ein Schatten nur.

Ein einziger.

Wandte sich ihnen zu in der Finsternis.

Nun wieherten die Pferde nicht mehr. Und die Stria spürte, wie ihr Herz verstummte.

Die Kräuterfrau drehte sich um. Packte ihr Schwert und starrte den gesichtslosen Schatten an. »Verschwinde«, flüsterte sie. »Wir lassen uns nicht von der Furcht beherrschen! Wie werden nicht das Knie beugen vor deinem Meister!«

Der Schatten antwortete nicht. Lautlos wandte er sich dem nächsten Stand zu.

Langsam
ganz langsam
teilte sich sein Mantel aus finsterster Nacht, und er zog ein Schwert hervor. Weiß. Weiß wie ein Feuer kalt und scharf war die Klinge.

Langsam
ganz langsam
schlug der Schatten zu.

Als die Klinge das Pferd berührte, starb es nicht einfach nur.

Es brannte. Wie durch Wasser glitt die bleiche Klinge, versengte Haut, Fleisch und Knochen, durchtrennte Muskeln, Mark und Sehnen, ließ alles zerfallen, zerfallen und verbrennen, als wäre das Schwert aus kaltem Feuer geschmiedet, aus weißen, gnadenlosen Flammen.

Der Sohn der Stria schrie auf. Die verbliebenen Pferde schlugen panisch aus. Blut spritzte aus dem brennenden Pferdeleib, ließ den Schatten anwachsen. Sein Körper blähte sich auf, das Schwert wurde breiter, schwerer, schneller, als er sich zu der Stria und ihren Kindern umdrehte. Schwarze Ranken schienen aus seinem Körper zu sprießen, lang, dick, gierig wie tastende Krallen der Furcht.

Wieder packte die Stria ihr Schwert, und mit einem Schrei stürmte sie los, stieß dem Schatten ihre Klinge in den Leib.

Das Schwert glitt einfach durch ihn hindurch.

Die Stria stürzte zu Boden, doch der Schatten fing sie auf mit seinen Ranken, ließ beinahe zärtlich seine Klinge über ihre Wange gleiten.

Sie fing an zu schreien, als ihre Haut schmolz, schlug wild um sich, konnte sich nicht befreien. Ganz sanft hob der Schatten die alte Frau hoch, als wollte er sie liebkosen. Eine Liebkosung voll unerträglichem Schmerz, denn jedes Stückchen Haut, das die bleiche Klinge berührte, verbrannte in ihrem tödlichen Feuer.

Ihre Tochter griff an.

Dass sich so etwas zutragen konnte, während Weyd und Caer in der Poststation am Feuer saßen, ahnungslos, sorglos, tief im Wald verborgen, und nur Augen füreinander hatten.

Kaum merklich glitten seine Fingerspitzen über ihre Haut. Und je länger er sie ansah, desto mehr Hitze strömte durch seinen Körper. Sie roch nach warmer Haut, nach dem Harzöl, mit dem sie ihre Oud polierte, nach Rauch, weil sie immer viel zu dicht am Feuer saß.

Und dann beugte sich die Bardin vor. Und der Wanderer wich nicht zurück. Keinen Zoll weit wich er zurück. Während die Schatten in sämtlichen Häusern Festras einfielen, jedes Tier, jeden Baum, jedes Kind, jede Frau und jeden Mann niederstreckten mit ihren kalten Klingen, während ihre Körper anschwollen von dem vielen Blut, ihre gierigen Rankenarme dicker und länger wurden, hungriger und hungriger, beugte Caer sich vor. Während der Bruder die Schwester mit aller Kraft zurückhielt, während die Stria halb erstickt nach ihren Kindern rief – fliehen sollten sie, fliehen –, schob sich Caer näher an Weyd heran als jemals zuvor. Er spürte ihren Atem an seiner Wange. Blickte in ihre Augen, sanft geschwungen wie der Körper ihrer Oud, schwarz wie die Kohlen im Feuer, so dicht vor ihm. Die Worte hatten schon fast seine Zunge erreicht.

Ich liebe dich.

Im selben Moment zogen Bruder und Schwester sich auf ihre Pferde. Im selben Moment streckte der Schatten sich ihnen entgegen, griff mit seinen dicken, lauernden Ranken nach den beiden.

Sie krümmten sich vor Schmerz, als die Ranke sie streifte. Schlugen schreiend um sich, während ihre Mutter hilflos zusah. Während der Schatten sie liebkoste. Verbrannte. Ihre Rippen zerquetschte. Lange, dicke, schwarze Ranken um sie schlang.

Im selben Moment jagten die von Furcht getriebenen Vögel aus Festra über die Poststation hinweg.

Caer nahm all ihren Mut zusammen und hob die Hand. Ließ die Fingerspitzen über Weyds Haut gleiten. Über seine Wange.

Und seine Lippen öffneten sich.

In Festra kämpften Schwester und Bruder, schrien. Und noch immer rief die Stria nach ihnen. Rief ihnen zu, dass sie fliehen mussten. Brüllte den Schatten an, damit er sie gehen ließ. In diesem Moment erhob sie erst zum vierten Mal im Leben ihre Stimme. Das erste Mal hatte sie bei der Geburt ihres ältesten Kindes geschrien. Das zweite Mal bei dem Aufstand der Singenden, der so viele das Leben gekostet und bei dem sie manches Enkelkind verloren hatte. Das dritte Mal im Stall, als der Schatten sie angriff.

Nun zum vierten Mal.

Zum letzten Mal.

Die Pferde ergaben sich der Panik. Sie gingen durch, brachen aus ihren Ständen aus und rannten los, fort, nur fort von dem Schatten. Bruder und Schwester klammerten sich fest, ohne Zügel, ohne Sattel, einfach nur festhalten. Sie bluteten, waren halb verbrannt, halb verkrüppelt, doch sie lebten. Und die Stria rief hinter ihnen her, rief und rief, während die Pferde kopflos auf die Stalltür zupreschten.

Der Schatten ließ sie entkommen.

Denn wie sollte sich der Schrecken verbreiten, wenn es keine Überlebenden gab, um davon zu berichten?

Der Wanderer hielt abrupt inne, als Bahr sich auf ihrem Platz am Feuer regte. Ebenso schnell huschte Caers Blick zu ihr hinüber. Dann grinsten sie sich plötzlich an, hätten beinahe laut gelacht.

Bis Caer es nicht mehr aushielt.

Und während Caer lachte

während Bellitas träumte, leise winselnd

während Jori im Schlaf Worte in der Sprache der Krähen murmelte …

und während Bahr kurz erwachte, schlaftrunken die Glut bat, noch ein wenig länger durchzuhalten, woraufhin die Reste des Feuers jammerten, sie wären zu müde, wollten nicht mehr, was sie mit einem brummigen »Na schön« quittierte, sich fester in ihre Decke wickelte und wieder einschlief

während die Glut Mitleid bekam mit Bahr und ihr stillschweigend ihren Wunsch erfüllte

während der Wanderer ansetzte, um Caer zu sagen, wie sehr er sich nach ihr sehnte

ihr endlich zu sagen, dass er sie liebte

war die Furcht ins Tal gekommen.

Eis und Schnee hielten sie nicht auf, auch kein unüberwindbarer Gebirgspass, keine gesperrte Höhle. Nein, Eis, Schnee, ein vernachlässigter Pass, verschlossene Tunnel und das Fehlen von Licht in der Nacht sorgten nur dafür, dass die Furcht sich heimisch fühlte.

Später hieß es, sie sei aus den Höhlen gekrochen oder aus den Tiefen der Berge emporgestiegen. Doch die meisten waren der Ansicht, es sei wegen der Entwurzelten geschehen. Weil heutzutage überall Fremde seien, weil die Fremden die Furcht mit sich gebracht hätten.

Wo die Furcht doch in Wahrheit in den Häusern mit den verriegelten Fensterläden gelauert hatte, auf den der Musik beraubten Marktplätzen, im Herzen des Barons, dessen Augen so sehr an Schießscharten erinnerten. Gelauert hatte sie, und gewachsen war sie, weiter und weiter, lautlos, verstohlen, über hundert, dreihundert, fünfhundert Jahre hinweg, bis sie schließlich bereit war, Gestalt anzunehmen.

In jener Nacht war sie so weit. Die Schatten waren gekommen.

Nachdem sie ihr Werk vollendet hatten, versammelten sie sich auf dem Dorfplatz von Festra. Langsam. Lautlos. Erbarmungslos.

Und als der Wanderer sich wieder zu Caer umdrehte, die Finger und die spitzen Knöchel streichelte, die er so bewunderte, in dem Wissen, dass er es ihr nun sagen würde …

waren sämtliche Bewohner des Dorfes Festra, der letzten Siedlung vor dem Pass im Norden, bereits tot.

Später würde man es das Massaker am Pass nennen, dem nur zwei Seelen lebend entronnen waren: Schwester und Bruder.

Sie ritt zur Festung.

Er ritt zur Poststation.

Weyd wusste nicht, wie lange er einfach nur Caers Hand gestreichelt hatte, nur die müden Finger seiner Bardin massiert hatte, während seine eigenen Glieder in der Wärme immer schwerer wurden.

Wie lang es auch gewesen sein mochte, schließlich blickte er auf

blickte Caer direkt in die Augen

und sagte: »Es gibt etwas, das ich dir sagen möchte, midons.«

Doch es war zu spät. Denn in diesem Moment brach der Bruder bewusstlos auf der Schwelle der Poststation zusammen.

2

Die letzten Worte der Stria

So fing es an.

Mit einem Bruder, der auf der Schwelle einer aufgegebenen Poststation zusammenbrach. Mit seiner Schwester, die in gestrecktem Galopp auf die Stadt Colmstat und die Burg Reuldum zupreschte.

Mit einem Bruder und einer Schwester, die allein die letzten Worte ihrer Mutter gehört hatten.

Während der Wanderer und seine Gefährten den Bruder von ihrer Türschwelle auflasen, erreichte die Schwester Colmstat, die Burgstadt am Fuß des Schlosses Reuldum, in dem Lurin residierte, der Eiserne Baron des Tales. Man gewährte ihr Einlass hinter die dicken Steinmauern, erlaubte ihr, die gepflasterte Straße hinaufzureiten, hinein in das alte, kalte Schloss mit dem hohen Festungsturm, der seit Menschengedenken noch nie erstürmt worden war. Drei Mägde führten sie die Wendeltreppe hinauf, in die höchste Kammer des Turms, vorbei an vielen, vielen Schießscharten, schmal und hell wie bleiche Augen. Und während sie Runde um Runde emporstieg, eine Stufe nach der anderen erklomm, musste sie an ihre Mutter denken, daran, was sie ihnen mit letzter Kraft hinterhergerufen hatte.

Ja, ihre Gedanken waren bei dem, was die Stria ihnen gesagt hatte. Im letzten Moment, als die Pferde sie aus dem Stall hinaustrugen.

Diese letzten Worte ihrer Mutter musste sie dem Baron überbringen. Er war es, der über Schur herrschte. Er war es, der sie beschützen würde.

Lurin, der Eiserne Baron, stand in der höchsten Kammer seines Festungsturms und war gerade dabei, sich anzuziehen, als es an der Tür klopfte. Da er nicht mehr trug als eine Hose und den Lederhandschuh, den er nur auszog, wenn er sich wusch, legte er sich ein Bärenfell um die Schultern, bevor er rief: »Herein!«

Ihm war auf den ersten Blick klar, dass die Frau, die seine Kammer betrat, einen langen, harten Ritt hinter sich hatte. Ihm fiel auf, dass ihr Haar auf eine Art geflochten war, wie man sie in den Dörfern im Norden des Tales fand, kurz vor dem Pass, in jener Gegend, die in Schur als die Grenze bekannt war, und dass sie kaum mehr trug als der Baron selbst. Dass ihr Nachthemd weit aufklaffte, ihre Hose zerrissen war, dass nur das getrocknete Blut diese Fetzen noch an ihrem Körper hielt.

Ein Auge war zugeschwollen, der Großteil ihres Gesichts verbrannt, ihre bloßen Füße waren schwarz vom Frost.

Und er wusste auch, dass dieses Mädchen unter der verbrannten Haut und dem vielen Blut sicher sehr schön war.

Drei Mägde hatten sie heraufgebracht, alle drei selbst sehr hübsch. Mit hinter dem Rücken verschränkten Händen stellten sie sich rings um sie auf, hielten aber Abstand. Die drei waren noch dürftiger bekleidet als der Baron, trugen nichts außer einem hauchzarten Stoffstreifen um die Hüften und um die Brust, unter den Armen mit goldenen Schleifen festgebunden, damit sie weder eine Klinge noch ein Fläschchen mit Gift am Körper verstecken konnten. Ihre Körper wurden jeden Morgen rasiert, komplett vom Scheitel bis hinunter zu den Füßen.

Auf einen Wink ihres Barons hin entzündeten sie die Fackeln in der Kammer, wie es nach Tagesanbruch rechtens war, damit der Baron sich die junge Frau gründlich ansehen konnte. Die Schwester wartete nicht ab, bis sie fertig waren, sondern setzte zum Sprechen an. Ihre zerschnittenen, gerade verkrusteten Lippen rissen wieder auf, und Blut tropfte aus ihrem Mund, als sie ihm berichtete, dass sie aus dem Dorf Festra zu ihm geritten sei. Dass wohl niemand dort die Nacht überlebt hatte.

»Es war eine finstere Nacht«, erwiderte der Baron, während er zwei Mägden signalisierte, zu ihm zu kommen und ihn weiter anzukleiden.

Sie schüttelte den Kopf, auch wenn es ihr ein schmerzerfülltes Stöhnen entlockte. »Nicht die finstere Nacht war schuld. Die kennen wir gut. Meine Mutter ist die Stria von Festra, wir kennen die finstere Nacht und wissen, dass man nicht auf die Einflüsterungen der Furcht hören darf. Und wir verschließen die Tore des Dorfes gegen Banditen und Gefahren, immer, aber welch ein Bandit könnte schon kommen, wenn der Pass blockiert ist? Nein, diesmal war es anders. Das war nicht die Nacht. Es waren die Schatten.«

»Was für Schatten?« Lurin zog fragend eine Augenbraue hoch, während die Mägde ihm eine schwere Eisenkette um den Hals legten. Nun musterte er die junge Frau mit mehr Aufmerksamkeit.

Ihr Anblick rief Erinnerungen wach.

»Aye«, bekräftigte sie. Aus einer Wunde an ihrem Bauch quoll Blut hervor. »Es waren Schatten, gehüllt in Mäntel schwärzer als die Nacht, mit Schwertern heiß wie Feuer.«

Eine der Mägde schnappte hörbar nach Luft.

Der Baron wandte sich ihr zu. Schnalzte leise mit der Zunge. Eine andere Magd streifte ihm die Freiherrenringe über die Finger der linken Hand, über den dicken Lederhandschuh. Jedes dieser Schmuckstücke war aus dem schweren Eisen gefertigt, das nur in den tiefsten Tiefen der Berge zu finden war, die das Tal umschlossen. An jedem Finger seiner Linken saß ein Ring, alle geformt wie kleine Ambosse. Dainte wurden sie genannt. »Also waren es schwarz gekleidete Fremde?«, fragte der Baron und drehte sich zu der Schwester um. »Reisende, Fremde, Marodeure, Entwurzelte?«

Sie schüttelte so heftig den Kopf, dass das Blut spritzte, weshalb die Mägde hastig zurückwichen. »Nein, nein, Herr, nichts dergleichen. So war es nicht. Meine Mutter hat einen von ihnen mit dem Schwert durchbohrt, bis zum Heft, doch es war nur ein Schatten. Weder Klinge noch Pfeil noch Bratpfanne konnten ihm etwas anhaben. Und dann hat der Schatten sie niedergestreckt, hat sie mit seinem Schwert verbrannt, die Klinge war wie weißes Feuer. Mich und meinen Bruder hat er mit Ranken aus Finsternis umschlungen, aber mein Bruder und ich sind geflohen, so schnell wir konnten. Wir haben es nur da rausgeschafft, weil unsere Mutter so lange gebrannt hat, so lange, ihre Haut hat gebrannt, und sie hat geschrien, gebrannt,

gebrannt, geschrien, und als wir wegritten, da hat sie gerufen …«

»Dein Bruder?«, unterbrach sie der Baron. Gerade griff die Magd nach seiner rechten Hand und schob den letzten Daint auf seinen Finger, lang und dünn war dieser, das Metall funkelte wie eine Klinge. Tur war der Name dieses Ringes. »Er hat überlebt?«

»Aye.« Das Mädchen zitterte.

Ganz langsam nickte der Baron. »Wie ist dein Name, *sora*?« Er sprach sie mit dem schurischen Wort für Schwester an. Gleichzeitig winkte er ab, als die Magd ihm weitere Kleidungsstücke bringen wollte. Noch immer trug er nur Hose, Lederhandschuh und Bärenfell, dazu seine Ringe und seine Kette.

Sie schluckte schwer. Blut quoll aus ihrem Mundwinkel. »Blanka aus Festra.«

Der Baron lächelte. »Knie nieder, *sora*«, befahl er.

Sie schwankte leicht. »Ich … Ich glaube, das kann ich nicht, Herr.«

»So ist das nun einmal mit Herrschern und Obrigkeiten«, erwiderte er sanft. »Man muss vor ihnen niederknien.«

Blanka sah sich nach einer Stütze um. Dabei streifte ihr Hilfe suchender Blick auch die Mägde, die still den Kopf gesenkt hielten.

Ächzend humpelte sie durch die Kammer zur östlichen Wand hinüber, wo der Glanz der aufgehenden Sonne durch die Schießscharten fiel. Eine Hand an den kalten Stein gepresst, sank sie langsam auf die Knie; schrie auf, als ihre Knie den Boden berührten, ihre Knöchel einknickten, die Verbrennungen ihr eine neue Schmerzenswelle schickten.

Der Baron sah zu, wie sie stöhnte, wimmerte, kämpfte. Dann ging er mit einem milden Lächeln zu ihr hinüber. Hob zärtlich mit der von Leder verhüllten Hand ihr Kinn an. »Gut gemacht, Blanka«, lobte er sanft. »Und nun sei ein braves Mädchen und sage mir: Wo ist dein Bruder?«

Jedes Wort bereitete ihr Schmerzen, trotzdem presste sie hervor: »Er hat sich auf die Suche gemacht nach dem Entwurzelten, der in den Wäldern lebt, und nach diesem alten Mann. Sie bringen den Leuten im Winter fremde Sprachen bei. Nach dem Vagabunden! Wir dachten, vielleicht kann er auch mit diesen Schatten sprechen …«

Der Baron nickte. »Gut gemacht, *sora*.«

»Herr«, flehte sie, »ich muss auch dort hin. Ich habe meinem Bruder versprochen, zu ihm zu kommen. Es geht ihm nicht gut.«

»Ich werde ihn für dich herbringen lassen. Willst du denn nicht bleiben, *sora*?«

Sein Finger glitt über ihr Kinn.

Sie wich zurück.

Das Lächeln des Barons verblasste.

Oh ja, wie sehr sie ihn doch erinnerte an eine andere Frau. Eine Frau, die nicht vor seinen Berührungen zurückgeschreckt war.

Doch das war vor langer Zeit gewesen, und Lurin, der Eiserne Baron, konnte sich kaum noch daran erinnern, wann er das letzte Mal bei jemandem gelegen hatte, ohne es befehlen oder in klingender Münze entgelten zu müssen.

Doch er wusste, dass er sich danach verzehrte.

»Blanka«, sagte er leise. »Möchtest du nicht ein wenig bleiben?«

»Nein, Herr. Ich muss zu meinem Bruder. Wir müssen unsere Mutter beerdigen. Wir müssen ... die Kräuter. Ich muss ihre Arbeit weiterführen, denn wenn ich es nicht tue, wer soll dann die Salben anrühren, die Tinkturen mischen und Erkältungen, Wunden und Herzschmerz behandeln?«

Er nickte langsam.

Dann packte er sie. Fest. Drückte den Daumen auf eine besonders schlimme Verbrennung.

»Blanka«, rief er über ihren Schmerzensschrei hinweg. »Hast du dich etwa gerade deinem Herrn verweigert?«

Blanka konnte nicht sprechen. Konnte nur wimmern.

Lurin beugte sich zu ihr hinunter und flüsterte ihr ins Ohr: »Bleib.«

Sie versuchte, den Kopf zu schütteln. Die Mauer war dick und kalt, ihre Hand rutschte daran ab, als sie nach einem Halt tastete. Blankas Blick huschte umher, suchte nach der nächsten Schießscharte, an der sie sich festklammern, die ihr ein wenig Licht spenden würde.

Seine Hand packte noch fester zu, und er beugte sich über sie. Atmete ihren Duft ein: Blut, verbrannte Haut, kalter Angstschweiß und noch etwas, das er nicht benennen konnte. Etwas Dunkles, Widerwärtiges. Und unter all dem war *sie*. Der süße Duft einer Frau, die vor ihm zurückgeschreckt war.

Ganz tief atmete er ein.

Wie sehr er sie wollte.

Das Bauernmädchen mit der Hexenmutter.

Und doch

hatte Lurin noch etwas Weiteres bemerkt, schon in dem Moment, in dem Blanka eingetreten war: dass ihr Leben nicht mehr zu retten war.

Gerade als Blanka den Rand des nächsten Simses ertastet hatte, drückte der Baron Tur an ihre Kehle. Ihre Augen weiteten sich. Er wartete nicht, bis Blanka anfing zu kämpfen. Wartete nicht, ob ihr Mund sich öffnete und ein paar letzte, verzweifelte Worte hervorpresste.

Stattdessen schlitzte er ihr die Kehle auf.

Blut spritzte aus der Halsvene. Er ließ den Körper zu Boden fallen, ihren Duft noch immer in der Nase.

Nun wandte sich der Baron seinen Mägden zu. »In unserem Tal treiben sich Entwurzelte in schwarzen Mänteln herum«, erklärte er, während er die zitternden Finger hinter dem Rücken verbarg. »Sie sind wohl über den Pass gekommen. Wir müssen sie finden und auslöschen. Heute noch.«

Die Frauen senkten demütig die kahl rasierten Köpfe. Dunkle Tropfen spritzten auf ihre weißen Stoffbänder, als Blanka hilflos nach Luft rang, wieder und wieder. Ihr wurde schwarz vor Augen, und ihre Gedanken wanderten zu ihrer Mutter; zu den Worten, die sie nun nicht hatte weitergeben können. Und dann dachte sie an ihren Bruder, nur noch an ihren Bruder, sie vergaß die letzten Worte, wünschte bloß, sie könnte ihn noch einmal an sich drücken, ihm sagen, dass er nun allein auf sich achtgeben musste, aufpassen musste, wenn sein Geist so dumpf wurde und er es morgens nicht aus dem Bett schaffte, auf sich aufpassen musste er, er musste, er musste …

Lurin atmete tief ein, als die Frau das Bewusstsein verlor. Während er den Mägden bedeutete, ihm seine Kleidung zu bringen und den Leichnam fortzuschaffen, gab sich der Baron alle Mühe, nicht auf seine zitternden Finger zu blicken. »Wie bedauerlich, dass ihr das mit ansehen musstet«, beteuerte er. »Es war ein Gnadenakt. Sie litt, und wir hätten sie nicht mehr retten können. Auch ich habe keine Freude an einer Hinrichtung. Aber wir müssen nun einmal alle unsere Pflicht tun. Selbst ich. Oh ja, vor allem ich.«

Die Mägde nickten, und Lurin musterte noch einmal den Leichnam. »Ein Gnadenakt«, wiederholt er leise.

»Findet den Bruder«, befahl er dann. »Schickt die Eiserne Patrouille. Sie sollen ihn herbringen. Und fragt die Bardin, ob sie ihn nicht begleiten möchte. Eine solch außergewöhnliche Geschichte wird doch sicher ihr professionelles Interesse wecken, oder etwa nicht?«

Der Baron streckte die Hand aus, damit Tur gereinigt werden konnte. »Sie sind beim Vagabunden in den Wäldern.«

Und so war es. Pirmin hieß der Bruder, Pirmin aus Festra, Sohn der Stria, der einzige lebende Mensch, der die letzten Worte seiner Mutter kannte. Sie hatten ihn ins Haus gebracht. Kaum ansprechbar war er gewesen, und er hatte immer wieder seltsame Worte gemurmelt, die sie nicht verstanden. In der Küche hatten sie ihn so dicht vor das Feuer gelegt, wie es möglich war, ohne ihm Schmerzen zu bereiten. Keiner von ihnen verstand sonderlich viel von der Heilkunde, doch sie taten, was sie konnten. Weyd machte sich sofort auf die fast schon aussichtslose Suche nach Eiskraut, während Jori ihn bis auf die Lichtung begleitete, einen seiner Murmeltierfreunde herbeirief und ihn bat, dem Wanderer dabei zu helfen. So machte sich Weyd mit dem Erdhörnchen auf den Weg, und Jori ging wieder ins Haus. Er nahm seinen Hut ab, krempelte die Ärmel hoch und machte sich mit der Hilfe von Bahr ans Werk. Sie hatte noch die größte Erfahrung in improvisierter Krankenpflege, da sie während ihrer vielen Jahre auf

See oft wild um sich schlagende Patienten hatte fixieren müssen.

Während Bahr und Jori alles taten, was sie konnten, saß Caer mit ihrer Oud auf dem Schoß im Lesezimmer der Poststation. Bahr hatte ihr unmissverständlich klargemacht, dass sie in der Küche nur im Weg wäre, also saß die Bardin nun hier, zupfte an den Saiten und versuchte, ein beruhigendes Lied zu spielen.

Die Sonne schien schon hell und kalt vom Himmel, als Jori schließlich aus der Küche kam. Obwohl er es zu verbergen versuchte, sah sie ihm an, wie erschöpft er war. Ohne viel Aufhebens ließ er sich neben dem Sessel der Bardin auf den Fußboden fallen, deren Finger inzwischen wund waren, weil sie den ganzen Morgen gespielt hatte. »Könnte immer noch sein, dass wir ihn verlieren«, erklärte Jori mit rauer Stimme. »Auch wenn ich die Hoffnung noch nicht aufgeben möchte. Wenigstens ist er jetzt bei Bewusstsein und kann sich verständlich machen.« Müde rieb er sich das stoppelige Kinn. »Würdest du Bahr bitte dabei helfen, ihn hier rüberzubringen, Mädchen? Unser Patient sehnt sich verzweifelt nach Tageslicht. Und da ich mir nicht sicher bin, ob wir sein Leben retten können, sollten wir ihm den Wunsch nicht verweigern. Ich würde es ja selbst machen, aber mir tun sämtliche Knochen weh, denn selbst wenn ich die Knie immer noch fix beugen kann, um mich hinzusetzen, verlangt es mir doch einiges schauspielerisches Talent ab, es schmerzfrei aussehen zu lassen.«

Sofort sprang Caer auf und trug Pirmin zusammen mit Bahr ganz vorsichtig ins Lesezimmer hinüber. Sobald sie ihn hinlegten, drehte er den Kopf zum Fenster. Die Freunde wussten da noch nicht, dass er nach seiner Schwester Ausschau hielt.

Doch nicht sie erschien draußen vor dem Fenster, sondern der Wanderer, der von seiner Kräutersuche zurückkehrte. Mit einem Lächeln verabschiedete er sich von seinem Murmeltierbegleiter, ohne den er verloren gewesen wäre, dann betrat er die Poststation und präsentierte ein kleines Büschel Glatscherba.

»Mögen die Sterne dich segnen, mein lieber Junge«, rief Jori vom Fußboden aus, noch bevor der Wanderer etwas sagen konnte. Er hatte den salzigen Duft der Kräuter gerochen. »Dabei habe ich nicht wirklich daran geglaubt, dass du welche findest, als ich dich losgeschickt habe.«

»Eher mögen die Sterne dich segnen, weil du den merkwürdigen Dialekt der Murmeltiere in diesem Tal gelernt hast«, erwiderte Weyd, während er seine Kapuze abstreifte, sodass ihm sämtliche Haare zu Berge standen. Caer ging das Herz auf, wenn sie ihn so sah: Seine Wangen waren von der Kälte gerötet, und seine Augen strahlten. »Ohne sie hätte ich die Glatscherba nie gefunden.«

Er reichte die Pflanzen, die in der Gemeinen Sprache einfach nur Eiskraut genannt wurden, weil man mit ihnen so gut Verbrennungen kühlen konnte, an Jori weiter.

»Hast du Pferde gehört, als du im Tal unterwegs warst?«, fragte Pirmin hoffnungsvoll. Seine Stimme war rau und tief wie die Höhlen, in denen er mit groben Werkzeugen dem Berg sein Fleisch ausriss. Staub in der Lunge und brachiale Gewalt brachte diese Arbeit, denn keiner von ihnen beherrschte mehr die Sprache der Steine, und so wussten sie nicht, wie sie den Berg darum bitten sollten, seine Schätze freiwillig mit ihnen zu teilen.

Nun warf Weyd ebenfalls einen Blick aus dem Fenster. »Wen erwartest du?«, fragte er Pirmin auf Schurisch.

»Blanka wollte zum Schloss reiten, um Alarm zu schlagen. Sie ist meine Schwester. Wie lange braucht man bis dorthin?«

Weyd schluckte. »Nicht einmal einen halben Vormittag, guter Mann.«

»Dann sollte sie inzwischen also hier sein«, folgerte Pirmin.

»Erzähl mir, was passiert ist«, schlug Weyd vor und setzte sich, ohne seine nasse Tassel abzulegen, neben Pirmin auf den Tisch. »Falls dir das Sprechen keine zu großen Schmerzen bereitet, erzähl uns alles«, bat er freundlich.

Und Pirmin erzählte.

Alles erzählte er: von dem Gemetzel, von den Schatten, von ihren Schwertern aus weißem Feuer, so erbarmungslos, so tödlich.

Weyd schwieg lange, nachdem er geendet hatte.

Die anderen ebenso.

Schließlich fragte Jori: »Aber es konnten doch sicher noch andere entkommen?« Seine Stimme war brüchig.

»Ich habe keine gesehen«, antwortete Pirmin. Caer wurde plötzlich bewusst, dass sie noch immer an den Saiten ihrer Oud zupfte. Sofort hielt sie inne. Drückende Stille legte sich über den Raum, in dem es nach Fichtennadeln, Holz und Wundtinktur roch. Joris Augen weiteten sich entsetzt.

Wortlos setzte sich Bahr zu ihm. Nahm seine Hand. Ebenso stumm klammerte sich der alte Mann an ihr fest.

Der Wanderer hatte die Arme vor der Brust verschränkt und starrte mit regloser Miene auf den Boden. Fast schien es, als würde er noch immer lauschen, nun allerdings auf ein Lied, das längst verklungen war, eine Melodie, deren fahle Klänge sich in grauem Zwielicht und dem bläulichen Dunkel der Dämmerung aufgelöst hatten.

Dann hob er den Kopf. »Schatten, sagst du?«

Seine Stimme klang fremd in den Ohren seiner Freunde. Sie zitterte leicht.

»Sie waren schrecklich«, nickte Pirmin. »Sie sahen aus wie ... sie sahen aus wie der Tod.«

Wieder sagte lange Zeit niemand ein Wort.

Dann fuhr Pirmin zaghaft fort: »Meine Mutter ... Ihr Körper ... Sie war im Stall. Sie hat versucht, uns etwas zu sagen, als wir losritten.« Er schloss die Augen. »Ich habe nicht gesehen, wie sie starb. Vielleicht ...«

Scham schwang in seiner Stimme mit. Und Hoffnung. »Könntet ihr ...? Zuletzt habe ich sie im Stall gesehen.«

Flehend sah er Weyd an. Und Weyd nickte. »Natürlich werde ich nach ihr suchen. Ich breche sofort auf.«

Pirmin bedankte sich mit einem Lächeln, das ihm sichtlich Schmerzen bereitete. Mit gerunzelter Stirn, was ihn ebenfalls leise wimmern ließ, fügte er hinzu: »Sie hat noch etwas gesagt. Bevor wir geflohen sind, hat meine Mutter etwas gesagt. Es ist wichtig ...«

Er stöhnte gequält. Weyd legte ihm seine kühle Hand auf die Stirn. »Ruh dich erst einmal aus. Schone deine Kräfte, bleib am Leben, und erzähl uns davon, wenn du es wieder kannst«, mahnte er freundlich. »Sag es uns, wenn du dich erinnerst.«

Caer erhob sich aus ihrem Sessel. »Gönn dir wenigstens ein bisschen Ruhe, Weyd«, forderte sie. »Setz dich hin, iss etwas ...«

Auf dem Gesicht des Wanderers erschien dieses besondere Lächeln, das er stets für sie reservierte, doch er schüttelte den Kopf. »Danke, midons, aber es geht mir gut.« Vielleicht etwas zu schnell wandte er sich an Jori: »Du hattest doch sicher etwas Bestimmtes vor mit diesen Kräutern, oder?«

Als der alte Mann nickte, half Weyd ihm ganz pragmatisch auf die Beine, indem er ihm beide Hände unter die Achseln schob und ihn in die Höhe zog. »Gut. Wenn das so ist, sollten Bahr, Bellitas, Caer und du hierbleiben. Ich werde Raud satteln und nach Festra reiten.«

Caer starrte ihn durchdringend an. »Oder noch besser: Ich komme mit dir.«

Ruckartig fuhr Weyd zu ihr herum. »Nein.«

»Doch«, beharrte die Bardin.

»Es könnte gefährlich werden«, protestierte er scharf.

»Ganz genau deshalb wirst du nicht allein gehen. Was wird aus dem Wanderer ohne seine Bardin?«

Der Wanderer stieß einen schweren Seufzer aus, trotzdem huschte ein beinahe widerwilliges Lächeln über sein Gesicht. »Na schön«, brummte er. »Dann sehen wir nach, ob wir noch jemanden retten können. Und was dort in Festra überhaupt passiert ist.«

Caer spürte, wie ihre verkrampften Schultern sich lockerten. Einen Augenblick lang hatte sie wirklich befürchtet, er könnte sie hier zurücklassen. Allein losreiten und unterwegs zusammenklappen. Eine Torheit dieser Art wäre typisch für ihren Wanderer.

So gingen also die Bardin und der Wanderer hinaus zum Stall. Weyd sattelte Raud, während Caer kurz Demar begrüßte, ihre weiße Stute. Caer hatte die beiden Pferde vor zehn Jahren bei einem albernen Würfelspiel in Klawppeda gewonnen, der größten Hafenstadt im Nordosten. Dazu hatte sie noch vier Krüge Bier und eine billige Flasche Wein bekommen, und sie hatte die Tiere nach den beiden Sternen benannt, die sie nur aus den Legenden kannte: Raudas der Rote, der den südlichsten Punkt markierte, und sein Zwilling Demar ganz im Norden – der erste Stern, der am Himmel erschienen war, bevor die Nächte so finster wurden, silbrig blau wie der wärmste Punkt einer Kerzenflamme.

Es war nicht nötig, zwei Pferde zu nehmen, denn die Bardin und der Wanderer waren so daran gewöhnt, gemeinsam zu reisen, und Raud so daran gewöhnt, ihrer beider Gewicht zu tragen, dass es kaum einen Unterschied machte. Deshalb ließen sie Demar im Stall und führten nur Raud nach draußen vor die Poststation.

Sie hörten den Hufschlag der vielen Pferde erst, als sie bereits aufsitzen wollten und Jori, Bahr und Bellitas in der offenen Tür erschienen, um sie zu verabschieden.

In dumpf dröhnendem Galopp preschten die Reiter durch den Schnee, sechs Zweierreihen in schwarzer Rüstung mit Hellebarden und Degen gerüstet, die im bleichen Tageslicht schimmerten. Sie trugen dicke Lederhandschuhe, Pelzkragen und Helme mit scharfen Spitzen und den Federn der schurischen Dohlen, die sie getötet hatten – Vögel, die eine lebenslange Bindung eingingen und ihre Nester weit höher bauten als jedes andere Tier des Elbongebirges.

Die Eiserne Patrouille war gekommen.

Weyd richtete sich zu seiner vollen Größe auf und stellte sich schützend vor seine Gefährten, mit seiner Bardin im Rücken. Ruhig, aber mit lauter und klarer Stimme forderte er: »Kommt nicht näher.«

Die Eiserne Patrouille hielt an, dann formten die Reiter einen Halbkreis um die Gefährten. Männer wie Frauen waren bis an die Zähne bewaffnet und starrten streng und grimmig von ihren Pferden zu ihnen herab. Die besten Soldaten des Barons waren sie. Caer schalt sich stumm dafür, ihre Oud mit rausgenommen zu haben, und nicht ihren Wurfspieß. »Welche Nachricht bringt ihr von Lurin, dem Eisernen Baron?«, fragte der Wanderer. »Welche Nachricht bringt ihr aus Colmstat? Und welche Nachricht würde wohl gleich ein Dutzend Männer und Frauen nötig machen?«

»Wir sollen den Bruder von Blanka aus Festra abholen«, antwortete einer der Männer. Sein Name war Cassian, er war der Hauptmann der Eisernen Patrouille. Er trug die längste Feder am Helm, ein eindeutiges Symbol für seine hohe Stellung in Schur. Jori und Caer machten sich immer wieder gerne über dieses Detail lustig.

Jetzt allerdings lachten sie nicht.

»Tatsächlich?«, erwiderte Weyd. »Traurigerweise muss ich euch mitteilen, dass ich noch nie von ihm gehört habe. Vermutlich werdet ihr ihn wohl eher in Festra finden.«

Cassians Pferd kaute auf seinem Zaumzeug herum. Er war schon seit vielen Jahren Hauptmann der Eisernen, und sie kannten einander gut, da die Gefährten es schon einige Male mit der Patrouille und Lurins Eisernen Soldaten zu tun bekommen hatten. Vor allen Dingen Caer. In einem Tal, in dem des Nachts jede Art von Geräusch verboten war, war eine Bardin ungefähr so beliebt wie ein fettes Schwein: Jeder wollte sie am liebsten abstechen.

»Man hat uns gesagt, er sei hier, Entwurzelter«, antwortete Cassian.

»Sehr eigenartig«, befand Weyd.

Cassian musterte ihn und seine Gefährten, während er gleichzeitig sein unruhig tänzelndes Pferd zügelte. »Laut seiner Schwester wollte er zu eurem Haus reiten. Er war verletzt. Festra wurde angegriffen.«

»Dann hat er sich vielleicht verirrt«, meinte Weyd. »Ich würde vorschlagen, ihr durchsucht die Wälder.«

Nach kurzem Zögern verkündete Cassian: »Wir müssen die Poststation durchsuchen, Vagabund.«

Weyd trat einen Schritt vor. Er wollte etwas Abstand schaffen zwischen sich und Caer, die keinerlei Waffen trug. »Lass gut sein, Cassian. Wir können zusammen nach Festra reiten und dort nach dem Mann suchen. Und nach Überlebenden dieses Angriffs, von dem du gesprochen hast.«

Inzwischen tänzelten fast alle Patrouillenpferde, ebenso angespannt wie ihre Reiter.

Cassian presste die Lippen zusammen.

Dann stieg er vom Pferd.

Er und zwei seiner Leute.

Alle drei zogen ihren Pallasch, ihren typischen Degen mit kurzer Klinge und halbmondförmiger Doppelparierstange. Cassians Griff an der Waffe war sicher und fest. Auf seine beiden Mitstreiter traf das weniger zu, denn sie waren noch relativ jung. Die beiden sahen sich sehr ähnlich, vermutlich waren sie Zwillinge: eine Frau und ein Mann mit hellem Haar, blasser Haut und wild entschlossener Miene, die allerdings die leise Furcht in ihrem Blick nicht ganz verbarg.

Weyd stieß langsam den Atem aus.

Dann schloss er die Finger um den Griff von Mundian.

Das Schwert war alt, hatte aber weder seinem Vater gehört noch dessen Vater vor ihm. Es war kein königliches

Schwert, kein geheiligtes Erbstück, das über Generationen weitergereicht wurde von traurigen alten Männern, die sich an die Vergangenheit klammerten und an das, was sie für ruhmreich hielten.

Nein, er hatte es auf einer seiner Reisen an den Küsten jenseits des Südlichen Meeres gefunden, wo die hohe Schmiedekunst nie in Vergessenheit geraten war. Und er hatte es Mundian getauft, weil er in ihm einen Beschützer sah. »Komm nicht näher, Cassian«, warnte er. »Entscheide dich für den Frieden.«

Cassian schien hin- und hergerissen zu sein.

Dann griff er an, und mit ihm seine beiden Begleiter, die Frau und der Mann.

Weyd zog mit links, seinem stärkeren Schwertarm, auch wenn der rechte zur Not ausreichte.

Der junge Mann stürmte als Erster auf ihn zu, wild den Namen von Schur brüllend. Weyd duckte sich unter seinem Schlag hinweg, wich nach links aus und rammte seinem Gegner den Schwertknauf gegen die Schläfe. Mit einem Aufschrei fiel der Mann auf die Knie, während sich nun mit einem trotzigen Schrei die Frau auf Weyd stürzte. Er parierte ihren Angriff, wirbelte nach rechts und ließ seinen Ellbogen gegen ihre Nase krachen. Taumelnd wich sie zurück, wimmerte kurz, hatte sich dann aber wieder unter Kontrolle. Noch einmal griff sie an. Weyd fing ihren von oben geführten Schlag ab, befreite seine Klinge und schlug ihr mit der Linken in einer fließenden Bewegung die Waffe aus der Hand. Anschließend versetzte er ihr mit der rechten Hand einen Stoß gegen die Luftröhre, woraufhin sie keuchend neben ihrem Bruder auf die Knie fiel. Gerade noch rechtzeitig riss Weyd seine Waffe hoch, um Cassians

Schlag abzuwehren. Nun beidhändig, drückte er Cassians Klinge von sich fort und wich dem nächsten Angriff des Hauptmanns aus, geschmeidig wie ein Tänzer. Bevor Cassian seine Waffe noch einmal heben konnte, setzte Weyd ihm von links sein Schwert an die Kehle.

Schwer atmend starrten sich die beiden Männer an.

»Dann reiten wir also gemeinsam nach Festra?«, fragte der Wanderer.

Beinahe hätte Cassian genickt, erinnerte sich dann aber an den kalten Stahl an seinem Hals. »Na schön«, presste der Hauptmann hervor. Er war nicht beleidigt. Nein, auf gar keinen Fall war er das.

Caer jubelte. Weyd hingegen ließ sein Schwert sinken und streckte dem jungen Mann, den er zuerst zu Boden geschickt hatte, die Hand hin. Der packte sie, leicht verlegen, aber auch mit verstohlener Erleichterung. Seine Schwester hingegen starrte den Wanderer nur finster an, als er ihr ebenfalls die Hand reichte. Stattdessen ließ sie sich von einer anderen Eisernen aufhelfen, die mit einer Armbrust bewaffnet war und unter deren Helm eine leuchtend rote Strähne hervorlugte. Mit einer ruppigen Bewegung zog sie ihre Kameradin hoch.

Die Bardin hatte sich in der Zwischenzeit von Bahr, Belitas und Jori verabschiedet, zog sich in den Sattel und rief Weyd zu: »Komm schon, Wanderer! Wir haben nicht den ganzen Tag Zeit!«

Cassian bot an, seinen Soldaten in den Sattel zu helfen, doch die Armbrustschützin und die junge Frau schüttelten seine Hand ab. Lediglich der Bruder nahm die Hilfe an. Sobald die Jungen alle wieder im Sattel saßen, stieg auch der Wanderer auf Rauds Rücken.

Und so ritten sie gemeinsam Richtung Festra: die Bardin, der Wanderer und die Eiserne Patrouille.

Und da erinnerte sich Pirmin wieder.

Als sie durch das Tal davongaloppierten, ihre Pferde sie immer weiter von der Poststation forttrugen, erinnerte er sich.

Er erinnerte sich daran, was seine Mutter gesagt hatte, als er und seine Schwester die Flucht ergriffen hatten.

Nein, nicht gesagt. Gesungen.

Keine einfachen Worte.

Ein Lied.

Während des Rittes unterhielt Caer den Wanderer und die Eisernen mit dem ein oder anderen Lied, ob sie nun wollten oder nicht. Den meisten schien es nicht wirklich zu gefallen, was kein Wunder war, da die Bardin den Text aus dem Stegreif erfand und er vor allem davon handelte, wie Weyd sie alle geschlagen hatte, ohne dabei auch nur ins Schwitzen zu geraten oder einen Tropfen Blut zu vergießen. Was natürlich auch die Absicht gewesen war. »Wie gefällt dir die Geschichte?«, rief sie Cassian zu. »Ich werde eine große Ballade daraus machen, die dann von Hewsos bis Pau zu hören sein wird, und von Klawppeda bis in die herrliche Blaue Stadt Briva!«

Cassian verdrehte nur die Augen. Die junge Frau knirschte mit den Zähnen, während die Armbrustschützin ihr immer wieder verstohlene Blicke zuwarf. Über das Gesicht des jungen Mannes hingegen huschte ein Lächeln, obwohl sich schon jetzt ein ordentlicher Bluterguss an seiner Schläfe bildete.

Weyd, der hinter Caer im Sattel saß, seufzte leidgeprüft. »Gib doch einfach mal kurz Ruhe, Bardin, ja?«

Und sie spürte noch immer die Anspannung in seinen Armen, die sich um ihre Taille schlossen, damit er vorn die Zügel halten konnte. Seine Brust drückte sich mit jedem Atemzug an ihren Rücken. Verkrampft war er, das spürte sie. Sein Herz schlug unnatürlich schnell.

Caer wusste nicht, wie sie ihm helfen sollte, denn Weyd gab niemals zu, wenn er sich unwohl fühlte, bat nie um irgendetwas. So blieb der Bardin nichts, außer zu singen und vorzugeben, sie sei glücklich genug für sie beide. Weshalb sie nun anfing, all seine Lieblingslieder zum Besten zu geben – und ein paar ihrer eigenen Favoriten wie das Lied über die wilden Erdbeeren, auf die sie einmal zufällig auf einer Wiese hoch oben in den Bergen gestoßen war. Oder das Märchen von den Albitzen, ihren liebsten Sagengestalten, die zwar aussahen wie Menschen, aber ebenso dem Lauf der Zeit entrückt waren wie die Sonne und die Sterne. Und ein zart vorgetragenes Schlaflied voll Tod und Verwüstung über eine alte Frau, die Rache nahm an all den Männern, die ihr das Leben zur Hölle gemacht hatten.

Und während Caer sang, summte Pirmin in der Poststation das Lied vor sich hin, das seine Mutter gesungen hatte, und versuchte, sich den Text dazu in Erinnerung zu rufen. Caer sang, Pirmin summte, und Raud und die Eiserne Patrouille ließen den Wald hinter sich und erreichten eine steinige Ebene, hinter der eine hohe, schmale Schlucht aufragte. Es war die Sorteid-Klamm, deren Name in der Gemeinen Sprache nichts anderes bedeutete als *Ausgang*, denn diese Schlucht war der einzige Weg zum Pass im Norden, und damit der Ausgang aus dem Tal von Schur.

Einzeln hintereinander reitend, trabten sie in die Schlucht hinein. Zu beiden Seiten ragten die Felswände bis in den

Himmel hinauf und warfen den Klang der Hufschläge und ihrer leisen Atemzüge zu ihnen zurück. So folgten sie dem Grauen Pfad, während Pirmin noch immer summte, noch immer nach der Erinnerung suchte. Jori und Bahr hörten aufmerksam zu. Lauschten dem seit langer Zeit verbotenen Lied. Dem Lied, das beinahe verloren gewesen wäre. Dem Lied aus einer Zeit, als der Graue Pfad noch als der Westliche Weg bekannt gewesen war. Denn der Pfad, dem die Reiter nun folgten, war einst die schnellste Reiseroute über den Kontinent Erebu gewesen, vom Südlichen Meer bis in den hohen Norden hinauf, und man hatte dort nicht nur Hufschläge und angespannte Stille vernommen, sondern fröhliche Stimmen in verschiedensten Sprachen und die Schritte vieler Reisender und Wanderer.

Nicht mehr heute. Heute gab es dort außer dem Hufgetrappel der Pferde nur drückende Stille, ihre keuchenden Atemzüge und das viel zu schnelle Pochen ihrer Herzen.

Sie hatten die Schlucht schon halb durchquert, als sie den Geruch bemerkten.

Die junge Frau, die vor der Poststation mit Weyd gekämpft hatte, parierte als Erste ihr Pferd durch und stellte sich in den Steigbügeln auf.

Sofort befahl Cassian seinem Trupp anzuhalten. »Was ist los, Jelscha?«

Die Angesprochene ließ sich wieder in den Sattel sinken und spielte an ihrer *drimba* herum, dem kleinen Signalhorn der Soldaten des Tals. Mit der freien Hand streichelte sie ihrer Stute den Hals, um sie zu beruhigen. »Dieser Geruch … ich kann ihn nicht einordnen.«

Nach und griff die Unruhe auch auf die anderen Pferde

über. Weyd flüsterte Raud ein paar tröstende Worte in der Gemeinen Sprache zu.

»Bist du sicher?«, fragte ihr Bruder und versuchte vergeblich, sich seine Nervosität nicht anmerken zu lassen.

»So etwas habe ich noch nie gerochen, Andrin«, erwiderte Jelscha und streichelte weiter ihr Pferd. »Vielleicht, wenn wir näher dran sind …« Bruder und Schwester blickten fragend zu ihrem Hauptmann hinüber.

Cassian nickte und befahl der Truppe weiterzureiten, aber wachsam zu bleiben. Mit gestrafften Zügeln lenkten sie die Tiere vorsichtig über das lose Geröll auf dem Boden der Klamm. Nun war es Jelscha, die immer wieder zu der Armbrustschützin hinüberspähte, die jedoch jedes Mal den Kopf abwandte, wenn ihre Blicke sich trafen.

Je näher die Reiter dem Ausgang der Schlucht kamen, desto stärker wurde der Geruch: Metall, Asche und verbranntes Holz. Und noch etwas anderes. Etwas Finsteres, Widerwärtiges.

Still war es.

Schrecklich still.

Dann ritt der Wanderer aus der Sorteid-Klamm heraus, die steilen Felswände fielen zurück, und vor ihm lag die letzte Ebene vor dem Pass. Sie hatten die Grenze erreicht.

Hohe weiße Winterbirken ragten kahl und nackt aus dem Schnee auf und reckten ihre dürren Äste wie schwarze Finger in den bleichen Himmel. Auch kleine Koniferen gab es hier, pummelig und dunkel mit ihrem dichten Nadelkleid. Wie die schwindende Erinnerung an einen Wald standen sie da, der Abgesang auf das, was ein echtes Gehölz sein konnte, und überall auf der Ebene erklang der Ruf der Birkenwanzen, die nur dann zirpten, wenn sie in Not waren.

Nun zirpten sie, hoch und stetig schallte ihr Lied über die Ebene, nur leicht gedämpft durch den dicken Schnee. Und die Reiter sahen auch, warum.

Schon aus der Ferne sahen sie die Ruinen.

Hier an der Grenze waren Ruinen an sich nicht ungewöhnlich. Früher einmal hatte es hier viele Dörfer, Poststationen, Lichtsäulen und alte Tempel aus prächtigen weißen Steinen gegeben, und ihre verfallenen Überreste waren ein vertrauter Anblick für alle Talbewohner, die es wagten, die Sorteid-Klamm zu durchqueren. Denn einst war Schur ein blühender Landstrich gewesen, die einfachste und angenehmste Route über das Elbongebirge, viel genutzt von Reisenden und Kaufleuten, ein Transportweg für Güter, Lieder und Geschichten. Sogar einen Hafen am Fluss hatte es gegeben, mit einer wohlhabenden Stadt, ganz aus prachtvoll geschnitztem Holz errichtet.

Von dieser Stadt mit dem Namen Avastat war heute nichts mehr übrig, das Holz war längst morsch und verfault, dem Verfall anheimgegeben. Es verblieb kaum eine Spur von der Stadt, die früher das Gegenstück zu Colmstat gewesen war, dem Herrschaftssitz von Lurin, dem Eisernen Baron. Auch der Hafen war verschwunden, der Fluss lag im Winter unter einer dicken Eisschicht verborgen. Und so waren schließlich auch die vielen hölzernen Säulen verfallen, die den Reisenden an den Gebirgspfaden Licht gespendet hatten, und auch die Dörfer und Weiler. Nur die zwölf Grabhügel waren geblieben, in denen jene Soldaten ruhten, die in zwölf der vierzehn Kriege für Schur ihr Leben gelassen hatten. Die Hügel nannte man sie nur, und sie umringten das einzige Dorf, das es heute an der Grenze noch gab.

Das Dorf Festra.

Doch nun sahen die Reiter, dass auch Festra nicht länger existierte.

Caer hörte deutlich den gequälten Laut, den der junge Andrin ausstieß. Ein solches Leid ließ sich nicht zurückhalten. Zu groß war der Schock, er trieb das Entsetzen aus ihm heraus, bevor der Schmerz ihn krampfhaft nach Luft schnappen ließ. Hektisch und laut sog er den Atem ein, ein und aus, ein und aus. Und er war nicht der Einzige. Seine Schwester Jelscha war leichenblass geworden.

Festra, das letzte Dorf an der Grenze, war ein Trümmerfeld.

Der Anblick war grauenvoll. Das aufragende Gebirge, die hellen Grabhügel und der Pass direkt dahinter umschlossen eine Anhäufung von Fleisch, Holz und Erde, die früher einmal ordentlich gepflastert gewesen war. Fast schien es, als wollten die Gipfel selbst den Betrachter zwingen, sich das alles anzusehen. Das Dorf war nicht einfach niedergebrannt. Es war ausgelöscht worden. Die Bäume gefällt, die Häuser niedergerissen, die Erde verkohlt durch langsam vor sich hin glimmende Trümmer. Gleichzeitig war es, als hätte sich jemand einen grausamen Scherz erlaubt, denn die Hälfte von allem war intakt geblieben. Eine Hälfte des alten Baumes am Dorftor stand noch, während die andere verbrannt auf dem Boden lag. Bei jedem Haus war eine Hälfte erhalten, die zweite zertrümmert, so wie jedes Bett, jedes Pferd im Stall, jede Kuh auf dem Hof in zwei Hälften gehackt war. Der halbe Dorfplatz, die Hälfte der Felder, die Hälfte jeder einzelnen Leiche war nicht angerührt worden, während der zweite Teil brutalst zerstört worden war. Klingen aus Feuer und Eis hatten alles durchtrennt und immer nur einen Teil der Häuser, der Tiere, der Menschen zerstückelt.

Caer sah sich nach Andrin um, dessen Atem nun nur noch flach ging. Hoch aufgerichtet saß er in seinem Sattel, schmal und ganz allein, wie ein zerbrechlicher Ast vor dem hellen Himmel, hinter ihm die kahlen Felswände der Schlucht. Jelscha wollte zu ihm reiten, wusste aber nicht, ob es erlaubt war. Gequält starrte sie zu Cassian und ihren Kameraden hinüber.

Nachdem die Bardin ihm einen leisen Hinweis gegeben hatte, wendete Weyd die Stute und ritt zu dem jungen Andrin hinüber. »War das dein Heimatdorf?«

Ein knappes Nicken, mehr schaffte Andrin nicht.

Der Wanderer umschloss mit einer Hand den Nacken des jungen Mannes, zog ihn zu sich herüber und drückte für einen Moment die Stirn an seine. »Schaffst du es weiterzureiten?«

Mühsam nickte der junge Mann noch einmal. Der Wanderer spürte, wie er zitterte.

Dann ritten sie nach Festra, ritten zwischen kahlen Birken und hohen Grabhügeln hindurch, blassgolden in der fahlen Wintersonne. Mit dem angsterfüllten Zirpen der Birkenwanzen im Ohr erreichten sie das Dorf.

Der Gestank wurde unerträglich, als sie die Überreste des Dorfzauns passierten. Die Luft hier fühlte sich anders an, als würde sie von einem feinen Nebel durchzogen, der immer dichter und dichter wurde, je weiter sie kamen. Als würde sie an ihrer Haut haften. Als würden Schweiß, Asche und Blut in sie eindringen.

Der Wanderer drehte sich zur Bardin um und fragte leise: »Kannst du irgendetwas hören, Caer?«

Sie lauschte, dann schüttelte sie den Kopf. »Ich werde die Töne bitten, sich zu verstärken«, beschloss sie, denn sie beherrschte die Sprache der Klänge, die nur wenige sich überhaupt aneignen konnten. Und so rief sie die fremdartigen Laute in die Stille hinaus, bat alle Geräusche um sie her, doch ein wenig lauter zu werden. Vielleicht würde das Ächzen eines Überlebenden ihren Wunsch erfüllen. Vielleicht konnten sie noch einer verzweifelten Seele zu Hilfe kommen.

Doch da war nichts.

Caer fürchtete, dass die Klänge ihr nicht behilflich sein wollten. Ihre Sprache war für Menschen unfassbar schwer zu artikulieren, so schwer, dass es beinahe unmöglich war, ihnen etwas anderes zu übermitteln als *lauter*, *leiser* und *bitte*.

Noch einmal rief sie.

Nichts.

Trotzdem lauschte Caer angestrengt, als sie weiterritten. Vor ihnen tauchte der Dorfplatz auf, der feine Nebel gab die dunklen Umrisse von Häusern, Birken und toten Körpern frei.

Und da hörte Caer es.

Ein Lied.

Jemand sang ein Lied.

»Halt«, hauchte sie. Alle gehorchten.

»Ich höre etwas.« Sie zog dem Wanderer die Zügel aus den Händen. Eine Kindheit in den endlosen Steppen des Ostens und des Südens, wo die Kleinen auf Pferden saßen, bevor sie laufen konnten, hatte sie zu einer geschickten Reiterin gemacht. »Folgt mir.«

Weiterhin wachsam ritten sie in den seltsamen Nebel hinein. Noch immer hörte die Bardin dieses Lied. Ein

Lied, das nicht von einem Vogel, einem Tier, von Wasser oder Feuer stammte.

Sondern von einem Menschen.

Gesungen in einer Sprache, die sie nicht kannte.

»Hier ist jemand«, raunte sie Weyd zu. »Ich höre es.«

Der Wanderer legte eine Hand an sein Schwert.

Schließlich erreichten sie den Dorfplatz. Zerteilte Häuser umgaben ihn, ein zerschnittener Baum ragte in die Höhe, zerschnittene Zäune, Türen und Leichen sahen sie.

Denn die Leichen waren überall. Jeweils eine Hälfte der Körper war auf einen großen Haufen geworfen worden, der Rest lag überall verstreut: auf den Wegen, in den Häusern, in den Gärten und Feldern, über die sie hatten fliehen wollen.

Tödliche Stille herrschte hier, nur durchbrochen von den würgenden Lauten der Eisernen. So heftig würgten sie, dass die Bardin bald nichts anderes mehr hörte, nur noch ihr Würgen und die Laute des Schmerzes, des Entsetzens und der Trauer, die sich beim Anblick der vielen, vielen Toten aus ihren Kehlen lösten. Würgen, Schmerz und Trauer.

Nichts anderes hörte sie mehr.

Würgen

Entsetzen

Trauer

Schmerz

Stille.

Und dann nur noch Stille.

Nichts als Stille, denn im Angesicht des Todes blieb nichts als Stille.

Nichts blieb.

Nichts außer

diesem Lied.

Und in der Stille drang es so deutlich an ihr Ohr, dass sie unwillkürlich seine Melodie aufgriff. Und kaum verließen die Töne ihre Kehle, schien der Himmel heller zu werden, der Nebel schien sich aufzulösen, und die Bardin wandte sich dem Ursprung der Melodie zu, entdeckte plötzlich die Überreste einer alten Lichtsäule, mitten auf dem Dorfplatz. Die weißen Steine waren längst zu Grau verblasst und nun mit schwarzem Ruß befleckt. Seit Hunderten von Jahren ungenutzt, stand sie noch immer dort, wie einst im Herzen jedes Dorfes eine solche Säule gestanden hatte, überall im Tal, mit dem erloschenen Licht an der Spitze, darüber eine Glocke, die schon lange verstummt war.

Und als der Nebel sich auflöste, sah die Bardin es.

Auch dort war ein toter Körper.

Die Frau war an die Lichtsäule genagelt worden. Sie war nicht in der Mitte zerschnitten, war gerade noch in einem Stück, doch ihre Haut war verbrannt, ihr Gesicht unmenschlich verzerrt, ihre Knochen zertrümmert. Caer schien es, als hätte jemand spitze Widerhaken in ihr Fleisch getrieben und es in dicken Brocken herausgerissen. Aus jeder ihrer vielen Wunden tropfte Blut.

Blut.

Und ein Atemzug.

Caer hörte es ganz deutlich. Hörte, wie die Frau atmete.

Sie lebte.

»Diese Frau lebt noch!«, schrie Caer, und der Wanderer trieb Raud mit aller Kraft auf die Lichtsäule zu.

Ja, die Frau klammerte sich an das Leben, doch nur noch mit letzter Kraft. Ihre Knochen waren mehrfach gebrochen. Man hatte sie mit brutaler Gewalt an der Lichtsäule festgenagelt, damit ihr Körper nicht auseinanderfiel. Andrin war nicht der Einzige, der bei diesem Anblick davonstürzte, um sich zu übergeben.

Es war die Stria. Man hatte sie an der Lichtsäule angeschlagen, mit spitzen Pflöcken, blau wie Eis und der heißeste Punkt einer Flamme.

So gut es ging, lösten sie ihren Körper von der Säule, einen Körper, der unter ihren Händen zu zerfallen schien, als sie ihn auf dem Boden ablegten.

Eigentlich hätte sie tot sein müssen.

Doch das war sie nicht. Weyd schaffte es, sich auf die verbrannte Erde zu knien, in dem Gestank, zwischen den vielen Toten, und die Hand der Stria zu nehmen. Er wollte ihr über das Haar streichen, sie an sich drücken und ihr das bisschen Trost spenden, das noch bleibt, wenn es dem Ende zugeht. *Du bist nicht allein. Spürst du, dass ich bei dir bin?*

Doch es war unmöglich, sie zu berühren, ohne ihr noch mehr Schmerzen zuzufügen. Also hielt er sie so sanft wie möglich und sah ihr in die Augen, damit sie sich an seinem Blick festhalten konnte. Wo ihr Mund sein sollte, klaffte nur eine breite Lücke im Fleisch.

Die sich bewegte.

Als versuchte sie, mit ihm zu sprechen.

»Caer«, rief er. Die Bardin kniete sich neben ihn und raunte drängende Worte in der Sprache der Klänge: Bitte, nur ein wenig lauter, bitte, nur ein kleines bisschen …

Zuerst weigerten sich die Klänge.

Sie bat noch einmal.

Wieder lehnten sie ab.

Caer überlegte, was für Klänge wohl einem Flehen gleichkam, und sie flehte sie an, so gut sie konnte.

Und endlich gaben sie nach. Die Stria bewegte ihren zerstörten Mund: »Entzündet die Feuer.«

Das sagte die Stria, wieder und wieder.

»Entzündet die Feuer.«

Caer wusste nicht, was das bedeuten sollte. Deshalb gab sie an die Truppe weiter: »Sie möchte, dass wir die Leichen verbrennen.«

Cassian nickte hastig. »Natürlich tun wir das, *dunna*. Natürlich.«

Doch der Fleischklumpen auf Weyds Schoß regte sich. Es sah aus, als würde die Stria den Kopf schütteln.

Sie sprach noch immer. Sagte es noch einmal.

»Entzündet die Feuer.«

»Caer?« Fragend wandte sich Weyd an seine Bardin.

Die sah ihn nur ratlos an. »*Entzündet die Feuer*. Das sind ihre Worte.«

Da wurde der Wanderer ganz still.

»Was bedeutet das, Weyd?«, wollte Caer von ihm wissen.

Aber er starrte nur die Frau an, die in seinem Schoß lag. »Nein«, flüsterte er.

Mehr nicht.

Die Stria verstummte. Sie atmete noch, sagte aber nichts mehr.

Und dann hörte Caer noch einmal ihre Stimme.

Diesmal sprach sie nicht.

Sie sang.

Caer lauschte ihrem Lied. Zunächst waren es Worte in einer ihr unbekannten Sprache, doch sie hörte trotzdem genau hin. Und bald wurden die Worte verständlich, die Stria wechselte in die Gemeine Sprache, sang immer weiter. Caer hörte sich das Lied einmal an, dann sang sie mit ihr in der Gemeinen Sprache. Ihre klare Altstimme hallte weit durch das Dorf, schraubte sich an der verwitterten Lichtsäule in die Höhe, glitt über die Berghänge bis zum Himmel hinauf.

Drei Türme stehen hoch und hehr,
Schwarz in des Ostens Bergen steil,
Weiß in des Südens Quellen schnell,
Grau in des Nordens Fluten hell,
die Türme des Lichts stehen hoch und hehr.

Ihr Feuer hält Wacht
mit den Sternen der Nacht,
führt uns sicher, gibt Geleit,
die Türme des Lichts, sie strahlen weit.

Wo sind nun die Türme, wo ist die Wacht?
Ihr Feuer ward erstickt von Eis,
ihre Hüter zahlten den höchsten Preis.
Wo sind die Türme,
wo die Sterne der Nacht?

Und dann verstummte die Bardin. Und dann verstummte die Stria.

So schrecklich still.

»Sie ist nicht mehr«, sagte Caer leise.

Sie hatte recht. Die Stria atmete nicht mehr.

Als hätte man sie gehen lassen, nachdem sie ihr Lied gesungen hatte.

Caers Blick wanderte zu der Lichtsäule, und für einen Moment glaubte sie, dort jemanden zu sehen – eine überlebensgroße Gestalt zwischen der Säule und dem Leichenberg. Sie trug einen Mantel. Doch er war nicht schwarz.

Er war golden.

Golden wie Sonnenlicht auf der Haut, die warme Sonne der Steppe jenseits des Südlichen Meeres, wo sie geboren war.

Doch als sie genauer hinsah, war die Gestalt fort.

Ein drückendes Band schien Weyd die Brust abzuschnüren, als er sich vorbeugte und der Stria einen sanften Kuss auf die Stirn drückte. Seine Lippen waren blutig, als er sich aufrichtete. Klebrig.

»Wanderer«, begann Caer vorsichtig, »ich mag mich ja irren, aber ich glaube, ich habe dieses Lied schon von dir gehört. Ich glaube, du hast es auf unseren Reisen hin und wieder vor dich hin gesummt und zumindest einen Teil der Worte in der Gemeinen Sprache gesungen.«

Wieder verharrte Weyd einen Moment lang reglos. Nur seine Finger spielten an seiner Brosche herum, dem silbrigblauen Abbild von Demar, dem ersten Stern am Nachthimmel, der stets im Norden stand. Schließlich begann er leise zu singen. Leise und fremd drangen die Töne aus seiner Kehle:

Wo sind nun die Türme?
Die Nacht ward finster und trüb,
nur Furcht in unseren Herzen verblieb.
Wo sind nun die Türme, wo ist die Wacht,
wo sind die Sterne in der Nacht?

Wo sind nun die Türme?
Schatten bald erwacht,
bald reitet der Tod in der finst'ren Nacht.
Kein Licht strahlet mehr
in den Türmen so hehr.

Vergessen die Türme
und ihrer Glocken Klang,
vergessen, wer einst das Lied der Nacht sang.
Kein Feuer brennt mehr,
der Sterne Glanz verblich,
kein Feuer brennt mehr
in den Türmen des Lichts.

Drei Türme standen hoch und hehr.
Ihr Feuer hielt Wacht
mit den Sternen der Nacht,
führte uns sicher, strahlte sacht.
Wo sind nun die Türme,
wo ihr Lied in der Nacht?

Er ließ den letzten Ton ausklingen. »Es geht noch weiter, aber an mehr erinnere ich mich nicht«, sagte er leise. »Und selbst das, was ich gesungen habe, ist nur eine krude Übersetzung aus einer längst vergessenen Sprache. Eigentlich ist das Lied viel länger. Heute war das erste Mal, dass ich es in dieser alten Fassung gehört habe, bisher kannte ich es nur in der Gemeinen Sprache. Bei uns hieß es Lied der Nacht, und es beschreibt im weiteren Verlauf, wie die Schatten vorgehen. Aber selbst wenn ich es weitersingen könnte, würde ich es nicht tun, denn das alles seht ihr hier ja vor euch. Nur so viel müsst ihr wissen: In dem Lied heißt es auch, man könne sie weder mit Bogen noch mit Schwert bekämpfen. Nichts, dem irgendwann einmal Leben innewohnte, kann sich ihnen in den Weg stellen. Nur Stein und Eisen hält ihnen für eine gewisse Zeit stand, und nur die Feuer in den Türmen des Lichts und das Lied ihrer Glocken können sie verjagen.«

Caer musterte ihn aufmerksam, und für einen kurzen Moment erwiderte Weyd ihren Blick.

Sie glaubte, nackte Angst in seinen Augen zu sehen.

Und so war es auch.

Denn der Wanderer hatte viel von seinem Wissen preisgegeben, noch mehr aber hatte er verschwiegen. »Wo stehen die Türme des Lichts?«, fragte Caer. »Sollten wir nicht ihre Feuer entzünden? Boten aussenden?«

»Einer befindet sich an der östlichsten Grenze von Schur«, sagte Cassian. »Der Baron lässt niemanden hinein.«

»Zuerst müssen wir uns in Sicherheit bringen. Die Schatten werden bei Einbruch der Dunkelheit zurückkehren.« Weyd wandte sich an Cassian: »Hauptmann, wenn man diesem Lied Glauben schenkt, können die Schatten nicht besiegt werden. Aber siehst du das?« Er zeigte auf das nächstgelegene Haus. »Die Tür wurde aufgebrochen. Der Stein blieb unberührt, denn er kann, wie im Lied der Nacht prophezeit, nicht von einer Klinge zerschnitten werden. Die Furcht hat Gestalt angenommen. Und damit hat sie auch eine ihrer stärksten Waffen aufgegeben: Sie kann nicht mehr durch Wände gehen.« Er legte den toten Körper der Stria vorsichtig auf den Boden, dann stand er auf. »Die Mauern von Colmstat sind hoch und aus festem Stein erbaut, und die Burg Reuldum wird sogar noch länger standhalten. Ihr müsst die Dörfer und Weiler evakuieren. Hinter den Mauern der Stadt werden die Menschen sicher sein.«

Cassian holte tief Luft. »Dazu brauche ich die Erlaubnis des Barons.«

»Dafür haben wir keine Zeit«, schaltete sich Caer ein und ging drängend auf ihn zu. »Genau dafür ist die Festung doch da.«

»Das weiß ich«, erwiderte Cassian scharf. »Meinst du, das weiß ich nicht?«

»Dann nutze deine Amtsmacht und handele, Hauptmann«, konterte Weyd. »Bis jetzt hat er es noch nicht abgelehnt, du würdest dich ihm also nicht widersetzen. Und du würdest so viele Menschen retten, wie in deiner Macht steht.«

Die Männer und Frauen der Eisernen Patrouille wurden unruhig. Ein Schauder erfasste die Gruppe. »Dann werden sie also wiederkommen«, meldete sich die junge Jelscha zu Wort.

»Ich flehe dich an, Hauptmann«, drängte Caer. »Ihr seid zu zwölft. Entsende deine Männer und Frauen. Noch reicht das Tageslicht aus, um diese Menschen zu retten.«

»Ich muss erst die Erlaubnis des Barons einholen.«

Frustriert riss Caer die Arme in die Höhe. »Dann gehe ich eben zu deinem Baron! Ich werde ihn darum bitten, diese Menschen aufzunehmen.«

»Nein, Caer, warte«, protestierte Weyd, aber die Bardin hörte ihm nicht zu. »Ich werde ihn überzeugen, Cassian«, fuhr sie fort. Zum ersten Mal kam ihr der Name des Hauptmanns ohne jeden Spott über die Lippen. »Vertrau mir.«

Cassian zögerte. Sah zu seiner Truppe hinüber. Die Feder an seinem Helm bebte.

Dann befahl er mit fester Stimme: »Wir sind zwölf Mann. Zurück zu den Pferden. Wir werden sofort aufbrechen, und wir werden so viele Menschen nach Colmstat schaffen, wie wir können.«

»Ist das denn wirklich klug, Hauptmann?«, fragte der junge Andrin unsicher. Seine Augen waren weit aufgerissen und dunkel vor Sorge. »Wie wird der Baron dir das vergelten?«

»Keine Sorge«, beruhigte ihn Cassian, »euch wird nichts geschehen.«

»Danach habe ich nicht gefragt«, erwiderte Andrin leise.

»Wir reiten jetzt los!«, schnauzte Cassian ihn an. »Wenn du nicht in der Lage bist, einen einfachen Befehl zu befolgen, solltest du verschwinden und dein Glück auf dem Pass versuchen, wo du mit Sicherheit zugrunde gehen wirst wie jeder, der versucht, ihn im Winter zu überqueren – denn dann brauchst du dich in diesem Tal nie wieder blicken zu lassen!«

Weyd wollte etwas sagen, überlegte es sich dann aber anders. Letztlich wandte er sich bloß an alle Eisernen, sah den jungen Andrin jedoch besonders eindringlich an.

»Fürchtet nicht die Dunkelheit«, sagte er. »Und ergebt euch nicht der Furcht.« So lautete der Segensspruch aller Reisenden und Entwurzelten, auch wenn man heutzutage kaum noch jemandem auf den Straßen begegnete.

»Jelscha, Andrin, ihr verbrennt die Toten, bevor ihr aufbrecht«, befahl Cassian. »Das Feuer wird die Aufmerksamkeit anderer Dörfler wecken, falls sie den Rauch am Himmel bemerken, sodass sie dann vielleicht schon mit uns rechnen.«

Caer nickte ihm kurz zu. »Wir sehen uns heute Abend in Colmstat, Hauptmann.«

Die Eiserne Patrouille machte sich auf den Weg. Jelscha hatte sich neben ihren Bruder gestellt. Und die Armbrustschützin sah Jelscha ganz bewusst nicht an, als sie ihr Pferd wendete und davonritt.

Sobald ihre Kameraden außer Sichtweite waren, packte Jelscha die Hand ihres Bruders.

Die Bardin ging ebenfalls, um ihnen Raum für ihre Trauer zu lassen.

Weyd folgte ihr. Sein Herz dröhnte dumpf in seiner Brust. »Caer … Du kannst nicht zum Baron gehen.«

Ohne ihn anzusehen, griff sie nach Rauds Zügeln. »Wenn ich ihn darum bitte, die Menschen aufzunehmen, wird er es mir nicht verweigern.«

»Die Festung ist nicht sicher«, betonte er, als er sie eingeholt hatte. Mit gesenktem Blick fügte er hinzu: »Zumindest nicht für dich.«

»Und was soll ich deiner Meinung nach tun?«, fragte sie. »In Colmstat werde ich dem Baron dort so oder so begegnen. Oder soll ich mich vielleicht vor ihm verstecken? Soll ich etwa still und stumm in irgendeiner Ecke hocken, solange wir dort sind, damit Lurin mich nicht zu Gesicht bekommt?«

»Ich will doch nur, dass du dich nicht in Gefahr begibst«, wehrte er sich.

»Sicherheit um den Preis, vor Lurin zu kuschen?«

»Wir können sonst nirgendwohin.«

»Wir könnten nach Briva gehen«, widersprach sie. »Dort wären wir willkommen. Oder wir versuchen es über den Pass.«

»Niemand außer mir schafft es über diesen Pass!«, erwiderte er scharf. »Und das weißt du auch. Ich werde sicher nicht zusehen, wie du in irgendeiner Schneewehe erfrierst oder von den Schatten abgeschlachtet wirst, Caer. Du nicht, Jori nicht, und auch Bahr und Bellitas nicht. Wir können nicht gegen sie kämpfen. Verlange das nicht von mir.«

»Tue ich ja nicht.« Sie stützte sich mit beiden Händen auf Rauds Sattel ab. »Aber dann verlange du auch nicht von mir, tatenlos herumzusitzen, wenn ich mich nützlich machen kann, indem ich den Baron dazu auffordere, schutzbedürftigen Menschen Zuflucht zu gewähren.«

Der Wanderer verstummte, denn er wusste einfach nicht, wie er auch nur einen weiteren Einwand vorbringen sollte, ohne sich weiter wie ein übergriffiger Narr zu verhalten.

Also sagte er nichts mehr.

Caer bemerkte, wie angespannt er war, wie verkrampft er die Schultern hochzog. »Du fürchtest dich vor etwas, Weyd. Das sehe ich. Machst du dir wirklich so große Sorgen wegen Lurin, dem Schweinebaron? Mit dem werde ich schon fertig.«

Er schloss kurz die Augen. »Wir müssen jetzt zur Poststation zurückreiten.«

»Rede mit mir«, forderte sie sanft.

Er öffnete die Augen wieder. »Später«, sagte er. »Nun ist Eile geboten!«

Und so ritten sie zurück zur Poststation, begleitet von den letzten Worten der Stria, die so schwer auf dem Gemüt des Wanderers lasteten.

Bahr erwartete sie bereits vor dem Haus, als sie eintrafen. Sie saß mit ihrer qualmenden Pfeife im Schnee und sah beinahe so schlecht aus, wie sie sich fühlten. Sobald sie vom Pferd stiegen, sagte sie: »Der arme Junge ist tot.«

Wortlos nahm Weyd der Bardin die Zügel aus der Hand und führte Raud in den Stall.

Nicht genug Luft.

Er bekam nicht genug Luft. Sobald sie im Stall waren, lehnte er die Stirn gegen Rauds warme Flanke und atmete tief ein.

Ein und aus.

Warum musste die Stria mit ihren letzten Worten ausgerechnet dieses Lied preisgeben?

Warum dieses Lied?

Wer hier im Tal wusste wohl noch davon? Wer kannte dieses Lied, kannte seine Bedeutung, wusste, was Weyd der Weltenbummler damit zu tun hatte?

Der Baron.

Er musste aufbrechen. Musste selbst mit dem Eisernen Baron sprechen und ihn um Schutz für die Menschen bitten. Nicht nur, um Caer zu schützen.

Sondern auch, um sich selbst zu schützen.

Was bin ich doch für ein Held, dachte er, während er ins Haus hinüberging, um seinen Freunden mitzuteilen, dass er sofort weiterreiten würde nach Colmstat.

Als er in die Küche kam, waren Jori und Bahr bereits dabei, ihre Sachen zu packen. Bellitas half ihnen auf seine Weise, indem er vor dem Kamin lag und mit schamloser Freude die letzten Kastanien und Winterbeeren verschlang.

»Caer hat euch also alles erzählt?«, fragte Weyd. »Und habt ihr es Bellitas schon erklärt?«

»Ja …«, begann Jori, während Bellitas den Kopf hob und nickte – eine Geste, die er sich von ihnen abgeschaut hatte. Doch Bahr übertönte den alten Mann. »Nein, wir packen unsere Siebensachen nur so aus Spaß zusammen«, antwortete sie barsch. Sie hatte besonders unter dem Eisernen Baron gelitten, nachdem man sie auf See gefangen genommen und an ihn verkauft hatte. Er hatte sie als Feuersklavin in seinem Schloss schuften lassen, bis sie irgendwann fliehen konnte – in jener Nacht, als die Aufständischen singend gegen die Festung marschierten. Ein Aufstand, der nicht einmal den Sonnenaufgang erlebt hatte, doch als das erste Licht über den Horizont strömte, war Bahr aus Schloss Reuldum entkommen.

»Wir können sonst nirgendwo …« Weyd unterbrach sich. »Jori, packst du da etwa die Urne ein, die wir für deine Asche getöpfert haben?«

Der alte Mann zuckte nur mit den Schultern und schob das irdene Gefäß mit wippender Hutfeder in einen Beutel. Sie hatten gemeinsam versucht, die Urne zu bemalen, bis Weyd irgendwann frustriert aufgab, weil keiner seiner Pinselstriche den Ansprüchen des Alten genügte. »Man sollte stets vorbereitet sein.«

»Stets vorber… Ich bringe dich nach Colmstat, damit du lebst, nicht damit du stirbst!«

Wieder zuckte Jori mit den Achseln. »Ich bin nicht mehr der Jüngste, mein Lieber. Und Colmstat ist die Stadt der Eisernen und der Holzfäller, und du weißt genau, dass

Lurin ihre Zahl in den letzten Jahren ordentlich aufgestockt hat, während er gleichzeitig das Misstrauen gegen alle geschürt hat, die Sprachen beherrschen, die in deren Ohren fremd und merkwürdig klingen.«

Bellitas hatte aufgehört zu kauen. Nun legte er unglücklich den Kopf auf die Pfoten. Weyd blickte betreten zu Boden. »Glaubt mir, Freunde, es ist der sicherste Ort in diesem Tal, und wenn es irgendeine andere Möglichkeit …«

Bahr fiel ihm ins Wort, während sie mit festem Griff die Küchenmesser einsammelte: »Pass auf, Weyd, du kennst mich. Mich zieht nun wirklich gar nichts nach Colmstat, denn diese Stadt ist nichts anderes als ein Gefängnis, und diese Holzfäller sind auch so gar nicht mein Fall. Außerdem bin ich keine Närrin. Ich glaube nicht an diese hanebüchenen Geschichten, die andere gern als Seemannsgarn bezeichnen, denn ich habe mehr als genug davon gehört. Klar, ich kann mit Feuer sprechen, Caer mit Klängen und Jori mit mehr Tieren, als gut für ihn ist. Aber so etwas wie einen beschissenen Monsterkraken gibt es nicht.« Sie überlegte kurz und beschloss dann, nur die beiden größten und schärfsten Messer mitzunehmen. Bevor sie sie einpackte, warf sie Weyd einen stechenden Blick zu. »Aber wenn Caer und du nach Hause kommen und mir sagen, dass ich packen soll, weil sich irgendwelche monströsen Schatten im Tal herumtreiben, tja, dann packe ich eben, denn ihr würdet so etwas ja sicher nicht nur zum Spaß erzählen, richtig? Und wenn du sagst, dass wir nur dort in Sicherheit sind, dann ziehe ich auch in das verdammte Colmstat, denn sicherlich hast du dir das sehr gründlich überlegt und würdest das nicht nur aus einer Laune heraus von mir verlangen. Habe ich recht?«

»Nein«, versicherte Weyd hastig, »natürlich nicht. Trotzdem wünschte ich …«

Er verstummte. Der alte Jori seufzte schwer, dann ging er zu Weyd hinüber und strich sanft mit der Hand über seine Wange. Seine Finger waren rau, die Haut papierdünn und trocken. Zu dünn, zu trocken. »Möchte ich nach Colmstat ziehen?«, fragte er leise. »Nein, das möchte ich nicht. Ich möchte hierbleiben und die Sprachen der vielen Tiere dieses Tals an die menschlichen Narren weitergeben, die an ihrer Seite leben. Noch bin ich nicht tot, mein Junge, und ich klammere mich mit fast schon lächerlicher Hartnäckigkeit an die Jahre, die mir noch bleiben. Immerhin gibt es noch so viel zu tun! Es darf doch nicht sein, dass diese Sprachen mit mir von dieser Welt verschwinden, nur weil ich nicht die Zeit gefunden habe, sie vorher weiterzugeben. Aber Caer sagt, du wüsstest keinen anderen Weg, um uns vor diesen Schatten zu beschützen. Also ziehen wir nach Colmstat. Wenn du sagst, dass es so richtig ist, dann ist es das auch.«

Der Wanderer schluckte schwer. Bellitas hatte den Kopf gehoben, nickte noch einmal und wandte sich dann hingebungsvoll den letzten Winterbeeren zu.

Wie sehr sie ihm doch vertrauten.

Ohne auch nur zu ahnen, dass sie ihr Vertrauen besser nicht in ihn setzen sollten. Von all den Narren, die sie hätten wählen können, ausgerechnet in ihn.

Entschlossen richtete der Wanderer sich auf. Er würde ihnen gerecht werden. Etwas anderes kam nicht infrage. »Ich muss zum Baron und mit ihm sprechen. Ich komme so schnell wie möglich zurück. Falls ich es nicht rechtzeitig schaffe, denkt daran, pünktlich aufzubrechen, lieber früher als später. Bei Sonnenuntergang müssen wir alle hinter den Mauern sein.«

Sie nickten, und er ging durch das Lesezimmer nach draußen. In Colmstat würden sie sicher sein. Zumindest vorerst. Die Einwohner von Schur, die Entwurzelten, Bahr, Jori und Bellitas wären dort sicher. Wenigstens vor den Schatten wären sie dort sicher.

Der Wanderer betrat den Stall, um Raud noch einmal Zaum und Sattel anzulegen, auch wenn die Stute alles andere als erfreut darüber war. Vielleicht sollte er besser Demar nehmen und Raud etwas Ruhe gönnen.

Doch als er zu den Boxen ging, sah er, dass eine von ihnen leer war.

Die weiße Stute Demar war nicht mehr da.

Furcht packte ihn. Drang in seine Lunge, umklammerte seine Luftröhre, erstickte seine Stimme.

Caer war bereits nach Colmstat geritten.

Und so griff der Wanderer wütend und voller Furcht nach dem Zaumzeug, während Caer die Bardin auf die steinernen Mauern von Colmstat und die mächtige Festung von Schur zuritt. Ganz allein ritt sie an den Palisaden in den Außenbezirken der Stadt vorbei, an den Feldern und Gehöften, dem Teich und den stillen Scheunen. Vorbei an den Menschen von Schur, die noch nicht ahnten, was jenseits ihrer Einzäunung geschah, an Schweinehirten und Gemüsebauern, an Müllern, Fleischern und Gerbern, an Schmieden und Käsern. Die Geräusche ihres Tagwerks verbanden sich zu einer Sinfonie unbeschwerter Normalität, die schrill in Caers Ohren gellte. Sie hielt auf die äußere Stadtmauer zu, sah sie höher und höher werden, je weiter sie auf der gewundenen Straße vorankam, die sich vom

Fuß der Berge bis zum Schloss erstreckte. Demar wieherte unwillig, lief aber weiter, als Caer ihr ermutigende Worte ins Ohr flüsterte. Bald war die Mauer so hoch, so lang, dass es nichts anderes mehr auf dieser Welt zu geben schien, nichts außer dieser Mauer aus Sandstein, dessen Farbe schon vor langer Zeit einem dumpfen Schwarz gewichen war. Caer fragte sich, ob man des Nachts von der Mauerkrone aus bis zu den Sternen hinaufreichen könnte, wenn diese es nur wagen würden, sich zu zeigen.

Die Wache an der Eisernen Pforte registrierte ihre Oud, warf einen flüchtigen Blick auf ihr Gesicht und winkte sie dann wortlos durch. Caer durchschritt dieses Tor nicht zum ersten Mal und fand sich deshalb ohne Hilfe zurecht. Und die Eisernen Soldaten wussten, dass sie bei Lurin eine Sonderstellung innehatte. Demar suchte sich langsam und vorsichtig einen Weg durch die Menge. In den verschlungenen gepflasterten Gassen kamen sie an Kaufleuten und Handwerkern vorbei, an Geldhäusern und Gaststätten, bis sie schließlich die zweite Mauer erreichten. Colmstat war einst mehr gewesen als das zum Schloss gehörige Städtchen, es war immer weiter gewachsen, bis es zu einer großen Stadt mit vielen Post- und Signalstationen geworden war, die den Norden des Kontinents mit dem Süden verband. An der äußeren Mauer reihte sich ein Stall an den anderen, was Reisenden die Möglichkeit gegeben hatte, mit ihren Handelsgütern und Geschichten so schnell wie möglich weiterzuziehen.

Heute waren diese Ställe verlassen, Colmstat war wieder zu einem Festungsstädtchen zusammengeschrumpft. Viele der großen Häuser standen leer, die Post- und Signalstationen waren zu Ruinen verkommen. Caer kam an einigen von ihnen vorbei, als sie zur zweiten Mauer hinaufritt, wo man ihr wieder ungehindert Zutritt gewährte. Hier hatten die Leute von Schur ihre Marktstände aufgebaut wie an jedem gewöhnlichen Tag, und der Lärm der Schweine, Hühner und Ziegen hallte mit den Rufen der Marktschreier und dem Raunen der Klatschbasen über den Platz. Vorsichtig manövrierte Caer ihre Stute zwischen den Ständen hindurch, hinüber zur dritten Mauer.

Hier fragte die Eiserne Wache nach ihrem Begehr. Sie verlangte, mit Lurin zu sprechen, dem Eisernen Baron.

Sie wurde durchgelassen.

An den Stallungen vorbei ging es, an Getreide- und Nahrungsspeichern, Brunnen und der Waffenkammer, bis sie endlich den Wehrturm von Schloss Reuldum erreichte. Den alten, kalten Teil der Festung, deren Trutzturm niemals eingenommen worden war. Der nicht aus Sandstein erbaut war, sondern aus dem Gestein eines gefallenen Sterns, der einen tiefen Krater in das Tal geschlagen hatte, eben jenen Krater, in dem nun das Schloss und der Wehrturm standen, errichtet von Menschen, die lange vor den Untertanen Schurs hier gelebt hatten. Der Legende nach hatten diese Menschen die Sprache der Steine gesprochen und so nicht nur den höchsten Turm errichtet, den je ein Mensch gesehen hatte, nicht nur eine riesige Mauer aus funkelndem schwarzem Gestein, nein, sie hatten auch Schwerter und Schilde geschmiedet und vor allem Stoffe gewirkt, in denen Fasern eben jenes Sternensteins verwebt wurden; goldener, silberner Glanz in den kalten Nächten der Berge.

Und doch war nichts von ihnen geblieben als die Festung und die dritte Mauer. Und der Name des Schlosses, der in den Ohren der Untertanen Schurs so fremd klang und nun den Herrschaftssitz von Lurin bezeichnete, dem Eisernen Baron.

Drei bleiche Mägde führten die Bardin die Wendeltreppe hinauf in die Kammer hoch oben im Turm, an so vielen, vielen Schießscharten vorbei, glühend wie fahle Augen, durch die Caer hoch oben am Himmel den Qualm der Leichenfeuer in Festra sehen konnte.

Und so ging die Bardin zu Lurin, dem Eisernen Baron.

Zu dem Baron in seiner Kammer hoch oben in seinem Turm. Zu dem Baron und dem Ring Tur, der sauber und glänzend über dem ledernen Handschuh prangte. Zu dem Baron, dessen Blick nach Norden gerichtet war, auf den Rauch und das Feuer.

Zu dem Baron, der ihre Stimme hörte, noch bevor er sie sah, denn sie summte leise vor sich hin. Summte ein Lied, das ihr Mut machen sollte. Ein Lied, das einst als das Lied der Nacht bekannt war. Ein Lied, das im Tal von Schur vor langer, langer Zeit verboten worden war.

So erreichten die letzten Worte der Stria das Schloss.

So ging die Bardin zum Eisernen Baron.

3

Das Geheimnis des Wanderers

Hoch oben im Turm begegneten sich Bardin und Baron und blickten einander an.

Der Baron sah Caer an, und Caer erwiderte seinen Blick, sah ihm fest in die Augen und sagte: »Die Menschen suchen Schutz, und du wirst sie schon von den Mauern aus unter Feuer nehmen müssen, um sie daran zu hindern. Alle werden kommen, egal ob Entwurzelte oder Schurer, Dörfler, Kräuterheiler oder Schuster.«

Lurin trat einen Schritt näher. »Es gefällt mir, wenn du dich wie eine Königin gebärdest, eine heutige wie eine zukünftige.« Er hob die Hand und strich mit dem Finger über ihre Wange, wie der Wanderer es am gestrigen Abend erst hatte tun wollen. Und so wie Blanka aus Festra eine Erinnerung in ihm wachgerufen hatte, ihre Gestalt, ihr Duft, so wie Blanka aus Festra einen Geist heraufbeschworen hatte, so erinnerte ihn auch die Bardin in ihrer gesamten Art an eine andere. Wie furchtlos sie war. Wie leidenschaftlich. Und wie wunderschön sie doch sang. Das alles erinnerte den Baron so schmerzlich an jene andere Frau, als wäre diese noch immer an seiner Seite. Als stünde sie noch einmal hier mit ihm in diesem Raum, in eben jener Kammer, in der sie zusammen aufgewachsen waren. »Hereinstürmst, als würde dir das Schloss gehören. Forderungen stellst.«

Ganz sanft glitt Tur über ihre Haut. Von der Wange hinunter zu ihrer Kehle.

Die Bardin rührte sich nicht. Er sollte nicht wissen, dass sie Angst hatte. Und sie hielt stand. Nein, sie trat sogar einen Schritt vor und schob seine Hand fort. Irgendjemand hatte einmal zu ihr gesagt, Angriff sei die beste Verteidigung, auch wenn Weyd ihr diese Vorstellung gründlich wieder ausgetrieben hatte. *Flucht ist die beste Verteidigung. Flucht, nicht der Kampf. Der Kampf nimmt Leben, wo die Flucht sie rettet.*

Als sie zum Sprechen ansetzte, stellte Caer erleichtert fest, dass eine unnachgiebige Härte in ihrer Stimme mitschwang: »Immerhin ist es dein Volk, das bei dir Schutz sucht.«

»Mein Volk und die Entwurzelten.« Er ließ die Hand sinken. »Du glaubst also diese Geschichte von den Schatten, die des Nachts Unschuldige abschlachten, *sora*? Das dachte ich mir schon. Es trifft den romantischen Nerv einer Bardin, nicht wahr?«

Sie wollte etwas erwidern, doch er ließ sie nicht zu Wort kommen: »Das soll keine Kritik sein. Ganz im Gegenteil, ich finde das sehr anziehend. Frauen sollten romantisch veranlagt sein. Denn wer, wenn nicht sie, könnte ein solches Empfinden in ihren Ehemännern erwecken?«

Caer verkniff sich die wenig zivilisierte Antwort, die ihr auf der Zunge lag, und sagte stattdessen: »Ich selbst werde vier Personen mitbringen.«

Der Baron neigte lächelnd den Kopf. Oh, wie stark sie ihn doch an sie erinnerte.

An seine Schwester.

»Und selbstverständlich wirst du als Ehrengast in meinem Schloss Quartier nehmen. Ich würde während des Tages gerne einigen deiner Lieder lauschen, Mistress Caer.«

Sie runzelte die Stirn. »Nein, das möchtest du nicht.«

»Versuch es einfach«, bot er an und machte es sich auf seinem Bärenfell bequem, das auf dem Bett ausgebreitet lag. »Meine Schwester sang von Herzen gern, und ihre Stimme war von unerreichter Schönheit. Höchstens deine könnte da mithalten.« Für einen kurzen Moment wirkte sein Lächeln unsicher. »Komm, gib mir eine Kostprobe, *sora*.«

»Jetzt ist nicht die Zeit für Lieder, Herr«, wehrte Caer ab.

»Dann vielleicht später?« Er lächelte wieder. »Das ist doch sicher nicht zu viel verlangt. Sollte das, was du sagst, wahr sein, sollte die Furcht tatsächlich Gestalt angenommen haben und des Nachts umherwandern, braucht auch ein Baron in wenig Trost. Sind die Nächte so finster, sollten die Tage umso strahlender sein.«

»Jetzt ist nicht die Zeit für Lieder«, wiederholte sie nur und trat angespannt von einem Fuß auf den anderen.

»Ach nein? Braucht es nicht gerade in finsteren Zeiten deine Lieder, *sora*?«

Noch einmal verlagerte sie ihr Gewicht, wollte antworten, schaffte es aber nicht. Sie wusste nicht, was sie erwidern sollte, denn eigentlich war sie ja seiner Meinung, hätte aber nie gedacht, dass der Eiserne Baron zu einer solchen Überlegung fähig wäre. »Du glaubst also an solch romantische Vorstellungen? Daran, dass Lieder Trost spenden können? Dass die Furcht eine feste Gestalt annehmen und als Schatten durch die Nacht wandeln kann?«, fragte sie stattdessen.

»Wie gesagt, *sora* …« Lurin blickte sie an. »Erst durch eine Frau werden meine romantischen Instinkte geweckt.«

Es wollte Caer einfach nicht gelingen stillzustehen. Sie sah durch eine der Schießscharten nach draußen. »Ich bin froh, dass du es glaubst. Cassian und deine Eisernen Soldaten werden die Menschen aus den Dörfern bis zum Sonnenuntergang herbringen, soweit die Straßen das erlauben. Du musst dafür sorgen, dass auch die Bewohner aus dem Bereich hinter den Palisaden in den Schutz der Mauern kommen. Die Zäune werden einem Angriff der Schatten nicht standhalten.«

»Und wann wirst du zurückkommen, *sora*?«

Sie drehte sich zu ihm um. »Sobald ich meine Gefährten in den Schutz der Stadtmauern gebracht habe, werde ich Cassian unterstützen.«

»Ja, die Mauern könnten uns schützen«, nickte Lurin.

Nun musterte sie ihn prüfend. »Du scheinst mehr über die Schatten zu wissen, als du preisgeben willst, Herr.«

Er erwiderte ihren Blick ruhig. »Ich bin Baron, ein Herrscher. Ich weiß vieles, was ich nicht preisgeben kann, da es das Volk in Unruhe versetzen würde.«

Stirnrunzelnd erwiderte Caer: »Wie uneitel von dir anzunehmen, du könntest dich Dingen stellen, die andere nicht ertragen. Mich ängstigt man allerdings nicht so leicht.«

Er lächelte.

Wie ähnlich sie ihr doch war.

»Davon ist wohl auszugehen.« Fragend neigte er den Kopf. »Aber du weißt doch sicher Bescheid? Schließlich gehört der Vagabund zu deinen Gefährten, und er hat dir doch sicher alles darüber gesagt, nicht wahr?«

Die Bardin blieb stumm, da es darauf nichts zu erwidern gab.

Überrascht zog der Baron die Augenbrauen hoch. »Nein?« Er nahm die Schultern zurück. »Er hat dir nicht gesagt, warum er vor so vielen Jahren überhaupt nach Schur gekommen ist? Hat dir nicht gesagt, wer er ist, in welcher Verbindung er zu den Türmen des Lichts steht, welche Schuld auf seinen Schultern lastet, welch schwere Schuld? Denn er wusste, dass die Schatten sich eines Tages erheben würden. Und er gehört einer langen Reihe von Männern und Frauen an, die nicht unerheblich dazu beigetragen hat, dass es so weit kommen konnte.«

»Du lügst«, sagte Caer.

Da erhob sich Lurin, der Eiserne Baron, von seinem Bett. »Nein, tue ich nicht. Doch ich sehe, dass du nicht in der Lage bist, mir Glauben zu schenken. Warum fragst du den Vagabunden nicht selbst danach?« Er ging zur Tür und öffnete sie einladend. »Sehr gerne setze ich mich hinterher wieder mit dir zusammen, *sora*, wenn du hoffentlich ein wenig besser von mir denkst. Bis dahin habe ich einiges vorzubereiten. Bald wird mein Volk hier eintreffen, für das Unterkünfte bereitstehen müssen, meine höchste Pflicht als Herr dieses Schlosses. Sie bringen mir Korn, ich gebe ihnen Schutz. Und auch dir biete ich diesen Schutz an, obwohl du mir kein Korn eingebracht hast, kein Feld bestellt hast, kein Schwein gemästet und keine Kuh gemolken hast, nicht einmal ein Huhn geschlachtet. Vielleicht solltest du einmal darüber nachdenken, welche Art von Gegenleistung du gerne erbringen möchtest, werte Entwurzelte.«

Und so verließ die Bardin die Kammer des Barons.

Verließ den Wehrturm.

Unten an der Waffenkammer wollte sie gerade in Demars Sattel steigen, als sie plötzlich Hufgetrappel hörte und eine geliebte Stimme ihren Namen rief.

Weyd kam auf sie zugetrabt. Ernst sah er aus, grimmig und wütend. Für einen kurzen Moment schloss sie die Augen. Denn auch in ihr brodelte der Zorn.

Weyd stieg vom Pferd. Umfasste mit beiden Händen ihr Gesicht, sah sie prüfend an.

Caer schob seine Hände fort. »Es geht mir gut.«

Der Wanderer ließ die Hände noch einen Moment reglos in der Luft hängen, bevor er sie zurückzog. »Bitte verzeih, falls es dich beleidigt haben sollte, dass ich mich selbst davon überzeugen wollte.«

»Wir haben uns nur unterhalten, Weyd.« Abrupt wandte sie sich ab und stieg in den Sattel. »Das Sprechen ist für mich keine sonderlich schwierige Angelegenheit, wie du sehr gut weißt und oft genug beklagt hast. Wir haben geredet. Mehr nicht.«

»Und was hatte Lurin, der Eiserne Baron, zu berichten?«, fragte er, während er sich wieder auf Rauds Rücken schwang.

»Er wird Unterkünfte für sein Volk und alle Entwurzelten bereitstellen. Auch für uns. Genauer gesagt, hat er uns sogar Quartiere im Schloss angeboten, ist das zu fassen?«

Weyd biss sich auf die Zunge, um nicht auszusprechen, was ihm durch den Kopf schoss.

»Und du?«, fragte Caer mit einem durchdringenden Blick. »Möchtest du mir vielleicht irgendetwas mitteilen?«

»Es war nicht klug von dir, allein hierherzukommen, Caer.«

»Wieso?« Sie fuhr zu ihm herum. »Weil du der Meinung bist, dass ich ohne deinen Schutz nicht überleben kann?«

Betroffen zuckte er zusammen. »Er hätte ebenso gut einen Preis dafür verlangen können, dass er uns Schutz gewährt. Einen Preis, den du in seinem Bett zu entrichten hättest.«

Wütend kniff Caer die Augen zusammen. »Hat er aber nicht. Und selbst wenn ich beschlossen hätte, diesen Preis zu bezahlen, was soll's? Darf ich etwa nicht meinen Beitrag zu unser aller Sicherheit leisten? Singen darf ich ja auch, wann und wie ich will, und meine Stimmbänder in den Dienst des allgemeinen Vergnügens stellen. Oder soll ich diesen Einsatz meines Körpers in Zukunft etwa ebenfalls vorher mit dir absprechen? Willst du da vielleicht auch ein Mitspracherecht haben?«

»Du musst weder deinen Körper noch deine Stimme verkaufen, nur um uns ein Dach über dem Kopf zu beschaffen!«

Caer zog so heftig an den Zügeln, dass Demar empört wieherte. Eisige Kälte lag in ihrem Blick. »Hast du mich gerade eine Hure genannt?«

Weyd presste die Fäuste auf die Augen. Warum nur fragte er sie nicht einfach, was er in Wahrheit von ihr wissen wollte: Was der Baron ihr gesagt hatte. Ob er ihr überhaupt etwas gesagt hatte. »Nein, natürlich habe ich damit nicht … Caer, ich …«

»Wie schade«, fiel sie ihm ins Wort. »Denn das ist ein

wirklich ehrenvolles Gewerbe.« Sie schnalzte mit der Zunge, drückte die Schenkel in Demars Flanken und trabte an. »Beeil dich. Wir müssen einem Flüchtlingszug einheizen.«

Ohne ein weiteres Wort zu wechseln, ritten der Wanderer und die Bardin zurück zur Poststation. Dort halfen sie Jori und Bahr dabei, die letzten Dinge einzupacken. Caer kam es vor allem auf ihre Oud an, und natürlich auf ihre Waffen. Sie war in den weiten Steppen aufgewachsen, wo die Kinder das Kriegshandwerk erlernten, sobald sie laufen konnten, egal ob Junge oder Mädchen. Und so legte sie nun ihren Gambeson und ihren Fingerschutz an. Dann band sie ihren Wurfspeer und ihren halbmondförmigen Schild an Demars Sattel fest, den Pelta. Kurzbogen und Köcher schnallte sie sich auf den Rücken. Die Streitaxt kam an ihren Gürtel. Dann ging sie in die Küche hinüber. Dort verabschiedete Bahr sich ein letztes Mal von der Seekarte, die sie über dem Kamin an die Wand gezeichnet hatte, und ging anschließend mit Caer ins Lesezimmer hinüber, wo Jori mit wehmütiger Miene vor der großen Tafel stand. Seine alten, dürren Finger strichen sanft darüber.

Bahr räusperte sich diskret. Sofort hob Jori den Kopf, ließ die Hand sinken und schenkte den beiden ein Lächeln, in dem mehr als nur ein bisschen Schmerz mitschwang. »Wir werden zurückkehren«, verkündete Bahr stur. »Wir werden zurückkehren, alter Junge. Das hier ist unser Zuhause.«

»Ich weiß, altes Mädchen.« Jori kam zu ihr, und sie schlang einen Arm um seine Schultern. »Ich weiß.«

Dann rief er nach Bellitas, der oben auf dem Stalldach gesessen und sich mit Raud und Demar beraten hatte, wobei er immer wieder zum Himmel aufblickte und fremdartige Laute ausstieß, die nicht der Sprache der Füchse entstammten. Auf dem Weg nach drinnen machte er noch einen Abstecher in die Küche. Die drei hörten, wie er dort drüben rumorte. Und als er schließlich zu ihnen ins Lesezimmer kam, waren seine Wangen prall gefüllt. Zweifelsohne hatte er sie mit den letzten Winterbeeren vollgestopft. Der Fuchs tat sein Missfallen über ihren Aufbruch durch ein unglückliches Knurren kund und sprang auf Bahrs Schulter. Die ächzte leise unter seinem Gewicht. Zum Trost leckte er ihr kurz die Wange, bevor er sich um ihren Hals schmiegte.

Und so verließen sie gemeinsam die Poststation. Draußen rief Jori nach den anderen Tieren, unterstützt von Bellitas. Alle, die kommen wollten, waren eingeladen, denn auch sie waren hier in den Wäldern nicht mehr sicher.

Dann waren alle bereit. Caer bestieg Demar, und Bahr zog sich hinter ihr in den Sattel. Bellitas krallte sich an ihren Schultern fest und kaute genüsslich auf seinen Beeren herum, stieß aber noch immer diese seltsamen Rufe aus. Währenddessen half Weyd dem alten Jori dabei, auf Rauds Rücken zu steigen, bevor er selbst vor ihm Platz nahm.

Der Nachmittag war bereits weit fortgeschritten, als sie das Palisadengebiet erreichten. Nachdem sie die schneebedeckten Kiefern hinter sich gelassen hatten und aus der Stille des dichten Waldes hervorkamen, zügelten sie die Pferde. Die Ebene hinter der Einzäunung war mit dickem Schnee bedeckt und erstreckte sich beinahe wie ein zugefrorener See zwischen Wald und Stadt. Vor sich sahen sie das eiserne Stadttor. Wo am Morgen noch reges Leben auf den Feldern geherrscht hatte, waren die Scheunen, Fischteiche und Werkstätten nun leer und verlassen. Und auf dem traurigen Überrest des Grauen Pfades waren eine Menge Menschen unterwegs, Männer, Frauen und Kinder, die bereits die Hälfte der Ebene überquert hatten. Der Zug befand sich gerade zwischen den beiden hohen Hügeln, die zu beiden Seiten der Straße aufragten – zwei weitere Gräber, in denen die Kriegstoten von Schur begraben waren. Kalt und bleich ragten sie im schwindenden Licht am Straßenrand auf. Auf beiden Hügeln hatten einst stolze Lichtsäulen aus weißem Sandstein gestanden, bevor sie schließlich abgerissen wurden. Nur ihre Fundamente waren wie helle, traurige Kronen auf den Kuppen verblieben.

Caer überkam jedes Mal ein bedrückendes Gefühl, wenn sie diese Hügel sah; die Grabhügel und das Schloss dahinter. Sie war an einem Ort aufgewachsen, an dem man in Zelten lebte – ein Heim, das schnell errichtet und ebenso schnell wieder abgebaut war. Zelte in der Farbe von Sand und Gras, nicht schwarz wie die finstere Nacht.

Plötzlich spürte sie Bellitas' Zunge an ihrer Wange. Der Fuchs warf einen Blick zum Himmel hinauf, kletterte geschickt von Bahr auf Caers Schultern hinüber und sagte etwas. Klare, laute Worte.

Hinter Caer zuckte Bahr nur mit den Achseln. »Keine Ahnung, was er da sagt, aber wir sollten uns besser beeilen, Kleines. Ist niemandem geholfen, wenn wir hier rumstehen und traurig gucken.«

»Und genau das hat unser weiser Begleiter hier soeben gesagt«, erklärte Jori neben ihnen. Dann tippte er Weyd auf die Schulter. »Weiter geht's, mein Junge.«

Weyd warf der Bardin einen kurzen Blick zu, den diese

forschend erwiderte. »Müssen wir noch irgendetwas wissen, Weyd, bevor wir in die Stadt reiten?«

Er schluckte schwer. Jetzt war sicher nicht der richtige Zeitpunkt, um es zu erklären. Erst mussten sie alle in Sicherheit sein. Unversehrt und in Sicherheit.

Also schüttelte er den Kopf. Und Caer wandte sich mit einem schmerzhaften Ziehen im Bauch ab, schnalzte mit der Zunge und ritt auf Demar voran.

Wenig später hatten sie die flüchtenden Dorfbewohner eingeholt. Als Erstes erreichten sie die Kinder, die am Wegrand mit Stöcken gegen Monster kämpften, einige mit sichtlicher Begeisterung. Ein paar Jungen und Mädchen stachen mit ihren improvisierten Schwertern wieder und wieder auf eine Puppe ein, die auf dem Boden lag. Während sie das arme Ding regelrecht aufspießten, verkündeten sie lauthals, sie habe in der Nacht ein Licht entzündet und müsse deshalb nun sterben.

Caer schluckte, als sie weiterritten. Hinter ihr stieß Bahr einen leisen Fluch aus. Doch bald sahen sie auch andere Kinder, stille Kinder, die sich an den Händen ihrer Mütter, Väter, Geschwister oder Freunde festklammerten. Ungefähr auf halber Höhe des Zuges wanderte eine Gruppe alter Leute, deren Gelenke durch die Kälte schmerzten. Leise schimpfend, versuchten sie, die Furcht zu überspielen, die sie gepackt hatte, als man sie aus den Häusern scheuchte, in denen sie ihr ganzes Leben verbracht hatten. Und vor diesen wiederum marschierten einige Alte, die einfach nur auf das Stadttor zustrebten, mit wenig Gepäck beladen. Gelassen stapften sie dahin, manche von ihnen lächelten sogar, erzählten sich Geschichten oder sangen leise. Umgeben waren sie von den Männern und Frauen, die das Land bestellten, die Ziegen molken, den Käse machten und die braunen und grauen Stoffe webten, in die sie fast alle gekleidet waren. Auch die für Schur typischen Mützen waren aus diesem Stoff, mit langen Ohrenklappen, die vor der Kälte schützten. Einige Bauern hatten ihre Tiere mitgenommen: Ziegen, ein paar Schweine und sogar eine Kuh. Viele hatten Käfige mit Hühnern dabei.

Und an der Spitze des Zuges ritt ein Soldat der Eisernen Patrouille, der sich nicht einmal dazu herabließ, die Entwurzelten eines Blickes zu würdigen.

Nach und nach überholten die Gefährten sie alle und ritten durch das weit geöffnete Tor in die Stadt hinein.

Doch ein leises Flüstern folgte ihnen. Ein Wispern und verstohlene Blicke, neugierig und unfreundlich. Denn dies waren der Vagabund und seine Gefährten. Die Fremden, die Auswärtigen. Und hatte man nicht gehört, dass er selbst im Dunkeln so kämpfen konnte, als wäre es helllichter Tag? Hatte man nicht gehört, dass er den Pass selbst im Winter überqueren konnte, wo niemand sonst es wagte, weil jeden anderen in dem Schneegestöber ein eisiger Tod erwartete? Hatte man nicht gehört, dass er sich an keinerlei Regeln hielt, keine Treue kannte, kein Heim sein Eigen nannte, ein Entwurzelter war? Ein Mann, der nirgendwo hingehörte, der sich mit einer Gruppe Entwurzelter umgab.

Und nun flüchtete auch er sich nach Colmstat.

Nun verlangte auch der Vagabund nach dem Schutz ihrer Mauern und ihrer Festung, eben jener Festung, deren Lebensunterhalt sie sicherten, indem sie das Land bestellten, die Ziegen molken, den Käse machten.

Manche der Frauen und Männer musterten ihre Landarbeiter und Mägde und erinnerten sich daran, dass auch diese einst Entwurzelte gewesen waren, bevor man sie aufgenommen hatte. Entwurzelte, die im Frühjahr über den Pass gekommen waren, auf der Suche nach Arbeit. Und wenn sie jetzt so darüber nachdachten, traf das sogar auf einige ihrer Nachbarn zu, auch sie hatten nicht schon immer in Schur gelebt, oder vielleicht ihre Eltern nicht. In Colmstat gab es auch noch mehr von ihnen, fiel den Alten ein, Entwurzelte mit Geld, genug Geld, um in vierstöckigen Häusern mit großen Kaminen zu leben, immer im Schutz der hohen Mauern. Sie selbst waren vielleicht hier geboren worden, aber ihre Eltern nicht, und deren Eltern ganz sicher nicht. Genau wie der Vagabund, dieser Mann ohne Heimat, der in einer alten Poststation hauste.

Weyd bemühte sich, seine Gefährten möglichst schnell an dem Zug vorbei in die Stadt zu schleusen.

Hinter dem Tor stieg Jori vom Pferd, um sich um die wenigen Tiere zu kümmern, die seinem Ruf gefolgt waren, hauptsächlich Murmeltiere. Weyd hingegen hatte Cassian entdeckt. Schnell bot er dem Hauptmann ihre Hilfe an.

»Sehr gern«, nickte der und prüfte den Stand der Sonne, die bereits gefährlich dicht über den Berggipfeln hing. Ihr Licht überzog die schneebedeckten Felder vor der Stadt mit einem rötlichen Glanz. »Es sind noch so viele auf dem Weg hierher, und wir müssen uns beeilen.« Also ritten der Wanderer und die Bardin wieder durch das Tor hinaus, um zu helfen.

Selbst als es zu dämmern begann, kamen noch Menschen aus allen Teilen des Tals heran.

Caer ritt den Zug auf der einen Straßenseite ab, Weyd auf der anderen, während Cassian die Nachhut bildete und alle zur Eile antrieb. Bahr und Jori standen am Stadttor und versorgten Neuankömmlinge mit Wasser, bevor die Eisernen den Leuten erklärten, wo sie Zuflucht finden konnten. Die meisten Entwurzelten wurden zu den Unterkünften gelotst, die in den verlassenen Ställen eingerichtet worden waren, Relikte einer Zeit, als Colmstat noch eine große Stadt und Handelsplatz gewesen war. Heutzutage wurden sie vor allem als Lagerräume genutzt. Die Schurer und die wohlhabenderen Entwurzelten kamen in den Häusern unter, einige in luxuriösen Quartieren, andere in weniger prachtvollen.

Als die Sonne schließlich hinter den schroffen Berggipfeln versank und Weyd am Tor kurz nach Bahr sah, erklärte die ihm unmissverständlich, er solle seinen Hintern vom Pferd schwingen und sich ausruhen.

Er schüttelte nur den Kopf, schüttelte die dunklen Flecken fort, die vor seinen Augen tanzten. Nein, er war nicht müde. Nicht, wenn es noch so viel zu tun gab.

»Du brauchst Ruhe, du Idiot«, forderte Bahr trotzdem.

»Keine Zeit. Wir müssen die Tore schließen, bevor es ganz dunkel ist.«

Sie strafte ihn mit einem finsteren Blick ab.

Weyd hob ergeben die Hände. »Ich werde mich ja ausruhen, Bahr. Sobald alle drin sind.«

»Dann trink wenigstens etwas Wasser, du dämlicher Narr«, verlangte sie und streckte ihm den Trinkschlauch entgegen. Dankbar nahm er einige Züge, bevor er wieder losritt.

»Er ist ein ziemlicher Optimist, oder?«, fragte jemand in der Gemeinen Sprache.

Es war Jelscha, die junge Eiserne, der Weyd eine so vernichtende Niederlage beigebracht hatte. Jori fand, dass sie etwas von einem Luchs an sich hatte, da ihre Bewegungen von Kraft, Eleganz und Präzision geprägt waren. Sie nahm Bahr den Wasserschlauch aus der Hand und spritzte sich das kühle Nass ins Gesicht; eine kurze Pause von ihrer Aufgabe, den Dorfbewohnern ihre Quartiere zuzuweisen.

Bahr knurrte sie an.

Hastig gab Jelscha ihr den Schlauch zurück.

»Ich mein ja nur«, murmelte sie, während sie den Blick über die schier endlose Menschenschlange wandern ließ, die sich noch weit über die verschneite Ebene vor der Stadt hinzog. »Die werden es nicht alle bis hinter die Mauern schaffen, bevor es dunkel ist.«

»Dann ist es ja umso besser, dass du dort draußen so eine große Hilfe bist«, erwiderte Bahr sarkastisch.

Jelscha warf ihr einen kurzen Seitenblick zu. »Deine Stimme ist beinahe so hübsch wie die von eurer Bardin der Krähe.«

»Soll ich vielleicht ein Liedchen für dich trällern?«, fragte Bahr süßlich. »Sie hat gerade die Ballade fertiggestellt, in der Weyd euch an der Poststation den Arsch versohlt.«

»Bahr«, mischte sich Jori warnend ein, während gleichzeitig eine etwas verhaltene Stimme erklärte: »Also, ich würde mir das gerne anhören.«

Andrin war zu ihnen getreten und stand nun so dicht neben seiner Schwester, dass ihre Schultern sich berührten. Er hielt einen dampfenden Becher in der Hand, der – wenn Bahrs Nase sie nicht trog – heißen Würzwein enthielt. Ohne zu zögern, streckte er ihr das Getränk entgegen.

»Nun seht euch den an«, meinte Bahr erfreut, »das ist doch mal ein echter Freund.«

Während sie den Becher in einem Zug leerte, beugte

Andrin sich zu Bellitas hinunter, der sogleich neugierig an seiner Hand schnupperte. »Hallo, mein Freund. Wer bist denn du?«, fragte Andrin.

Jori erklärte: »Sein Name ist Bellitas. Oder zumindest kommt das seiner Aussprache seines Namens am nächsten. Zu mehr sind unsere armseligen menschlichen Zungen nicht in der Lage.« Dann verbeugte er sich vor Andrin, der die Geste leicht verunsichert, aber doch mit Freude erwiderte. »Andrin aus Festra«, stellte er sich höflich vor und nahm seinen Helm ab. Die Haare darunter waren zerzaust, sahen aber unglaublich weich aus, ebenso wie sein Bart, der im Licht der untergehenden Sonne glänzte wie Gold. Und liebenswerterweise schien ihm überhaupt nicht bewusst zu sein, wie attraktiv er eigentlich war. »Das ist meine Schwester, Jelscha.«

»Nun, Andrin aus Festra, ich bin Jori aus der Poststation, und diese werte Dame hier ist Bahr vom Midląmari, einem Meer, das ihr südlich von hier finden werdet. Seid ihr gekommen, um uns dabei zu helfen, Wasser und Brot an diese Ankömmlinge zu verteilen, die sich wirklich alle Zeit der Welt lassen?«

Gemeinsam musterten sie den Menschenstrom.

»Mir bereitet das Kopfschmerzen«, meinte Jelscha mit harter Stimme. »Was wird wohl passieren, wenn sie alle hier sind? Vor allem die ganzen Entwurzelten? Wie viele finstere Nächte werden die Bewohner des Städtchens wohl aushalten, wie lange werden sie sich der Einflüsterungen der Furcht erwehren können? Wenn es ihnen nicht mehr gelingt, wird es zu einem Massaker kommen. Es ist dumm, sie alle hierherzubringen. Und es ist dumm von ihnen zu kommen.«

»Es liegt mir fern, dir in deine herrlich pessimistische Suppe zu spucken, Jelscha aus Festra«, meinte Jori, »aber es ist nun einmal der einzige Plan, den wir haben. Es sei denn, du möchtest, dass diese Menschen ebenso von den Schatten entzweigeschnitten werden wie die Bewohner deines Heimatdorfes.«

Jelscha schluckte.

Als Andrin stumm nach ihrer Hand griff, packte sie dankbar zu.

»Das wird schon werden«, fuhr Jori eilig fort, gerade als das Ende des Menschenstroms vor der Stadt in Sicht kam. »Seht doch, das dort sind die Letzten! Und sie sind bereits an den Hügelgräbern vorbei!«

Das letzte Tageslicht flammte hinter den Bergspitzen auf.

Bahr trat unruhig von einem Fuß auf den anderen. Bald würden diese Menschen zusätzliches Licht brauchen, um das Stadttor zu erkennen, aber in diesem Tal stand es unter Strafe, nach Einbruch der Dunkelheit Fackeln zu entzünden. Dafür wurde man eine Woche in den tiefsten Kerker von Schloss Reuldum geworfen, eine Woche in völliger Stille und Dunkelheit, während einen die Ratten annagten und die Flöhe bissen und einem tödliche Krankheiten einbrachten. Dazu noch die Wachen, die jederzeit über einen herfallen konnten, einen grün und blau schlagen konnten, wenn man am wenigsten damit rechnete. Wer schrie, bekam eine weitere Woche Kerkerhaft aufgebrummt. Und so gab es auch keine Fackeln an den Eisernen Toren, nur zwei große Flaggen mit dem Wappen von Schur, einem grauen Amboss auf schwarzem Grund. Selbst auf den Wehrgängen zu beiden Seiten des Torhauses waren keine

Fackeln zu finden, nur noch mehr Flaggen von Schur, zehn an der Zahl in einer langen, stolzen Reihe.

»Sagt mal«, überlegte Jori, während er sich dichter an Bahr und Bellitas drängte, um die Kälte abzuwehren, und gleichzeitig weiter Wasser verteilte, »wann genau beginnt eigentlich die Nacht? Denn bislang sehe ich keine anderen Schatten als unsere eigenen, und ich habe es jetzt schon satt, mich vor denen zu fürchten.«

Lächelnd streckte er dem nächsten Ankömmling, der durch das Tor trat, den Krug entgegen. Der Mann war hochgewachsen und hatte ein beinahe altersloses Gesicht. Sein Mantel glänzte, als wäre er aus Gold. Einen Augenblick lang hatte Jori das Gefühl, ihm irgendwo schon einmal begegnet zu sein. Doch vielleicht lag das nur an seinem exquisiten Kleidungsstil. »Mein Kompliment für deinen tadellosen Geschmack in Sachen Mode«, lobte er. »Es freut mich immer von Herzen, wenn Männer sich Mühe geben, was ihr Äußeres betrifft.«

Der Mann sah Jori an. Über sein Gesicht huschte etwas, das beinahe an Erstaunen grenzte.

»Vielen Dank«, antwortete er schließlich. Er wollte noch etwas hinzufügen, doch da hörten sie es.

Die Trommeln.

Die Trommeln in den Tiefen der Berge.

Die Trommeln.

Das war der Moment.

Das war der Moment, in dem die Schatten sich erhoben.

Aus der Tiefe, aus der Finsternis stiegen sie empor.

Zwei waren es. Groß, schwarz und lautlos glitten sie hinter den Grabhügeln hervor. Verharrten dort.

Ja, nur zwei waren es zunächst. Zwei riesige Gestalten, hoch wie die Grabhügel in ihrem Rücken.

Und dann glitt der dritte heran, glitt über den Grauen Pfad.

Und der vierte.

Bahr zögerte nicht. Sie rannte zur Treppe und stieg auf den Wehrgang hinauf. Dort lehnte sie sich über die Zinnen und brüllte mit einer Stimme, die durch jahrelange Seefahrerkommandos geschult war: »Lauft!«

Caer und Weyd fuhren herum, als sie die Warnung hörten. Wie Cassian. Wie die Dorfbewohner. Sie alle wirbelten zu den Hügelgräbern herum.

Wo die Schatten warteten.

Und ihre Trommeln dröhnten.

In der Tiefe, der Finsternis der Nacht dröhnten ihre Trommeln. Durch das ganze Tal hallten sie. An den Berghängen, über die Palisaden hinweg, bis hin zum Eisernen Tor.

Die Schatten waren gekommen.

Die Dorfbewohner rannten los. Draußen vor dem Tor löste Cassian die *drimba* von seinem Gürtel und schickte drei fordernde Töne los. Auch sie hallten von den Bergen wider, von den Mauern und Hauswänden in den Straßen, genau wie die Trommeln. Riefen die Eisernen ebenso zu den Waffen wie die Holzfäller. Der Wanderer und die Bardin fanden zueinander, stellten sich Seite an Seite.

Jelscha drückte noch einmal die Hand ihres Bruders, dann ließ sie ihn los, um zu ihren Kameraden zu laufen.

Andrin hielt sie fest.

»Es gibt keine Möglichkeit, sie zu besiegen«, flüsterte er drängend.

»Cassian ruft uns«, raunte sie ebenso leise.

»Jel«, flehte er weiter, »wir können sie nicht besiegen, Jel.«

Sie schüttelte den Kopf. »Dann bleib hier.« Schnell drückte sie ihm einen Kuss auf die Stirn. »Bleib hier und besetze den Wehrgang. Sei unser Späher.«

Damit rannte sie los. Und während Andrin und Jori auf der rechten Seite des Torhauses zum Wehrgang hinaufstiegen, wo Bahr bereits Ausschau hielt, sprang die Eiserne Patrouille unten am Tor auf ihre Pferde, und die Holzfäller, die großen, starken Holzfäller mit ihren Äxten strömten aus ihren Häusern. Während die Eisernen mit gezogenen Waffen durch das Tor preschten, die Holzfäller als Fußtruppe im Schlepptau, mussten Andrin, Jori und Bahr von oben zusehen.

Sie sahen, wie immer mehr Schatten über den Grauen Pfad heranglitten – fünf, sechs, dann sieben.

Reglos verharrten sie.

Acht.

Neun.

Während die Dorfbewohner rannten, um ihr Leben rannten, raunend, flüsternd, auf einer Welle der treibenden Furcht, ritt die Eiserne Patrouille durch das Tor hinaus, hinaus zur Bardin, hinaus zum Wanderer. Hinter ihnen stürmten die Holzfäller heran. Gemeinsam formierten sie die Abwehr, zwölf schwarze Federn, die dunklen Kapuzen von Caer und Weyd, die funkelnden Äxte der Holzfäller. Und die Nacht wurde finster, so absolut finster.

Weyd drehte sich zu Cassian um. »Wir brauchen Licht«, flüsterte er.

»Es ist verboten«, raunte der Hauptmann durch die Zähne.

Der Wanderer atmete tief ein, dann wieder aus. Schließlich zog er eine Fackel aus dem Bündel, das er aus der Poststation mitgebracht hatte. »Dann müssen wir es eben tun.«

Und so waren es nur Caer und er, die Fackeln entzündeten und sie hoch in die Luft streckten, nur Caer und er, die ein Licht in die finstere, finstere Nacht brachten.

Zehn.

Elf.

Die Pallasche der Eisernen glänzten rot im Licht der Fackeln. Die Holzfäller umklammerten ihre Äxte. Weyd hatte sein Schwert noch nicht gezogen. Caer hob ihren Schild.

»Ihr habt gesagt, man kann sie nicht besiegen«, raunte Andrin Jori zu. Seine Stimme klang schwach und verloren.

»Vielleicht ja doch«, erwiderte Jori leise. »Vielleicht ja doch, mein Junge.«

Ein zwölfter Schatten glitt heran.

Ein dreizehnter.

Weyd hatte sein Schwert noch nicht gezogen.

Zwischen den Grabhügeln glitt ein vierzehnter Schatten hervor.

Nebeneinander aufgereiht, blickten sie zum Schloss hinüber, zu den Eisernen, zu dem Menschenstrom, der auf das Stadttor zuhastete. Die Pferde begannen zu wiehern, scharrten unruhig mit den Hufen.

Dann hallte Weyds Stimme über die Ebene, laut, klar und ruhig. Schaudernd hörten sie alle, wie er in der Gemeinen Sprache rief, so laut, so laut: »Kommt nicht näher!«

Die Schatten verharrten reglos.

Wieder rief Weyd zu ihnen hinüber, diesmal in der Sprache von Schur. Dann versuchte er es auf Pausian und in allen anderen Sprachen, die er kannte, befahl ihnen jedes Mal, nicht näher zu kommen. Sagte ihnen, dass hier nichts als Frieden gewünscht werde und dass sie gerne daran teilhaben könnten, wenn das ihr Begehr sei.

Die Schatten verharrten reglos. Selbst ihre Trommeln verstummten.

In diesem Moment gab es keine Seele in Colmstat, die nicht hoffte. Die Eisernen, der Wanderer, die Bardin und ihre Gefährten oben auf dem Wehrgang. Die Holzfäller und die Dorfbewohner und selbst der Baron in der höchsten Kammer seines Wehrturms, der noch nie erobert worden war. Sie alle verspürten die Hoffnung, dass der Wanderer eine Sprache sprechen könnte, die von den Schatten verstanden wurde.

Denn die Schatten verharrten reglos. Traten nicht einen Schritt weiter vor. Vierzehn Gestalten verharrten reglos in der Dunkelheit.

Und der Wanderer flehte, er flehte all die Sterne an, die er in der finsteren Nacht nicht sehen konnte, flehte sie an, dass er eine Möglichkeit finden möge, die Schatten abzuwehren.

Und dann hörten sie alle das Geräusch.

Flügel, viele Flügel.

Vögel.

Über dem dichten Wald stiegen Vögel auf, höher und höher flogen sie, so weit hinauf, wie sie nur konnten.

Und dann kamen die Schatten heran.

Mit langen, fließenden Schritten kamen sie heran. Der Schlag ihrer Trommeln dröhnte wieder durch das Tal.

Die Pferde wieherten. Cassian raunte einen Befehl. Rechts

und links von ihm hoben Jelscha und die Rothaarige ihre Armbrüste.

Zielten.

Schossen.

Widerstandslos glitten ihre Bolzen durch die Schatten hindurch.

Das letzte Tageslicht erstarb. Die Nacht war nun in vollkommene Finsternis gehüllt. Doch im Schein der Fackeln glaubten sie alle für einen Moment ein Gesicht in den Schatten auszumachen.

Es war die bleiche Maske des Todes.

Die Pferde verfielen in Panik; für die Schlacht geschulte Tiere, und doch verfielen sie in Panik. Lediglich sechs der Eisernen gelang es, ihre Tiere unter Kontrolle zu halten. Die restlichen wurden abgeworfen oder einfach davongetragen, nur fort von den Schatten, die weiter unaufhaltsam vorrückten. Weyd musste sämtliche Reitkünste aufbieten, die er sich in vielen Jahren angeeignet hatte, um Raud zu einer Wende zu bewegen. Die flüchtenden Menschen brauchten Licht, und er hielt eine Fackel in der Hand. »Wir müssen den Zug beschützen!«, brüllte er, und die noch im Sattel verbliebenen Soldaten folgten ihm, ebenso wie die Holzfäller.

Alle bis auf einen. Ein Pferd rannte in blinder Panik direkt auf die Schatten zu.

Jelschas Pferd.

Andrin schrie lauter als jeder andere, warf sich beinahe über die Mauerzinnen. Selbst unten auf der schneebedeckten Ebene hörte Caer seinen Schrei. Sie war auf dem Pferderücken groß geworden, und Demar würde ihr überallhin folgen.

Deshalb trieb sie die Stute nun weiter an, während sie dem Wanderer zurief: »Beschützt ihr den Zug!«

Dann jagte sie Jelscha hinterher.

Die Eiserne Patrouille und die Holzfäller gehorchten. Wieder erteilte Cassian einen leisen Befehl. Geschickt zogen die Eisernen ihre abgeworfenen Kameraden zu sich in den Sattel, dann galoppierten sie über die Ebene zu den Dorfbewohnern hinüber, die noch immer auf das Tor zurannten, immer dem Licht des Wanderers folgend, das verhinderte, dass sie sich gegenseitig tottrampelten. Dem Wanderer, dessen Herz so wild raste, dass er es bis in die Kehle spürte. Der einfach nicht genug Luft in seine Lunge pumpen konnte, während er sich immer wieder umdrehte, ganz darauf vertraute, dass Raud von allein den Weg fand, da er nach Caer Ausschau halten musste. Die Schatten kamen näher. Jelscha versuchte noch immer, ihr kopfloses Pferd unter Kontrolle zu bekommen. Langsam schloss Caer zu der jungen Frau auf. Und die Schatten kamen näher, immer näher.

Langsam.

Stetig.

Unbeirrbar.

So laut klopfte sein Herz, während der Wanderer zu der Frau hinüberstarrte, die er liebte.

Krampfhaft umklammerte er die Zügel. Er konnte nicht umkehren, denn neben ihr hielt er das einzige Licht, und jene die flüchteten, sie brauchten ihn.

Also zog er die Zügel an. Raud wieherte wild und rannte auf das Eiserne Tor zu, wusste, dass sie ihn in Sicherheit bringen musste, egal zu welchem Preis, denn er war ihr Freund.

Und oben auf dem Wehrgang erklang eine Stimme, tief, so tief, dass sie nicht durch die Luft zu gleiten schien, sondern wie ein Beben durch die Erde drang, durch die steinernen Mauern, durch die Adern jedes Einzelnen.

»Entzündet die Feuer!«

Als Jori sich umdrehte, sah er, dass ein Mann zu ihnen getreten war; der Mann mit dem goldenen Mantel. Der Mann mit dem alterslosen Gesicht.

Doch ihm blieb keine Zeit, ihn sich genauer anzusehen, denn der Mann packte ihn an den Schultern und flüsterte noch einmal: »Entzündet die Feuer!«

Licht.

Feuer!

Und während Jori hastig nach einer Fackel suchte, hatten die Schatten Jelscha erreicht.

Mit einem wilden Schrei sprang sie von ihrem Pferd und versuchte sich abzurollen, aber Caer konnte hören, wie ihre Knochen brachen.

Das Pferd rannte weiter, direkt hinein in den ersten Schatten.

Und der Schatten zog seine Klinge, seine fahle Klinge, die selbst in der finsteren Nacht weiß schimmerte.

Alle sahen, wie er das Pferd in zwei Hälften zerschnitt.

Blut spritzte aus dem verstümmelten Körper, durchtränkte den Schatten, und der Schatten blähte sich auf, schwoll an, wuchs.

Alle sahen, wie er wuchs, anschwoll, sich aufblähte.

Alle sahen sein Gesicht, aus dem ihnen der Tod entgegenblickte.

Alle hatten zu wissen geglaubt, was Furcht sei.

Keiner von ihnen hatte wahre Furcht auch nur erahnt.

Der Schatten drehte sich, wandte sich Jelscha zu. Jelscha, die rückwärts vor ihm davonkroch, ein Bein nutzlos mitschleifend. Caer jagte auf sie zu, den Schild in der einen Hand, die Fackel in der anderen.

Jori wirbelte herum. »Bahr!«, brüllte er, denn nun blieb keine Zeit mehr, um zu flüstern. »Caers Fackel!«

Und Bahr rannte über den Wehrgang, warf sich in eine der breiten Schießscharten und flehte die Flamme an der Fackel an, flehte in der zischenden, knackenden Sprache des Feuers.

Und Demar trug Caer zu den Schatten, bis in die Reichweite ihrer Schwerter, denn das Pferd war ebenso wenig bereit, sich der Furcht zu beugen, wie seine Reiterin. Gemeinsam schoben sie sich zwischen Jelscha und den finsteren, den aufgeblähten, den tödlichen Schatten.

Lautlos hob sich die fahle Klinge. Gleichzeitig hob Caer den Schild.

Noch einmal brüllte Bahr die Fackeln an.

Und plötzlich schossen die Flammen in die Höhe, die in der Hand des Wanderers und die in der Hand der Bardin. Größer und größer wurden sie, wuchsen hinaus über die Kronen der Bäume, hinaus über die aufragenden Schatten, hinauf, als wollten sie den Himmel berühren. Höher, immer höher reckten sie sich, wurden so gleißend hell, so strahlend blau, dass alle von ihnen geblendet wurden. Ihre machtvolle Hitze verzehrte die Fackel in nur einem Moment, und Caer ließ sie mit einem verblüfften Aufschrei fallen.

Die Schatten zögerten.

Für einen Augenblick nur zögerten sie.

Ein Augenblick war genug.

Caers Linke war verbrannt, aber ihre rechte Hand war unversehrt. Demar warf sich herum, Caer streckte den Arm aus. Jelscha packte zu.

Mit einem Schrei, der bis zu den Zinnen hinauf zu hören war, zog Caer Jelscha auf Demars Rücken. Und sobald die Stute den zweiten Reiter auf ihrem Rücken spürte, sobald Caer ihr die Schenkel an die Flanken presste, preschte sie los, floh in gestrecktem Galopp. Sie wartete nicht ab, sie rannte einfach.

Und die Fackeln auf dem Boden erloschen. Denn auch Weyds war hinunter gefallen.

Nun war die Nacht wieder finster, raubte jedem die Sicht außer Bellitas und den Pferden. Die Menschen hörten nur das Stampfen vieler Füße, als die Dorfbewohner blind um ihr Leben rannten; das Raunen und Flüstern, das Raunen und Flüstern der Holzfäller, voller Zorn und Furcht; das Donnern der Hufe, das plötzlich langsamer wurde, da die Eisernen den Weg zum Tor nicht mehr fanden. Voller Verzweiflung hallte das Signal der *drimbas* durch die Nacht.

»Folgt dem Stern!«, rief der Wanderer, auf Schurisch und in der Gemeinen Sprache. Das einzige Licht kam nun von der Brosche auf seiner Brust.

Und Jori, Jori hörte es wieder in der Dunkelheit, hörte es, als würde die Stimme des Mannes in dem goldenen Mantel durch seine Adern gleiten, sein Blut durchdringen: *Entzündet die Feuer.*

Blind tastete er nach Bahrs Hand. »Die Flaggen am Tor«, flüsterte er. »Wenn wir die in Brand stecken, können sie uns finden.«

Damit zerrte er sie hinter sich her, tappte hilflos durch die Dunkelheit. Die finstere Nacht ließ ihn stolpern, und er wäre wohl gestürzt, hätte ihn nicht im letzten Moment jemand aufgefangen. »Ich komme mit!« Joris freie Hand wurde gepackt. Es war Andrin. Die Haut zwischen seinen Fingern war rau.

Blind tasteten sie sich zu den Stufen vor und versuchten verzweifelt, sich am Stampfen der Füße und dem Wiehern der Pferde zu orientieren. An dem Raunen und Flüstern in der Dunkelheit. Und über allem hing das Geräusch der aufgeblähten, wachsenden, anschwellenden Schatten. Der Schatten, die Jagd auf die Bardin machten. Der Schatten, die Jagd auf den Wanderer machten. Jagd machten auf Jelscha und auf die Dorfbewohner draußen vor dem offenen Tor.

Jori machte einen Schritt nach rechts.

Blieb stehen.

Drehte sich nach links.

Nichts. Er sah nichts. Wusste nicht, wohin er gehen musste.

Bis er weichen Pelz an seinen dürren, zitternden Knöcheln spürte.

Bellitas hatte sich vor ihm aufgebaut.

Bellitas sah mit seiner Nase und seinen Ohren. Er könne ihn die Stufen hinunterführen, erklärte der Fuchs dem Alten, und der Alte dankte ihm. Und Bellitas drückte seinen weichen Schwanz an Joris Schienbein und führte ihn. Stufe um Stufe schlich der Fuchs hinunter, und Jori, Andrin und Bahr folgten ihm. Er führte sie nach draußen, vor das Eiserne Tor. Jori tastete an der Mauer entlang. Spürte kalte, mächtige Steine, wo er nach den Flaggen suchte. Bahr murmelte bereits beschwörende Worte, sprach bereits mit einem Feuer, das noch gar nicht aufgeflammt war, während auch sie hastig suchte.

Andrin hob die Hand, und sei es nun schieres Glück

oder sein gutes Gedächtnis, sie landete direkt auf einer der Flaggen. Mit einem atemlosen Laut des Triumphes zog er an dem Stoff, den Bahr ihm sofort aus der Hand riss. Jori hauchte einen leisen Dank zu Bellitas hinunter, während Bahr in ihren Taschen kramte.

Dann entzündete sie das Licht.

Sobald die Flamme zum Leben erwachte, bat Bahr sie inständig zu brennen, zu brennen, so hell zu brennen wie sie konnte.

Die Flamme zögerte.

Flackerte.

Bahr hauchte ein Wort, das die anderen nicht kannten.

Es klang wie ein verzweifeltes *Bitte.*

Die Flamme flackerte. Zögerte.

Dann ging sie aus.

Fluchend tastete Bahr nach dem Zündstein. »Bahr!«, raunte Jori, was sie mit einem ebenso leisen »Halt verdammt noch mal die Schnauze« quittierte. Noch einmal entzündete sie ein Licht.

Noch einmal bat sie die Flamme, hell und heller zu brennen. Diesmal flehte sie nicht. Sie stichelte, spottete, forderte die Flamme heraus, heller zu brennen als je ein Feuer zuvor.

Die Flamme flackerte unschlüssig.

Dann streckte sie sich, wurde heiß und blau.

Jori konnte nicht anders, er musste einfach einen triumphierenden Schrei ausstoßen. Das Licht zeigte Andrin, wo die zweite Flagge hing, und sofort lief er hinüber und zog sie heran.

Bahr zischte und fauchte, spornte das Feuer weiter an, sprach ihm Mut zu.

Und mit einem wilden Brüllen sprangen die Flammen auf die zweite Flagge über.

Denn Feuer liebt nichts mehr, als zu brennen.

Ein erleichtertes Raunen breitete sich aus. »Das Tor!«, flüsterten etliche schurische Stimmen. »Dort sind wir sicher!« Und nun, wo sie wieder sehen konnten, gaben die Holzfäller leise ihren Schlachtruf weiter, ebenso wie die Eiserne Patrouille: »Für Schur!« Sie wiederholten ihn in der Gemeinen Sprache, dann im Dialekt der Grenze, und unzählige Stimmen, unzählige Füße näherten sich dem Tor, das nun deutlich zu sehen war im Licht der brennenden Flaggen, deren gleißender Schein die finstere Nacht durchdrang. Die Dorfbewohner hasteten an ihnen vorbei, Kinder mit Puppen und Stöcken, Frauen mit Ziegen, ein alter Mann, in dessen Augen die helle Verzweiflung brannte. Bahr drückte kurz Joris Schulter und lief dann wieder zum Wehrgang hinauf. Sekunden später flammte oben auf den Zinnen ein helles Feuer auf, so grell, dass Bellitas sein Gesicht an Andrins Schienbeine presste.

Jori blickte hinauf und sah, wie Bahr all die Flaggen von Schur entzündete, die oben an den Zinnen hingen, ein immer strahlenderes Licht schuf, ein Licht, auf das die Menschen zustrebten, um dem Schrecken zu entfliehen.

Und im Licht der brennenden Flaggen entdeckte Jori nun auch Raud, die in gestrecktem Galopp auf ihn zuraste, den Wanderer auf ihrem Rücken mit dem rot funkelnden Stern auf der Brust. Hinter ihm kamen die Eisernen und die Holzfäller. Und hinter ihnen galoppierte Caer die Bardin mit Jelscha vor sich im Sattel. Die Gesichter der Frauen waren durch Ruß und Entsetzen gezeichnet. Jori und Andrin brüllten ihre Namen, winkten im Licht des Feuers.

Und dann sahen sie die Schatten.

Die Schatten traten in das Licht der brennenden Flaggen.

Und wie gleißend ihr Schein auch sein mochte, die Schatten erstickten ihn. Kein noch so helles Licht konnte sie berühren. Kein Feuer konnte sie länger als einen Augenblick lähmen. Sie kamen.

Langsam.

Stetig.

Unbeirrbar.

Kamen näher und näher, mit ihren Klingen wie von Feuer weiß und kalt, mit ihren Mänteln, gewirkt aus den Fasern der finsteren Nacht. Größer und größer wurden sie, hoben unaufhaltsam ihre Schwerter.

Direkt hinter der Bardin auf ihrer weißen Demar.

Joris Herz setzte einen Schlag aus.

»Du kannst es schaffen!«, brüllte Bahr oben auf dem Wehrgang. »Du kannst es schaffen, Caer! Dreh dich nicht um!«

Und Caer beugte sich über den Pferdehals, und wie durch ein Wunder oder reine Willenskraft wurde Demar noch einmal schneller, jagte durch die Nacht, als wäre sie selbst eine weiß glühende Flamme.

Nun erreichte Raud das Tor, zusammen mit den letzten Dorfbewohnern. Jori lief zu der Stute, lief zum Wanderer, der bereits sein Pferd herumdrehte, um seiner Bardin entgegenzureiten. »Du kannst ihr nicht helfen!«, rief Jori und griff ihm in die Zügel.

Und auch Andrin war mit ihm heruntergekommen, und auch er machte Anstalten hinauszustürmen. Auch er wurde zurückgehalten, von dem Mann im goldenen Mantel. Er berührte Joris Unterarm, so sicher und tröstlich wie der Sonnenaufgang, und flüsterte: »Wir müssen das Tor schließen.«

Bevor Jori ihm widersprechen konnte, kam Cassian mit seinen Soldaten herangeprescht. Der Hauptmann parierte mühsam sein Pferd durch, ließ seine Männer und Frauen vorbeireiten, sprang vom Pferderücken und wiederholte leise eben jenen Befehl: »Torschließung einleiten!«

»Nein«, protestierte Jori erstickt, während Andrin in der Sprache der Schurer zischte: »Du verdammter Hurenso...«

Cassian packte Andrin am Kragen. Auch in seinem Gesicht spiegelte sich das blanke Entsetzen. In seinem Sattel hing bewusstlos die rothaarige Armbrustschützin, die von ihrem Pferd abgeworfen worden war. Die roten Strähnen fielen offen herab, die Armbrust hing nutzlos an ihrem Rücken. »Wofür hältst du mich?«, zischte er voller Zorn und Furcht. »Wir werden das Tor offen halten, solange es geht, aber irgendwann müssen wir es schließen, sonst dringt dieses Grauen in die Stadt ein! Rein mit euch, verdammt. Macht, dass ihr reinkommt!«

Und so wurde das Eiserne Tor langsam geschlossen. Demar hetzte weiter tapfer auf die Mauer zu. Die schweren eisernen Torflügel schabten über die Erde. Vierzehn Schatten, vierzehn Schwerter, unaufhaltsam, wuchernd, tastend. Demar jagte über die Ebene. Schweiß und weißer Schaum lösten sich von ihrem Maul. Das Tor schloss sich, immer schmaler wurde die Öffnung. Caer umklammerte Jelscha mit der verbrannten Hand, hielt sich mit der gesunden an Demar fest. Ihr Gesicht war schmerzverzerrt, Jelscha war kaum noch bei Bewusstsein. Das Tor. Und so hoch ragten die Schatten auf, so weit, erstickten das helle Licht.

Weyd beobachtete, wie die beiden auf ihn zuritten. Nur noch hundert Meter. Neunzig. Im Licht der Feuer schienen die Schatten noch weiter zu wachsen. Caer öffnete den Mund, rief Demar etwas zu. Die erhobenen Klingen der Schatten ließen selbst die Luft verbrennen. Nun war das Tor so weit geschlossen, dass gerade noch ein Pferd hindurchkäme. Fünfzig Meter. Ein Schatten heftete sich an ihre Fersen. Caer drehte sich nicht um.

Sie blickte nur nach vorn, nur zu Weyd.

Vierzig Meter.

Dreißig.

Demar stieß ein schrilles Wiehern aus.

Zwanzig.

Caer sah ihn an.

Fünfzehn.

Konnte sich kaum noch im Sattel halten.

Zwölf.

Ein Schatten, so dicht hinter ihr.

Zehn.

So dicht. So riesengroß. Zwei schwarze Ranken tasteten sich an sie heran. Griffen nach ihr.

Acht.

Caer spürte es. Ja, sie spürte es. Wie diese Tentakel nach ihr griffen. Spürte die erhobene Klinge in der finsteren Nacht.

Spürte, dass sie nah genug waren.

Fünf.

Wieder ertönte oben auf dem Wehrgang ein Schrei.

Nur noch ein letzter Schub.

Sämtliche Flaggen von Schur wurden zu gleißenden, strahlenden Flammen, flackerten grell und blau, so grell, dass die Menschen geblendet die Augen schließen mussten.

Und dann schoss Demar mit einem gigantischen Satz durch das Tor, und sobald ihre Hufe den sicheren Boden berührten, ließ die Eiserne Patrouille das Tor ins Schloss fallen.

Und die Schatten stürmten gegen das Tor an, zwei, dann vier, dann acht, dann zehn, schließlich vierzehn. Vierzehn weiße Klingen hieben auf das Tor ein, hinter dem sie alle standen, schlugen gegen das Eisen, so laut wie ein Gewittersturm, so laut wie der Donner, wenn er durch das Tal rollte, und wer konnte, warf sich zu Boden und hielt sich die Ohren zu.

Und dann kam die Stille. Stille in der Finsternis.

Nichts war zu hören außer gepressten Atemzügen. Nichts war zu sehen außer der finsteren Nacht.

Bis das Flüstern einsetzte – überall: auf dem Wehrgang, hinter dem Tor, in den Straßen der Stadt. »Sie können nicht durch das Tor?«

»Was hält sie ab?«

»Wo sind sie hergekommen?«

»Wer hat sie hierhergeführt?«

»Können sie wirklich nicht durch das Tor kommen?«

Die Menschen flüsterten in der Finsternis. Auch Bahr oben auf dem Wehrgang hörte sie. »Und wenn sie in diesem Augenblick über die Mauer klettern?«

»Und wenn sie in diesem Moment das Tor einreißen?«

Verbissen entzündete sie ein weiteres Licht, auch wenn es verboten war. An einem Stück ihrer eigenen Tassel entzündete sie es, denn ihr war nichts anderes geblieben, wovon die Flammen zehren konnten.

Der Soldat neben ihr keuchte leise. Zeigte zum Tor hinunter.

Im Licht ihrer Flamme,

ihrer hellen Flamme in der finsteren Nacht,

konnten sie das Eiserne Tor unter sich sehen.

Konnten sie die Schatten sehen.

In einer Reihe standen sie dort unten.

Vierzehn Schatten.

Groß, lautlos und unbeirrbar.

Sie waren hier. Sie versuchten nicht, das Tor einzureißen. Versuchten nicht, über die Mauer zu klettern. Doch gehen würden sie nicht.

Colmstat war belagert.

Unten hinter dem Tor stürzte Andrin inzwischen auf Demar zu. Auf seine Schwester, die er doch nicht sehen konnte. Weyd stieg von Raud herab und folgte ihm mit ausgestreckten Armen, um Demars Fell zu ertasten.

Doch es war Caer, die seine Finger fand. Sie fest umklammerte. Mit der verbrannten Hand, verbrannt wie seine, doch den Schmerz schien sie nicht zu spüren.

»Jelscha ist nichts passiert«, flüsterte sie. »Komm her, Andrin, komm her. Es geht ihr gut. Wir sind jetzt in Sicherheit.« Sie zitterte am ganzen Körper, ebenso wie Demar unter ihr. »Sicher und unverletzt, wir alle.«

»Na ja, du brauchst wohl eher einen Heiler, meine Liebe«, raunte Jori ihr zu. »Wir brauchen einen Heiler!«

Plötzlich schimmerte es golden in der Dunkelheit, und ein Mann trat zu ihnen. Die Bardin und der Wanderer konnten ihn nur schwer ausmachen, doch Weyd drang der Geruch von Kräutern in die Nase, und er hörte Glas klirren.

Der Mann wandte sich Weyd zu und erklärte mit sanfter Stimme: »Du musst ebenfalls versorgt werden, Wanderer.«

»Kümmere dich zuerst um die beiden«, murmelte Weyd. »Um sie.«

Er taumelte.

Jemand fing ihn auf. Der Arm des Heilers stützte ihn, der Heiler in seinem goldenen Mantel. »Licht«, bat er leise. »Wir brauchen Licht.«

Und in der finsteren Nacht ließ der Wanderer sich fallen. Denn nun waren sie in Sicherheit. Alle in Sicherheit.

Während der Heiler sanft die Hand des Wanderers verarztete, legte Andrin seine Schwester auf die blanke Erde. Der Heiler tastete im Dunkeln ihre Knochen ab. Jori half inzwischen Caer aus dem Sattel und raunte ihr zu: »Gut gemacht. Sieh dir an, was du geschafft hast.«

Sie kämpfte gegen das Zittern in ihren Knien an, und so wandte er sich Raud und Demar zu und erklärte den beiden Stuten in der Sprache der Pferde dasselbe, was er gerade zu ihr gesagt hatte.

Die Bardin lehnte sich gegen die Mauer. Wellenartige Krämpfe schüttelten ihren Körper. »Wartet nur ab, was für ein Lied ich daraus machen werde«, brabbelte sie fahrig. »Es wird grandios werden. Es wird … die Geschichte einer wahren Heldin … einer Stute, genau, und sie wird …«

Ihre Stimme zitterte so sehr, dass sie innehalten musste. Blind tastete sie in der Dunkelheit nach dem Wanderer. Lehnte sich an ihn, ihren Kopf auf seine Schulter. Lauschte seinem Atem.

Und während der Heiler Jelscha versorgte und Jori sich um die Pferde kümmerte, begann sie leise zu singen.

Das Lied der Nacht sang sie, denn es kam ihr in diesem

Moment in den Sinn. Das Lied der Nacht, wie die Stria es gesungen hatte, in dieser merkwürdigen Sprache, die Caer nicht kannte.

Hoch hinauf auf den Wehrgang drang ihre Stimme, hoch hinauf und hinaus in die Nacht, über Mauern, Türme und Berge hinweg. Und Bahr, die noch immer dort oben stand und das Flämmchen von ihrer Tassel zehren ließ, meinte eine Bewegung unten am Tor auszumachen.

Die Schatten bewegten sich.

»Schluss mit dem Gesang!«, zischte ein Soldat neben ihr. Die Angst ließ seine Stimme brüchig werden. »Aufhören!«

Das Stück ihrer Tassel zerfiel zu Asche. Bahr konnte die Flamme nicht länger halten. Sie presste die Hand gegen die Mauer und keuchte.

Doch für einen Moment, das hätte sie jederzeit geschworen, hatte es so ausgesehen als wären die Schatten zurückgewichen.

»Schluss mit dem Gesang!«

Die Menge unten am Tor griff das Flüstern auf.

»Schluss mit dem Gesang!«

Einer der Sprecher löste sich aus der Menge. Es war ein Holzfäller. Mehr und mehr begannen zu flüstern. Cassian pfiff mit seiner *drimba*, bis wieder Ruhe einkehrte. Dann schickte er sie alle ins Torhaus, wo sie Tür und Fenster verriegelten und er seine Soldaten endlich zwei Lampen anzünden ließ, deren gedämpfter Schein kaum kräftiger strahlte als der goldene Mantel des Heilers. Sie alle wandten sich dem Sprecher zu. Es war eine Frau. Sie hatte die starken Arme und trug die grobe graue Wolle der Holzfäller. Bei ihr waren einige ihrer Kameraden.

»Was wünscht du vorzubringen?«, fragte Cassian.

»Ihr hattet Fackeln da draußen, du und er. Ich habe es gesehen!«, schleuderte sie Caer hasserfüllt entgegen, ohne die Stimme zu erheben. Starr und voller Angst blickte sie Caer an, als würde sie noch immer dort draußen in die Gesichter der Schatten blicken, in die Maske des Todes. »Ihr habt die Schatten hergeführt. Mit Lichtern und Lampen und Feuer und deiner verfluchten Singerei! Und dein Pferd hättest du dabei auch noch fast getötet, obwohl das nun wirklich gar nichts dafür kann!«

»Ein Pferdemädchen, genau wie ich«, höhnte Caer mit rauer Stimme. »Wie schön. Was bin ich froh, dass ausnahmsweise auch mal jemand an Demar denkt.«

»Halt dein beschissenes Maul, Krähe«, zischte die Frau, packte ihre Axt und schob sich dichter an Caer heran. Die Holzfäller von Schur waren im gesamten Tal berühmt, berühmt für ihre Kraft, ihre Dickköpfigkeit und die Angewohnheit, niemals eine Schuld unbeglichen zu lassen. Und sie waren berühmt dafür, dass sie keine Entwurzelten mochten, denn sie hatten selbst kaum genug zum Leben, und waren immer voll Furcht, sie würden auch den letzten Rest noch verlieren. »Geh dahin zurück, wo du hergekommen bist.«

»Aber gern.« Caer, die noch immer vom Adrenalin getragen wurde, stand auf. »Sollen sie jetzt gleich das Tor öffnen, damit ich gehen kann? Wäre dir das so recht?«

»Ruhe!« Cassian schob sich zwischen die beiden Frauen. »Im Namen des Barons befehle ich euch: Schweigt.«

»Sie hat gegen das Gesetz verstoßen!« Die Holzfällerin spuckte vor Cassian auf den Boden. Ihre Kameraden nickten zustimmend. »Jawohl, das hat sie. Sie alle haben gegen das Gesetz verstoßen. Sie haben die Flaggen verbrannt, die da hat gesungen, und du verhaftest sie nicht dafür? Aber wir werden eingesperrt, wenn wir nicht genug Holz ranschaffen? Das sind Entwurzelte. Sie haben nie einen Finger krumm gemacht, um dieses Tal am Leben zu erhalten, die Sicherheit dieses Schlosses zu erhalten. *Sie* haben doch diese Schatten hierhergebracht, mit ihrem Licht und ihren Liedern. Es kann gar nicht anders sein. Wenn sie hierbleiben wollen, müssen sie unsere Regeln befolgen.«

Cassian trat nervös von einem Fuß auf den anderen. Die Frau wiederholte ihre Worte. Sie brüllte nicht. Nein, sie flüsterte.

»Unsere Regeln.«

Die anderen stimmten mit ein.

»Unsere Regeln.«

Zwei flüsterten es, dann drei. Dann waren es sechs Stimmen, acht, zehn.

»Unsere Regeln.«

Flüstern, flüstern, bis es durchdringender war als ein lauter Schrei.

»Für Schur!«

Ihre Stimmen glitten durch die Straßen, zu den Menschen, von denen einige sich umdrehten und ebenfalls flüsterten:

»Für Schur!«

»Für Schur!«

»Für Schur!«

Der Heiler richtete sich auf. Caer umklammerte den Griff ihrer Streitaxt. Cassian stand reglos da und ballte die Fäuste.

Schließlich nahm Cassian, Hauptmann der Eisernen, die verkrampften Schultern zurück. Dann wandte er sich dem Wanderer zu: »Ihr seid verhaftet«, sagte er steif. »Ihr habt gegen das Gesetz verstoßen. Ihr alle.«

Ein erleichtertes Raunen ging durch den Raum, Schultern sanken herab. Das Flüstern verstummte, die Holzfäller traten einen Schritt zurück.

Und dann erklang ein leises Lachen, nicht lauter als ein Flüstern. Es schien durch das geschlossene Stadttor hereinzudringen.

Es klang, als würden die Schatten über sie lachen.

Unbeirrbar. Und voller Freude.

»Cassian«, erwiderte Weyd leise, »dir muss doch klar sein, dass Licht und Lieder keine Furcht anlocken. Dir muss doch klar sein, dass Finsternis und Stille dafür sorgen, dass sie wächst und gedeiht. Was dein Baron da glaubt – oder zu glauben behauptet – und worauf er seine Gesetze stützt, ist nicht wahr.«

Der Hauptmann konnte Weyd nicht ins Gesicht sehen, als er Befehl gab, sie in Ketten zu legen, und seine Soldaten sich den Gefährten mit schweren Fesseln näherten.

»Verzeihung«, ertönte plötzlich eine Stimme, so voll und tief, dass sie allen bis in ihr Innerstes drang und selbst das leiseste Flüstern zum Schweigen brachte. »Wärst du so freundlich, mich ebenfalls zu verhaften, Hauptmann? Denn ich muss mich dringend um die Verletzungen dieses Wanderers und dieser Bardin kümmern. Und es freut mich, dir mitteilen zu können, dass deine Soldatin bald vollständig genesen sein wird, vielleicht sogar schneller, als zu erwarten war.«

Gelassen stand der Heiler da, die Hände verschränkt.

»Darf ich nach deinem Namen fragen?«, erwiderte Cassian vorsichtig.

Der Mann lächelte. »Ealdre.«

»Aus …?«, hakte Cassian nach.

Plötzlich wurde der Blick des Mannes erstaunlich ernst. »Welch eine merkwürdige Frage.«

Frustriert biss Cassian die Zähne zusammen. »Nun denn, Ealdre von Nirgendwo, wenn du so unbedingt in den Kerker willst, soll es so sein.«

Und sie nahmen ihnen ihre Waffen weg und brachten sie in den Kerker. Nur Andrin blieb bei seiner Schwester zurück, die halb ohnmächtig nach der Hand der rothaarigen Armbrustschützin tastete, die neben ihr lag.

Was für ein Held ich doch bin, dachte Weyd, als sie benommen die Straße hinaufstolperten. Wie gut hatte er doch sein Geheimnis gehütet, wie schnell hatte er seine Freunde in Sicherheit gebracht.

Im Kerker waren sie auf jeden Fall sicher vor den Schatten.

Absolut sicher.

Wie er es gewollt hatte.

In der Festung waren sie sicher vor den Schatten.

Sein Geheimnis allerdings nicht.

Was bist du doch für ein Held.

4

Ein wahrer Held

Der Kerker der Burg Reuldum befand sich tief unter der Erde, so tief, dass kein Sonnenstrahl jemals bis dorthin vordrang. Dunkel war es, feucht und schmutzig, kaum mehr als ein Loch am Ende eines Tunnels, der vor langer Zeit in das stöhnende Fleisch des Berges getrieben worden war.

Dass zumindest Bellitas hatte entkommen können, da niemand ihn als Teil ihrer Gruppe betrachtet hatte, war ein kleiner Trost. Hier in Schur hatten viele der Menschen kaum einen Blick übrig für Wesen, die nicht genauso waren wie sie, es sei denn, man wollte sie jagen, essen oder für eigene Zwecke gebrauchen. Deshalb hofften die Gefährten, dass ein weißer Fuchs in der finsteren Nacht den Städtern nicht weiter auffallen würde.

Cassian hatte mit einer dünnen, trüb flackernden Talgkerze den Weg hinunter beleuchtet. Nun sperrte er sie in eine Zelle und wandte sich dann zum Gehen, das kleine Licht noch immer in der Hand. Caer schlang die Finger um die Eisenstangen des Gitters und flüsterte: »Cassian! Warte!«

Ohne zu zögern, ging er weiter.

Entschlossen hob sie die Stimme: »Berichte Lurin, dem Eisernen Baron, was passiert ist. Er hat nach mir verlangt. Er wird uns freilassen.«

Cassian war bereits an der Treppe, doch er drehte sich nicht um. Noch einmal legte Caer mehr Kraft in ihre Stimme, wie nur ein Barde es vermochte: »Und bei den Sternen an diesem verfluchten Himmel, kümmere dich darum, dass Raud und Demar versorgt werden! Die beiden sind echte Helden, verdammt!«

Da hielt Cassian endlich inne.

Er drehte sich zu ihr um. Kaum lauter als ein Flüstern drang seine Antwort durch die Dunkelheit zu ihr: »Euren Pferden wird es an nichts mangeln, Bardin. Und jetzt sei still.«

Damit ging er und nahm noch das letzte bisschen Licht mit. Ihnen blieb nicht mehr als der goldene Schimmer vom Mantel des Heilers. Und das Rascheln der Ratten. Und das Gefühl, dass bereits die ersten Flöhe über ihre Haut krochen. So tief unter der Erde war es warm, fast unerträglich warm, und so dunkel. Allein Weyds Brosche schien noch in der Dunkelheit, genau wie der Mantel des Heilers.

Bahr setzte an, den Heiler nach dem Mantel zu fragen, aber Ealdre war bereits zu Caer getreten, um ihre Verbrennungen zu behandeln. Die Seefahrerin beobachtete ihn misstrauisch, insbesondere als der Heiler einen Flachmann herumgeben wollte. »Ist das ein magischer Trank?«, fragte sie in dem Flüsterton, den sie hier alle anschlugen. Sie schnüffelte daran.

»Jawohl«, nickte der Heiler. »Ein magischer Trank mit dem Namen Whiskey.«

Fröhlich leerte Bahr die Flasche, alles Misstrauen verschwunden. Das Getränk ließ eine wohlige Wärme in ihrem Inneren aufflammen. Ealdre kramte unterdessen in seiner Tasche. Als sie ausgetrunken hatte, drückte er ihr einen langen dünnen Gegenstand in die Hand. Warm war er, und roch nach Bienenwachs. »Würdest du mir die Ehre erweisen, Meisterin der See?«

Überrascht und erfreut zündete sie die Kerze an, die er ihr gegeben hatte. Und auch wenn es der kleinen warmen Flamme kaum gelang, die Dunkelheit zurückzudrängen, sodass sie nicht viel mehr sehen konnten als vorher, nahm sie zumindest die drückende Schwere der Finsternis von ihnen.

Nun wandte der Heiler sich wieder der Bardin und dem Wanderer zu. Er rieb ihre Hände mit Salbe ein, bis sie statt beißendem Schmerz nur noch ein leichtes Kribbeln verspürten. Caer hockte sich hin. Der trocknende Schweiß spannte auf ihrer Haut, von ihrem sonst so straffen Zopf war kaum etwas übrig, und ihre Muskeln schmerzten. Weyd lehnte sich mit dem Rücken an die Kerkerwand. »Vielen Dank, dass du mit uns gekommen bist, Fremder«, sagte er. »Das war sehr freundlich von dir.«

Ealdre schüttelte abwehrend den Kopf. »Mitnichten. Hier, trink dies.« Er holte ein Fläschchen aus seiner Tasche und hielt es dem Wanderer hin.

»Das ist aber kein Gift, oder?«, fragte Bahr schroff.

»Bahr, bitte …«, protestierte Weyd.

Doch Ealdre zog nur wortlos den Stöpsel aus dem Fläschchen und nahm einen Schluck.

Jori lachte fröhlich, als Bahrs Augenbrauen bis zum Haaransatz hinaufschossen. »Der gefällt mir«, entschied sie dann. »Der kann bleiben. Gute Ergänzung unserer Mannschaft.«

»Was ein Riesenkompliment ist, musst du wissen, Ealdre von Nirgendwo«, erklärte Jori, »wenn es von unserer miesepetrigen Piratin hier kommt.«

Bahr sah so aus, als hätte sie ihm am liebsten den Ellbogen in die Rippen gerammt. »Ich bin keine Piratin«, murmelte sie.

Mit einem verstohlenen Schmunzeln gab Ealdre das Fläschchen nun an Weyd weiter, der es restlos leerte.

Angewidert verzog der Wanderer das Gesicht. »Das, mein Freund, war einfach nur ekelhaft.«

Noch immer lächelnd, entgegnete Ealdre: »Doch wenn du einen Augenblick wartest, wirst du feststellen, dass es höchst nützlich ist.«

Und tatsächlich konnte der Wanderer schon wenig später wieder frei atmen und sogar aufstehen. Ealdre holte ein weiteres Fläschchen hervor, das Caer, Jori und Bahr unter sich aufteilten. Der Geruch nach Minze und Holunder hob ihre Stimmung, und für sie schmeckte es, als hätte man Sonnenstrahlen in reinstes Wasser verwandelt.

»Ich habe dich noch nie hier in diesem Tal gesehen, werter Heiler«, stellte Jori schließlich fest, während er sich begeistert dehnte und streckte; die Wirkung des Tranks beeindruckte ihn. »Was hat dich nach Schur geführt?«

»Ich gehe dorthin, wo ich gebraucht werde«, erwiderte Ealdre schlicht. Dann holte er eine Handvoll Kräuter aus seiner Tasche und zerrieb sie zwischen den Fingern. In der Zelle breitete sich ein frischer, entspannender Duft aus, und schon bald waren sie alle in wesentlich besserer Stimmung, als man es an einem solchen Ort für möglich gehalten hätte.

»Welcher Weg auch immer dich hierhergeführt haben mag, ich bin jedenfalls äußerst dankbar dafür, denn du wirst hier tatsächlich dringend gebraucht – deine heilenden Hände und magischen Tränke ebenso wie dein unfehlbarer Sinn für Mode«, stellte Jori flüsternd klar, nachdem er seinen Teil dazu beigetragen hatte, dass sie von Ratten- und Flohbissen verschont blieben, indem er die Tiere in ihren Sprachen darum gebeten hatte. »Dürfte ich fragen, wie du zu diesem Mantel gekommen bist? Bahr, altes Mädchen, reich die Kerze doch mal an unseren Heiler weiter, ich möchte mir diesen Mantel genauer ansehen. Und wo könnte ich wohl einen solchen erstehen?«

»Es ist ein Unikat«, beantwortete Ealdre die Frage, wobei ebenso viel Freude wie Trauer in seiner Stimme mitschwang. Bahr reichte ihm die Kerze hinüber, und so konnten die Bardin und der Wanderer zum ersten Mal einen ordentlichen Blick auf den Mann werfen. Auf ihn und seinen golden leuchtenden Mantel.

Und ihre Herzen machten einen Sprung.

Und ihre Herzen setzten für einen Schlag aus.

Sein Mantel war aus feinen Goldfäden gewebt, selbst hier unter der Erde verströmte der Stoff noch seinen warmen Glanz. Sein Haar hatte die Farbe von Silber und war im Nacken zusammengebunden. Sein Gesicht war vollkommen alterslos, seine Augen schienen sich auf keine Farbe festlegen zu wollen. Hochgewachsen und breitschultrig war er, wie ein Gardist der Königinnen aus alter Zeit, eine Gestalt, die man eigentlich in feinster Stickerei auf einem Wandteppich verewigen musste.

Und doch trug er keine Waffe bei sich.

Nichts außer einem kleinen Werkzeugbeutel und der

robusten Tasche hatte er bei sich, aus der er die Tränke und Kräuter geholt hatte.

Ein wunderschöner Mann war er. Selbst hier, wo sie verschwitzt zusammensaßen und ihre Körper den Gestank der Furcht verströmten, blieb kein Herz von seinem Anblick ungerührt. Keiner von ihnen konnte den Blick von ihm wenden.

»Schade, so einen hätte ich wirklich gerne gehabt«, sagte Jori nach einer viel zu langen Pause, dann wandte er sich schnell ab und erlaubte einer Ratte, sich auf seine Schulter zu setzen. »Nun, da du von weit her zu kommen scheinst, weißt du vielleicht mehr über diese garstigen Schatten? Denn ich möchte eigentlich nicht den Rest meines Lebens hinter den Mauern dieser fürchterlichen Stadt verbringen, ganz egal, wie sicher es hier ist.«

»Sicher«, schnaubte Caer.

»Man kann ein Gefängnis auch als Zufluchtsort sehen. Zumindest sind die Mauern hier schön dick.«

»Genauso wie man einen Mann wie den Eisernen Baron als Retter sehen kann«, erwiderte Weyd, »und ihn bitten kann, sich dazu herabzulassen, einem die Freiheit, die einem eigentlich zusteht, huldvoll zum Geschenk zu machen.«

Bei den Sternen, niemand wusste besser als er, wie man die Bardin auf die Palme bringen konnte. »Möchtest du vielleicht noch einmal deine Meinung über meinen heutigen Besuch beim Baron zum Ausdruck bringen, Weyd?«, fragte Caer. »Damit auch die anderen sie diesmal hören können? Bitte verzeih, dass ich bereit bin, alles zu tun, um deinen Plan in die Tat umzusetzen. Und bitte verzeih, dass ich so für unsere Sicherheit gesorgt habe.«

Nicht weniger beißend erwiderte er: »Du hast dort draußen auf der Ebene die Heldin gespielt. Das war töricht. Es war dumm!«

»Aber, aber, meine lieben Kinder …«, versuchte Jori sich einzuschalten, während Bahr betreten auf dem kalten Stein herumrutschte. Doch Caer ließ ihn gar nicht zu Wort kommen. »Ich habe Jelscha das Leben gerettet!«

»Und dein eigenes dabei beinahe geopfert!« Nur mit Mühe gelang es Weyd, sich seine Verzweiflung nicht anmerken zu lassen. Was umso schwieriger wurde, als er hinzufügte: »Es war pures Glück, dass ihr beide überlebt habt! Pures Glück, Bardin!«

Er lauschte seinen harten Worten hinterher und wusste selbst nicht, warum er so unerbittlich war.

Doch, er wusste es.

Weil sie sich an diesem Tag zweimal in Lebensgefahr gebracht hatte, und wenn sie so weitermachte, war sie irgendwann wirklich tot, und was sollte er dann tun?

Wie sollte er weiterleben, in dem Wissen, dass sie nicht mehr in dieser Welt war?

»Wo wir gerade von Glück sprechen«, konterte die Bardin, die auch krampfhaft das Zittern aus ihrer Stimme verdrängte, »solltest du besser mal ganz still sein. Wie viel hast du geschlafen, während du auf der Suche nach Nahrung für uns warst, auf der anderen Seite des Passes? Zwei Stunden pro Nacht? Drei? Du bist *ständig* damit beschäftigt, den Helden zu spielen, Weyd!«

Sie lauschte ihren harten Worten hinterher und wusste selbst nicht, warum sie so unerbittlich war.

Doch, sie wusste es.

Weil das aufhören musste. Er musste damit aufhören,

sich ständig für andere aufzuopfern, denn sonst war er irgendwann wirklich tot, und was sollte sie dann tun?

Wie sollte sie weiterleben, in dem Wissen, dass er nicht mehr in dieser Welt war?

»Ich maße mir keinesfalls an, ein Held zu sein, Bardin«, sagte Weyd. »Ganz und gar nicht!«

»Warum diese Lüge, Wanderer?«, fauchte Caer. »Wozu mir etwas vormachen? Ausgerechnet mir? Du, der du meilenweit läufst, bis du beinahe zusammenbrichst, wenn du uns dadurch ein paar Lebensmittel bringen kannst? Du, der du niemals dein Schwert ziehst, es sei denn, du musst unbedingt jemanden retten, der sich nicht selbst verteidigen kann? Warum lügst du mich an?!«

Weyd starrte sie an. »Ich lüge dich nicht an.«

»Als ich beim Baron war, sagte er …«

»Oh ja, Lurin, der ehrenvolle, aufrichtige Baron!«

»… dass du wüsstest, was diese Schatten sind.« Caer ließ sich nicht den Mund verbieten. Eine Lektion, die zu lernen ihr sehr schwergefallen war, nachdem sie die Steppe verlassen hatte, auf der Mädchen und Jungen vollkommen gleichwertig erzogen wurden, und auf diesen Kontinent gekommen war, wo die Frauen, so schien es ihr, nichts anderes lernten, als zu schweigen. »Und mir sagst du, du wüsstest nichts, dass es nichts gäbe, was du uns sagen willst. Aber war das auch die Wahrheit? Und hast du alles gesagt, was du weißt? Glaub nicht, ich hätte nicht bemerkt, dass du noch immer nicht von den Türmen gesprochen hast. Du wolltest, dass wir uns zuerst in Sicherheit bringen. Gut, wir sind hier so sicher vor den Schatten, wie wir nur sein können. Es ist Zeit, die Wahrheit zu sagen. Was weißt du von den Türmen? Was weißt du von den Schatten?«

Der Wanderer wollte etwas erwidern, doch sie ließ es nicht zu. »Lüg mich nicht an«, presste sie zwischen zusammengebissenen Zähnen hervor. »Wenn dir die Jahre unserer Freundschaft auch nur das Geringste bedeuten, lüg mich nicht an.«

Und der Wanderer wich ihrem Blick aus.

Konnte ihr nicht mehr in die Augen sehen.

Als er schließlich antwortete, war seine Stimme brüchig. »Bei den Jahren unserer Freundschaft, das werde ich nicht.«

Er rieb sich die müden Augen, während er mit der freien Hand nach seiner Fibel tastete. »Lurin hat recht. Ich weiß, was sie sind. Und ich weiß noch mehr.«

Seine Gefährten schnappten überrascht nach Luft.

Weyd wandte sich ab, starrte auf die kleine Kerzenflamme. »Ich weiß nicht, wo ich anfangen soll. Es ist eine lange Geschichte, also lehnt euch am besten zurück und macht es euch so gut es geht bequem.«

Er musterte die Brosche an seiner Brust. Dann fixierte er wieder die Kerzenflamme, bevor er fortfuhr: »Vielleicht muss ich in einer Zeit beginnen, als die Nächte noch nicht finster waren. Als sie für das Licht des Mondes und der Sterne bestimmt waren, als das Meer, die Straßen und die Berge noch in alle Himmelsrichtungen bereist wurden.«

Nun blickten sie alle auf die Fibel unter seinen Fingern, den ersten Stern, der des Nachts am Himmel erschien. Die Brosche schimmerte im warmen Glanz des goldenen Mantels, im tapferen Licht der Kerzenflamme. Silber und blau schimmerte sie.

»Damals waren die Nächte nicht finster, denn an der Spitze der drei hohen Türme strahlte das helle Licht.«

Weyd sah kurz zu Jori hinüber. »Zumindest du wirst von der Legende gehört haben, da bin ich sicher. Nun, sie ist wahr. Man nannte sie die Türme des Lichts. Und mit ihrem Feuer vertrieben sie die Finsternis aus der Nacht und bereiteten am Himmel den Weg für Sterne und Mond. Den Reisenden überall dienten sie als Leuchtfeuer, an dem sie sich orientieren konnten.« Er deutete auf die Kerkerwand, als wollte er über die Mauern des Schlosses hinwegzeigen. »Hier in Erebu gab es drei von ihnen: den Grauen Turm oben im Norden, den Weißen Turm unten im Süden und den Schwarzen Turm in den Bergen östlich von hier. Vor zweitausend Jahren wurden sie errichtet, gebaut, um Licht in die finstere Nacht zu bringen.«

Weyd senkte den Kopf, ließ seine Brosche aber nicht los. Seine Finger zuckten leicht. »Niemand weiß, warum die Nächte hier finster sind. Ich habe zwei Theorien gehört, die es erklären sollen. Lange bevor die Türme errichtet wurden, herrschte Krieg in Erebu. So schrecklich wütete er, so erbittert waren die Menschen darauf aus, sich gegenseitig umzubringen, dass ihr Blut schwarz und finster wurde. Und als dieses Blut aus ihren Körpern floss, durchtränkte es die Nacht, und nachdem Millionen von ihnen ihr Leben gelassen hatten, hatten sie die Nächte in schwarze Finsternis getaucht. Von da an lebten wir jede Nacht in Finsternis.« Er unterbrach sich kurz, starrte das kleine flackernde Licht an. »Es gibt noch eine zweite Geschichte, laut der das viele Blutvergießen dazu führte, dass die Menschen sämtliche Lichter löschten und sich jedes Geräusch verboten, damit man sie nicht aufspüren konnte, wodurch die Nächte finster wurden. Ich weiß nicht, welche der beiden Versionen wahr ist, oder ob es vielleicht noch eine ganz andere Wahrheit gibt.«

Der Wanderer zuckte mit den Schultern, und ein schmales Lächeln huschte über sein Gesicht, bevor er weitersprach, den Blick noch immer fest auf die Kerze und ihren warmen goldenen Schein gerichtet: »Was auch immer die Wahrheit sein mag, vor eintausendneunhundert Jahren herrschte eine Frau über dieses Tal, über eine Republik, die sich über die ganze Gebirgskette erstreckte, von West bis Ost. In den Legenden trägt sie viele Namen: Manche nennen sie Šamḫat, andere Summatu, wieder andere nennen sie Šmyram. Sie war die Ammännin, von ihrem Volk gewählt nach einem Krieg, der nur geendet hatte, weil es niemanden mehr gab, den man hätte abschlachten können. So viel wissen wir mit Sicherheit.«

Weyd blieb vollkommen reglos, während er sprach. Der Rhythmus seiner Worte erinnerte an ein Lied. Nur seine Finger zuckten noch immer. »Sie waren ein Reitervolk, die Menschen, die vor zweitausend Jahren in diesem Tal lebten, ähnlich wie die Steppenbewohner, von denen Caer abstammt. Und so entsandte Šamḫat berittene Boten in den Norden und den Süden, in den Westen und den Osten, und alle Ammänner, Herrinnen und Herren, Häuptlinge und Obmänner folgten ihrer Einladung in das Schloss und die Festung hier über unseren Köpfen.«

Er zeigte zur Decke hinauf. »Und hier schlug sie ihnen vor, dass sie hohe Türme bauen sollten, an deren Spitze ein Feuer entzündet wurde, damit die Nächte nicht länger so finster seien.«

»Und sie waren einverstanden?«, fragte Bahr. Nun starrten sie alle auf die kleine Kerze, auf ihr Licht in der Finsternis.

Der Wanderer nickte. »Ich weiß, was du von Seemannsgarn hältst, Bahr, aber auch das ist eine gesicherte Tatsache. Jeder hatte seine eigenen Gründe, doch sie waren alle einverstanden. Manche sahen Vorteile für den Handel, andere meinten, es mache das Land sicherer, wieder andere spekulierten darauf, ihre Arbeiter dann auch nachts schuften lassen zu können. Und natürlich weigerten sich anfangs auch einige, denn sie befürchteten, fremde Heere könnten das Licht nutzen, um in ihre Länder einzufallen. Doch am Ende waren sich alle einig. Sie einigten sich, weil sie alle dem Schrecken des Krieges entkommen waren, wenn auch nur knapp, und weil sie sich Frieden und Licht wünschten, um sich nicht länger fürchten zu müssen.«

Bahr räusperte sich lautstark. »Wenn das so eine Geschichte wird, brauche ich ein gutes Kraut dazu«, murmelte sie, wand und krümmte ihre gefesselten Hände, bis sie an ihre Pfeife herankam, und entzündete sie an der Kerzenflamme.

Doch als sie den sehnsüchtigen Blick des Wanderers bemerkte, bot sie ihm die Pfeife an, noch bevor sie den ersten Zug genommen hatte. Durch die Fesseln wurde die Übergabe wesentlich komplizierter als sonst, aber letztlich hielt er die Pfeife in der Hand. Normalerweise rauchte Weyd nicht gern, aber hier und jetzt hielt er sie genüsslich in seinen zitternden Fingern.

»Die Türme wurden also errichtet«, fuhr er fort, nachdem er den Rauch tief in seine Lunge gesogen hatte. Ein warmer, würziger Duft stieg im Kerker auf. »Die Drei Türme des Lichts. Außerdem baute man überall auf dem Kontinent Lichtsäulen, auf allen Straßen, an jeder Wegscheide. Manche waren hoch und stattlich, andere nicht einmal so groß wie ein Baum, aber auf ihnen allen brannte ein Feuer, und sie alle hatten eine silberne Glocke an der Spitze. Und schon bald waren die Nächte nicht länger finster. Und die Reisenden kamen, die Kaufleute ebenso wie die Tunichtgute, die Neugierigen und die Barden.« Sein Blick huschte zu Caer hinüber, wenn auch nur für einen Moment. »Die Menschen fingen an umherzuziehen, denn nun standen wieder Sterne am Himmel, und die Feuer leuchteten ihnen den Weg.«

»Wie Leuchttürme an Land«, murmelte Bahr, und streckte die Hand nach der Pfeife aus.

»Ganz genau.« Widerstrebend reichte Weyd ihr die Pfeife. »Die Lichtsäulen im Grenzgebiet, die Ruine an der Alten Wegscheide, die Überreste auf dem Dorfplatz von Festra – das sind alles traurige Relikte aus jener Zeit.«

»Was ist geschehen?«, wollte Caer wissen. Atemlos klang sie. »Das hört sich wundervoll an.«

»Was es sicher auch war«, nickte Weyd. »Doch vor zweihundert Jahren fand das alles ein Ende.«

Jetzt ruhten alle Blicke auf ihm. Ihm, der in diesem Moment so gar keine Blicke auf sich ziehen wollte. Bittend streckte er noch einmal die Hand nach Bahrs Pfeife aus. »Damals herrschte wieder eine Ammännin über dieses Tal, deren Republik sich auch weiterhin über das gesamte Elbongebirge erstreckte, und ihrer Obhut war auch der Schwarze Turm anvertraut, weit im Nordosten von hier, genau in der Mitte von Erebu, am äußersten Rande des Reiches von Schur. Und eben hier in diesem Tal fanden sich zwölf durch Tunnel erweiterte Höhlen im Süden und zwölf durch Tunnel erweiterte Höhlen im Norden, die Nord und Süd miteinander verbanden. Unter ihr hieß die Hauptstadt nicht Colmstat, sondern Wareeld, der Sitz der Welt.« Wieder unterbrach sich Weyd kurz, um an der Pfeife zu ziehen. Tiefrot leuchtete der Tabak in der Dunkelheit auf. Der Geruch südlicher Gestade stieg aus der Pfeife auf, der Duft von Pinien, Holzrauch und Meer.

»Niemand hat es kommen sehen«, fuhr er schließlich fort. »Wareeld war eine wohlhabende Stadt, viel größer als heute. Schur war ein wohlhabendes Tal, und viel wärmer als heutzutage. Es gab eine Menge Reisende und Wanderer, und viele Menschen ließen sich auch hier nieder.«

Er gab die Pfeife zurück und blickte in die Runde. »Und dann tauchte dieser Mann auf.«

Caer beugte sich gespannt vor. Die anderen machten es ihr nach.

Der Wanderer musterte wieder die Kerzenflamme. »Grātag hieß er. Und es verlangte ihn danach, Führer dieser Stadt und Herrscher über dieses Tal zu werden, das so wichtig, so mächtig und so reich war. Manche sagen, er habe nur unter einem König dienen wollen, nicht unter einem Ammann, oder er habe selbst König sein wollen. Andere wieder behaupten, er hätte auch einer Königin gedient, aber eben keiner Ammännin. Wieder andere meinen, es sei ihm allein um die Macht gegangen. Und einige glaubten, er sei von Furcht und Zorn gelenkt worden. Er hatte miterlebt, wie Schur sich gewandelt hatte, wie Fremde sich hier niedergelassen hatten und sogar in das Amt des Ammann gewählt worden waren. Aber dies war sein Tal. Seine Stadt. Und er wollte sich all das zurückholen.«

Weyd starrte auf seine noch immer zitternden Finger. »Und so wählte er die stärkste Waffe, die ihm zur Verfügung stand. Er wählte die Furcht.«

Ealdre holte scharf Luft, was Weyd voller Bitterkeit auflachen ließ. »Oh ja, es ist eine schreckliche Kunst, wenn auch keine sonderlich feine. Furcht zu verbreiten ist nicht weiter schwer. Es gelingt in jeder uns bekannten Sprache, solange sie menschlich ist, und vielleicht sogar in den Sprachen der Tiere.« Weyd warf Ealdre einen müden Blick zu. »Grātag behauptete, die Fremden brächen wie eine Lawine über das Tal herein. Dass das Tal bereits jetzt unter dieser Last ersticke, und dass die Ammännin nichts dagegen unternähme. Eine Lawine, so nannte er es. Immer und immer wieder sagte er das. Eine Lawine.«

Stählerne Härte trat in seinen Blick. »Eine Lawine. Doch welch ein Glück, dass es ihn gab, denn er werde die Straßen freihalten, den Pass offen halten. Jedoch nur für jene Menschen, die ein Recht hätten, in diesem Tal zu leben.« Der Wanderer schluckte. »Könnte ich noch einmal die Pfeife bekommen, Bahr?«

Ohne jeden Widerstand gab sie sie ihm. Er nahm noch einen tiefen Zug. »Ähnliche Reden wurden wohl in allen Sprachen des Kontinents gehalten. Grātag fand viele Gleichgesinnte, und an eben jenen Straßen, die sie schließen wollten, fanden eine Menge Beratungen deswegen statt.«

»Und er hat sich durchgesetzt, richtig?«, vermutete Caer. Sie schob sich dichter an die Kerze heran. »Er hat sich durchgesetzt, nicht wahr? Er wurde Ammann und löschte das Feuer im Schwarzen Turm des Lichts?«

»Nein«, presste Weyd mühsam hervor. »Nein, er hat sich nicht durchgesetzt.«

»Dann hat er zum Schwert gegriffen und mithilfe seines Mobs die gute Ammännin ermordet?«, fragte Caer weiter. »Warum gibt es eigentlich keine Ballade über …«

»Es gibt keine Ballade darüber«, unterbrach Weyd sie und löste sich von seinem Platz an der Wand, »weil es in dieser Geschichte keine Helden gibt!«

Krampfhaft schlossen sich seine Finger um die Pfeife. »Verehrte Bardin, lass mich berichten, was damals geschah: Dieser Mann hat sich nicht durchgesetzt, und er hat auch die Ammännin nicht ermordet. Das musste er gar nicht. Denn auch sie, getrieben von der Angst, ihre Macht zu verlieren, auch sie fing an, von Lawinen zu sprechen. Sie erlag den Einflüsterungen der Furcht. Hüterin der Nacht wurde sie genannt, und sie trug stets eine Brosche, geformt wie der erste Stern, der in der Abenddämmerung am Himmel erscheint.« Er tippte auf seine Fibel. »Sie, der man den Schutz des Schwarzen Turms anvertraut hatte. Sie ließ zu, dass die Furcht sie übermannte, weil sie glaubte, dass besser sie über diese Stadt herrschen sollte als solch ein Mann. Dabei war ihr nicht klar, dass am Ende keinerlei Unterschied mehr bestand zwischen ihr und ihm. Am Ende setzte sie sich durch, aber nur, weil sie der einen, entscheidenden Forderung nachgab, die all die Furchtsamen an sie stellten: Sie löschte das Leuchtfeuer des Schwarzen Turms. Sie erstickte die goldene Flamme, nahm der Silberglocke den Klang.«

Plötzlich schien Weyd viel zu dicht bei Caer zu stehen. »Und die Menschen sahen einfach tatenlos zu. Sie ließen es geschehen.« Das Lächeln, das über sein Gesicht huschte, war grausam anzusehen. »Und nun kommt der Teil, über den Lurin, der Eiserne Baron, dich so unbedingt informieren wollte, das Geheimnis, das ich einst seiner Schwester anvertraute, in einem anderen Leben, wie mir heute scheint: Diese Frau war meine Urahnin. Ich bin der Sohn der Töchter jener Hüterin der Nacht, die zuließ, dass das Leuchtfeuer erlosch und die Glocken schwiegen. Ich bin der Sohn der Töchter jener Ammännin, die geschworen hatte, Licht und Lieder zu behüten, und sich letztlich von alldem abwandte, nur um an der Macht festzuhalten, an die sie sich über all die Jahre gewöhnt hatte. Ich bin der Sohn der Töchter jener Frau, wegen der die Nächte in diesem Tal wieder finster wurden. Hier und in ganz Erebu.«

Niemand sagte ein Wort. Und Weyd schloss die Augen, stieß den Atem aus und ließ sich wieder gegen die Wand fallen. »Ihr seht also«, sagte er leise, »in dieser Geschichte gibt es keine Helden.«

Noch immer schwiegen die anderen. Sahen ihn einfach nur an. Ihn und diese Brosche an seiner Brust, die ihnen allen so vertraut war, und die ihnen nun in einem ganz anderen Licht erschien. Einem bedrohlichen Licht. Für ihn war sie der Stern eines Feiglings. Der Stern des Versagens. Und diesen Stern trug der Wanderer tagtäglich an seiner Brust, solange sie ihn kannten.

»Aber was ist dann passiert?«, hakte Caer nach. »Sie hat ein Leuchtfeuer gelöscht, eines dieser strahlenden Feuer, und hat eine der Silberglocken zum Schweigen gebracht. Trotzdem hätten doch auch andere ihre Feuer löschen müssen, oder? Man kann doch sicher nicht ihr allein die Schuld an allem geben.«

»Der Rest ist schnell erzählt«, erwiderte Weyd voller Bitterkeit. »Als die Nächte vor zweihundert Jahren wieder finster wurden, ließ sich die Furcht nur umso leichter schüren. Und so breitete sie sich aus, wisperte in der Nacht, und nur fünf Jahre später war die Hüterin nicht länger Ammann, und Grātag übernahm die Macht. Dann kamen die

Zollschranken an den Tunneln, dann die Sperren am Pass. Es dauerte keine hundert Jahre mehr, bis die Tunnel Richtung Norden alle in sich zusammengefallen waren und es nur noch den Pass gab. Alle Menschen, die als Reisende, Wanderer, Entwurzelte angesehen wurden, trieb man zusammen und jagte sie mitten im Winter auf den Pass hinauf, wo Eis und Schnee ihnen einen grausigen Tod bescherten. Und auch die Leuchtfeuer der Türme in Nord und Süd wurden gelöscht; im Norden, weil Grātag eine Armee aufstellte und im Frühjahr kräftige Flöße auf dem Fluss Veta bauen ließ, mit denen er in all jenen Ländern einfiel, in denen es noch Licht gab. Im Süden, weil Grātag dort einen Verbündeten hatte, den König von Sapaudia im Reich der mächtigen Tannen und Seebirken. Genau einhundert Jahre ist es in nun her, dass sie den Krieg nach Erebu zurückbrachten. Und so kehrte der Krieg zurück, und seit zweihundert Jahren sind die Nächte wieder finster und still.«

Und auch in ihrem Kerker wurde es still. Bahr fand als Erste ihre Stimme wieder. Sie starrte geistesabwesend in die Flamme, als wäre sie in halb vergessene Erinnerungen versunken. »Du bist nicht verantwortlich für die Taten deiner Vorfahren«, erklärte sie schroff und nahm ihm die Pfeife aus der Hand.

»Das vielleicht nicht«, gab Weyd zu, »aber ich bin der Nachkomme eines Feiglings und habe mich selbst als Feigling erwiesen.«

Caer ging einen Schritt auf ihn zu. »Man kann diese Geschichte auch weniger unbarmherzig betrachten«, erklärte sie mit Nachdruck. »Nämlich als die Geschichte einer Frau voller Angst, die aber aufrichtig davon überzeugt war, das Richtige zu tun.«

»Und doch war das, was sie tat, falsch«, beharrte er. »Die Schatten zeigen deutlich, dass es falsch war, ganz egal welche Überzeugung dahintersteckte. Über viele Jahrhunderte hinweg haben die Hüter des Lichts das Lied der Nacht gesungen, auch in der Gemeinen Sprache, derer sie absolut mächtig war. Und dieses Lied lehrt uns, was geschieht, wenn man der Furcht erlaubt, zu wuchern und zu wachsen: Schatten treten aus der finsteren Nacht hervor, sie durchstreifen das Land, und unbeirrbar, stetig und erbarmungslos vernichten sie jedes Wesen, jeden Baum, jedes Haus und jede Straße. Sie lassen nichts zurück als Ruinen, um jeden, der sie sieht, daran zu erinnern, wozu die Furcht imstande ist. Und dass ein Leben in Furcht nie mehr als ein halbes Leben sein kann.« Nun blickte der Wanderer hoch und sah der Bardin direkt in die Augen. Der Frau, die er liebte. »Und ich wusste von diesem Lied. Und auch ich habe nichts getan. Stattdessen habe ich zugelassen, dass ich mich einfach an diese Nächte gewöhnte, deren Finsternis die Sterne am Himmel verdeckt. An ein Leben in einer verlassenen Poststation, weil wir sonst nirgendwohin können. Als ich hätte handeln müssen, habe ich einfach tatenlos zugesehen.«

»Wann denn?«, fragte Caer beinahe verzweifelt. »Wann soll das denn gewesen sein? Weyd, hast du überhaupt eine Ahnung, wer du bist? Denn das klingt überhaupt nicht nach dir. Kein bisschen.«

Er lachte. Grausam klang das. »Hast du dich denn nie gefragt, Bardin, warum ich meine Winter ausgerechnet in einer verlassenen Poststation im Tal von Schur verbringe?«

Diesmal war die sich herabsenkende Stille schwer wie Blei.

Denn natürlich hatten sie alle sich diese Frage schon gestellt.

Dem Wanderer gelang es nicht, einen von ihnen anzusehen. »Ich kam hierher, als ich noch sehr jung war, zusammen mit meiner Schwester. Lurin war damals noch nicht Baron, sein Vater herrschte hier, und seine ältere Schwester, die mit dem Titel liebäugelte, war noch am Leben.«

Jori nickte. »Ich erinnere mich an sie. Und an ihren Vater.« Er schauderte.

Weyd nickte. »Ihr Name war Ladina. Sie hatte keinerlei Anspruch auf den Titel, doch sie wollte ihn unbedingt. Sie wollte herrschen, wollte die alte Allianz mit Sapaudia aufkündigen und das Licht im Schwarzen Turm neu entzünden, um aus Schur wieder eine pulsierende Stätte für Reisende und Handel zu machen.«

Die Finger des Wanderers hatten sich wieder um seine Brosche geschlossen. Fest, so fest. »Jori, du erinnerst dich doch sicher an den Aufstand der Singenden. Und du ebenfalls, Bahr.«

Letztere nickte knapp, während der Alte vorsichtig meinte: »Ich war zu jener Zeit nicht in Colmstat.«

Weyds Lächeln war voller Bitterkeit. »Ich schon. Meine Schwester und ich waren nach dem Tod unserer Eltern hierhergekommen, um mehr über unsere Vorfahren in Erfahrung zu bringen. Wir hofften, hier Schriftrollen, Bücher oder Liedgut zu finden, die von ihnen hinterlassen wurden und den großen Brand in der Bibliothek von Avastat überdauert hatten. Vielleicht sogar eine Karte, auf der die Türme des Lichts verzeichnet waren, zumindest der Graue im Norden, dessen Position heute niemand mehr kennt. Aber vor allem interessierten wir uns für das Lied der Nacht, für eine mögliche Aufzeichnung des Originaltextes, der in einer Sprache verfasst war, die heute längst ausgestorben ist. Der Baron war nicht sonderlich hilfreich, seine Tochter hingegen schon.« Er lehnte müde den Kopf zurück. »Ladina war sehr beliebt, und ihr Bruder vergötterte sie regelrecht. Einen klaren Blick auf die Dinge hatte sie, einen regen Geist, und sie war äußerst liebenswert. Vor allem aber war sie offen und unverblümt, und sie wusste, dass es ihr Vater war, der nicht gestattete, das Feuer im Schwarzen Turm im Osten zu entzünden. Aber selbst das betrachtete sie nicht als untragbare Bürde. Sie ließ sich davon nicht entmutigen.«

Der Wanderer schloss die Augen. Ein zärtliches Lächeln huschte über sein Gesicht, Produkt einer Erinnerung an längst vergessene, glückliche Zeiten. Sorglose Zeiten.

Zeiten voller Liebe?, fragte Caer sich unwillkürlich.

Das Lächeln verschwand so schnell, wie es gekommen war. »Meine Schwester und ich ließen uns in Colmstat nieder, um dort mit Ladinas Einverständnis in der Bibliothek des Schlosses nachzuforschen. Uns spukten wilde Ideen im Kopf herum, Überlegungen, das Feuer der Türme wieder zu entzünden, und bei Ladina trafen wir damit schnell auf Gegenliebe. Es dauerte nicht lange, bis wir enge Freunde wurden. Und eines Abends bat sie uns um Unterstützung. Ich sehe sie vor mir, als sei es gestern gewesen, in ihrem weißen Kleid. Sie wollte herrschen, wollte an die Macht. Sie wusste, dass ich auch in der Finsternis kämpfen und dass meine Schwester die Menschen begeistern konnte. Wir sollten mit ihr gehen, wenn sie mit ihren Verbündeten zum Schloss marschierte, laut singend, um ihren Vater, den Baron, zu stürzen.«

Der Wanderer schüttelte den Kopf. »Was für eine Idee – dass der Eiserne Baron sich einem Lied ergeben könnte.«

Caer schluckte. Ihr Hals war plötzlich ganz trocken. »Was ist passiert?«

»Du weißt, was passiert ist«, erwiderte er, als wäre er nicht in der Lage, es auszusprechen. »Oder zumindest du weißt es, Jori.«

»Sie sind alle gestorben«, flüsterte der Alte. Die Worte schmerzten sogar noch, nachdem sie seinen Mund verlassen hatten. »Die Tochter des Barons erst nach langer Folter.«

»Ja«, bestätigte Weyd leise. »Der Baron hat sie gefoltert, bis sie ihm jeden einzelnen ihrer Unterstützer nannte. Dann wurden sie zusammengetrieben, wobei es auch einige völlig unschuldige Entwurzelte traf, und sie wurden abgeschlachtet oder fortgejagt. Meine Schwester kehrte nach Briva zurück, wo wir einen Großteil unserer Kindheit verbracht hatten, und ich ging auf Reisen. Nur einmal im Jahr kehrte ich hierher zurück, wobei ich mich in unserer Poststation versteckt hielt. Der Baron herrschte noch ein paar Jahre. Nach seinem Tod wurde Lurin zum Eisernen Baron ernannt, und die Nächte blieben auch weiterhin finster.«

Erst jetzt sah Weyd Caer ins Gesicht. »Ich habe ihr davon abgeraten, verstehst du? Ich sagte ihr, es wäre irrsinnig, weigerte mich, mit ihnen zu gehen. Ausgerechnet ich, der ich ihr diese Idee doch erst eingepflanzt hatte.« Er schluckte. Doch es half nicht. Er erinnerte sich an die Angst. Angst vor dem Tod. Der Großen Leere. Keine Reisen mehr, keine Straßen, keine Sterne. »Verstehst du es jetzt? Ich bin der Sohn der Töchter jener Frau, die das

Licht verlöschen ließ. Und ich bin der Mann, der zugelassen hat, dass sie nicht wieder entzündet wurden. Und jetzt haben die Schatten sich erhoben, und ich habe tatenlos zugesehen.«

Und sie wussten nicht, was sie sagen sollten.

»Warum jetzt?«, fragte Jori beinahe bedauernd. »Natürlich wünsche ich es keinem von euch, aber ich finde den Zeitpunkt einfach furchtbar ungünstig. Ein paar Jahre später, und ich wäre sowieso tot gewesen, ob mir der Gedanke nun gefällt oder nicht. Warum also haben sie sich ausgerechnet jetzt erhoben?«

»Das kann ich nicht sagen«, gab Weyd zu. Er klang erschöpft. »Darüber gibt das Lied keine Auskunft. Vielleicht musste die Frucht einfach wachsen und wuchern, immer weiter, bis sie stark genug wurde, um eine klare Gestalt anzunehmen. Vielleicht war diese Nacht noch ein wenig finsterer als die übrigen. Vielleicht haben sich alle noch ein klein wenig mehr gefürchtet als sonst. Vielleicht sind die Schatten erschienen, weil jenseits der Berge von Urr irgendetwas passiert ist, oben im Norden oder weit unten im Süden, vielleicht sogar jenseits des Endeleasmeeres im Westen oder in den Ländern des Ostens, von denen wir so wenig wissen. Wir würden vielleicht noch viel weiter wandern müssen, um es herauszufinden.«

»Und spielt es überhaupt eine Rolle?«, wandte Bahr mit rauer Stimme ein. »Denn ich denke, wir sollten uns eher fragen, wie wir sie wieder loswerden können und wie wir anschließend aus diesem beschissenen Loch von einem Tal rauskommen.«

Weyd schüttelte müde den Kopf. »Ich wünschte, ich hätte eine Antwort darauf.«

»Wie wäre es mit Feuer?«, fragte Jori hoffnungsvoll. »Das schien ihnen doch gar nicht zu gefallen, oder?«

»Es war das Licht«, erklärte Ealdre unvermittelt. Während der Wanderer seine Geschichte erzählt hatte, war er so still gewesen, dass die anderen ihn beinahe vergessen hatten. »Das Licht hat sie für einen Moment geblendet, was eine größere Hilfe war als das Feuer. Die Flammen selbst kümmern sie nicht. Sie sind Kreaturen der finsteren Nacht, und man kann sie durch Feuer ebenso wenig bekämpfen, wie man die Nacht selbst in Brand stecken kann.«

Alle drehten sich zu ihm um.

»Die Leuchtfeuer«, sagte Caer langsam. »Die Feuer auf den Türmen des Lichts.«

Sie wandte sich zu ihren Freunden um. Zu Weyd. »Die Stria hat es uns gesagt. Sie hat gesagt, wir sollen die Feuer entzünden.«

Drängend ging sie einen Schritt auf den Wanderer zu. »Würde das helfen?«

Er hob kurz die Hände, zwang sich dann mühsam, sie wieder zu senken. »Das ist es, was das Lied sagt. Ich weiß nicht, ob es wahr ist.«

»Und doch war die Stria von Festra eine weise Frau, denn sie wusste davon«, sagte Ealdre ruhig. Caer musterte ihn, blickte in seine Augen, deren Farbe ständig im Wandel zu sein schien. Im Moment waren sie tiefschwarz. »Hoch und hehr stehen die Türme. Vom tiefen Süden bis in den hohen Norden reicht ihre Kette des Lichts, und all die anderen Lichtsäulen und Leuchttürme in den Ländern Erebus werden ihr Licht wiederfinden, wenn diese drei wieder erstrahlen, wenn ihre Glocken wieder erklingen.

Denn durch das meisterhafte Werk der Architektinnen und Gelehrten sprechen die Glocken dieser drei Türme eine eigene Sprache, die ihre Brüder und Schwestern erweckt, wenn die Feuer erst wieder brennen. Und dann werden die Nächte nicht länger von Finsternis beherrscht, und die Furcht wird nicht mehr durch das Land streifen, nicht in Form des Krieges, nicht in Form von Schatten, nicht in Form eines angstvollen Flüsterns.«

Caer wandte sich an ihre Freunde: »Dann müssen wir die Leuchtfeuer entzünden. Wir müssen die Feuer in den Türmen des Lichts zu neuem Leben erwecken.«

»Caer«, wandte Weyd leise ein, doch sie hörte gar nicht hin: »Wenn die Feuer wieder brennen und die Glocken wieder klingen, wird die Nacht nicht mehr finster sein. Dann können sich die Schatten nicht mehr erheben, und des Nachts strahlen wieder der Mond und die Sterne, bringen das Licht, in dem gesagt werden kann, was man am hellen Tag nicht auszusprechen wagt.«

»Du machst schon jetzt ein Lied daraus!«, unterbrach Weyd sie schroff. Diesmal war er es, der sich vor ihr aufbaute. »Das ist aber kein Lied, Caer, das ist keine Geschichte! Dieser Schatten hätte dich beinahe in Stücke gehackt – dich, Demar, Jelscha und deinen Schild einfach zweigeteilt. Schon wieder bereitest du dich darauf vor, die Heldin zu spielen, aber ein Lied wird uns sicher nicht retten!«

»Dann lass uns die Feuer entzünden!«, beharrte die Bardin. »Lass uns die Leuchtfeuer auf den Türmen entzünden. Lass uns nach Norden ziehen, nach Süd und nach Ost, und überall die Feuer entzünden.«

»Diese Feuer kann man nicht einfach so entfachen«,

sagte Weyd. »Was du da vorschlägst, ist irrsinnig, Caer! Es führt kein Weg nach Süden. Die Höhlen sind eingestürzt, und der letzte Tunnel wird streng bewacht und ist außerdem so schmal, dass ein einzelner Mann ihn gegen eine ganze Armee verteidigen könnte. Der Pass nach Norden ist blockiert, die Tunnel dort sind ebenfalls schon lange eingestürzt. Der Schnee dort oben türmt sich haushoch auf. Und es weiß sowieso niemand mehr, wo genau sich der Graue Turm des Nordens befindet, denn sämtliche Karten, auf denen er verzeichnet war, sind verschwunden. Die Kette des Lichts ist für uns unerreichbar, aber direkt hier vor den Toren der Stadt wartet eine Kette der Schatten auf uns, und ich habe keine Ahnung, wie man lebend an ihr vorbeikommen könnte. Ich habe keine Ahnung, wie wir auch nur eine Nacht hier im Tal überleben und uns gegen ihren Angriff zur Wehr setzen können. Ich habe keine Ahnung, wie ich euch beschützen sollte, wenn sie uns oben auf dem Pass aufspüren!«

»Es muss einen Weg geben, sie abzuwehren«, behauptete Caer stur. »Irgendeine Sprache müssen sie doch sprechen. Es muss eine geben, die selbst sie verstehen.«

Niemandem fiel auf, wie Bahr unruhig auf ihrem Platz herumrutschte. »Im Moment brauchen wir sowieso erst mal keinen Schild und keine Waffe, und auch keine verdammten Helden. Im Moment müssen wir erst mal aus diesem beschissenen Kerker rauskommen.«

Caer, die Weyd noch immer wütend anstarrte, wandte mit viel Überwindung den Blick ab. »Also schön. Irgendwelche Vorschläge, wie wir hier rauskommen? Hat jemand eine Idee?«

Die Ratte, die es sich in Joris Armbeuge gemütlich

gemacht hatte, stieß einen schrillen Laut aus, um seine Aufmerksamkeit auf sich zu lenken. Während alle sich dem Tier zuwandten, hörte Jori ihm konzentriert zu. Dann hob er den Kopf und meinte entschuldigend: »Sie wollen uns nur wissen lassen, dass die Schlösser unmöglich zu knacken sind, die Gitter unmöglich zu brechen. Wir sollen uns nicht unsere beschränkten Menschenhirne verrenken, denn aus diesem Kerker käme man nur heraus, wenn man einen Schlüssel hat oder in einen Sack eingenäht ist. Was wirklich höchst unangenehm ist, denn wenn ich noch ein paar Nächte in diesem Drecksloch zubringen muss, wird mein Rücken verkrüppeln, meine Knie werden den Geist aufgeben, und ich werde umkippen und sterben.«

»Tja. Vielleicht kommt ja der Baron runter und schenkt uns die Freiheit, nachdem Caer so lieb darum gebeten hat«, murmelte Weyd.

Am liebsten wäre sie ihm an die Gurgel gegangen.

»Schlaf.«

So sanft sagte Ealdre es, dass alle ihn überrascht anstarrten. »Was wir alle jetzt brauchen, bevor wir weiter grübeln und uns beraten können, ist Schlaf.«

Und auch wenn alle – außer Jori – es nur höchst ungern eingestanden, so hatte der Heiler doch recht. Also machten sie es sich bestmöglich bequem und schlossen die Augen. Manche fanden Ruhe.

Andere nicht.

Als der Wanderer endlich in einen unruhigen Schlaf fiel, wurde er von grässlichen Träumen heimgesucht.

Und so setzte er sich irgendwann auf, mit wild rasendem Herzen und kaltem Schweiß auf seiner Haut.

Ein Geräusch, da war ein Geräusch gewesen.

»Caer.« Fast schon instinktiv flüsterte er den Namen seiner Bardin, tastete nach ihr. Er schüttelte sie sanft; bereits vergessen war ihr erbitterter Streit. »Hörst du das?«

Sie setzte sich auf. Lauschte. Raunte dem leisen Geräusch zu, sich bitte zu verstärken.

»Schritte«, sagte sie dann, noch immer schlaftrunken. »Das sind Schritte.«

Hastig weckten sie die anderen. Und so standen sie alle aufrecht und hatten sich zumindest den Schlaf aus den Augen gerieben, als die Prozession in Sicht kam.

Mit dünnen Kerzen in der Hand schritten acht Mägde die Treppe hinunter. Von oben aus dem Schloss kamen sie. Aus der Festung. Aus der höchsten Kammer des trutzigen Turms. Acht Mägde, mit nichts weiter bekleidet als dünnen Stoffstreifen. Und ihnen folgte niemand anderes als Lurin, der Eiserne Baron persönlich, gekleidet in die Häute der Bären, die er erlegt hatte, angetan mit seinen Dainten.

»Scheiße«, fluchte Weyd leise.

Die Mägde traten beiseite, um dem Baron Platz zu machen, und formten dann in seinem Rücken ein Spalier. Er hingegen blieb direkt vor der Zelle stehen, leicht gebückt, um nicht mit dem Kopf an die niedrige Decke zu stoßen. Auch Cassian war gekommen. Der Hauptmann hielt die Hände hinter dem Rücken verschränkt und ließ den Blick über jeden einzelnen der Gefangenen gleiten, musterte sie von Kopf bis Fuß. War das Erleichterung, die kurz in seiner Miene aufblitzte?

Lurin legte eine Hand an Tur, seinen scharfen Ring. Betrachtete seine Gefangenen. Betrachtete Caer.

»Warum liegt diese Frau in Ketten?«, fragte er leise.

Die Mägde bewegten sich unruhig.

»Sie hat gegen das Gesetz verstoßen, Herr«, antwortete Cassian steif. »Sie alle haben das. Sie haben Furcht angelockt mit Lied und Licht.«

»Ein schweres Vergehen«, stellte der Baron beinahe flüsternd fest, wobei er die Bardin keinen Moment aus den Augen ließ. »Eine Gruppe von Entwurzelten entzündet Lichter und singt Lieder. Wird sich am Ende etwa herausstellen, dass sie es waren, die diese Schatten hierherbrachten?«

Cassian wirkte plötzlich noch steifer. »Das denke ich nicht, Herr.«

»Und wieso nicht?« Nun glitt der Blick des Barons über die gesamte Gruppe in der Zelle. »Ist nicht er der Einzige, der im Winter den Pass überwinden kann? Wenn die Schatten also in unser Tal kamen, muss dann nicht er sie hierhergeführt haben?«

»Lurin«, sagte der Wanderer leise, »du weißt, wo die Schatten herkommen. Du kennst das Lied. Du weißt es alles. Wenn Ladina dir vorher nichts davon gesagt hat, hat sie es sicher nach der Folter gestanden. Du weißt, dass sie nicht von Licht und Liedern angezogen werden.«

»Schweig.«

Nicht laut war der Befehl des Barons, aber scharf. Und doch fragte sich Weyd … hatte er seine Hände nicht deshalb so hastig hinter dem Rücken versteckt, weil sie plötzlich zitterten?

»Lurin, ich werde für dich singen, wenn du uns freilässt«, meldete sich Caer zu Wort. »Den ganzen Tag werde ich singen. Ich werde singen, bis du mir befiehlst, damit aufzuhören. Ich werde singen, bis es mich meine Stimme kostet. Aber lass uns gehen.«

Lurins Blick heftete sich wieder auf sie. Lange sah er sie an. Ihre Augen. Ihre Lippen. Ihren Hals.

»Wir sind ein gnadenvolles Volk.« Seine Zunge schoss vor und glitt über seine Lippen. »Wir sind ein gnadenvolles Volk mit einem gnadenvollen Baron, und bei uns wird keine Frau auf diese Art behandelt, nur weil sie es nicht besser wusste.«

Wieder regten sich die Mägde hinter ihm. Und auch Cassian trat angespannt von einem Fuß auf den anderen. Die Feder an seinem Helm hüpfte auf und ab. Auf und ab.

»Öffnet die Zelle«, befahl Lurin.

Cassian gehorchte sofort und gab sich auch weiterhin alle Mühe, sich seine Erleichterung nicht anmerken zu lassen. Er zog einen kleinen filigranen Schlüssel hervor, denn in Schur waren viele stolz auf ihre Schmiede, die Bergleute und Steinmetze, auch wenn alle Menschen im Tal schon lange vergessen hatten, wie man die Sprache der Steine und der Berge sprach. Drei einzelne Schritte brauchte es, um die Tür aufzuschließen, und Jori meinte, währenddessen in einer der Mauerritzen das vielsagende Räuspern einer Ratte zu hören.

Bevor auch nur einer der Freunde sich in Bewegung setzen oder ein Wort sagen konnte, hob Lurin, der Eiserne Baron, warnend die Hand. »Ich gestatte euch, euren Wert unter Beweis zu stellen«, verkündete er so laut, dass alle ihn hören konnten. Für Weyd war das ein Zeichen dafür, dass draußen bereits der Tag angebrochen sein musste, sonst hätte der Baron niemals die Stimme erhoben, nicht einmal so tief unter der Erde. »Euch allen. Wie auch alle anderen Entwurzelten, die sich am gestrigen Tag nach Colmstat geflüchtet haben, seid ihr willkommen, obwohl ihr nichts beigesteuert habt zum Erhalt dieser Mauern, dieses Volkes oder dieses Schlosses. Bis jetzt nicht.« An Cassian gewandt, fuhr er fort: »Gib ihnen eine Arbeit. Sie sollen beweisen, dass sie den Platz verdienen, den wir ihnen unter uns eingeräumt haben.«

Und dann musterte er noch einmal die Gruppe. Stellte sich in die offene Zellentür. Wandte sich Caer zu. Lange blickte er auf die eisernen Fesseln an ihren Händen. Strich mit einem Finger sanft darüber. »Nehmt ihr die Ketten ab. Wisst ihr denn nicht, dass diese Frau eine Bardin ist? Sie muss ihre Finger benutzen können.« Mit einem gütigen Lächeln fügte er hinzu: »Und lasst ihre Verbrennungen behandeln.«

Lurin hob eine von Caers Händen an die Lippen und küsste sie. »Ich wünsche, an diesem wundervollen Tag viele ihrer Lieder zu hören, wenn sie sich dazu bereitfindet.«

»Ein wahrhaft gnadenvoller Baron«, stellte Weyd fest, »der keine weitere Gegenleistung von Menschen verlangt, die bei ihm Schutz suchen, als dass sie seine Sklaven werden.«

Ansatzlos fuhr der Baron herum. Sein Lederhandschuh traf Weyds Wange mit solcher Wucht, dass der Wanderer beinahe das Gleichgewicht verloren hätte. »Für jene, die hier Zuflucht gefunden haben und unsere Gesetze missachten, wird es keine Gnade geben. Was du soeben zum zweiten Mal getan hast, Entwurzelter.«

Weyd sah ihn an. Sobald er den Kopf hob, schlug der Baron ein zweites Mal zu, wohl wissend, dass der Wanderer sich mit gefesselten Händen nicht wehren konnte. »Du bist nicht mehr so standfest, wie du einmal warst,

Weyd.« Lurin musterte den Mann, der einst seine Schwester gekannt hatte. Der sie verdorben hatte. Der sie in den Tod geschickt hatte. »Weyd der Weltenbummler nennen sie dich, wusstest du das? Für mich bist du Weyd der Wurzellose. Denn du bist ein Entwurzelter. Du hast kein Recht auf den Schutz dieser Mauern. Vergiss nicht: Niemand entzünde ein Licht oder störe die Stille in der Nacht, niemand außer den Armeen des Barons im Kriegsfall. Brichst du dieses Gesetz ein weiteres Mal, wird es keine Gnade geben. Dann wird man dich des Nachts vom Wehrgang in die Tiefe stoßen. Bist du erst der Gnade der Schatten ausgeliefert, wirst du die meine sicher besser zu schätzen wissen. Wenn auch nur für einen kurzen Augenblick.«

Weyd taumelte leicht. Er schmeckte Blut in seinem Mund. Und doch wollte der Protest unbedingt raus.

Plötzlich stand Caer zwischen den beiden. »Cassian«, wandte sie sich vollkommen gelassen an den Hauptmann, ohne Lurin im Geringsten zur Kenntnis zu nehmen, denn sie wusste, dass er sie zertreten würde wie eine Schabe, wenn sie auch nur einmal vor ihm kuschte. Bei Männern wie ihm war das immer so. »Ich vertraue dir das Wohl meiner Freunde an, und ich werde nicht dulden, dass ihnen übel mitgespielt wird.« Dann blickte sie dem Baron direkt in die Augen. »Und sollte auch nur noch ein einziges Mal Hand an den Wanderer gelegt werden, solange das Herz in meiner Brust noch schlägt, werde ich des Nachts durch das Stadttor nach draußen marschieren, und dann wird es am Tag keine Lieder mehr für dich geben.«

Der Baron hob gelassen die Hände. »Ich werde nicht Hand an ihn legen, solange er mir keinen Grund dazu gibt.«

Wieder wollte Weyd protestieren, aber Caer brachte ihn mit einem durchdringenden Blick zum Schweigen. Sie schob sich dicht an ihn heran und flüsterte ihm ins Ohr: »Ich habe uns befreit. Nun musst du einen Weg finden, wie wir an den Schatten vorbeikommen, mos segurs.«

Und so sah er zu, wie sie sich mit einem ausdruckslosen Lächeln zu Lurin umdrehte. »Gehen wir? Wenn du so freundlich wärst, mir meine Oud bringen zu lassen, werden all meine Lieder an diesem schönen Tag dir gehören, zumindest solange meine Finger dieser Aufgabe gewachsen sind.«

Damit marschierte sie aus der Zelle und streckte Cassian fordernd die Unterarme entgegen.

Weyd konnte sehen, dass sich in Lurins Schritt eine verräterische Beule gebildet hatte. Und der Wanderer beobachtete, wie der Baron sich abwandte und schluckte, bevor er hinter der nun von den Ketten befreiten Bardin herging. Wie er einer der Mägde ihre Kerze abnahm, ein dünnes, fahles Licht, und wie sie gemeinsam davongingen, dicht gefolgt von den acht Mägden.

Cassian stieß den Atem aus. »Bei allem Eisen in den Bergen.«

Im trüben Schein der letzten noch verbliebenen Kerze ließ sich der Hauptmann gegen die Mauer sinken. »Einen Moment lang dachte ich, das würde mich den Kopf kosten. Verzeih mir, Wanderer.« Er sah Weyd offen an. »Ich habe euch letzte Nacht hier einsperren lassen, weil ich keine andere Möglichkeit sah, euch in Sicherheit zu bringen. Wenn ich euch nicht verhaftet hätte, wäre es möglicherweise zu einem Aufstand gekommen, und dann hätte ich nicht nur euch nicht beschützen können, sondern keinen der Entwurzelten in der Stadt. Kommt jetzt, ich bringe euch zu eurer Unterkunft.«

Und so verließen sie zusammen mit dem Hauptmann die Festung und blinzelten ins helle Licht der Morgendämmerung. Im Burghof war die Eiserne Patrouille versammelt, darunter auch Andrin in seiner schwarzen Uniform. Er hatte noch kurz zuvor mit gesenktem Blick eine Pfütze angesehen und dabei vor sich hingemurmelt, aber sobald er die Freunde sah, stürzte er auf sie zu. »Es geht euch gut. Den Sternen sei Dank, es geht euch gut. Wo ist die Bardin? Ich muss ihr noch danken, muss …«

Er verstummte, senkte verlegen den Blick.

»Die Bardin ist beim Baron«, sagte Cassian. »Andrin, du bringst die Fremden zu den Unterkünften, zu den Scheunen an der äußeren Mauer, wo alle Entwurzelten untergebracht wurden. Die vordere ist voll, aber in der inneren Scheune müssten noch ein oder zwei Betten frei sein.«

Andrins Blick huschte kurz zu Jori. »Sie alle, Hauptmann?«

»Was?«, fragte Cassian irritiert.

»Diese Unterkünfte sind nicht unbedingt …« Offenbar suchte Andrin nach den richtigen Worten, wobei er sich extrem unwohl zu fühlen schien. »… geeignet für ältere Herrschaften«, beendete er den Satz schließlich etwas lahm.

»Was gut genug ist für meine Freunde, ist auch gut genug für mich, Jungchen«, erwiderte Jori tapfer.

»Aber Jori«, protestierte Weyd, »was ist mit dem Knirschen in den Knochen? Das ist kein rauschender Applaus, sondern eher ein Hilferuf.« Er wandte sich an Andrin: »Könnt ihr ihn denn nirgendwo anders unterbringen?«

Der junge Mann biss sich kurz auf die Lippe, dann hellte sich seine Miene auf. »Ich könnte bei Jelscha schlafen. Dann kannst du mein Zimmer in den Soldatenunterkünften haben, Meister Jori.« Hastig drehte er sich zu Cassian um. »Bitte, Hauptmann! Ich sorge auch dafür, dass überall die richtigen Kreidemarkierungen angebracht werden.«

Cassian gab sein Einverständnis und sah dann kopfschüttelnd zu, wie Andrin mit dem Alten davonging. »Dieser Junge ist eindeutig nicht für das Soldatenleben gemacht.«

»Stimmt«, nickte Weyd. »Meiner Erfahrung nach ist das niemand.«

»Dann ist er eben besonders ungeeignet«, stellte Cassian fest. »Komm, ich zeige euch, wo die innere Scheune steht. Eure Sachen werden auch gleich dort hingebracht.«

Sie verließen das Schloss und gingen eine der gepflasterten Straßen hinunter. Bei den Sternen, Cassian sah ungefähr so erschöpft aus wie Weyd sich fühlte.

»Du solltest dir Ruhe gönnen«, stellte Ealdre fest – weder mahnend noch belehrend. Genauso gut hätte er anmerken können, dass die Sonne am nächsten Morgen aufgehen werde.

Cassian schüttelte nur den Kopf. »Die Flüchtlinge aus den Dörfern brauchen Schlafplätze. Die Nächte sind kalt.«

»Wo bringt ihr sie alle unter?«, wollte Weyd wissen.

»Es gibt einige freie Zimmer, zum Teil stehen auch ganze Häuser leer. Der Baron hat sie mit Kreide markieren lassen.« Cassian hob seine Hände. Die Fingerspitzen waren weiß. »Dort werden jedenfalls die Entwurzelten untergebracht. Er hat selbst vorgeschlagen, die Entwurzelten von den anderen zu trennen, damit sie nicht den Anfeindungen der Dorfbewohner ausgesetzt werden.« Cassian hob demonstrativ die Hände und zeigte ihnen seine weiß verschmierten Fingerspitzen.

»Ich dachte, es gäbe gar nicht mehr so viele Entwurzelte in Schur«, stellte der Wanderer leicht verwundert fest.

»Alle, die eine fremde Sprache sprechen oder deren Eltern, Großeltern und Urgroßeltern nicht hier geboren wurden – so hat es der Baron verfügt. Das sind am Ende dann schon einige.« Verlegen trat Cassian von einem Fuß auf den anderen. »Die meisten Entwurzelten schlafen in den alten Postställen unten in der Fremdengasse, direkt an der äußeren Mauer. Die wurden zwar seit ungefähr hundert Jahren nicht mehr genutzt, sind aber noch in einem besseren Zustand als die restlichen Ställe, denn die haben wir als Lagerhallen benutzt.« Seine Zunge stolperte über manche Worte wie seine Füße über die dicken Pflastersteine. »Dort müsstet ihr zumindest einigermaßen gut untergebracht sein. Obwohl nicht auszuschließen ist, dass man ihn schon wegen seines Mantels absticht.«

Sein Blick war zu Ealdre gewandert. Zu seinem Mantel. Seinem goldenen Mantel. Er erinnerte an die Weber in den alten Legenden, die Stoffe erschufen aus den Fasern gefallener Sterne, und Mäntel webten für die Menschen, die hier lebten, lange bevor das Tal den Namen Schur bekam. Menschen, deren Namen und deren Sprache längst vergessen waren.

Diese Warnung entlockte dem Heiler ein leises Lachen. »Ich fürchte mich nicht vor dem Tod«, sagte er.

Und nicht zum ersten Mal machte sich der Wanderer so seine Gedanken über ihn.

Er hatte Geschichten von Wesen gehört, deren Lebensspanne die der Menschen um Jahre und Jahre übertraf. Verstohlene Berichte über jene, die aussahen wie Mann und Frau zugleich, die sich manchmal wandelten, sodass sie im einen Moment Mann waren, im anderen Frau, und dabei dem Tod niemals begegneten. Einige dieser Legenden gehörten zu seinen und Caers Lieblingsliedern, und die Bardin hatte sie schon oft für ihn gesungen. Weyd hatte diesen Geschichten bisher keinen Glauben geschenkt, da ihm auf all seinen Reisen nie ein unsterbliches Wesen begegnet war. Doch wenn er nun Ealdre in seinem goldenen Mantel vor sich sah, als wäre er soeben den ältesten Legenden entstiegen, da schien es ihm plötzlich doch möglich zu sein, dass manches davon der Wahrheit entsprach. Solche Wesen hatten im Laufe der Zeit die unterschiedlichsten Namen bekommen, etwa *albiz*, *helbós* oder *elbs*. Doch es gab nun einmal keine nette Art, jemandem eine derartige Frage zu stellen: *Bitte entschuldige, ich habe da diese Geschichten gehört, und auch wenn du aussiehst wie ein Mensch, könnte es vielleicht sein, dass du gar kein Mensch bist?*

Obwohl Caer es sicherlich genau so in Worte gefasst hätte.

Als sie das erreichten, was einst die größte Poststation des Elbongebirges gewesen war, sahen sie auf den ersten Blick, dass diese Stallungen nicht einfach nur aufgegeben worden waren, sondern dass sie selbst während ihrer Nutzung als Lagerhallen zu regelrechten Ruinen zerfallen waren, die eigentlich niemandem mehr Schutz bieten konnten. Die äußere Scheune war tatsächlich schon vollkommen überfüllt, und so gingen sie weiter zur inneren. Auch nachdem sie eingetreten waren, blieb die Kälte deutlich spürbar, als wären hier lautlose Winde zugange. Der feuchte Boden ließ Weyd nur umso dankbarer werden für Andrins beherztes Eingreifen.

Und doch gab es hier Betten für Weyd, Ealdre und Bahr, und auf Bahrs Lagerstatt hatte es sich bereits eine weiße Fellkugel mit Knopfaugen und spitzen Ohren gemütlich gemacht.

»Bellitas!«, freute sich Bahr leise.

»Euer hartnäckiger Freund hier hat einfach nicht aufgehört, mich zu piesacken, bis ich ihn schließlich hergebracht habe«, meinte Cassian in gespieltem Groll. »Und bis ich ihm einen halben Eimer voll frischer Beeren gebracht habe. Die Fleischreste, mit denen ich es zuerst versucht habe, waren offenbar nicht nach seinem Geschmack.«

Bahr stürzte sich auf Bellitas, während Weyd den Hauptmann verabschiedete. Nachdem auch er kurz das Gesicht in das weiche Fell gedrückt hatte, ließ er sich auf sein Lager fallen. Die weiche Strohmatratze entlockte dem Wanderer ein wohliges Seufzen.

Viele der anderen Entwurzelten schliefen noch – all die Landarbeiter, Mägde, Bauern, Geldverwalter, Lehrer und Handwerker, all die Kinder, Frauen und Männer –, denn die Sonne war gerade erst aufgegangen. Und auch Cassian hatte den Freunden geraten, sich noch ein wenig Schlaf zu gönnen, bevor er gegangen war.

Und so legten sie sich hin und wickelten sich in die Wolldecken, die ihnen wenig später zusammen mit ihren Taschen gebracht wurden. Der Wanderer starrte müde an die Decke und fragte sich, was er nun tun sollte.

Was konnte ein einzelner Mensch schon gegen einen solchen Schrecken ausrichten?

Jeden Gedanken an Caer verdrängte er, wie sie nun oben

im Schloss bei Lurin war. Der ihr vielleicht auch geraten hatte, sich noch ein wenig auszuruhen. Der ihr vielleicht sein eigenes bequemes Bett angeboten hatte.

An eine andere Frau dachte er, aus einer verlorenen Vergangenheit, die ebenfalls in diesem Schloss gelebt hatte. An Ladina dachte er, an seine Schwester, und an jene Nacht, die alles beendet hatte.

Was würde Lurin wohl mit Caer machen, jetzt, wo sie nicht vor ihm weglaufen konnte? Jetzt, wo er sie genau da hatte, wo er sie haben wollte?

Weyd wünschte sich verzweifelt, er könnte einfach hinauf ins Schloss stürmen, sein Schwert ziehen und Caer retten. Er wünschte sich, er hätte Ladina retten können, Ladina und ihre hanebüchene Idee vom Aufstand der Singenden. Wünschte, das alles wäre eine Geschichte und er ihr Held.

»Halt die Klappe, Weyd«, brummte Bahr im Nachbarbett.

»Ich sage doch gar nichts.«

»Höre trotzdem, wie du grübelst.«

»Bitte verzeih, dass ich nach einem Ausweg suche«, knurrte er, drehte ihr den Rücken zu und schloss die Augen. Vielleicht würde ein neuer Tag ihm Antworten schenken. Vielleicht, so sagte er sich, würden auch schon ein paar Stunden Schlaf ihm Antworten schenken.

Und im Bett neben ihm lag Bahr und starrte mit offenen Augen an die Decke.

Denn sie glaubte nicht an Seemannsgarn. Heroische Geschichten, tiefgründige Balladen und all das waren ihr suspekt; das roch ihr zu sehr nach Märchen.

Aber sie konnte nicht anders.

Sie konnte nicht vergessen, was sie gesehen hatte: wie die Schatten zurückgewichen waren, als Caer unten am Tor dieses Lied gesungen hatte. Das Lied in dieser längst vergessenen Sprache.

Und bei allen Winden des Himmels, Bahr wollte daran glauben. Dieses eine Mal wollte sie unbedingt daran glauben, denn sie ertrug die Vorstellung nicht, dass Caer der Gnade eines Mannes wie Baron Lurin ausgeliefert war. In einem Schloss gefangen war, in dem Frauen zu Sklaven gemacht wurden, sei es nun als Feuermädchen, als Magd oder als Ehefrau.

Also schluckte sie nervös, und sie sagte: »Wanderer?«

»Seefahrer?«

Sie kam sich unendlich albern vor.

»Ich glaube, ich kenne einen Weg, um an den Schatten vorbeizukommen.«

5

Bringt Gesang und Rettung uns

Ein Lied.

Ein Lied sollte also ihre Rettung sein.

Die Sonne stand hoch am Himmel. Bahr, Bellitas, Weyd und Jori waren auf den Wehrgang gestiegen, und auch Ealdre der Heiler war mitgekommen. Gemeinsam standen sie direkt über dem Tor und blickten auf die verschneiten Felder hinaus, zerwühlt von trampelnden Füßen und panischen Hufen. Gemeinsam schauten sie hinab auf die Stelle vor den Toren. Hier glaubte Bahr, in der Nacht zuvor gesehen zu haben, wie die Schatten vor einem Lied zurückgewichen waren.

Als Bellitas bellte, gab Jori ihm recht: »Wie Belle gerade so treffend angemerkt hat: Das Leben steckt voller Merkwürdigkeiten, und das wäre nicht die merkwürdigste Geschichte, die man sich je erzählt hat – dass ein Lied uns schützen könnte. Vielleicht wurde es ja in einer Sprache verfasst, deren Worte die Schatten ansprechen. Vielleicht ist das sogar die Sprache der Schatten, die nur längst in Vergessenheit geraten ist unter uns Narren, die wir unser Wissen nicht weitergeben.«

»Ja, schon, ihr zwei, aber … kommt schon.« Bahr starrte finster hinab. »In diesem beschissenen Dreckstal ist es verboten, nachts irgendetwas von sich zu geben, das lauter wäre als ein Flüstern. Wenn wir uns hier oben auf die Mauer stellen und ein Liedchen trällern, schmeißen sie uns doch direkt da runter. Und wenn sich dann rausstellt, dass das Lied nicht wirkt, werden wir von vierzehn Schatten mit widerlichen Nebeltentakeln abgeschlachtet. Eine echt dämliche Art zu sterben, wenn auch vielleicht passend für eine solche Idiotentruppe.«

Bellitas hob den Kopf Richtung Himmel und bettete ihn dann mit einem trostlosen Blick wieder auf die Vorderpfoten.

Jori seufzte schwer. »Aber eine bessere Idee haben wir nicht, richtig? Weyd, mein Junge, an wie viel von diesem Lied kannst du dich noch erinnern?«

Der Wanderer hatte ihnen schweigend zugehört. Nun schüttelte er nachdenklich den Kopf. »In der Gemeinen Sprache vermutlich an genug. Aber wenn ich mich richtig erinnere, hat Caer es gestern am Tor in der alten, vergessenen Sprache gesungen.«

»Aye.« Bahr holte ihre Pfeife aus der Tasche. »Zumindest hat sie es in einer Sprache gesungen, die ich nie zuvor gehört habe.«

»Dann müssen wir auf jeden Fall hoch ins Schloss und sie bitten, es uns beizubringen, gleich, wozu wir uns entscheiden«, entschied Jori. »Auf geht's, Kinder.«

Aber Bellitas schüttelte den Kopf und sprach eilig auf den alten Mann ein, der aufmerksam lauschte. Dann stob der Fuchs davon, die Stufen hinab, durch das Tor und über die Felder, wo er bald so mit dem Schnee verschmolz, dass nichts mehr von ihm zu sehen war. »Er möchte nach einem Freund suchen«, erklärte Jori. »Aber er hat versprochen, bis Sonnenuntergang zurück zu sein.«

Der Rest der Gruppe ging die Straße zum Schloss hinauf, auf der sich nun mehr Leben zeigte als seit Jahrzehnten. Der Arbeitsdienst der Entwurzelten hatte begonnen, sobald die Sonne über den Horizont gestiegen war. Von den Eisernen in verschiedene Gruppen aufgeteilt, waren sie losgeschickt worden. Auch Cassian war unter seinen Soldaten gewesen, erschöpfter als je zuvor, mit Kreide an den Handschuhen, den Ärmeln, der Uniformjacke. Er hatte den Gefährten eine Nachricht aus der Festung überbracht: An diesem Tag sei ihre Gruppe vom Arbeitsdienst befreit; eine Bitte der Bardin, die vom Baron großmütig erfüllt worden sei. Weyd hatte sich gefragt, ob der Hauptmann in der Nacht überhaupt Schlaf gefunden hatte oder ob er deshalb so ausgemergelt wirkte, weil seine Aufgabe ihm so sehr widerstrebte. Einigen seiner Soldaten schien es da ganz anders zu gehen, sie genossen offenbar die Macht, die ihnen übertragen worden war, denn viele der Entwurzelten kamen jedem kleinsten Befehl von ihnen nach, eifrig bemüht zu beweisen, dass sie einen Platz hinter den Mauern verdient hatten.

Auf ihrem Weg sah die Gruppe nun, wie sie schufteten: Sie reinigten die Straßen, leerten Nachttöpfe, polierten Stiefel. Und immer wieder begann Weyd leise zu singen, in dem Versuch, sich die Worte des Liedes der Nacht ins Gedächtnis zu rufen, die vergessene Sprache, die er bei der Stria gehört hatte, eben jene Worte, nach der seine Schwester und er vor so langer Zeit gesucht hatten, als sie herkamen. Denn auch eine verzweifelte Hoffnung ist besser als keine Hoffnung. Viele der Häuser, an denen sie vorbeikamen, wiesen die Kreidemarkierungen auf, mit denen auf Befehl des Barons die Unterkünfte der Entwurzelten gekennzeichnet waren. Hohe Häuser waren es, die an den einstigen Wohlstand der Stadt erinnerten. Manche hatten bis zu vier Stockwerke, steile Giebel, waren einmal mit roten, gelben und grünen Blumen bemalt gewesen. Aber Colmstat war in den vergangenen hundert Jahren erheblich geschrumpft, und so dicht an der äußeren Mauer waren viele Häuser aufgegeben worden. Ihre Dächer stürzten ein, die Wände sackten ab, das Holz verfaulte. In der Luft hing der Gestank von mit Urin getränktem, altem Schnee und kaltem Angstschweiß, untermalt von den würzigen Duftnoten, die Eisenhut und Buschwindröschen abgaben. Wie violette, unter Kapuzenmänteln versteckte Figürchen stand der Eisenhut in den Blumenkästen, und die Buschwindröschen streckten der Gruppe voller Gier ihre langen, mit gelben Blüten besetzten Triebe entgegen. Überall wuchsen hier die giftigen Pflänzchen, in wild wuchernden Beeten ebenso wie in ordentlich gepflegten Gärten, und sie alle reckten und streckten sich wie bunte Häscher von Schatten und Furcht.

Je näher sie dem Schloss kamen, desto mehr Häuser waren wieder bewohnt. Und Weyd sang und sang, versuchte die alten Worte wiederzufinden, die Caer gesungen hatte. Das brachte ihm ein paar scharfe Blicke ein, es wurde getuschelt, und jemand rief sogar: »Such dir gefälligst eine anständige Arbeit!«

Der Wanderer blickte nach oben, um herauszufinden, woher das gekommen war. Aus dieser Richtung hatte er die Stimme jedenfalls gehört.

Und es blieb die einzige Warnung, bevor aus dem Fenster im vierten Stock eines hübschen, früher wohl mit Butterblumen bemalten Hauses ein Nachttopf über die Gruppe ausgeleert wurde.

Der Wanderer packte seinen Nebenmann, bei dem es sich zufällig um Ealdre handelte, und drückte ihn gegen die mit gelben Giftblumen überwucherte Hauswand, um ihn vor der herabstürzenden Mischung aus Pisse und Scheiße zu schützen.

»Das war nicht sonderlich nett«, stellte Ealdre fest. Sie standen sich plötzlich so dicht gegenüber, dass Weyd jede Bewegung seines Körpers spüren konnte. »Warum haben sie das getan?«

Jori, der von Bahr ebenfalls schützend an die Wand gepresst worden war, rief mit erhobener Stimme: »Ich denke, hier hält man das Leeren von Nachttöpfen wohl für ein nobleres Anliegen als die Kunst!«

»Irgendjemand muss ja den Dreck rausschmeißen!«, schrie der Mann oben am Fenster als Antwort zu ihnen hinunter. In seinem Schurisch schwang ein kaum hörbarer Akzent mit. So fein war er, dass die Vermutung nahelag, der Sprecher versuche zu vertuschen, dass er ein Entwurzelter war, genau wie sie.

»Lass gut sein, Jori.« Weyd löste sich von Ealdre und trat von der Mauer weg. Sein gesamter Körper kribbelte, und er schaffte es nicht, dem Heiler ins Gesicht zu sehen. Gerade als er sich wieder Richtung Schloss wandte, tippte ihm jemand auf die Schulter.

Es war eine Frau. Sie war größer als der Wanderer, älter als Jori und von Kopf bis Fuß in Schwarz gekleidet. Braune Augen funkelten in ihrem langen Gesicht, und ihr waren nicht mehr viele Zähne geblieben. »Ich habe dich singen gehört«, sagte sie.

»Endlich jemand, der ein wenig Kunst zu schätzen weiß!«, freute sich Jori.

»Ja, ja, das war sehr hübsch.« Die Alte nickte bekräftigend. »Aber warum singst du nicht etwas auf Schurisch?«

Joris Lächeln wirkte plötzlich leicht gequält. Und Weyd meinte, von oben ein gehässiges Lachen zu hören. »Tut uns leid, werte Dame, daraus wird wohl nichts«, erwiderte Jori. »Komm, Weyd, ich denke, wir müssen weiter.«

Der Wanderer nickte und marschierte wieder los. Den Rest des Weges brachte er schweigend hinter sich.

Als sie die zweite Mauer erreichten, musterte die Wachhabende mit dem Federhelm sie kurz, um sie dann widerwillig durchzuwinken. Auch dies geschah auf Befehl des Barons und Bitte der Bardin hin. Am dritten Tor war es dasselbe. Im Schlosshof dann wurden sie von einer Magd in Empfang genommen, die sie weiterführte. In die Festung brachte sie das kaum bekleidete Mädchen, die Wendeltreppe hinauf, eine dünne Kerze in ihrer Hand leuchtete ihnen den Weg.

Ganz oben im Wehrturm öffnete die Magd eine Tür, und die Gruppe betrat eine Kammer, in der sie sich unvermutet der Bardin gegenübersah.

Und dem Baron.

Dem Baron, der nun nicht mehr in die Häute der Tiere gekleidet war, die er abgeschlachtet hatte. Nun trug er eine Rüstung. Eine schwere Eisenrüstung, die ihm direkt auf den Körper geschmiedet worden war, auf Arme, Brust, Beine. Goldene Beschläge zierten die schwarzen Eisenplatten.

Er sah aus, als könnte er es allein mit einer ganzen Armee aufnehmen.

»Das muss doch schrecklich unbequem sein«, fand Bahr, deren Blick allerdings nicht auf der Rüstung ruhte. Denn wo Lurin sein Aussehen ein wenig angepasst hatte, hatte die Bardin eine komplette Verwandlung hinter sich. Gambeson, Tassel, Hose und Stiefel waren verschwunden. Stattdessen trug sie nun ein weißes, von einem Korsett gestütztes Kleid, das ihre Taille beunruhigend schmal und ihre Röcke übertrieben breit aussehen ließ. Der blütenweiße Stoff wirkte neben Lurins schwarzer Rüstung und in der dämmrigen Kammer unfassbar grell und zart. Nicht wirklich durchsichtig, aber bei diesem Kleid blieb nun wirklich nicht mehr viel der Fantasie des Betrachters überlassen. Ihr Haar war mit edelsteinbesetzten Schleifen zurückgebunden worden, und auch um ihren Hals war ein funkelndes Band geschlungen.

Der Wanderer kannte dieses Kleid. Es hatte einst einer anderen Frau gehört. Einer Frau, die hier in diesem Schloss getötet worden war, nachdem sie singend zur Revolution aufgerufen hatte.

»Mein Gambeson ist mir eindeutig lieber«, stimmte Caer ihr zu, während sie sich die Oud auf den Rücken schnallte. Lurin allerdings konnte kaum den Blick von ihr wenden.

»Warum bist du hier, Wanderer?«, fragte der Baron schließlich, ohne ihn anzusehen. »Hast du noch nichts gefunden, womit du dich nützlich machen kannst? Muss ich dich etwa doch noch zum Arbeitsdienst verpflichten?«

Doch es war Ealdre, der antwortete: »Ich bin es, der dich sehen wollte, Eiserner Baron.«

So tief, so tief war seine Stimme.

»Ich möchte mit dir sprechen. Unter vier Augen.«

Der Baron sah ihn, ihn und seinen goldenen Mantel. Sein Blick wandelte sich. Mit einer Handbewegung bedeutete er allen anderen, den Raum zu verlassen.

»Geh nicht zu weit weg, Bardin«, befahl der Baron an Caer gewandt.

»Ich bin Euch zu Diensten, Herr«, versicherte die. Dann nahm sie eine bereits brennende Kerze an sich, schneeweiß wie ihr Kleid, und sagte: »Gehen wir.«

So blieb Ealdre beim Baron zurück, und der Rest der Gruppe ging. Was Ealdre von einem Mann wie dem Baron wollen könnte, erschloss sich dem Wanderer nicht.

Während die Freunde die Wendeltreppe hinabliefen, war der Baron wie gebannt vom Anblick des Heilers, denn niemand konnte sich dem Mann in dem goldenen Mantel entziehen.

Dieser Mantel.

»Wie lautet dein Name?«, fragte der Baron.

»Ealdre.«

»Aus?«

Der Heiler sah ihn ruhig an. »Ealdre von Nirgendwo, wie du und deine Soldaten verfügt haben«, antwortete er, während der Baron weiter seinen Mantel betrachtete.

Und Lurin, der Eiserne Baron, war kein Mann, der mit seinen Absichten hinter dem Berg hielt. Nun drehte er Tur an seinem Finger und verkündete: »Ich will deinen Mantel.«

Ealdres Miene blieb unbewegt. Freundlich, aber bestimmt, erwiderte er: »Es geht nicht darum, was du willst.«

Erstaunt zog Lurin die Augenbrauen hoch. »Ich bin der Herrscher.«

»Ja, das bist du. Du hast die Macht in dieser Welt inne, weshalb ich auch zu dir gekommen bin.« Ealdres Blick war klar, klar wie seine Stimme, als er fortfuhr: »Auf deinem Land weit im Osten steht noch immer der Schwarze Turm des Lichts. Entzünde das Leuchtfeuer, Herr. Entsende Boten zum Grauen, zum Weißen und zum Schwarzen Turm. Du musst die Leuchtfeuer entzünden.«

Lurin lachte.

Unbeeindruckt ergänzte Ealdre: »Du musst es tun, wenn du überleben willst.«

Der Baron verstummte abrupt, denn für einen Moment verstummte auch sein Herzschlag.

Sein Herz.

Blieb still.

Dann machte es einen holprigen Satz, und der Baron fixierte starr den Mann in dem goldenen Mantel. »Wer bist du? Was bist du?«

»Lurin«, mahnte Ealdre unbeirrt, »du musst die Leuchtfeuer entzünden.«

Und während Lurin den Mann einfach nur anstarrte, betraten die Freunde die Bibliothek der Burg, wo Caer sich als Erstes nach Bellitas erkundigte. Nachdem sie ihr versichert hatten, dass es dem kleinen Fuchs gut ging, berichtete Bahr in aller Eile von dem Lied und den Hoffnungen, die es in ihnen geweckt hatte.

Nur der Wanderer blieb stumm, denn das letzte Mal war er mit seiner Schwester hier gewesen, mit seiner Schwester und einer zukünftigen Baroness, die nun schon lange tot war. Noch immer schienen ihre Stimmen in dem kleinen Raum widerzuhallen, ihr Lachen, die albernen Lieder, die Ladina hier tagsüber lauthals gesungen hatte und die sie so gerne auch des Nachts geschmettert hätte. Und nun stand Caer hier, in Ladinas Kleid.

Als Bahr geendet hatte, lehnte sich Caer mit verschränkten Armen an die Tür. »Ein Lied?«, fragte sie skeptisch. »Ein Lied soll uns ein Schild sein?«

»Ich weiß, was ich gesehen habe«, sagte Bahr. »Die Schatten sind zurückgewichen.«

»Könnte Zufall gewesen sein«, gab Caer zu bedenken.

»Ich weiß«, wiederholte Bahr gereizt. »Aber ich bin verzweifelt, kapiert? Schlicht und einfach verzweifelt.«

Nun schaltete sich Weyd ein: »Vielleicht ist diese Hoffnung ja tatsächlich … albern. Sogar töricht.« Er sah Caer eindringlich an. »Aber Hoffnung bleibt Hoffnung.«

Caer ließ den Kopf gegen die Tür sinken. »Wahrhaft albern, wahrhaft töricht. Ich möchte es ja glauben, wahrscheinlich sogar dringender als jeder von euch. Aber …«

»Aber was?«, blaffte Bahr sie an. »Du bist eine Bardin. Wenn es jemand glauben sollte, dann du!« »Ich möchte es genauso gerne glauben wie ihr. Aber würdest du dein Leben darauf verwetten?« Sie blickte in die Runde. »Unser aller Leben? Denn Lurin hat sich doch wohl klar ausgedrückt: Sollten wir noch einmal gegen das Gesetz verstoßen, lässt er uns in der finsteren Nacht von der Mauer werfen.« Der Wanderer meldete sich zu Wort: »Wir werden es erst wissen, wenn wir es versucht haben. Und an einen ernsthaften Versuch können wir erst denken, wenn wir den genauen Text kennen, der gesungen werden muss.«

Caer nickte.

Sie schloss die Augen.

»Ich brauche nur einen Moment, um mich daran zu erinnern. Wartet kurz.«

Und sie begann zu summen.
Und alle beobachteten sie.
Und beobachteten sie.
Und beobachteten sie.
Beobachteten, wie sie frustriert die Lippen zusammenpresste.
Die Stirn runzelte.
Dann riss sie die Augen auf. »Ich habe es vergessen«, erklärte sie gequält.
»Du hast es doch gestern erst gesungen!«, empörte sich Bahr.
»Da war es einfach so in meinem Kopf!« Caer löste sich von der Tür und fing an, im Raum auf und ab zu laufen.
»Oh nein«, stöhnte der Wanderer. »Ist das etwa einer dieser Momente? Wo du versuchst, dich an eine Melodie zu erinnern, an eine Textzeile, an irgendetwas, das dir durch den Kopf geschossen ist, aber je mehr du darüber nachgrübelst, desto weniger kannst du es festhalten?«
»Hier geht es nicht darum, sich die Namen von Königen oder irgendwelche Geschichtszahlen aus einem Buch zu merken!«, protestierte Caer. »Hier geht es um Kunst. Ein wahrhaft schwieriges Geschäft! Außerdem habe ich das Lied der Nacht in der alten Sprache nur ein einziges Mal gehört, als die Stria es gesungen hat, und da waren ihr Mund und ihre Lunge voller Blut.«
Jori sah sich um. »Vielleicht sollten wir ein wenig in diesen Wälzern suchen? Mein Junge, bist du nicht damals vor vielen Jahren mit deiner Schwester hierhergekommen, um eben jene Worte zu finden, die uns jetzt fehlen? Ist es euch dabei gelungen, sämtliche Bücher und Schriftrollen zu durchforsten?«

Caer antwortete mit einem schnaubenden Lachen: »Mein liebster Jori, glaube mir: Hier drin wirst nicht sonderlich viel hilfreiche Lektüre finden. Weißt du denn nicht, wie diese Sammlung zustande gekommen ist?«

Alle drehten sich zu ihr um. »Weißt du es denn?«, wunderte sich Weyd.

»Selbstverständlich. Immerhin habe ich über eben diese Bibliothek, in der wir uns gerade befinden, eine Ballade gedichtet.«

Verblüfft sahen die Freunde sie an.

»Aber ja. Normalweise gebe ich sie hier in Schur nicht zum Besten, weil mich das sicher den Kopf kosten würde, aber wie könnte ich nicht, wo wir doch schon hier stehen?« Mit funkelnden Augen sah sich die Bardin in dem kleinen quadratischen Raum um, dessen Wände mit Regalen vollgestellt waren, die ihr kaum bis zur Brust reichten. Ja, ihre Augen strahlten, selbst in diesem schrecklichen, schrecklichen Kleid. »Sie ist allerdings viel kleiner als in meinem Lied«, fuhr Caer fort. »Was nicht weiter überraschend ist, denn ich war nie zuvor hier.«

Caer griff nach ihrer Oud, schwang sich auf eines der Regale und fing an zu spielen. »Dies ist die Ballade von der Bibliothek von Avastat«, begann sie, »die einst die größte nördlich des Elbongebirges war, denn die Händler und Reisenden brachten Bücher aus dem Süden von Erebu und sogar aus den Ländern jenseits des Midląmari durch die Höhlen, von jenseits des südlichen Meeres. Viele Geheimnisse waren hier versammelt, Abenteuer und Wissen, das niemand je entdeckt oder gesammelt hatte. Und diese Geschichte erzählt, was mit der Bibliothek von Avastat geschah, wie aus ihr jener Ort wurde, an dem wir heute stehen.«

Und so sang sie von den Geschichten und den Karten, von dem Gelächter und den Tränen, von der Freude und dem Leid, die in der Bibliothek von Avastat am anderen Ende des Tales versammelt gewesen waren. Und dann schlich sich Trauer in ihre Stimme, denn sie sang von dem großen Gräuel vor einhundert Jahren, bei dem das Tal von Schur beinahe erstickte in dem Qualm der vielen Bücher, die von den Eisernen Soldaten ins Feuer geworfen wurden. Als auch die letzte Karte verbrannt wurde, auf der die Position des Grauen Turmes verzeichnet war, des Lichtturms hoch oben im Norden. Zwei ganze Tage lang verdunkelte der Rauch den Himmel. Und sie wollte ihnen diese Ballade vorsingen, da es doch einen Trost darin zu finden gab, wenn Bücher verbrannt wurden: Es war der Beweis dafür, wie gefährlich Lieder und Geschichten sein konnten. Gefährlich für jene, die mordeten, töteten und anderen die Stimme raubten.

Und diese Ballade war der Beweis dafür, dass Geschichten nie ganz ausgelöscht werden konnten, Lieder niemals endgültig verklangen.

Es brauchte nicht mehr als eine kleine Melodie. Nicht mehr als einen Tropfen Tinte. Nicht mehr als eine mutige Seele.

Und wieder schlug Caer einen anderen Ton an, denn vor der großen Verbrennung waren manche Texte gerettet worden, durch den Baron, der damals über das Tal herrschte. Eine weitere seiner herausragenden Taten war wohl die Einführung der so knappen Bekleidung aller persönlichen Mägde des Herrschers. Sie sang von seiner merkwürdigen Schwäche für eben jene Bücher, die er per Dekret von der Verbrennung ausschloss, merkwürdig vor allem deshalb, weil er nicht lesen konnte. Und so hatte er nur solche Bücher, Pergamente und Schrifthäute gerettet, die sich in seinen Händen gut anfühlten. Eine äußerst eklektische Sammlung entstand und machte die Schlossbibliothek, in der sie nun standen, zu einem kuriosen Raum mit kuriosen Büchern, sortiert nach einem kuriosen Verfahren – nicht nach Inhalt, Verfasser oder Thematik, nicht einmal nach Größe oder Farbe, sondern nach Material. Sie sang von jenem Mann, der so einsam war, dass er in seine Bibliothek ging, die Bücher auf den Regalen ausbreitete und sie dort nach Herzenslust befühlte und betastete, mit Händen, Fingern und diversen anderen Körperteilen.

Und an dieser Stelle wurde das Lied schlüpfrig, denn ja, es handelte von dem Baron von Schur, der sich über Bücher ergoss, die er nicht einmal lesen konnte, und Caer mochte schlüpfrige Geschichten.

Und dann wurde es wieder traurig, und sie sang von dem Baron, der sich so nach einer sanften Berührung verzehrte, dass er sich der Haut von toten Schafen zuwandte, der Tränen vergoss in seiner düsteren Bibliothek, in der weder Licht noch Lampe noch das kleinste Geräusch das Dunkel der Nacht durchdringen durfte.

Als sie verstummte, herrschte einen Moment Stille. Weyd sah sich um. Nun waren da nicht mehr seine Schwester, Ladina und er; stattdessen war da ein Mann, der im Dunkeln die Bücher liebkoste, wie er sich selbst liebkoste. Ja, Weyd konnte tatsächlich sehen, wie er vor den Regalen stand, wie seine Finger sich um die Buchrücken schlossen, so unglaublich sanft, so voller Verlangen nach Wärme und Zärtlichkeit, denn niemand wollte ihm nahe kommen, und er wollte niemanden in seiner Nähe haben. Ein Mann, so von Misstrauen zerfressen, dass seine Mägde nicht einmal genug am Leib tragen durften, um sich vor Kälte zu schützen oder um nicht schon durch eine Kerzenflamme verbrannt zu werden.

Dann fing Jori an zu klatschen. Weyd schloss sich ihm an, während Bahr nervös zusammenfuhr. »Ja, tolles Lied über einen Widerling.«

Caer verbeugte sich. Dann erstarrte sie. »Wartet!«

Caer schloss die Augen.

Alle sahen sie an.

Sahen sie erwartungsvoll an.

Stumm und erwartungsvoll.

Als die Bardin die Augen öffnete, breitete sich ein strahlendes Lächeln auf ihrem Gesicht aus. »Schreibzeug, schnell!«

Und keiner von ihnen

keiner dieser Narren

hatte etwas zum Schreiben mitgenommen.

Während Caer sich den Text leise vorsang, um ihn nicht wieder zu vergessen, rannten Bahr und Jori hinaus und suchten nach einem Diener.

Und Weyd lauschte seiner Bardin, damit auch er die Worte nicht wieder vergaß, die Worte dieser alten, längst ausgestorbenen Sprache.

Er lauschte, und er dachte

vielleicht

vielleicht

könnte ein Lied ja doch ihre Rettung sein, solange sie es nur so sang wie jetzt.

Und Caer bemerkte, wie er lauschte. Und sie sah ihn an und dachte

vielleicht
vielleicht
könnte ein Lied ja doch ihre Rettung sein, wenn es wie jetzt durch ein strahlendes Feuer die Einsamkeit aus seinem Blick vertrieb.

Jori und Bahr brauchten geschlagene zehn Minuten, um Pergament und Tinte aufzutreiben. Caer sang. Weyd lauschte.

Und keiner von ihnen wandte den Blick vom anderen.

»Ich weiß die Worte noch!«, versicherte Caer, als sie sich schließlich zum Schreiben hinsetzte. Doch es war so dunkel in der Bibliothek, dass sie zweimal das Tintenfass verfehlte. »Mehr Licht!«, forderte sie drängend. »Schnell, sonst verliere ich sie wieder!«

»Bahr, altes Mädchen«, drängte Jori. »Wie wäre es mit etwas mehr Licht?«

Bahr stürzte zur Kerze hinüber und spornte sie an, heller zu brennen.

Nichts.

»Es will nicht«, stellte Bahr fest.

»Wieso nicht?«, fragte Caer gereizt. »Das wäre jetzt wirklich hilfreich.«

»Sing du schön weiter!«, fauchte Bahr, dann wandte sie sich wieder der Kerze zu und konzentrierte sich auf die knisternden Laute der Flamme. »Es macht sich Sorgen wegen der Bücher«, erklärte sie schließlich.

»Das Feuer?« Caer war fassungslos. »Feuer, das sich um seinen Brennstoff sorgt?«

»Singen, Bardin!«, mahnte Bahr. »Stell es dir einfach als Vegetarier vor.«

»Komm schon, frag noch mal«, drängte Jori.

Wieder wandte sich Bahr an die Flamme, stieß knackende, zischende Laute aus.

Die Flamme ging aus.

»Bahr!«, schimpfte Jori. »Jetzt hast du es verärgert!«

»Du hast doch gesagt, ich solle nachdrücklich werden!«

Obwohl Bahr noch eine ganze Zeit lang in der Sprache des Feuers lockte und bettelte, zeigte sich trotz aller Bemühungen nicht einmal ein Funke. Schließlich nahm Jori mit einem müden Seufzer die Kerze und ging hinaus, um nach einer Magd zu suchen, die sie wieder anzündete.

Dann endlich tauchte Caer die Feder in die Tinte.

Sie setzte die Feder auf das Pergament.

Und erstarrte.

»Was?«, fragte Bahr sofort. »Warum schreibst du nicht?«

Caer blickte hoch. Schluckte. »Alles wieder weg.«

Fassungslos starrte Bahr sie an. »Das kann nicht sein.«

»Gerade eben waren die Worte noch da. Genau hier in meinem Kopf waren sie!«

Bahr legte beide Hände auf Caers Schultern. Und schüttelte sie. Ja, sie schüttelte die Bardin richtig durch. »Sie müssen doch noch irgendwo dort drin sein!«

Sanft zog Jori sie von der Bardin fort. »Du wirst sie aber nicht aus ihr herausschütteln können, altes Mädchen …«

»Du hast sie doch gesungen! Gerade eben noch hast du sie gesungen!«

»Ich weiß«, gab Caer zu, »das weiß ich doch, aber jetzt sind sie weg. Einfach weg. So ist das bei mir manchmal, und übrigens geht es nicht nur mir so. Die große Bardin Lazla hatte das auch, jawohl, die Poetin unter den Poeten höchstpersönlich. Sie hat sogar ein Gedicht darüber geschrieben …«

Sie unterbrach sich, fuhr herum. »Weyd! Du hast doch zusammen mit mir gesungen. Kannst du dich noch an die Worte erinnern?«

Alle starrten ihn an.

Er starrte zurück.

»Nein«, sagte er dann. »Nein, kann ich nicht.«

Die Freunde stöhnten und fluchten, wobei sich Bahr ganz besonders hervortat.

Nur der Wanderer blieb stumm.

Er war zu sehr damit beschäftigt, die Worte in seinem Kopf zu wiederholen, immer und immer wieder.

Denn er hatte gelogen. Er erinnerte sich sehr wohl an den Text des Liedes.

Aber wenn die anderen ihn nicht kannten, kamen sie auch nicht auf dumme Ideen. Wie etwa ihr Leben zu riskieren, indem sie mitten in der Nacht auf die Stadtmauer stiegen und ein Lied sangen – in einem Tal, in dem nach Einbruch der Dunkelheit jeder Laut ein Verbrechen war.

Besonders Caer nicht.

Die Bardin erhob sich und ging zu Weyd hinüber. »Bist du ganz sicher?«, fragte sie.

Und während der Wanderer nickte, in die kleine Kerzenflamme starrte und stumm die Worte einer längst vergessenen Sprache wiederholte, griff Lurin in seiner Kammer nach einer anderen Kerze, so dick wie seine Faust, und baute sich damit vor Ealdre auf. »Ich will deinen Mantel. Es ist mein Recht.«

Ealdre erwiderte scharf seinen Blick. »Wie kommst du darauf?«

»Ich lese.« Lurin streckte die Hand aus, zögerte jedoch kurz, bevor er den Stoff berührte. »Einige Schätze der Großen Bibliothek von Avastat befinden sich hier in diesem Schloss. Und früher habe ich zusammen mit meiner Schwester den Liedern und Geschichten aus alter Zeit gelauscht. Aus einer Zeit, als das Volk, das diese Festung errichtete, noch hier lebte. Ein Volk, das in diesem Tal einen gefallenen Stern entdeckte, aus dem es ein ganz spezielles Erz gewann, direkt in dem Krater, den er bei seinem Aufprall geschaffen hatte. In dem Krater, in dem sie diese Festung errichteten, und ihre erste Mauer.« Seine Finger schwebten noch immer über dem goldenen Mantel. »Sie beherrschten die Sprache der Steine. Anfangs wollten sie Schwerter und Rüstungen aus diesem Erz schmieden, doch sie erkannten bald, dass es dafür nicht genug davon gab. Also formten sie es zu wundervollem Garn, aus dem sie goldene und silberne Mäntel webten. Mäntel geschaffen aus dem Herzen eines Sterns. Und die Legende besagt, dass der Träger eines solchen Mantels jedem Betrachter als wunderschön erscheint.« Der Blick des Barons wirkte entrückt. »Es war die Lieblingsballade meiner Schwester: das Gedicht von Egaré und dem Goldenen Mantel. Als Kind haben wir uns nichts so sehr erhofft wie einen solchen Mantel, genau wie unsere Vorfahren, die in dieses Tal gekommen waren, um ihn zu suchen. Und nun, hier und heute, sehe ich einen Mantel vor mir, gewebt aus dem Herzen eines Sterns.«

»Nein«, sagte Ealdre. »Dies ist kein solcher Mantel, Lurin, und diese Mäntel sind auch nicht von Belang. Wir müssen die Leuchtfeuer entzünden.«

Lurins Blick wurde wieder klar, und er fixierte den

Fremden. Den Fremden mit dem alterslosen Gesicht und dem silbernen Haar. Mit dem merkwürdigen Akzent. Mit den abgetragenen Stiefeln. Den müden Augen.

Dem Mantel, dessen Glanz beinahe so hell strahlte wie die Sonne.

Und plötzlich musste er an ein Lied denken, das die Bardin am Morgen für ihn gesungen hatte. Es sei eines ihrer Lieblingslieder, hatte sie gesagt, die Geschichte der mythischen, unsterblichen Albitze.

Ein derartiges Wesen konnte durchaus einen solchen Mantel besitzen, dachte der Baron. Ein Wesen, das bereits gelebt hatte, als vor Tausenden von Jahren der Stern vom Himmel fiel. Das bereits gelebt hatte, als aus seinem Herzen Garn gesponnen wurde. Das heute noch immer lebte.

»Ich werde die Leuchtfeuer entzünden«, fügte sich Lurin. »Heute noch werde ich Boten mit der Nachricht zum Schwarzen Turm im Osten entsenden, zum Weißen Turm im Süden jenseits des Reiches meines Verbündeten, des Königs von Sapaudia, und auch nach Hewsos und weit darüber hinaus nach Norden, wo in unbekannten Gefilden der Graue Turm liegt. Vielleicht reite ich sogar selbst. Ich habe sowieso bereits einen kleinen Ausflug aus diesem Tal vorbereitet.«

Ealdre lächelte.

Doch seine Miene wurde zu Stein, als Lurin hinzufügte: »Wenn du mir diesen Mantel gibst.«

So dicht stand der Baron bei dem Fremden, so dicht wie Caer bei dem Wanderer stand. Spüren konnte er sie, und auch ihr Duft war unverändert, obwohl sie nun dieses Kleid trug. Das Kleid, das einst einer anderen gehört hatte.

Weyd wusste, dass er die Schatten vertreiben musste,

denn Caer würde alles tun, was der Eiserne Baron verlangte, um ihre Freunde zu beschützen.

Deshalb würde er heute Nacht auf den Wehrgang steigen und singen. Und sollte das Lied versagen, dann würde immerhin nur er die Strafe ertragen müssen.

Und wieder, wie schon damals vor so vielen Jahren, packte ihn die Furcht. Die Furcht vor dem großen Nichts. Der großen Stille.

Auf dieser Mauer wartete der Tod, wenn er in der Nacht das Lied anstimmte, das spürte er.

Caer spürte, wie die Schultern des Wanderers sich anspannten. Anspannten wie die von Ealdre in der höchsten Kammer des Turms. Der Heiler war so angespannt, dass er zu zerreißen drohte.

»Gib mir den Mantel«, wiederholte Lurin. »Dann werde ich die Türme des Lichts entzünden. Ich werde das Feuer im Schwarzen Turm entzünden.«

»Nein.«

»Dann hast du deine Wahl getroffen.«

»Du weißt nicht, was du da verlangst«, beharrte Ealdre. »Und wenn du es wüsstest, würdest du es nicht fordern.«

»Doch, das würde ich«, behauptete Lurin. »Denn was du von mir verlangst, würde mich ebenfalls vieles kosten. Sicher weißt du, dass ein Preis entrichtet werden muss, damit die Leuchtfeuer wieder brennen, damit die Glocken wieder erklingen. Selbst wenn mein Volk nicht fürchten würde, dass Lichter und Lieder Entwurzelte in unser Reich bringen würden, selbst wenn diese Fremden keine Bürde für unser Land wären, wäre der Preis noch immer hoch. Der Wanderer und seine Schwester haben uns vor langer Zeit gesagt, was das Lied uns verrät: Dass der Weg zu den Türmen Hand in Hand mit dem Tod beschritten wird. Dass Er an der Spitze eines jeden Turmes wartet, wartet bei Feuer und Glocke. Unbeirrbar. Lautlos. Erbarmungslos.«

Ealdres Stimme zitterte kaum merklich, als er fragte: »Und dieser Mantel ist der Preis, den du für die Entzündung des Schwarzen Turms verlangst?«

»Es wäre vielmehr ein Geschenk, das ich im Gegenzug machen würde, da der Mantel von Rechts wegen sowieso mir gehört.« Lurin verschränkte die Finger, und seine Panzerhandschuhe knirschten leise. »Denn er wurde in meinem Tal angefertigt. Warum solltest du ihn haben, ein Fremder ohne jede Verbindung zu diesem Tal, der nicht einen Stein zu seinen Mauern, seinem Schloss oder seiner Festung beigetragen hat? Du tauchst hier auf und verlangst von anderen, unglaubliche Opfer zu erbringen, während du nicht einmal ein Stück Stoff aufzugeben bereit bist.«

Ealdre schwieg.

Schwieg wie der Wanderer.

Und wieder fragte Caer: »Du würdest mich nicht noch einmal anlügen, oder, Weyd?«

Sie schob sich dichter an ihn heran. Selbst im trüben Licht der Kerze fiel es ihm schwer, ihr ins Gesicht zu sehen.

Dann klopfte es an der Bibliothekstür.

Erschrocken fuhr er zusammen. Sie alle schraken auf.

Es war Andrin von der Eisernen Patrouille, auf der Suche nach Jori. Der Alte ging mit ihm hinaus, dicht gefolgt von Bahr, die dafür Sorge tragen wollte, dass er nicht zu Schaden kam. Weyd wollte ebenfalls gehen, aber Caer packte sein Handgelenk und hielt ihn zurück.

Er spürte, wie ihm ein Schauer über den Rücken lief.

Dunkel war es hier, nur die eine Kerze brannte, und als die Tür hinter Bahr ins Schloss fiel, waren sie allein.

Nur die Bardin und der Wanderer. Und Caer sah ihn unnachgiebig an. »Du würdest mich nicht noch einmal anlügen, nicht wahr?«

Er sah ihr in die Augen. Nun zitterten seine Finger nicht.

Sag es ihr. Für diesen Moment schob er die Worte des Liedes beiseite. *Sag ihr, dass du sie liebst. Es könnte deine letzte Nacht in dieser Welt sein. Brich endlich dein Schweigen.*

Doch der Wanderer wusste einfach nicht, wie er das ausdrücken sollte: *Ich bin erschöpft und wütend und stumm, und ich habe dich gestern so sehr verletzt, aber ich liebe dich. Und ich möchte, dass du dein Leben lang Lieder singst und Geschichten erzählst. Denn deine Geschichten bringen Licht, helleres Licht als der Stern an meiner Brust oder die Sterne am Himmel, und die Menschen werden sie immer brauchen, jetzt ebenso wie später, wenn wir alle tot und begraben sind.*

Dabei war *Ich liebe dich* nicht das, was er am dringendsten sagen wollte. Am dringendsten wollte er ihr sagen, *dass ich, seit ich dich kenne, nicht mehr an meine Vorfahren denke, wenn ich den Stern an meiner Brust betrachte. Nicht mehr an den Tod, an die letzte Dunkelheit, in der alles Licht erloschen ist. Nein, ich denke an deine Lieder. Und daran, welch eine Ehre jede einzelne Geschichte ist, die du über mich verfasst hast.*

Doch er wusste nicht, wie er es sagen sollte. Also blieb er stumm.

So stumm wie Ealdre.

Lurin, der Eiserne Baron, lächelte kalt. »Ich werde deinen Mantel bekommen«, sagte er. »Wo du auch hingehst, Entwurzelter, du kannst mir nicht entkommen.«

»Warum willst du ihn?«, fragte Ealdre scharf. »Was hast du mit dem Mantel vor?«

Lurin schwieg einen Moment, dachte an seine Schwester und ihr liebstes Gedicht, daran, wie er Mantel um Mantel für sie gefertigt hatte, denn er war ein besserer Weber als sie, und wie sie jedes Mal gelächelt hatte, wenn er ihr wieder einen Mantel zum Geschenk machte. Und doch war jeder dieser Mäntel nur ein jämmerlicher Versuch gewesen. Jämmerlich im Vergleich zu diesem hier. Es verlangte ihm danach. Als riefe der Stoff nach ihm. »Er gehört mir, von Rechts wegen.«

Ealdre atmete einmal tief durch. »Deine Schwester ist nicht mehr, Lurin. Doch ihr großer Wunsch lebt weiter: Sie wollte, dass die Leuchtfeuer wieder brennen. Also, schicke Boten durch die Tunnel und über den Pass. Schicke den Wanderer, wenn er wirklich der Einzige ist, der den Pass im Winter meistern kann. Entzünde die Feuer.«

Lurins Blick wurde stechend. »Hat der Wanderer dir also von ihr erzählt? Hat er dir dieselben Lügen erzählt wie ihr?«

»Öffne zumindest den letzten Tunnel«, sagte Ealdre beschwörend. Vielleicht sogar flehend. »Öffne den Tunnel und lass mich in den Süden ziehen.«

Nun lachte der Eiserne Baron. »Du Narr! Ich kann den Tunnel nicht öffnen. Wer weiß, welche Kreaturen, welche Fremden aus den Höhlen, aus dem Süden gekrochen kämen?«

»Das ist nicht der wahre Grund, warum du den Tunnel geschlossen hältst, Lurin«, erwiderte Ealdre. »Du hältst mich für einen Narren, aber dem ist nicht so. Du hältst den Tunnel geschlossen, nicht um Gefahren von außen aufzuhalten, sondern damit die Menschen nicht aus diesem Tal entkommen können. Zu einem Kerker hast du Schur gemacht.«

»Kein Schurer würde das Land verlassen, das ihn geboren hat«, sagte Lurin. »Sie würden nicht vor den Schatten fliehen, nicht vor den langen kalten Wintern in unserem Reich, es sei denn, jemand flüsterte es ihnen ein. Jemand wie der Wanderer. Wie die Entwurzelten, die kein eigenes Zuhause haben, keine Wurzeln, keine Zuflucht.«

»Du würdest die Menschen hier festhalten, auch wenn sie fortwollen? Weißt du denn nicht, Lurin, dass du erst dann erfährst, ob jemand wahrhaftig bei dir sein möchte, wenn du ihn gehen lässt und er aus freien Stücken zu dir zurückkehrt?«

»Du schlägst vor, dass ich sie stattdessen dem Wanderer überlasse?« Lurin schüttelte den Kopf. »Er verdirbt die Menschen. Er tötet Menschen. Er kennt weder Pflicht noch Treue. Und er sorgt dafür, dass andere sie ebenfalls vergessen. Sieh dir nur die Bardin an. Wunderschön und talentiert, und das alles verschwendet sie, indem sie mit einem einsamen alten Mann und seiner Schar von Wurzellosen herumzieht, sodass niemand ihre Stimme hört außer dieser Bande von schrägen Vögeln. Nein, ich werde sie ganz sicher nicht gehen lassen. Ich werde niemanden gehen lassen. Nicht mit ihm.«

Während Lurin, der Eiserne Baron, in Schweigen verfiel, begann Weyd, der Wanderer, wieder zu sprechen: »Ich erinnere mich nicht an den Text. Und es wäre doch sowieso sehr unwahrscheinlich gewesen, dass es ausgereicht hätte, einfach nur ein Lied zu singen, Caer.«

Die Bardin nickte. »Vermutlich hast du recht«, sagte sie, noch immer mit einem leisen Zittern in der Stimme.

Diesem Zittern, das der Lüge geschuldet war.

Denn auch Caer hatte die Worte nicht vergessen.

Sie erinnerte sich an jedes Wort, das die Stria gesungen hatte, jedes Wort in der alten Sprache. Doch wenn sie Weyd den Text verriet, dem unverbesserlichen Narren, würde er auf die Mauer steigen. Allein, ganz allein würde er sich oben auf die Mauer stellen, würde das Lied für die Schatten singen und würde sich damit umbringen.

Denn er war ein Idiot, der sich ständig für andere aufopferte, und das musste ein Ende haben.

Denn es war an ihr, auf diese Mauer zu steigen.

Sie war die Bardin.

Wobei sie lieber nicht dieses lächerliche Kleid tragen würde, sondern ihren Gambeson, ihre Stiefel, einen Bogen, einen Köcher und vor allem ihre Oud. Und für die Sicherheit ihrer Freunde würde sie viel lieber durch ein Lied sorgen, und nicht indem sie Kleider trug, die Lurins Fantasie beflügelten. Durch ein Lied und eine Geschichte, gesungen im Dunkel der Nacht.

Und wenn ihnen das die Freiheit brachte

wenn ihm das die Freiheit brachte,

dem Wanderer, der auf die Straße gehörte und nun keinen Ort mehr hatte, an dem er bleiben konnte,

der jetzt eben nicht frei war
frei
zu gehen
zu wandern
zu reisen
davonzuziehen,

dann tat sie es mit Freuden.

Was aber bedeutete, dass sie heute Nacht auf diese Mauer steigen und singen musste.

Was aber bedeutete, dass es vermutlich ihre letzte Nacht in dieser Welt sein würde.

Und wie ein eiserner Pfeil bohrte sich der Gedanke in ihr Bewusstsein: *Ich könnte es ihm jetzt sagen … Es könnte meine letzte Nacht in dieser Welt sein. Was kann denn schon Schlimmes passieren, wenn ich es ihm jetzt sage?*

Aber die Bardin wusste nicht, wie sie ausdrücken sollte, *dass ich so ängstlich bin, so laut und stur, und ich dich gestern so sehr verletzt habe, aber ich liebe dich. Und ich möchte alle Wege dieser Welt mit dir erkunden, dein Leben lang mit dir auf Reisen sein. Denn deine Reisen bringen Licht, heller als der Stern an deiner Brust, denn sie zeigen, dass die Straßen dieser Welt nicht der Furcht überlassen werden müssen.*

Und plötzlich wollte sie gar nicht mehr unbedingt *Ich liebe dich* sagen. Viel eher wollte sie ihn wissen lassen, *dass es eine Ehre für mich war, Lieder über dich schreiben zu dürfen. Diese Lieder zu singen ist eine Ehre für mich.*

Doch die Tür zur Bibliothek öffnete sich, und Bahr schob sich in den engen Raum.

Sofort fragte der Wanderer besorgt: »Wo ist Jori?«

»Der junge Mann von den Eisernen und seine Schwester haben ihn gefragt, ob er mit auf Patrouille gehen will«, berichtete sie fassungslos. »Andrin und Jelscha. Anscheinend hat er ihnen gestern Abend erzählt, dass er mehr Tiersprachen spricht, als gut für ihn ist, und dieser Andrin hat nun die verrückte Idee, so viele von ihnen wie möglich hinter die Mauern zu schaffen, damit die Schatten sie nicht töten.«

Achselzuckend fügte Bahr hinzu: »Tja, wäre aber auch irgendwie komisch gewesen, wenn die Eiserne Patrouille nur aus herzlosen Arschlöchern bestünde, oder?«

An Caer gewandt, fragte sie: »Und, ist dir der Text inzwischen wieder eingefallen?«

»Nein.« Mehr sagte die Bardin nicht.

Keine Silbe mehr kam über ihre Lippen.

»Und dir?«, erkundigte sich Bahr bei Weyd.

»Nein.« Mehr sagte der Wanderer nicht.

Keine Silbe mehr kam über seine Lippen.

Und dann ging er, denn er hielt es keinen Moment länger aus, die beiden anzusehen und es ihnen nicht zu sagen.

Ihnen nicht die Wahrheit zu sagen.

Pergament und Feder nahm er mit. Und sobald er unten im Burghof ankam, schrieb er sie auf, die Worte jener längst vergessenen Sprache.

So verließ der Wanderer das Schloss, die Worte fest in der Hand, die sie alle retten konnten. Oder ihn den Kopf kosten konnten.

Oder beides.

Er musste bis zum Einbruch der Dunkelheit warten. Den Rest des Tages lief er ruhelos durch die Stadt, durch die Straßen, in denen er einst gelebt hatte, in denen er einst so hehren Hoffnungen nachgehangen hatte, die einst so großartig gewesen waren, voller Lärm, Gesang und Träume, bis zum Bersten angefüllt mit Leben. Doch wo er auch hinging, wurde getuschelt. Da, der Wanderer, der Einzige, der den Schatten entkommen könnte, denn er allein kann den Pass überqueren, ohne dem Winter zum Opfer zu fallen. Da, der Entwurzelte, der entkommen könnte, während sie hier belagert wurden. Der Vagabund mit seinen vielen Sprachen, der doch überhaupt nur daran schuld war. Denn hatten nicht er und seine Entwurzelten die Schatten erst hergeführt, mit ihrem Licht, ihren Liedern, ihren merkwürdigen Sprachen?

Wer wusste denn schon, was sie in Wahrheit sagten, wenn sie in diesen seltsamen Zungen sprachen?

Wer wusste denn schon, ob sie nicht die Schatten herbeigerufen hatten?

Was hatten sie bitte dazu beigetragen, dass die Mauern hoch und fest blieben, die Tore schwer und stabil, die Festung stark, in der sie sich nun vor den Schatten versteckten, den Schatten mit ihren schwarzen Tentakeln und ihren weißen Klingen?

Irgendwann hielt der Wanderer es nicht mehr aus und trat durch das Stadttor auf die verschneiten Felder hinaus, lief vorbei an den Palisaden, die von den Schatten eingerissen worden waren, immer weiter bis in den Wald. Tief in den Wald lief er, wo er sein Schwert zog, die Augen schloss und gegen unsichtbare Feinde kämpfte, um nicht länger an den Tod denken zu müssen.

So verging der Nachmittag.

So kam die Abenddämmerung.

Und im Zwielicht trat der Wanderer unter den Bäumen hervor, verließ den Wald, in dem er nicht an den Tod gedacht hatte, daran, dass er dann keine Straßen mehr bereisen, keine Lieder mehr singen, das Schweigen nicht mehr brechen konnte. Keine fremden Länder mehr entdecken konnte.

Er verließ den Wald, und er sah Andrin und Jelscha und Jori, die ebenfalls in die Stadt zurückkehrten.

Sie boten einen seltsamen, einen wundervollen Anblick, denn ihnen folgten nicht nur Murmeltiere und schurische

Ziegen, weiße Füchse und Bergkaninchen, sondern sogar zwei ausgewachsene Bären, deren Fell durch die letzten Sonnenstrahlen des Tages zum Leuchten gebracht wurde. Ja, jedes nur erdenkliche Tier war vertreten, selbst die Birkenwanzen aus dem Grenzgebiet waren gekommen. Nur Ratten, Raben und Krähen fehlten, denn sie brauchten niemanden, der sie rettete.

Der Wanderer schloss sich ihnen an, als sie den Grauen Pfad erreichten, eingehüllt in das fahle Zwielicht des Abends. Bellitas war ebenfalls dabei, und nun war sein Blick nicht mehr gen Himmel gerichtet. Weyd ging in die Knie, ließ den Fuchs in seine Arme springen und drückte seinen pelzigen Freund dann an die Brust. Für einen Moment vergrub er sein Gesicht in dem warmen Fell. »Hast du deinen Freund gefunden, Belle?«, fragte er.

Der Fuchs schüttelte den Kopf und legte ihn auf der Schulter des Wanderers ab. Und der Wanderer hielt ihn fest und streichelte ihm den Rücken; nicht zum ersten Mal wünschte er sich, er hätte Bellitas' Sprache gelernt. Dann hätte er seinem Freund besser Trost spenden können, während sie auf das Eiserne Tor zugingen.

Zu seiner großen Überraschung wurden sie einfach durchgelassen. Cassian selbst gab den Befehl dazu und veranlasste außerdem, die Tiere in einem weiteren zur Lagerhalle umfunktionierten Stall unterzubringen, direkt hinter ihrer Unterkunft. Sobald sie in der Stadt waren, sprang Bellitas von Weyds Schulter und rannte ohne ein weiteres Wort Richtung Unterkunft und Bett davon. Jori rief ihm noch etwas hinterher, was der Fuchs aber ignorierte.

»Dort drin hat er Bahr und ein Feuer«, sagte Weyd. »Licht und Wärme bringen ihm vielleicht etwas Trost.«

»Wie sie uns allen Trost bringen«, sagte Cassian heiser.

Der Hauptmann sah aus, als würde er gleich umkippen.

»Ruh dich aus, bitte«, drängte Andrin ihn.

»Halt den Mund, bitte«, presste Cassian zähneknirschend hervor.

»Wird der Baron das dulden?«, fragte der Wanderer, als die vielen Tiere an ihnen vorüberzogen.

»Nein«, antwortete Cassian schlicht.

»Warum hast du dann …«

»Ich tue eben, was ich kann!«, zischte Cassian. »Ich versuche, so viel wie möglich durchzudrücken. Und jetzt, beim Eisen in diesen Bergen, sei so gut und halt den Mund.«

Klug, wie der Wanderer manchmal war, gehorchte er.

Joris Gesicht war schmerzverzerrt, als er von Jelschas Pferd glitt; nur die Feder an seinem Hut wippte fröhlich.

»Verbrannte Erde«, berichtete Jelscha finster, als sie ebenfalls aus dem Sattel sprang und direkt vor Cassian landete. Eine solche Gewandtheit nach einem ganzen Tag im Sattel hätte der Wanderer wohl für unmöglich gehalten, hätte er nicht Caer gekannt. »Am Nordende des Tals geht es los, die Grenze ist völlig verwüstet. Dann weiter Richtung Osten, das Ackerland. Sieht nicht so aus, als könnten die Bauern im Frühling noch viel Land bewirtschaften.«

»Wundervoll«, meinte Jori sarkastisch. »Ich kann die große Hungersnot kaum erwarten.«

Cassian drehte sich zu ihm um, hob die Hand und signalisierte ihm mit zwei Fingern überdeutlich, jetzt besser still zu sein.

»Verzeihung«, murmelte Jori. Der Wanderer bot ihm seinen Arm als Stütze. Zerbrechlich wirkte der Alte. Er roch nach Schweiß und atmete viel zu schwer. Und jetzt, aus der Nähe, bemerkte der Wanderer auch, wie fahl sein Gesicht war.

Sanft umfasste Andrin Joris Ellbogen. »Sollen wir deinen Schützlingen zeigen, wo ihr Platz ist, und dir dann ein wenig wohlverdiente Ruhe gönnen?«

Nachdem er sich mit einem Nicken vom Wanderer verabschiedet hatte, stützte sich Jori auf Andrins Hand ab, und sie folgten gemeinsam dem Strom der Tiere. Andrin stützte den Alten unauffällig, während der bereits anfing, in der Sprache der Bären Erklärungen abzugeben.

»Wurden irgendwo Schatten gesichtet?«, wandte sich Cassian an Jelscha.

Die schüttelte den Kopf. »Wie auch? Es ist ja noch nicht Nacht.«

Müde rieb sich der Hauptmann das Gesicht. »Und habt ihr irgendwelche Spuren am Pass entdeckt? Irgendetwas, das bestätigen würde, dass sie aus dieser Richtung gekommen sind?«

»Ich bin kein besonders guter Fährtenleser.« Zögernd sah Jelscha zum Wanderer hinüber.

»Schon gut«, meinte Cassian, »er kann es ruhig hören.«

Jelscha schien verblüfft, doch sie berichtete: »Sie kommen aus den Hügeln, Hauptmann. Wir haben es letzte Nacht doch alle gesehen, oder? Sie kommen aus den Kriegsgräbern. Es sind weder die Fremden noch die Entwurzelten, die sie herführen, auch keine Banditen oder Reisenden. Wir alle wissen das.«

Cassian nickte. Für einen kurzen Moment taumelte er sichtlich, riss sich dann aber sofort wieder zusammen. »Deshalb wollte ich, dass ihr nach Spuren sucht. Wir müssen dafür sorgen, dass diese Gerüchte im Keim erstickt werden. Sonst haben wir es bald mit einem Aufstand zu tun.«

Worte, die den Wanderer schaudern ließen, als hätten ihn die Tentakel der Furcht gestreift. »Hältst du das für so wahrscheinlich?«

»Hass nährt sich von Furcht«, erklärte Cassian düster. »Und hier gibt es eine Menge Furcht – wir sind eingesperrt hinter hohen Mauern, der Feind zerstört das Land, von dem wir uns ernähren, und wir haben keine Möglichkeit, ihn zu bekämpfen. Der Baron hat die Holzfäller den ganzen Winter über hart schuften lassen, und nun sind sie dermaßen ausgelaugt, dass sie nach Blut schreien.«

»Was bauen sie denn?«, fragte der Wanderer. »Wozu braucht Lurin das ganze Holz?«

Ratlos zuckte der Hauptmann mit den Schultern. »Ich habe nicht den Hauch einer beschissenen Ahnung. Nicht meine Sache, solange der Baron sie nicht zur neuen Infanterie erklärt. Ich habe mich um meine Eiserne Patrouille und meine Eisernen Soldaten zu kümmern, und ihnen gilt meine Hauptsorge. Der Baron hat in den letzten Monaten eine Menge neuer Rekruten ausbilden lassen – ausschließlich Männer, und alle sehr jung. Denn das Heer in diesem Jahr soll größer und prächtiger sein als jemals zuvor, da wir dem großen Krieg gedenken, der genau vor hundert Jahren begonnen wurde. Es waren viel mehr als früher, und sie wurden einem außergewöhnlich harten Drill unterzogen. Trotzdem scheinen sie ihn nur umso mehr zu verehren. Und er dankt es ihnen: Nach dem letzten Samosaman, als die Tage am kürzesten waren, musste ich drei von ihnen entlassen, weil sie während der Festlichkeiten draußen auf den Feldern eine Frau brutal ermordet hatten. Doch nachdem sie erklärt hatten, es sei eine Entwurzelte gewesen, die ihren Körper verkaufte, hat der Baron sie wieder in Sold genommen und sogar zur Eisernen Patrouille versetzt.« Er senkte die Stimme, denn die Dunkelheit nahm. »Wir bewegen uns auf dünnem Eis, und ich höre das Gurgeln des Wassers darunter.«

Jelscha sah ihn eindringlich an. »Was sollen wir tun, Hauptmann?«

»Ich weiß es nicht«, antwortete Cassian müde. »Schlafen, fürs Erste. Geh nach Hause, Jelscha.«

»Wie geht es Menga, Cassian?«, wechselte Jelscha mit gedämpfter Stimme das Thema.

»Unsere Meisterin der Armbrust befindet sich auf dem Wege der Besserung.« Cassian warf ihr einen Blick zu. »Anscheinend haben wir einen Wunderheiler unter uns. Sonst wäre sie wohl gestorben. Genau wie du, wenn wir schon dabei sind.«

Unauffällig schob sich Jelscha dichter an ihn heran. »Wir werden einen Weg finden, die Schatten zu bekämpfen. Wir werden sie besiegen.«

Er lachte leise. Leise und freudlos. »Siegen?« Seine verkrampften Finger ballten sich zur Faust. »Kommt es zum Kampf, gibt es zwei Möglichkeiten: Man stirbt oder man überlebt. Will man Letzteres als Sieg bezeichnen, dann … ja. Obwohl ich mir nicht sicher bin, ob wir das hier tatsächlich überleben können.«

Cassian warf ihr einen düsteren Blick zu, dann seufzte er. »Geh und hilf deinem Bruder. Ich werde dafür sorgen, dass der Zugang zum Wehrgang bis zum Morgen gesperrt wird. Wir wollen schließlich nicht, dass jemand von der

Mauer fällt und in Stücke gehackt wird, nur weil er sich mal die Schatten ansehen wollte.«

Der Wanderer wartete ab, bis Jelscha außer Hörweite war, dann erklärte er Cassian leise: »Ich muss heute Nacht auf die Mauer steigen.«

Mit einem scharfen Blick entgegnete der Hauptmann: »Auf keinen Fall.«

»Ich bin verzweifelt, Cassian«, raunte Weyd. »Verzweifelt genug, um zu betteln, falls es sein muss.«

Das ließ Cassian zögern. »Was willst du da oben tun?«

»Es könnte sein, dass ich einen Weg gefunden habe, um sie zu bekämpfen. Dazu brauche ich nur die Erlaubnis, auf die Mauer zu steigen, Hauptmann. Mehr verlange ich nicht.«

Nachdem er den Wanderer eine Weile durchdringend gemustert hatte, seufzte Cassian: »Beim verfluchten Eisen des Elbongebirges, na gut. Ich bin zu kaputt, um mich mit einem Gegner deines Kalibers herumzustreiten, Wanderer. Ich werde keine Wache am Wehrgang aufstellen. Aber eines muss dir klar sein: Ich kann nicht für deine Sicherheit garantieren. Lass dich besser nicht erwischen. Wenn du in der Nacht dort oben entdeckt wirst, wird Lurin dich umbringen. Und mich wird er bluten lassen – im wahrsten Sinne des Wortes. Er wird Tur an meine Kehle setzen und sie aufschlitzen, voller Sorgfalt, damit ich langsam und qualvoll verblute.«

Und der Wanderer musterte diesen Mann, der versuchte, so viel durchzudrücken, wie er konnte.

»Danke«, sagte er schlicht.

Cassian lächelte. Es war müde, doch es war eindeutig ein Lächeln. Das erste Lächeln, das er mit dem Wanderer teilte, denn dieser erwiderte es. Erwiderte es und umschloss vorsichtig mit der Hand den Nacken des Hauptmannes.

Cassian wich zurück.

Schnell ließ Weyd seine Hand sinken.

Die beiden Männer sahen sich an. »War das für dich die erste Berührung dieser Art?«, fragte der Wanderer schließlich leise.

Cassian holte tief Luft. »Von einem Entwurzelten? Ja.«

»Tja, vielleicht solltest du dich daran gewöhnen«, sagte der Wanderer.

Nun hob Cassian die Hand und umschloss damit den Nacken des Wanderers. Er verzog das Gesicht. »Könnte ein wenig dauern«, meinte er dann. Doch er überraschte den Wanderer aufs Neue, indem er hinzufügte: »Aber es könnte mir gefallen.«

Lächelnd blickte Weyd dem Hauptmann hinterher, als er davonging.

Blickte ihm hinterher, bis er nicht mehr zu sehen war.

Dann wandte er sich ab und stieg rechts vom Torhaus zum Wehrgang hinauf. Und verdrängte jeden Gedanken daran, dass es vielleicht Cassian sein würde, der ihn von der Mauer stoßen musste, hinunter zu den Schatten.

Er setzte sich auf eine steinerne Bank, die vor allem für die Wachhabenden dort stand, und dachte nach.

Verhielt er sich töricht?

Riskierte er hier nicht sein Leben

Cassians Leben

für einen absurden kleinen Hoffnungsschimmer?

Dabei ahnte er nicht, dass auf der anderen Seite des Torhauses, oben auf dem Wehrgang, auf einer Bank genau wie seiner, Caer die Bardin saß, mit ihrer Oud in der einen und einer Kerze in der anderen Hand.

»Wohin gehst du?«, hatte der Eiserne Baron sie gefragt, schon im nächtlichen Flüsterton.

»Hinaus, mit meiner Oud«, hatte sie geantwortet.

Er hatte sie lange angesehen. »Wirst du zurückkommen, wenn ich dich gehen lasse?«

Und sie hatte genickt.

Erst leiser Zweifel, dann leise Hoffnung. Beides hatte sich in seinem Gesicht gespiegelt.

Und dann hatte er sie gehen lassen.

Hatte noch einmal ihren Hals gemustert und sie gehen lassen.

Also saß sie nun hier auf der Mauer und starrte über die Zinnen hinweg in die Dämmerung hinaus.

Es war töricht. Mehr als töricht. Sie stand auf. Bewegung. Sie brauchte Bewegung.

Und auch Weyd erhob sich, auf der anderen Seite des Torhauses. Er holte das Pergament hervor, las die Worte und fing an zu summen, sprach die fremden Worte der alten Sprache im Kopf mit.

Summte das Lied der Nacht. Doch das erinnerte ihn nur an das letzte Mal, als er im Dunkeln ein Lied gesummt hatte: Bei seiner Rückkehr zur Poststation, die Satteltaschen beladen mit frischem Proviant. Unwillkürlich huschte ein Lächeln über sein Gesicht, hervorgezaubert durch den Gedanken an ihr Zuhause, an den gekachelten Kamin mit der Seekarte, an das Willkommenslicht, an den Geruch von gerösteten Kastanien und frisch gemahlener Muskatnuss. Die Erinnerung an Jori, der Caer fröhlich mit Kastanien bewarf, die sie mit dem Mund zu fangen versuchte, bis beide in haltloses Gelächter ausbrachen. Und Bahr, die brummend danebensaß, um sich bloß nicht anmerken zu lassen, wie glücklich sie dieses Feuer machte, dieses Haus, diese Menschen. Ihr Feuer, ihr Haus, ihre Menschen. Bellitas, mit seinem weichen Fell und den scharfen Zähnen.

Ein Lächeln, zum Leben erwacht durch den Gedanken an sie alle zusammen.

Er sollte jetzt bei ihnen sein.

Er sollte nicht allein hier draußen sein.

Hier wartete doch nichts auf ihn. Nur der Tod.

Nur der Tod und die große Leere. Keine Wege mehr zu gehen, keine Karten mehr zu zeichnen, keine Lieder mehr zu singen. Niemand mehr, dem er Nahrung bringen, niemand, den er beschützen konnte. Eine bunte Schar waren sie, die gemeinsam allen Gefahren trotzte, manchmal sogar dem eigenen Wahn. Und sie taten sich schwer mit Verlusten, denn die meisten von ihnen hatten bereits zu viel verloren.

Weyd durfte nicht zu einem solchen Verlust werden.

Es musste eine andere Möglichkeit geben.

Keine Verluste mehr.

Und auf der anderen Seite des Torhauses, oben auf dem Wehrgang, sang auch Caer leise das Lied der Nacht. So wie Jori; der summte es, während er Andrin ein letztes Lächeln schenkte, bevor er seine müden Augen schloss, seine müden Knochen im Bett des jungen Mannes ausruhte. Und Andrin griff die Melodie auf, als er hinausging und sich vergewisserte, dass die Kreidemarkierung an der Tür noch immer gut sichtbar war – der stolze Beweis dafür, dass sie einen Entwurzelten aufgenommen hatten. Und auch Bahr summte es leise, zusammengekuschelt mit

Bellitas auf ihrem Bett, denn es verschaffte ihr ein Gefühl von Wärme und Geborgenheit. Summte es und fragte sich, wann Weyd zurückkommen würde.

Ganz ähnlich wie Lurin, hoch oben in der höchsten Kammer seines uneinnehmbaren Festungsturms, hinter dessen schmalen Schießscharten nun das Zwielicht verblasste, während die Nacht Einzug hielt im Tal. Lurin fragte sich, wann sie zurückkommen würde.

Wie lange er noch würde warten müssen.

Denn sicherlich würde die Bardin bei Einbruch der Nacht zurückkehren?

Und so warteten sie alle, beobachteten sie alle,
wie die Dunkelheit heraufzog
die Stille sich ausbreitete
die Sonne verschwand.

Und im letzten Strahl des sterbenden Tageslichts sah der Wanderer, wie die Schatten sich erhoben.

Hinter den Gräbern glitten sie hervor, entstiegen den Hügeln, deren Kuppen von den Ruinen der einst so stolzen, hellen Lichtsäulen gekront wurden. Zwei große
unbeirrbare
schweigende
tödliche
Schatten.

Deswegen waren es also vierzehn. Einer für jeden Krieg, der in diesem Tal begonnen und ausgefochten wurde, einer für jeden Grabhügel, in dem die Toten ruhten; jene, denen ewiger Ruhm versprochen worden war, wenn sie für ihr Land kämpften. Ewiger Ruhm, nicht ein qualvoller Tod, beschmiert mit dem eigenen Dreck, wenn der Körper sich im letzten Kampf entleerte.

Stumm blickte der Wanderer zu den Schatten hinunter.

Musterte sie.

Betrachtete die gesichtslosen Schatten, verborgen hinter der Maske des Todes.

Er wandte sich ab.

Er würde zu seinen Freunden zurückgehen.

Und auf der anderen Seite des Torhauses stand die Bardin an den Zinnen und sah zu, wie die Schatten heranglitten. Sich von den Gräbern lösten, auf deren Kuppe die traurigen, blassen Kronen von jener Zeit zeugten, als die Feuer noch brannten, die Glocken noch klangen. Sah zu, wie sie näher kamen, immer näher. Wie ihre Brüder und Schwestern zwischen den Bäumen hervortraten, über den Grauen Pfad schritten. Schwärzer und schwärzer wurde der Himmel. Alle Fenster waren verrammelt, alle Türen verriegelt, die Mauern, die Häuser, das ganze Tal in Dunkelheit gehüllt.

So dunkel war es.

So still.

Caer hielt sich an ihrer Oud fest, während sie wartete. Lieber hätte sie eine Hand gehalten, aber dann wäre noch ein Leben in Gefahr gewesen, nicht nur ihr eigenes.

Mit der freien Hand tastete sie nach dem Zündstein in ihrer Tasche.

Die Furcht säuselte ihr ins Ohr.

Wenn sie dich erwischen, werden sie dich zu den Schatten hinunterstoßen … du kannst nicht fliehen, kannst nirgendwohin … wenn sie dich erwischen, bist du tot …

Caer konnte es sich nicht erlauben, auf sie zu hören. Konnte es sich nicht erlauben, über das nachzudenken, was sie gleich tun würde. Sich vorzustellen, welche Konsequenzen es haben konnte.

Denn nur so funktionierte das mit dem Mut, fand sie. In den meisten Fällen bedeutete Mut, nicht nachzudenken. Nicht über das nachzudenken, was man vorhatte, oder über die Konsequenzen. Mut bedeutete, es einfach zu tun und sich vorzumachen, es gäbe keine Konsequenzen.

Vielleicht war das der Grund, warum Weyd sie gerne als töricht bezeichnete.

Ich *werde einfach nur ein Lied singen*, sagte sich Caer. *Nichts weiter, nur ein Licht entzünden, ein Lied singen, eine Geschichte erzählen.*

Wie oft hatte sie schon ein Licht entzündet und ein Lied gesungen? Unzählige Male. Singen war für sie nichts anderes als atmen. Unabdingbar.

Nur ein Lied, sagte sie sich. Nur ein Licht.

Ein zarter Klang, ein kleines Licht.

Mehr nicht.

Und als sie glaubte, sie zu hören

unten

vor dem Tor

schob Caer eine Hand in ihre Tassel, holte den Zündstein hervor.

Noch immer säuselte die Furcht, schnürte ihr die Brust ab, ließ ihre Fangarme über ihre Haut gleiten, zwickte sie, bohrte sich in ihre Rippen. Sie spürte, wie die feinen Tentakel sich um ihre Brust schlangen. Sich um die Knochen wanden. Tiefer und tiefer drang die Furcht in ihr Innerstes vor, strich über ihre Lunge. Schob sich durch ihre Luftröhre. Legte sich auf ihre Stimmbänder.

Ich könnte es tun, säuselte die Furcht, *ein kleiner Ruck nur, und deine Stimme wird zerfetzt.*

Sie hielt inne. Ihr Herz setzte für einen Schlag aus. Kalt war es hier oben auf dem Wehrgang. Kalt und dunkel. Reglose Hände. Regloses Herz. Und die Furcht schmuggelte den Gedanken in ihren Kopf.

Den Gedanken an die Konsequenzen.

An den Tod.

Keine Musik mehr.

Keine Geschichten mehr.

Kein Licht mehr.

Stattdessen

nichts.

Und dann hörte sie es.

Schritte. Schritte auf der Treppe jenseits des Torhauses.

Caer war so oft mit dem Wanderer gereist, sie kannte seinen Schritt genau.

Doch sie wusste nicht, dass er hinunterging, zu Bahr in die Unterkunft. Sie dachte, er habe sie angelogen. Dass er nun auf den Wehrgang stieg und jeden Moment das Lied anstimmen würde. Sich ein letztes Mal für sie alle opfern würde.

Ruckartig spreizte die Bardin die Finger. Wehrte sich gegen den Griff der Furcht und packte den Zündstein. Wehrte sich gegen den Griff der Furcht und schlug einen Funken. Wehrte sich gegen den Griff der Furcht und entzündete die Kerze.

Blass war die Flamme, aber lebhaft. Ihr Licht reichte aus, um unten vor dem Tor gerade noch die Schatten auszumachen. Vierzehn Schatten, in einer geraden Linie aufgereiht.

Caer spähte zu ihnen hinunter, und für einen Moment glaubte sie, ihr Blick würde erwidert.

Halb erstickt durch den Griff der Furcht
öffnete sie den Mund
ließ den ersten Ton über ihre Zunge gleiten
sang das erste Wort.

Und dann übernahm der Gesang die Kontrolle, die Melodie, die Worte, die Geschichte.

Laut und klar sang sie das Lied der Nacht, schickte es hinaus in die Stille und die Dunkelheit.

Weyd hörte sie. Er fuhr herum. Wandte sich zur anderen Seite des Torhauses. Und Jori hörte es, der in einem fremden Bett aus dem Schlaf schreckte. Bahr und Bellitas hörten es, in der offenen Tür ihrer Unterkunft. Und Lurin hörte es, der Eiserne Baron, der beim Klang ihrer Stimme von den kalten Tentakeln der Furcht gepackt wurde, während zugleich heißer Zorn seine Lunge, seine Brust, sein Herz verbrannte. Zorn auf die Frau, die ihn verraten hatte. Diese Entwurzelte hatte ihn verraten. Hatte sich für den Weg des Vagabunden entschieden.

Und auch sie sah es, oben auf der Mauer. Denn nun konnte Caer sie ganz deutlich erkennen, die Schatten unten vor dem Eisernen Tor.

Still standen sie da.

So still.

Und sie sang und sang, und sie standen da.

So still.

So still.

Immer lauter und voller ertönte ihre Stimme. Die uralten Worte sang sie, das Lied der Nacht, das für sie die Geschichte der Türme erzählte, der Sterne am nächtlichen Himmel, deren Licht doch wieder durch das Dunkel der Nacht führen sollte.

Immer weiter sang die Bardin, bis das Lied beendet war.

So still standen sie.

So still.

Caers Herz dröhnte wie der Hufschlag der Pferde in der Steppe. Und hinter ihr dröhnten Schritte auf der Treppe zum Wehrgang. Schwer ging ihr Atem, schwer ging der Atem des Wanderers, der zu ihr auf die Mauer gerannt kam. Einen Blick nur warf sie ihm zu, einmal nur sah er sie an, dann begann er zu singen, sie fiel ein, und noch einmal schickten sie das Lied in die Nacht hinaus, diesmal zusammen.

Und plötzlich war da …

Der Himmel schien sich aufzuhellen.

Und noch immer standen die Schatten so still.

Bis

sie

langsam

stetig

zurückwichen.

Sie zogen sich zurück.

Die Bardin konnte es kaum glauben. Fassungslos drehte sie sich zum Wanderer um, und sie starrten sich mit großen Augen an.

Dann stürmte er zu ihr hin, umschlang sie mit beiden Armen und hob sie hoch, bis ihre Füße in der Luft baumelten. Mit beiden Händen klammerte sie sich an seinem Rücken fest.

»Ein Lied«, flüsterte er ihr ins Ohr. »Du hast es geschafft, midons!«

»Eine Geschichte, mos segurs«, raunte sie zurück. »Ein Lied! Wahrhaftig, ein Lied wird uns retten, ein Lied und eine Geschichte. Und eine großartige Geschichte wird das sein!« Sie lehnte sich gerade so weit zurück, dass sie ihm ins Gesicht sehen konnte. So schön fand sie es, ihn in den Armen zu halten.

So schön fand er es, sie in den Armen zu halten.

Gemeinsam schauten sie hinunter zum Tor und beobachteten, wie die Schatten sich immer weiter zurückzogen, immer weiter den Grauen Pfad hinauf.

Und er hielt sie an sich gedrückt.

Und sie hielt ihn an sich gedrückt.

Wie betäubt sahen sie einander an.

Bis sie es hörten.

Lauft.

Wispernd, kichernd, raunte die Furcht es ihnen zu. Und plötzlich war der Himmel wieder finster.

Lauf um dein Leben, kleine Bardin, törichter Wanderer.

Denn nicht nur die Schatten hatten den Gesang der Bardin gehört.

Auch die Bewohner von Colmstat hatten sie gehört, auch ihr Baron hatte sie gehört.

Caer und Weyd hörten das Schlagen von Türen, überall in der Stadt; hörten schwere Schritte auf dem Pflaster; hörten viele, viele wütende Stimmen zischen und wispern.

Für Schur

Schur

Schur

Schur

Zischte und raunte es, als hätten sie alle eine mächtige Stimme.

Sie flüsterten.

Wisperten.

Tuschelten.

Ihr Raunen wurde zu einem ganz eigenen Lied, dumpf wie die Trommeln der Schatten, forschte nach den Entwurzelten oben auf der Mauer.

Die Bardin und der Wanderer löschten ihre Kerze. Sie schoben sich unter die steinerne Bank, drückten sich eng aneinander, wagten kaum zu atmen.

Das Volk von Colmstat erklomm die Mauer. Ganz deutlich hörte Caer ihre Schritte. Nun musste sie die Klänge nicht bitten, sich zu verstärken. Kein einziger Laut lenkte sie ab von den Schritten in der Nacht, von dem Wispern und Raunen.

Schur

Schur

Schur

Schur

Ja, Caer hörte ihre Schritte. Mehr als ein Dutzend Menschen drängte auf den Wehrgang. Und sie waren gerüstet. Holz schleifte über den Boden; Metall schepperte. Vielleicht Äxte, dachte Caer. Vielleicht waren es die Holzfäller. Schaben, schleifen, Holz auf Mauerstein.

Auch Weyd lauschte. Lauschte auf die vielen Schritte. Auf das Kratzen der Äxte, näher und näher. Näher und näher kamen sie.

Und noch immer wisperten sie.

Schur

Schur

Schur

Schur

Näher und näher kamen die Äxte.

Caer drückte ihre Oud, drückte den Wanderer an ihre

Brust, und gemeinsam rollten sie sich so eng zusammen wie möglich. Nun kicherte die Furcht nicht mehr, sie brüllte.

Sie werden euch finden.

Sie werden euch finden.

Ihr könnt genauso gut aufgeben.

Sie werden euch finden.

Und dann glitt die erste Axt an ihnen vorbei. Direkt über ihnen fuhr sie über die Mauer und traf dabei auf die Bank.

Die Schritte verharrten. Das dumpfe Poltern verstummte. Direkt vor der Bank. Der Wanderer spürte sie dort. Selbst das leise Wispern verklang.

Caer und Weyd hielten den Atem an.

Stille.

Absolute Stille. Absolute Dunkelheit.

Dann schlug die Axt zu.

Nicht nur eine. Viele, sehr viele Äxte schlugen auf die Bank ein. Und die Bardin und der Wanderer fuhren zusammen, wieder, wieder, wieder. Hätte jemand auf dieser Bank gesessen, wäre er in Stücke gehackt worden. Nichts als blutiges Fleisch hätten sie von ihm übrig gelassen. Steinsplitter flogen herum. Wieder und wieder fuhren die beiden zusammen, wieder und wieder schlugen die Holzfäller auf die Bank ein. Irgendwann hielten sie inne, schienen überzeugt zu sein, dass sich niemand auf dieser Bank versteckte.

Die Stille kehrte zurück.

Nein, ganz still war es nicht.

Ein feines Lachen durchdrang die Finsternis.

Es kam unten vom Tor.

Sie werden euch finden.

Noch immer verharrten die vielen Stiefel vor der Bank.
Reglos.
Vollkommen
reglos
harrten
sie
aus.
Bis sie zu einer Entscheidung gelangten.
Plötzlich wisperten sie wieder, raunten wieder.

Für Schur
Schur
Schur
Schur

Sie marschierten weiter, weiter den Wehrgang hinunter. Gingen fort.

Caer atmete auf. Sog die Luft tief in ihre Lunge, wieder und wieder. Drehte sich auf den Rücken, sodass sie endlich wieder frei atmen konnte. Weyd drehte sich ebenfalls um, doch die Furcht ließ ihn nicht los, die Panik brannte noch in seinem Kopf. Du spürst gerade vier Dinge, schärfte er sich ein: den harten Stein der Bank über dir, das warme Holz von Caers Oud, das wilde Pochen deines Herzschlags, die warme Frau an deiner Seite. Nun ließ die Panik nach, die Furcht schwand. Du hörst gerade drei Dinge, fuhr er fort, und entschied sich noch einmal für das Klopfen seines Herzens, denn dieses Klopfen sagte ihm, dass er noch lebte. Lebte, lebte, und auch sie lebte noch, und es würde noch weitere Reisen für sie geben, weitere Lieder, weitere Geschichten. Seinen Herzschlag hörte er, und er hörte die Schritte, die sich immer weiter entfernten. Was hörte er noch? Nein, nicht ihr Wispern, nicht ihr Raunen. Das wollte er nicht hören. Was konnte er sonst noch hören?

Das Lachen. Das feine, tonlose Lachen unten vor dem Tor.

Warum lachten die Schatten noch immer?

Vorsichtig setzte er sich auf, schob sich an eine der Schießscharten heran. Lauschte.

Ja, sie lachten.

Ein Gedanke nistete sich im Kopf des Wanderers ein.

Wenn sie die Bardin nicht finden konnten, würden sie doch sicher in ihre Häuser zurückkehren, oder? Oder?

Sie hatten Gesang gehört. Und bestimmt hatten sie ihre Stimme erkannt. Dann würden sie also nach Caer suchen, und nur nach Caer, richtig?

Sie würden doch nicht …

Weyd fuhr herum. Die Dunkelheit hatte die Horde bereits verschluckt. Das einzige Licht war der silbrige Schein seiner Brosche. »Caer«, flüsterte er. »Kannst du sie noch hören? Wo sind sie jetzt?«

Sie schob sich ebenfalls aus ihrem Versteck und griff noch einmal auf die Sprache der Klänge zurück, flehte sie an, sich zu verstärken, denn Töne mögen es – anders als Feuer –, wenn man sie anfleht. Und die Töne mochten Caer, denn sie schuf ihnen ein Zuhause in diesem Tal, wo sie so unerwünscht waren. Deshalb verstärkten sie sich nun so weit, dass Caer dem Wispern folgen, den schweren Schritten lauschen konnte.

»Sie gehen auf der Mauer entlang«, flüsterte sie. Reglos und still verharrten die Bardin und der Wanderer, reglos und still wie die Schatten, lauschten, lauschten. Hörten, wie die Holzfäller über die Mauer marschierten und dann wieder in die Stadt hinunterstiegen. Hörte, wie sie über das Pflaster stapften.

So angestrengt lauschte sie. Sogar die Klänge selbst schienen zu lauschen.

Dann hörte sie, wie eine Tür geöffnet wurde.

Es klang wie eines der großen Holztore an den Unterkünften. An der äußeren Scheune, in der die Entwurzelten schliefen.

Noch mehr Schritte, als hätten sich einige Holzfäller von der Gruppe getrennt, um weiterzuziehen zur inneren Scheune.

Was wollten sie dort?

Waren sie noch immer auf der Suche nach ihr? Nach dem Wanderer?

Und was für ein Geräusch war das nun? Dieses Zischen, dieser dumpfe Knall, immer begleitet von dem Raunen, dem Wispern.

Für Schur

Für Schur

Für Schur

Eine Sekunde. Eine Sekunde zu spät begriff sie.

Begriff erst, als sie den ersten Schrei hörten.

Das Zischen des Schlages. Der dumpfe Knall, als die Axt sich im Dunkeln in einen Hals grub.

Den Holzfällern ging es nicht länger darum, die Bardin zu finden.

Andere Köpfe konnten ebenfalls rollen.

Und kein Lied
kein Lied dieser Welt würde sie retten.

6

Ein Ende dem Blutvergießen

Sie rannten.

Während der Wanderer auf die Unterkünfte zuhielt, lief die Bardin die Straße entlang, hoch zum Schloss, auf der Suche nach Hilfe. Rannte durch die Dunkelheit auf Schloss Reuldum zu, raunte so laut sie es wagte.

Wacht auf! Hilfe! Wacht auf!

Flüsterte es in der Sprache der Schurer, in der Gemeinen Sprache, auf Pausian, presste es in jeder Sprache hervor, die vielleicht von den Leuten verstanden wurde. Von irgendjemandem. Sie rannte und rannte und rannte, hetzte die verwinkelte Straße hinauf, und in ihren Ohren hallte jedes einzelne Zischen wider, jedes geflüsterte Wort der Holzfäller, jedes dumpfe Knacken, wenn die Äxte Knochen zerschmetterten.

Jedes Zischen.

Jede Axt.

Jedes Wispern.

Und das feine, tonlose Lachen. Lachen. Lachen.

Und während sie rannte, bahnten sich die Holzfäller ihren Weg durch die Dunkelheit, hin zur inneren Scheune.

Wo Bahr und Bellitas noch immer in der offenen Tür standen, denn sie warteten ja auf die Rückkehr des Wanderers, und zum Himmel hinaufblickten.

Bellitas bemerkte sie als Erster. Sah, wie sie in der Dunkelheit heranstürmten.

Mit einem leisen Knurren drückte er seinen Kopf gegen Bahrs Schienbein. Versuchte, sie in die Scheune hineinzudrängen.

»Was ist denn, Belle?«, fragte sie leise. »Wer ist da draußen?«

Aber er konnte ihre Sprache nicht sprechen, und sie nicht die seine. Und so drückte Bellitas, drückte und schob. Und sie wich zurück, ganz langsam, während die kalten Tentakel der Furcht über ihren Rücken krochen, sich um ihre Handgelenke schlangen, ihre Narben liebkosten.

»Was ist los?«, fragte Bahr noch einmal.

Und dann hörte sie das Raunen.

Schur

Schur

Schur

Schur

Caer erreichte das Schlosstor. Ihre Lunge brannte so sehr, dass sie nicht mehr rufen konnte, nicht mehr flüstern. Mit aller Kraft warf sie sich gegen das Gittertor vor dem Schlosshof, rang sich doch noch etwas Luft ab, um nach Cassian zu rufen.

Inzwischen rannte Weyd zur äußeren Scheune, wo das große Schlachten bereits begonnen hatte.

Und Bahr wich taumelnd in ihre Unterkunft zurück, wo sie zumindest noch eine kleine Chance hatten.

Wacht auf!, flüsterte sie. *Hilfe! Wacht auf!*

So weckte sie die Entwurzelten um sich herum, während Bellitas an der Tür stand und zähnefletschend Ausschau hielt. »Wir müssen das Tor verrammeln!«, raunte Bahr. »Sie sind hinter uns her!«

Und einige griffen ihr Wispern auf, trugen es weiter, durch die ganze innere Scheune.

Sie kommen!

Sie kommen!

Sie kommen!

Oben am Schloss trat endlich jemand an das Gittertor heran. Caer hörte es nur, sah es nicht in der Dunkelheit, doch sie schob eine Hand zwischen den Eisenstangen hindurch, denn sie glaubte, dass er direkt vor ihr stehen müsse. »Hilfe!«, flüsterte sie.

»Bardin?«

Es war Cassian.

»Hilfe! Sie schlachten die Entwurzelten ab!«

Ein Knirschen zeigte an, dass das Gittertor hochgezogen wurde. So schnell es ging, stolperte Caer hindurch und landete beinahe in Cassians Armen. Er führte sie über den Burghof zu den Stallungen, wo einige Fackeln brannten. Seine Eiserne Patrouille war in voller Rüstung angetreten und schwang sich gerade in die Sättel. Ein Reiter fehlte, vielleicht weil die Armbrustschützin noch nicht genesen war, aber Andrin und Jelscha waren dabei. Beide zitterten – der eine vor Angst, die andere vor Zorn.

»Wir haben den Aufruhr gehört«, erklärte Cassian leise, sobald sie im Stall standen. Selbst im warmen Licht der Fackeln sah er schrecklich blass aus. »Gleich rücken wir aus.«

»Nur so wenige?«, wunderte sich Caer. »Wo sind die Eisernen Soldaten? Eine Patrouille wird nicht genügen.«

»Ich weiß es nicht. Ich konnte keinen von ihnen finden, selbst den Baron nicht. Spielt auch keine Rolle, wir müssen uns beeilen!«

Er zeigte an die Seite der Stallgasse. Dort standen Demar und Raud, fertig gesattelt, Demar mit Caers Waffen bepackt. Neben ihnen wartete Ealdre auf einem stolzen grauen Ross.

»Kommt mit!«, befahl Cassian, und sie liefen zusammen zu den Pferden. »Der Heiler hat eure Stuten vorbereitet. Und nun berichte!«

Und Caer erklärte es ihm. Erklärte, dass die Holzfäller in der äußeren Scheune unter den Entwurzelten wüteten, erklärte es, während weiter das Zischen in ihren Ohren dröhnte, die dumpfen Axtschläge, zisch und Schlag, zisch und Schlag.

Und das Lachen.

Und die Schritte. Viele, viele Schritte, die sich unaufhaltsam der zweiten Unterkunft näherten, in der Bahr und die Entwurzelten hastig alles hinter dem Tor aufstapelten, was sie finden konnten. Wo Bellitas am hinteren Ende der Scheune panisch in der Erde scharrte, um einen zweiten Ausgang zu graben. Wo Bahr die Furcht spürte, die sich wie eine schwere Eisenfessel um ihre Handgelenke und ihren Hals legte.

Und dann – keine Schritte mehr.

Das Raunen war nun so nah, dass Bahr spürte, wie es über ihren Körper glitt.

Für Schur

Für Schur

Für Schur

Für Schur

Caer begriff, im selben Augenblick wie Bahr, dass die Holzfäller die innere Scheune erreicht hatten.

»Wir müssen aufbrechen!«, flüsterte die Bardin oben im Schloss.

Cassian stieg in den Sattel. »Denkt daran, Eiserne: Wir schützen jene, die unbewaffnet sind«, flüsterte er. »Angreifer festsetzen, Leben schützen! Denn das Leben hat uns viel Schönheit zu bieten – die Dohlen am Himmel, Mäntel gewirkt aus gefallenem Sternenmark und Mut so unerschütterlich wie geschmiedetes Eisen. Wir werden nicht aus Furcht zuschlagen!«

Jemand schnaubte. Drei junge Männer, die hoch aufgerichtet im Sattel saßen, den Pallasch bereits gezogen. Die Federn an ihren Helmen waren nicht schwarz, sondern weiß. Weiß wie der Schnee auf den Feldern, weiß wie die Knochen im Inneren der Grabhügel.

»Ihr werdet meinem Befehl folgen«, zischte Cassian und schnalzte mit der Zunge. Caer lief zu Demar hinüber und sprang in den Sattel.

Sie ritten auf das Stalltor zu. Vielleicht kamen sie ja noch nicht zu spät. Vielleicht war es noch nicht zu spät!

»Moment.«

Lurin, der Eiserne Baron, kam in den Stall. Lurin, der Eiserne Baron, in seiner schwarzen Rüstung, die Wangen rot, die Augen strahlend. Lurin, der Eiserne Baron, sah sie durchdringend an.

»Was geht hier vor?«, fragte er leise. »Man erstatte mir Bericht.«

Und unten an der inneren Scheune stellten die Holzfäller fest, dass der Weg versperrt war, als sie die Türen zu öffnen versuchten.

Sie packten ihre Äxte fester, hoben sie hoch über den Kopf.

Und oben im Schloss raunte Cassian drängend: »Herr, die Holzfäller greifen die Entwurzelten an. Wir reiten aus, um das Volk zu schützen. Wir dürfen keine Zeit verlieren.«

Lurin neigte den Kopf zur Seite. »Bin ich nicht euer Herrscher?«

Die Pferde tänzelten unruhig. Beunruhigt wie Cassians Blick. »Herr?«

Und unten an der inneren Scheune schlugen die Holzfäller zu, schlugen zu mit all ihrer Kraft. Bahr, Bellitas und die Entwurzelten drängten sich an der Rückwand der Scheune zusammen.

Das hölzerne Tor ächzte.

»Du warst es doch, Cassian«, raunte Lurin oben im Schloss, »der mir sagte, die Schatten hätten unser Land verwüstet. Dass die nächste Ernte quasi ausfallen werde. Es wird kaum genug Nahrung geben für das Volk von Schur. Das wenige sollten wir nicht auch noch teilen müssen mit diesen Entwurzelten, mit den Menschen und Tieren, die du hier reingelassen hast, ohne vorher auch nur mit deinem Herrscher zu sprechen.«

Cassian schluckte.

»Mein Baron hat mich zum Hauptmann gemacht, damit ich in seinem Namen Entscheidungen fälle«, flüsterte er. »Damit ich sein Volk schütze.«

»Aber die Entwurzelten gehören nicht zu meinem Volk«, erwiderte Lurin ebenso leise. »Ihr bleibt hier. Ihr werdet es geschehen lassen.«

An der inneren Scheune hoben die Holzfäller erneut die Äxte. Führten den nächsten, mächtigen Schlag.

Das Tor zerbarst.

Dichter und dichter drängten sich die Entwurzelten zusammen. Bahr tastete nach ihrem Zündstein. Bellitas hatte wieder angefangen zu graben.

Die Holzfäller stolzierten herein, und mit ihren Äxten zerhackten sie die Barrikade aus Betten, Stühlen und hastig aufgestapelten Habseligkeiten.

Cassian packte die Zügel. So fest packte er sie. Ein Befehl. Einen klaren Befehl hatte er bekommen.

»Die Nahrung wird ausreichen«, betonte Lurin, »wenn die Entwurzelten nicht mehr Teil der Gleichung sind. Dann haben wir genug, um über den Winter zu kommen. Noch dazu können wir die Gewalttäter aufknüpfen, dann bleibt mehr übrig für das friedliebende Volk.«

Ein leises Raunen ging durch die Eiserne Patrouille. Die drei jungen Männer mit den weißen Federn nickten eifrig.

Cassian fuhr herum und starrte sie an.

»Lass es geschehen, Hauptmann.« Voller Freundlichkeit sprach Lurin zu ihm. »Die Entwurzelten hätten sich früher oder später sowieso gegen uns gewandt.« Sein Blick huschte zu Caer. »Das tun sie doch immer.«

Und in diesem Moment

In diesem Moment durchbrachen die Holzfäller in der inneren Scheune die Barrikade. Bahr suchte vergeblich nach ihrem Zündstein. Sie konnte nur noch die Arme heben und hoffen, dass es schnell gehen würde.

Dann ertönte ein Schrei, ein silberner Stern blitzte auf, und Weyd stürmte in die Scheune, Mundian bereits in der Hand. Oben im Schloss tänzelte Cassians Pferd noch immer in der Stallgasse. »Ich befehle dir, es geschehen zu lassen«, wiederholte Lurin. Mit hörbarem Bedauern fuhr er fort: »Mir ist klar, dass du einer solchen Entscheidung nicht gewachsen bist. Doch es ist das Los von uns Herrschern, diese schmerzlichen Entscheidungen zu treffen. Es ist unsere Pflicht, und ich werde mich meinen Pflichten niemals entziehen. Du kannst es allen sagen: Ich habe dir befohlen, nicht auszurücken. Es ist nicht deine Schuld, Cassian.« Damit wandte sich der Baron der Eisernen Patrouille zu: »Ihr habt es gehört: Lasst es geschehen. Es ist nicht eure Schuld. Ihr folgt lediglich meinem Befehl. Ihr tut lediglich eure Pflicht.« Noch einmal sah er Cassian direkt in die Augen und flüsterte: »Wir alle müssen unsere Pflicht tun. Für Schur.«

Sofort griffen die drei jungen Männer seine Worte auf:

Für Schur

Für Schur

Für Schur

Für Schur

So raunten sie oben im Schloss, und so raunten sie unten in den Unterkünften. Bahr kroch über den Boden, suchte wieder nach ihrem Zündstein; der Zündstein bedeutete

Licht. Es war mindestens ein Dutzend Holzfäller, vielleicht waren es fünfzehn, vielleicht sogar mehr.

Man erzählte sich, der Wanderer könne nicht einmal in der finstersten Nacht bezwungen werden, denn er vertraue im Kampf allein auf sein Gehör.

Was man sich allerdings nicht erzählte, war der kleine Zusatz, dass der Wanderer nur dann nach Gehör kämpfte, wenn seine Bardin bei ihm war.

Denn die Bardin beherrschte die Sprache der Klänge, konnte sie so laut und klar ertönen lassen wie am helllichten Tag.

Aber jetzt war seine Bardin nicht bei ihm.

Und es waren einfach zu viele. Weyd wusste das.

Oben im Schloss hatte Caer genug gehört. An Ealdre gewandt, sagte sie: »Bleib du hier. Du bist unbewaffnet. Bei den Sternen des Himmels, pass auf dich auf!« Dann schnalzte sie mit der Zunge, presste Demar die Fersen in die Flanken und wollte losreiten.

Doch die eiserne Hand des Barons packte ihre Zügel.

Demar protestierte wiehernd.

Lurin sah zu Caer hinauf. »Du sagtest, du kommst zurück.«

Sie antwortete nicht, drehte sich stattdessen zu Cassian, Andrin und Jelscha um. »Bitte, kommt mit mir. Ich schaffe das nicht allein.«

Mit einem Ruck entriss sie dem Eisernen Baron ihre Zügel, zog ihren Wurfspeer, nahm eine Fackel aus ihrer Wandhalterung und ritt davon.

Fluchend stieg Cassian auf sein Pferd, rief seinen Eisernen zu: »Folgt mir, wenn ihr wollt«, und ritt ebenfalls los.

Und Jelscha und Andrin, sie mussten nicht lange überlegen.

Sie folgten ihm.

Die anderen

all die anderen Eisernen

rührten sich nicht.

Unten in der Scheune wurde Weyd von verzweifeltem Zorn gepackt. Bahr und Bellitas kauerten auf dem Boden, zusammen mit dreißig oder vierzig schwitzenden, wimmernden, wispernden Seelen, und es gab sonst niemanden, der sie beschützt hätte. Der Gestank von Blut und Schweiß stieg ihm in die Nase, während ein wildes Brennen durch seine Adern schoss.

»Kommt nicht näher!«, rief er laut. So wild und klar hallte seine Stimme durch die Scheune, dass die Holzfäller im Dunkeln verharrten. Selbst ihr Wispern erstarb.

»Entscheidet euch für den Frieden«, sagte der Wanderer. »Entscheidet euch für den Frieden, falls ihr das noch könnt.«

Einer regte sich. Wurde wieder still.

»Für Schur.«

Kaum mehr als ein Hauch.

»Für Schur.«

Ein zweites Flüstern.

Aus dem Flüstern wurde ein Raunen, aus dem Raunen ein Lied.

Der Wanderer packte mit beiden Händen den Schwertgriff, schloss die Augen und ließ das wilde Brennen in seinem Inneren anschwellen, als der nächste Holzfäller angriff.

Er würde sich nicht dem Tod ergeben.

Unten auf dem Boden spürte Bahr plötzlich weiches Fell unter ihren Fingern. Bellitas schob etwas in ihre Hand.

Ihren Zündstein.

Und oben im Schloss blickte Lurin, der Eiserne Baron, seinem Hauptmann hinterher; seinem Hauptmann und der einsamen Fackel in der Hand der Bardin.

»So verlässt uns euer Hauptmann.« Beinahe entschuldigend wandte er sich an die Eiserne Patrouille. »Steigt ab, meine guten Männer und Frauen. Wenn uns die Nachricht von seinem Tod erreicht, denn sterben muss er, so wie alle, die sich ihren Pflichten entziehen, werde ich einen neuen Hauptmann ernennen.« Sein Blick streifte die drei jungen Männer, die dadurch offenbar eine unausgesprochene Botschaft empfingen. »Bis es so weit ist, seid ihr meinem direkten Befehl unterstellt. Wir alle müssen unsere Pflicht tun. Und so lautet euer erster Befehl …«

Weyd kämpfte noch immer. Ganz allein kämpfte er. Schweißbedeckt und von Adrenalin getragen, kämpfte er, mit schmerzenden Muskeln, jeder Atemzug eine eigene Schlacht, brutal und schmerzhaft.

Und doch

wie diese Holzfäller ihre Äxte schwangen

wie sie kämpften

wie sie sich bewegten …

so bewegte sich niemand, der den ganzen Tag nur Holz spaltete. Sie wussten genau, wie sie ihre Werkzeuge als Waffe einsetzen konnten. Sie wussten genau, wie sie damit Menschen spalten konnten.

Und Weyd wunderte sich: Woher sollten einfache Holzfäller so etwas wissen?

Und oben im Schloss zeigte Lurin Richtung Waffenkammer und erteilte der Eisernen Patrouille ihren ersten Befehl: »Dort findet ihr Kleidung, wie die Holzfäller sie tragen. Zieht sie an und geht hinunter in die Stadt.« Freudige Erregung blitzte in den Augen der drei jungen Männer auf.

»Geht hinunter in die Stadt. Heute Nacht wurde oben auf der Mauer ein Lied gesungen, in einer fremden Sprache. Es muss also ein Entwurzelter gewesen sein. Selbstverständlich würde ich den guten Leuten von Schur niemals befehlen, ihren Zorn an einem unbewaffneten Entwurzelten auszulassen.« Er unterbrach sich kurz. »Aber ich werde auch niemanden daran hindern.«

Diesmal folgte ein wesentlich längeres Schweigen auf seine Worte.

»Denn, wie ich bereits den Eisernen Soldaten sagte, die in diesem Augenblick unten bei den Unterkünften sind: Es ist offensichtlich, nein, es ist *unausweichlich*, dass die guten Leute von Schur einen Weg finden müssen, sich zu wehren, wenn Fremde aus einer Laune heraus ihr Leben in Gefahr bringen – Entwurzelte, denen wir Schutz und Nahrung geboten haben, und die sich dafür erkenntlich zeigen, indem sie unsere Gesetze brechen.«

Der Baron blickte jedem Einzelnen von ihnen ins Gesicht. »Für Schur.«

Und mit einem eifrigen Nicken flüsterten die drei jungen Männer: »Für Schur.«

Dann gingen sie zur Waffenkammer.

Während Caer, Cassian, Andrin und Jelscha durch die Stadt galoppierten.

Während Weyd einen mächtigen Schlag abwehrte, der ihm Mundian fast aus den Händen riss.

Und nach und nach stiegen alle Eisernen von ihren Pferden, legten ihre Mäntel ab und zogen die Wollhosen und die rauen Hemden der Holzfäller über, die ihnen von den Mägden in der Waffenkammer gereicht wurden. Nahmen die Holzfälleräxte an sich wie schon die Eisernen Soldaten vor ihnen. Jene Eisernen Soldaten, die nun unten in der Stadt waren.

In den Unterkünften.

Verstrickt in den Kampf mit dem Wanderer.

Und als auch der letzte Eiserne seine Axt bekommen hatte, schickte Lurin sie durch das offene Schlosstor. Wies sie an, sich den mit Kreide markierten Quartieren zuzuwenden, wenn sie mit den Unterkünften an der Mauer fertig waren. Erklärte ihnen, dass die Markierungen ihnen genau sagten, wo wie viele Entwurzelte untergebracht waren.

Ealdre beobachtete das alles, und in seinem alterslosen Gesicht spiegelte sich blankes Entsetzen wider. Er stieg vom Pferd, ging zum Baron hinüber. »Tu es nicht«, bat er ruhig. »Bitte, tu es nicht.«

Lurin wandte sich dem Heiler zu, hob die in schweres Eisen gekleidete Linke und strich über das silberne Haar. Streichelte es, als wäre der Heiler ein edles Pferd.

Gleichzeitig schloss sich seine Rechte um Ealdres Kehle.

Ein spitzer Ring. Tur. Direkt an der Halsschlagader des Heilers.

Lurin starrte diesen Entwurzelten an, auf dessen Schultern der Mantel ruhte, der von Rechts wegen ihm gehörte. Starrte den Entwurzelten an, dem die Bardin solche Bewunderung entgegenbrachte. Starrte den Entwurzelten an, der ihn gebeten hatte, die Leuchtfeuer zu entzünden, die Glocken erklingen zu lassen. Starrte den Mantel an.

Tur zerschnitt sein Fleisch.

Bohrte sich tief hinein.

Blut spritzte aus seiner Kehle.

»Und nun geh«, flüsterte Lurin. Zumindest würde es schnell gehen, dachte er. »Finde heraus, wie weit du dich noch schleppen kannst, bevor du stirbst. Wie schwer du es mir noch machen kannst, mir deinen Mantel zu holen.«

Und Ealdre ging.

Mit schweren Schritten verließ er den Stall, ging über den Burghof, durch das offene Gittertor. Warm und zäh lief das Blut über seine Haut. Die Eiserne Patrouille stürmte an ihm vorbei, angetan mit der Kleidung und den Äxten der Holzfäller, die leisen Worte auf den Lippen.

Für Schur.

Sie schoben sich vorbei an dem Entwurzelten mit dem golden strahlenden Mantel, an dem Heiler, der sich keuchend in die Stadt hinunterschleppte, eine Hand an die blutende Kehle gedrückt. Ließen ihn mühelos hinter sich.

Denn sie gingen in die Stadt.

Sie würden ihre Pflicht tun.

Sie würden sich um die Entwurzelten kümmern.

So wie die Eisernen Soldaten sich um Weyd kümmerten, der noch immer kämpfte. Bahr suchte verzweifelt nach Zunder, und auch Bellitas huschte wie ein weißer Blitz durch die Scheune und suchte, suchte für sie. Und Weyd kämpfte, kämpfte immer weiter.

Doch es waren so viele.

So viele.

Und sie brauchten nicht mehr als einen Treffer.

Einen einzigen.

Und während Caer die dunkle Straße hinunterpreschte,

während Cassian, Andrin und Jelscha ihr dicht auf den Fersen waren, gelang es einem der Soldaten, die Weyd für Holzfäller gehalten hatte, diesen Treffer zu landen.

Einen Hieb.

Einen Hieb gegen seinen starken Schwertarm.

Weyd schrie auf, und Bahr stimmte mit ein, als wäre es auch ihr Schmerz. Seine Bänder rissen, die Sehnen sprangen aus dem Gelenk, und Mundian landete scheppernd auf der Erde. Bellitas stieß einen schrillen Schrei aus, hechtete zu Bahr hinüber und ließ ein Stück Zunder direkt vor ihr auf die Erde fallen, während die Eisernen Soldaten sich ihnen zuwandten. Mit gezückten Äxten näherten sie sich der Frau und dem Fuchs.

Nur ein Soldat blieb bei Weyd.

Langsam hob er seine Axt.

Zielte auf das schimmernde Silber an der Brust des Wanderers.

Caer sprang vor der Unterkunft vom Pferd, lief auf das riesige Loch zu, wo zuvor die Scheunentür gewesen war, riss den Wurfspeer hoch.

Ein Funkeln.

Sie sah das Funkeln einer Axt und das Funkeln eines Sterns.

Und schickte ihren Wurfspeer los.

Ein Schrei ertönte.

Der Wurfspeer hatte sich in die Brust des Soldaten gebohrt, der den Wanderer hatte zerhacken wollen.

Caer rannte auf die Scheune zu, auf Weyd. Der Glanz seiner Brosche zeigte ihr den Weg. Dann entdeckte sie Bahr, hörte das angstvolle Fauchen von Bellitas, registrierte, dass die Soldaten auf die beiden zumarschierten. Sah, wie Weyd mit der Rechten Mundian vom Boden aufhob, während sein linker Arm schlaff herabhing. Der Geruch von Eisen hing in der Luft, von Blut. Sie stürmte weiter, in der einen Hand die Fackel, in der anderen die Streitaxt.

Und dann stieg ihr noch ein Geruch in die Nase.

Rauch.

Ein Funke.

Nun war es Bahr, die fauchte. Fauchte und zischte in der Sprache des Feuers.

Eine Flamme erschien, schoss in die Höhe, als wäre sie Bahrs Händen entsprungen. Die rief der Flamme etwas zu.

Und die Flamme verbrannte die Soldaten, die auf Bahr zustürmten.

Lichterloh brannten sie.

Brannten und schrien, schrien so laut.

Und die Flamme wuchs und wuchs. »Halt sie zurück, Bahr!«, rief Caer. »Sonst brennst du die ganze Scheune ab!«

Sofort schlug Bahr einen anderen Ton an, bat das Feuer, sich zurückzuhalten.

Doch es wuchs.

Bahr hob die Stimme.

Höher und höher reckten sich die Flammen, leckten bald gierig an den Deckenbalken, an dem trockenen, alten Holz.

Bahr brüllte das Feuer an, es solle innehalten.

Caer erreichte die Tür

rannte hinein

sah im Licht der Fackel das Gesicht des Wanderers. Er blutete, doch er streckte die Hand nach ihr aus. Hinter ihm standen Bahr und Bellitas mit den anderen Entwurzelten, Bahr mit nackter Panik in den Augen.

In diesem Moment, als Weyd und Caer sich beinahe berührten

ging die Scheune in Flammen auf.

Des Nachts erwachen die Geschichten. Doch es gibt Nächte, über die sich keine Lieder schreiben lassen.

Dies war eine solche Nacht.

Setzt euch näher ans Feuer, denn ich werde von dieser Nacht nicht erzählen, als wäre es eine Geschichte.

Nein, es war ein Gemetzel.

Ealdre der Heiler taumelte die Straße vom Schloss herab in die Stadt, Blut tropfte aus seiner Kehle, und er dachte an den Mann aus dem dritten Stock mit seinem Nachttopf, er wollte ihn warnen, wollte alle warnen, an deren Häusern Kreidezeichen leuchteten.

Doch er konnte nichts tun. Nichts, außer zuzusehen.

Zuzusehen, wie Menschen aus ihren Häusern gezerrt wurden. Zuzusehen, wie Fenster eingeschlagen wurden, wie Äxte Haustür um Haustür zertrümmerten. Zuzusehen, wie das Blutbad seinen Lauf nahm.

Und Jelscha und Andrin ritten durch die Straßen, hetzten zu ihrem Quartier, um Jori zu suchen.

Und Cassian galoppierte zu den Unterkünften, erreichte die Scheune, als sie in Flammen aufging, zügelte mit Mühe sein scheuendes Pferd.

Sah, wie das Feuer auf die anderen Unterkünfte übergriff.

Alle Unterkünfte.

All die voll belegten Unterkünfte.

Doch wie soll man das begreifen?

Die Hitze.

Das Feuer.

Bahrs verzweifelte Versuche, die Flammen zurückzurufen, die sie, Weyd, Bellitas und die anderen noch lebenden Entwurzelten in der Scheune einschlossen. Sie und die Tiere in der Scheune nebenan, deren gellende Schreie langsam erstickt wurden durch das Feuer, das nun auch zu ihnen gekommen war. Tiere, die zu retten sie versprochen hatten.

Wie soll man das begreifen?

Bahr schrie die Flammen an.

Bahr flehte die Flammen an.

Wie könnte ich euch begreiflich machen, was es bedeutete, Bahr derartig betteln zu hören.

Zu hören, wie die Seefahrerin brüllte, brüllte, brüllte, wie die Tränen über ihr Gesicht liefen, über ihre rußverschmierten Wangen, wie sie hustete, keuchte, und trotzdem immer weiter brüllte.

Wie könnte ich euch begreiflich machen, was mit ihr geschah, als sie erkannte, dass dieses Feuer, dieses von ihr entfachte Feuer nicht auf sie hören würde. Dass ihre Worte wirkungslos verpufften, wie früher schon einmal, als das Schiffsdeck unter ihren Füßen zu Asche verbrannt war.

Wirkungslos waren ihre Worte.

Denn dieses Feuer hörte nicht auf Worte. Nicht jenes Feuer, das sich von Fleisch ernährte.

Wie soll ich es euch begreiflich machen?

Diese nackte Panik in ihren Augen zu sehen.

Und um sie herum brannte es.

Die Scheune brannte.

Brach in sich zusammen.

Wie soll ich es euch begreiflich machen?

Nein, das war keine Geschichte.

Es war ein Massaker.

Die alte Frau in ihrem Haus, jene ganz in Schwarz gekleidete alte Frau, die den Wanderer um ein Lied in der Sprache der Schurer gebeten hatte. Jeder ihrer Knochen war gebrochen, vom stumpfen Ende einer Axt zertrümmert, jeder Schlag geführt im

Licht ihrer eigenen Kerze, die sie mit zur Tür genommen hatte, um zu sehen, was draußen vor sich ging.

Und hinter ihr ihr Sohn, die Gliedmaßen vom Körper gerissen, die Augenhöhlen dunkel und leer, schützend über dem reglosen Körper seiner Tochter zusammengebrochen. Drei Männer hatten seine Mutter zu Tode geprügelt, nachdem sie hatte mit ansehen müssen, wie ihr Sohn getötet worden war, ihre Enkelin vergewaltigt. Gelacht hatten sie über die linkische Art, wie der Sohn das kleine Beil gehalten hatte, mit dem er sie hatte verteidigen wollen. Drei Männer, die eigentlich zu dem Mann im obersten Stockwerk gewollt hatten, bis die Alte sich geweigert hatte, sie einzulassen. Drei Männer, die ihre Tür eingetreten hatten, geraunt hatten, sie wäre eine Verräterin, sie wären alle Verräter. Zu Boden gestoßen hatten sie den Sohn, hatten ihn auf den Bauch gedreht. Ihm die Hose heruntergezogen. Ihm die Beine gespreizt, die kalten Handschuhe an seinen Schenkeln. Dann hatten sie den Griff einer Streitaxt in ihn hineingeschoben. Wieder und wieder.

Für Schur.

Wie soll ich es euch begreiflich machen?

Das Gefühl, wenn man nichts anderes mehr herbeisehnt als das Ende. Das Ende des Gemetzels.

Wenn man nichts anderes mehr will, als jene zu retten, die man liebt.

Wenn man nichts anderes mehr will, als mit dem nackten Leben davonzukommen.

Doch auch wenn wir es nicht begreifen können, müssen wir es sehen.

Denn so hatte die Furcht Einzug gehalten im Tal. Eiserne Tore und steinerne Mauern konnten die Schatten zurückhalten. Aber sie konnten und würden niemals die Furcht zurückhalten. Früher nicht, jetzt nicht und in Zukunft nicht.

Wie es begreiflich machen?

Die Schreie eines jungen Mannes, der bei lebendigem Leib in Stücke gehackt wird. Des jungen Mannes, der am selben Tag um die Mittagsstunde den Inhalt seines Nachttopfes aus dem Fenster geschüttet und sich mit einem Vagabunden gestritten hatte, den er im Stillen stets bewundert hatte.

Und Joris alte, brüchige Stimme, hilflos schreiend, während er im zweiten Stock an einem offenen Fenster stand – zu hoch zum Springen, und doch, doch, er war bereit dazu, bereit, die Feder an seinem Hut ein letztes Mal hüpfen zu lassen.

Caer in der Scheune, wo Rauch in ihre Lunge drang, ihr die Brust abschnürte, ihr die Augen tränen ließ. Noch immer hallten Bahrs Schreie durch den Dunst, Bahr, deren Haut bereits zu schmelzen drohte und die trotzdem noch das Feuer anbrüllte, gleichzeitig Bellitas mit ihrem Körper abschirmte und die Hand des Wanderers umklammert hielt, an der nun auch die ersten Flammen leckten.

Andrin, endlich bei seinem Quartier angekommen, entdeckte den alten Mann oben am Fenster. Sah ihn und glaubte, sein Herz müsse stehen bleiben.

Caer, gefangen im Rauch, nahm ein silbriges Funkeln wahr, aus dem Augenwinkel nur, fuhr herum und fand trotz allem Qualm den Wanderer. Spürte für einen Moment keine brennende Hitze mehr, als sie den Wanderer, Bahr und Bellitas sah.

Sie tastete nach seiner Hand.

Spürte seine Finger.

Griff zu.

Und noch immer dröhnten all die Geräusche in Caers Ohren.

Wisst ihr, welche Laute Menschen von sich geben, wenn sie im Feuer sterben?

Gesegnet seid ihr, wenn ihr es nicht wisst.

Die Flammen reckten sich nach Jori, fraßen sich in seinen blauen Hut, sein blaues Wams.

Also sprang er.

Er sprang.

Dieser Geruch. Kennt ihr den Geruch von brennendem Fleisch?

Und Andrin, dieser junge Mann, der sich so gar nicht zum Soldaten eignete, fing ihn auf.

Knochen knackten, Knochen brachen, doch er fing ihn auf.

Mit seinen bloßen Händen erstickte Andrin die Flammen auf Joris Körper, und er schrie vor Schmerz.

Schreckliche Laute, schreckliche Schreie, schreckliche Stille danach.

Es endete im Morgengrauen, als die Eisernen Soldaten in die Stadt hinunterritten, nun wieder in Uniform. Sie waren heimlich ins Schloss zurückgekehrt, hatten sich umgezogen und ritten nun durch die Straßen. Sorgten für Ordnung. Traten Türen ein und verhafteten reihenweise Holzfäller, die keine Ahnung hatten, was los war, und trotzdem binnen einer Stunde am Galgen endeten, denn der Eiserne Baron verlangte Recht und Ordnung.

Lurin, der Eiserne Baron, hatte entschieden, dass genug getan war.

Es war genug.

Auch wenn seine Kontrolle nicht ganz so weit reichte, wie er es sich wünschte. Denn im Laufe des Tages wurden noch immer Menschen zu Tode geprügelt, viele sprangen von der Stadtmauer oder aus dem Fenster ihres einst so prächtigen Hauses oder aßen Eisenhut und Buschwindröschen – freiwillig oder nicht, wer konnte das schon sagen. Wer konnte schon sagen, ob sie sprangen oder gestoßen wurden, ob es geschah, weil sie all ihre Lieben verloren hatten und nicht mehr leben wollten, oder ob sie das Leben selbst nicht mehr ertrugen, wenn es ihnen eine solche Fratze zeigte.

Und es konnte auch niemand sagen, was mit Cassian geschehen war.

Am Gittertor des Schlosses hing er, das Gesicht dem Hof zugewandt, ganz ähnlich wie die Stria an den Überresten der Lichtsäule gehangen hatte. Arme und Beine waren gespreizt, Hose und Unterwäsche fehlten. Zu seinen Füßen lag sein Pferd, in mehrere Teile zerhackt. Die Haut des Tieres war vom Schädel abgelöst worden und ruhte nun auf seinem Kopf. Pferdehaut auf seinem Haar, samt Mähne und Ohren.

Mund und Kiefer waren geschwollen, gelbe und blaue Blütenfetzen klebten dort, wo früher einmal seine Lippen gewesen waren. Offenbar hatte man ihn gezwungen, die Blumen zu schlucken. Und sie dann wieder hochzuwürgen. Immer wieder hatte man ihn das Gift essen lassen. Wieder und wieder und wieder.

Wer konnte sagen, wie oft? Wie oft man ihm ein Fünkchen Hoffnung gestattet hatte?

Und als das Gift dann endlich in seinem Körper bleiben durfte, hatte man ihm die Haut aufgeschlitzt – Füße, Schienbeine, Kniesehnen. Ich weiß nicht, wann es geschah. Die Innenseiten seiner Oberschenkel. Vielleicht waren es drei junge Männer mit blutbeschmierten Wangen. Vielleicht hatten sie das Messer geführt, hatten sich langsam und genüsslich vorgearbeitet Richtung Hoden. Und dann – vielleicht weil er sie angefleht hatte, vielleicht auch nur, weil sie seine Erwartungen nicht enttäuschen wollten, vielleicht aber auch völlig ohne Grund – hatten sie ihm die Klinge so oft in den Bauch gerammt, dass die Innereien aus seinem Körper hervorquollen, als die Gefährten ihn schließlich fanden.

Wer kann schon sagen, was ihn letztlich getötet hat?

So nah sitzt ihr nun am Feuer, so dicht zusammengedrängt. Ja, ihr begreift langsam.

Dies ist keine Faser, aus der man Geschichten spinnt.

Dies war ein Pogrom.

Ihr wollt es also wissen?

Wollt wissen, wer überlebte? Wer starb?

Wollt wissen, was aus dem Wanderer und seinen Gefährten wurde?

Dann rückt näher.

Rückt noch näher heran.

Mühsam hielt der Wanderer Mundian gepackt, mühsam mit seiner Rechten. Die Klinge war voller Blut. Schützen sollte dieses Schwert, so hatte er es geschworen. Immer weiter hatte er gekämpft, nachdem sie aus der brennenden Scheune entkommen waren, geführt von der Bardin, die auf die richtigen Geräusche lauschte. Und hinterher war sie an seiner Seite geblieben, hatte die Klänge gebeten, sich für ihn zu verstärken, und er hatte weitergekämpft. Mit der schwachen Hand. Hatte gekämpft, geschlagen, getötet. Hatte sie alle beschützt, mit der Rechten, denn sein linker Arm war schlaff und nutzlos. Kaum ein Fleck an seinem Körper war ohne Prellungen und Schnittwunden geblieben, und Blut, überall war Blut. Doch er hatte mehr davon vergossen als verloren, auch wenn er es hasste, abgrundtief hasste, Blut zu vergießen. Denn es wurde nicht besser dadurch, dass er es zum Schutz seiner Lieben tat. Hatten nicht jene, die er getötet hatte, ebenfalls geliebte Menschen in ihrem Leben gehabt? Was hatte sie denn auf die Idee gebracht, dass sie diesen Angriff führen mussten? Hatte man ihnen nicht erzählt, es diene lediglich ihrer Verteidigung, dem Schutz dessen, was ihnen am Herzen lag?

Weyds Hände verkrampften sich. Er kniete im Schlosshof, bewachte Cassians Leichnam und wischte mit einem Lumpen sein Schwert ab. Wischte das Blut der Frauen, Männer und Tiere von der Klinge, die er abgeschlachtet hatte. Angetrocknet war es, klebrig und dunkel wie die Nacht. Doch das war nichts gegen die Finsternis in seiner Brust.

Er sah aus, als wollte er sich das Schwert in die Brust stoßen.

Was hatte diese Klinge vollbracht?

Eben das, was ein Schwert vollbringen konnte. Was jedes Schwert vollbringen konnte: hauen, stechen, töten. Es hatte vollbracht, wozu es erschaffen worden war.

Reglos starrte er sein Schwert an.

Dann schleuderte er es von sich. Scheppernd schlug Mundian auf dem Boden auf, weit außerhalb seiner Reichweite. Weyds Blick war leer, die Finger im Schoß zu Klauen gekrümmt. Und der Geruch … Er roch nichts anderes mehr als Rauch, faulendes Fleisch und altes Blut.

Ein Schatten fiel auf den Wanderer.

Dann setzte sich Ealdre neben ihn.

Der Heiler trug einen Verband am Hals, der aussah, als wäre er aus seinem goldenen Mantel herausgeschnitten worden. Das Sprechen fiel ihm schwer. Sein altersloses Gesicht war durch abgrundtiefe Erschöpfung gezeichnet, sein silbernes Haar war nun grau, seine Hände wund, blutverschmiert und verbrannt.

Die ganze Nacht, den ganzen Vormittag, den ganzen Tag
hatte er um das Leben gerungen.

Hatte um jede einzelne Seele gekämpft.

Weyds Arm hatte er behandelt, Joris Knochenbrüche, Caers verpestete Lunge, Bahrs und Bellitas' Verbrennungen. Hatte Männer und Frauen mit den richtigen Worten vom Sprung abgehalten, hatte Brüche geschient und Wunden verbunden, geschlagen von Äxten und Schwertern.

Wo er doch eigentlich hätte tot sein müssen, ausgeblutet von der Wunde, die Tur in seine Kehle gerissen hatte. Und doch hatte er um jede einzelne Seele gekämpft.

Weyds Finger krallten sich in seinen Schoß. Er zitterte am ganzen Körper. Am liebsten hätte er seinen Kopf an der Schulter ausgeruht, die er so dicht neben sich spürte. »Warum wir?«, fragte Weyd ihn nun kaum hörbar. »Warum haben ausgerechnet wir überlebt?«

»Es gibt kein Warum«, antwortete der Heiler. Seine Stimme klang rau. »Ihr lebt. Ihr lebt, und ich bin froh darum.«

Der Wanderer sah sich im Hof um. Musterte Cassians Leiche.

Erinnerungen drangen auf ihn ein. Erinnerungen an die Konfrontation an der Poststation, an Cassians gequälte Miene, da er genau gewusst hatte, was ihm bevorstand. Erinnerungen an Andrins flehende Bitte, Jori bei sich aufnehmen zu dürfen, der der Hauptmann schließlich nachgekommen war. Erinnerungen an das Gefühl von Cassians Hand in seinem Nacken, an sein Lächeln. An diesen einen Satz.

Aber es könnte mir gefallen.

All diese Gedanken an Cassian suchten ihn heim, an seine Worte, an diese kurze Berührung, *es könnte mir gefallen.* Und wo war er jetzt? Er konnte doch nicht einfach verschwunden sein. Das alles war erst vor ein paar Stunden passiert. Nur wenige Stunden zuvor hatte Weyd ihn noch berührt. Hatte Cassian den Wanderer berührt. Vor wenigen Stunden erst hatten sie gemeinsam hier gestanden, und wo war er nun? Wo waren die alte Frau, ihr Sohn, seine Tochter? Wo war der Mann mit dem Nachttopf? Wo waren sie alle?

Sie hätten eine Zukunft haben sollen.

Der Wanderer weinte. Krümmte sich vor Trauer. Lautlos. Still und lautlos weinte er.

Und vorn am Gittertor stand Caer, stand mit Jelscha bei Cassians sterblichen Überresten, und sah zu, wie der Wanderer innerlich zerbrach. Der Wanderer, der in Dunkelheit und Stille gekämpft hatte, mit seinem schwachen Arm, der an ihrer Seite gekämpft hatte.

So schwer war ihr Herz, als sie zusah, wie der Heiler den Wanderer an sich zog. Sie hatte den Heiler bei der Arbeit gesehen. Hatte seinen unermüdlichen Kampf um jedes einzelne Leben beobachtet. Hatte seine Hände betrachtet, die Leben retteten, anstatt sie zu beenden, so ganz anders als Weyd und sie, die nichts zu bieten hatten außer Waffen, die nichts brachten außer dem Tod. Hatte gesehen, wie er Verbrennungen heilte, Knochen richtete, verlorene Seelen zurück ins Leben holte.

Die Bardin und der Wanderer waren dabei gewesen, als Ealdre mit einem jungen Mädchen sprach, das oben auf dem Wehrgang stand, sich in die Tiefe stürzen wollte. Einem jungen Mädchen, das mit angesehen hatte, wie sein Vater erst vergewaltigt und dann von drei Äxten zu Tode geprügelt worden waren. Das selbst nur überlebt hatte, weil man es für tot gehalten hatte, reglos unter dem toten Körper des Vaters begraben. So rau war seine Stimme gewesen, als er mit ihr sprach, jedes Wort presste er unter Schmerzen hervor. Und doch hatten seine Worte sie von der Mauer heruntergeholt, so sanft, so ruhig, so beharrlich.

Wie gebannt starrte Caer den Heiler an, den Heiler und den Wanderer. Beobachtete, wie Ealdres wunde, verbrannte, blutige Hände Weyd an seine Schulter zogen. Wie

Tränen aus Weyds leeren Augen quollen, wie sie über seine Wangen liefen, über seinen Hals.

Reglos sah sie zu den beiden hinüber.

Reglos beobachtete sie den Heiler und den Wanderer.

War so gebannt von ihrem Anblick, dass sie nicht bemerkte, wie Lurin, der Eiserne Baron, in den Burghof hinaustrat. Nicht bemerkte, wie er zu ihr kam.

Es nicht bemerkte, bis er dicht neben ihr stand. Viel zu dicht.

»Ich bedauere aufrichtig euren Verlust«, sagte er leise. »Ich wünschte, es hätte einen anderen Weg gegeben, um meiner Pflicht nachzukommen.« Dann legte er ein weißes Band in ihre blutverschmierte Hand. Es war mit Edelsteinen besetzt. »Von Rechts wegen müsste ich dich töten, denn du hast gesungen, und du und deine Freunde haben in den Unterkünften Feuer gelegt; viele unschuldige Tiere sind dadurch verbrannt. Doch ich werde dir verzeihen«, flüsterte er. Furcht wütete in seinem Inneren, eine Furcht, die er nicht benennen konnte, eine Furcht, die er da nicht haben wollte. Er hatte die Kontrolle. »Ich werde dich beschützen, Caer. Dich und deine Freunde, wenn du sie denn unbedingt bei dir haben musst. Wenn du zurückkommst, wenn du Licht und Lärm entsagst, wenn du nach meinen Gesetzen lebst, kann ich dich beschützen.«

Und dann sah er Ealdre. Einen Moment lang verzerrte sich sein Gesicht vor Überraschung, und die Furcht schnürte ihm die Luft ab. Denn er wusste, dass dieser Mann eigentlich tot sein musste.

Es sei denn, der Heiler war kein sterblicher Mensch.

»Bring mir seinen Mantel«, befahl Lurin, als er sich wieder Caer zuwandte. Die Tentakel der Furcht liebkosten sein Herz, und er wagte es nicht, selbst zu dem Heiler zu gehen und ihm den Mantel vom Rücken zu reißen. »Bring mir seinen Mantel und kehre zu mir zurück, *sora*. Bring mir den Mantel, der eines großen Feldherren würdig ist, im hundertsten Jahr nach unserem großen Krieg, und du wirst leben und meine Baroness werden.«

Caer blieb stumm, denn es waren keine Worte mehr in ihr.

Und Lurin ging, ging, ohne dem Heiler seinen Mantel zu entreißen, denn die Furcht umgarnte noch immer sein Herz. Würgend und gegen den Gestank ankämpfend, ging er durch die Straßen der Stadt, um sich den Schaden anzusehen. Um die Güter einzusammeln, die von den Entwurzelten mitgebracht und nun für sie zurückgelassen worden waren. Um sich die Holzfäller anzusehen, die verwirrt blinzelnd die Straße hinaufstolperten, stumm, verängstigt, ohne zu begreifen, was mit ihnen geschah. Denn sie waren es doch nicht gewesen, und doch baumelten so viele von ihnen bereits am Galgen.

Und Jori stand in der hintersten Scheune, wo all die Tiere verbrannt waren, denen er Schutz versprochen hatte. Sein Arm und sein Handgelenk waren gebrochen, wurden von einer Schlinge gehalten. Bahr stand an seiner Seite, ebenso wie Andrin. Und auch Bellitas war bei ihnen, starrte zitternd in die Asche, kauerte sich in seiner Trauer zusammen, hob den Blick nicht länger zum Himmel. Jori beugte sich zu ihm hinunter, und der Fuchs drückte seinen Kopf gegen die Brust des Alten. Dann sprach Bellitas zu ihm. Erklärte ihm, dass Menschen lange lebten, Füchse aber nicht. Dass sein Leben kurz sei, wie Joris lang gewesen sei, dass viele Tiere nicht einen friedvollen Tag in ihrem Leben hatten und dass er nicht auf diese Weise enden wolle. Dass er sich zurück an seinen warmen Kamin wünschte, wo die Beeren so süß schmeckten, die Lieder so kostbar waren. Dass er wünschte, das Blutvergießen fände ein Ende, dass die Leuchtfeuer wieder brennen sollten, wenn dann die Furcht nicht länger das Land durchstreifte und die Menschen nicht länger all die Tiere abschlachteten, die doch in denselben Wäldern, Bergen und Städten lebten wie sie. Dass er wünschte, es gäbe noch Höhlen, durch die man dieses Tal verlassen könnte, Höhlen, die allen offen standen, Tieren wie Menschen.

Und Jori war so alt, dass er sich noch an die Zeit erinnerte, als erst die neunte, dann die zehnte und schließlich die elfte Höhle mit ihren Tunneln einstürzte. Er erinnerte sich auch an den Aufstand der Singenden, und daran, wie hilflos er sich immer gefühlt hatte. Wie er sich stets eingeredet hatte, dass sich doch eigentlich nicht viel geändert habe. Schließlich war das mit der neunten Höhle ein Unfall gewesen, eine schlimme Folge des Alters. Und als die zehnte Höhle geschlossen wurde? Nun ja, sie war in einem katastrophalen Zustand, halb verschüttet. Die elfte? Tja, bei der neunten und zehnten hatte man ja gesehen, was passieren würde, nicht wahr?

Und auch wenn er immer gewusst hatte, dass er die Tunnel schützen wollte, die Wege, die Lichtsäulen, die Tiere, seine Gefährten, so hatte er doch nie gewusst, wie er das anstellen sollte. Hatte geglaubt, er könne nichts tun.

Also war er stumm geblieben.

Nun gab es etwas, das er tun konnte. Um das Blutvergießen zu beenden. Um endlich alles Blutvergießen zu beenden.

Etwas, das er schon vor langer Zeit hätte tun sollen.

Er hätte seine Stimme erheben sollen.

Und so sprach er es aus, sagte zu Andrin, zu Bahr und zu Bellitas, dessen blutverschmiertes weißes Fell über seine Füße strich: »Wir müssen die Leuchtfeuer entzünden.«

Und Jori drehte sich um und humpelte mit ihnen hinauf zum Schloss, hinauf zu der uneinnehmbaren Festung. Ging zu Caer und Jelscha, die so still vorn am Tor standen. Bedeutete ihnen, mit ihm zu kommen. Ging hinüber zum Wanderer, legte dem Jüngeren sanft die Hand ans Kinn und zwang ihn, ihm ins Gesicht zu sehen. Und dann sagte er es noch einmal: »Wir müssen die Leuchtfeuer entzünden. Wir müssen dem Blutvergießen ein Ende bereiten.«

Weyd wollte seinem Blick ausweichen.

»Wanderer.«

Unnachgiebig sah Jori Weyd in die Augen. »Wir müssen die Türme des Lichts finden.«

7

Kampf oder Flucht

Der Wanderer sagte nichts.

Und Caer hielt noch immer das Band in ihrer Hand.

Still stand sie da, stellte sich vor, wie sie Mundian vom Boden aufhob. Wie sie Lurin hinunter in die Stadt folgte. Wie sie ihn tötete. Ihm sämtliche Glieder abhackte. Ihm die Eingeweide aus dem Bauch riss. Sie aus ihm herausquellen ließ, damit alle sie sahen.

Aber was würde das nützen?

Die Feuer. Die Feuer würden alles verändern. Seine Stimme zu erheben würde alles verändern. Laut zu singen würde alles verändern.

Also hob Caer die Bardin den Kopf und sagte: »Ja.«

Dann noch einmal, lauter diesmal: »Ja. Ja, das sollten wir tun.«

Und Jelscha kam zu ihr, stellte sich dicht neben sie. Sie sah ihren Bruder an, der stumm nickte.

Blass war er, sein Gesicht verklebt von Ruß und Blut. Und dann drehte sie sich zu dem toten Cassian um. »Wir kommen mit euch.« *Für die Dohlen in den Bergen, für gefallene Sterne und für alles, was schön ist*, dachte sie.

Andrin wischte sich die Tränen von den Wangen, auch wenn bereits neue in seinen Augen glänzten. »Jawohl«, sagte er rau, als hätte er ihre Gedanken vernommen. »Dohlen und Sterne und alles, was schön ist.«

Und auch Bahr nickte, die sich an den Brunnen gesetzt hatte und in das Wasser hinunterblickte, das tiefe, dunkle, süße Wasser. Dort konnte sich kein Feuer entzünden, dort konnte kein Feuer das Fleisch verzehren. Nicht in dem tiefen, dunklen Wasser.

Das Meer hatte sie schon seit vielen Jahren nicht mehr gesehen. Das Meer, auf dem sie nie nach den Sternen hatten navigieren können, denn die Nächte waren finster.

Hätte es Sterne gegeben, hätten sie kein Feuer gebraucht. »Ja«, sagte sie. »Lass uns gehen.«

Bellitas lief zu Jori und dem Wanderer hinüber. Der alte Mann lächelte, als er die Laute des Fuchses übersetzte: »Belle wird uns ebenfalls begleiten.«

»So wie ich.« Noch immer war Ealdres Stimme angegriffen. »Wenn ihr mich mitnehmt. Wenn du mich lässt, werde ich dich begleiten, Wanderer.«

Alle sahen ihn an. Den Wanderer, der still sein Gesicht in den Händen vergrub. Seine Schultern bebten.

Also sprang Caer für ihn ein. »Es wäre ein Segen für uns, dich bei uns zu haben, Ealdre der Heiler«, erklärte sie mit erhobener Stimme. »Dasselbe gilt für euch, Jelscha und Andrin.« Sie sah die drei einen Moment lang an, dann fuhr sie fort: »Willkommen bei unserer bunten Schar, die gemeinsam allen Gefahren trotzt, manchmal sogar dem eigenen Wahn. Willkommen unter den Entwurzelten, die

die Leuchtfeuer neu entzünden werden. Willkommen, ihr neuen Gefährten von Weyd dem Wanderer.«

Dann stemmte Bellitas beide Vorderpfoten auf die Knie des Wanderers und drückte seinen Kopf gegen seinen Brustkorb. Wieder stieß er Fuchslaute aus.

»Er fragt, was du brauchst, mein Junge«, übersetzte Jori leise. »Was brauchst du?«

Langsam hob Weyd den Kopf. Musterte kurz Ealdres Schulter und blickte dann zu Boden. »Gebraucht zu werden«, sagte er. Die Tränen hatten seine Stimme kratzig werden lassen.

Caer nickte und nahm das Heft in die Hand, denn nun konnte sie nicht mehr still sein: »Das wirst du, Wanderer, jetzt ganz besonders. Wir müssen aus diesem Tal raus, so schnell wie möglich. Wohin können wir gehen, und welcher Weg führt uns dorthin?«

Weyd schloss die Augen. Atmete tief ein. Atmete aus. Spürte, wie seine Brust verkrampfte. Dumpfe Furcht brodelte in seinem Bauch, helle Panik gellte in seinem Kopf. Denn es gab keinen Weg aus diesem Tal.

Denn der Weg, den sie einschlagen wollten, beschritt man mit dem Tod an seiner Seite.

Plötzlich spürte er eine Hand im Genick. Papierdünne Haut, steife Finger, es musste Joris sein. Sanft massierte der alte Mann die verkrampften Muskeln. Dann landete etwas Warmes, Weiches in seinem Schoß. Bellitas. Er spürte, wie der Fuchs zu schnurren begann, und das sanfte Beben drang bis in die Brust des Wanderers vor.

Und dann konnte Weyd es riechen: Wärme, Kaminfeuer und Herbst.

Er schlug die Augen auf.

Ealdre streckte ihm etwas entgegen.

Eine Kastanie. Eine frisch geschälte Kastanie, sorgfältig geröstet. Mit den Zähnen brach der Heiler die nächste Kastanie auf, dann sagte er: »Iss.«

Beinahe reflexartig wollte der Wanderer ablehnen, wollte darauf bestehen, dass Bahr die erste bekam, oder Jori, oder Andrin.

Bis Bahr von ihrem Platz am Brunnen herüberrief: »Jetzt nimm schon die verdammte Kastanie, Weyd.«

Also nahm er sie. Süß war sie, süß und würzig und weich. Sie schmeckte nach Herbstnachmittagen hinter der Poststation, an denen Jori und Weyd die Kastanien sammelten, während Caer das Brot aus Briva besang oder die Knabberstangen aus Klawppeda oder marinierte, saftige Hähnchenschenkel aus Cvarios, und Bahr gleich das Feuer entzündete, denn Bellitas konnte es nicht abwarten und hechelte vor Gier. Erst jetzt wurde dem Wanderer klar, wie hungrig er eigentlich war.

Also aß er auch die nächste Kastanie, und die nächste. Dabei vergrub er die Hand in Bellitas' weichem Fell und streichelte ihn sanft. Schloss die Augen und genoss Joris Massage, während er immer weiter aß.

Dann drückte jemand ein weiches Tuch gegen seine gesunde Hand. »Darf ich?«

Ealdre.

Der Heiler wusch seine Haut ab, und der Wanderer lehnte sich mit geschlossenen Augen zurück, ließ alles zu – Essen, Trinken, die sanfte Berührung. Und während Furcht und Panik verschwanden, während der Druck auf seiner Brust nachließ, hörte er die Stimme, die ihm auf der Welt am liebsten war, denn Caer stand noch immer unverrückbar bei ihm, und nun verkündete sie: »Es gibt etwas, das ich euch jetzt schon sagen kann, bevor wir uns auf die Straßen, Wege und Pfade begeben, die uns aus diesem Tal herausführen werden. Weyd und ich haben etwas gefunden, das uns schützen kann. Das Lied der Nacht. Es hat funktioniert.«

Und sie berichtete von ihrem Gesang und dem Rückzug der Schatten.

Sie wussten nicht wie weit und wie lange.

Aber nun hatten sie einen Schutz.

Und dann sang sie es ihnen vor.

Als der letzte Ton verklang, wandte sie sich an den Wanderer. »Bevor wir nach Colmstat kamen, habe ich vorgeschlagen, in die Blaue Stadt Briva zu gehen. Nun, da wir wissen, dass das Lied uns schützen wird, können wir die Reise wagen.«

Weyd sah zu ihr hoch. Als er ihr antwortete, klang seine Stimme rau, gewann aber mit jedem Wort an Kraft: »Dort lebt meine Schwester, die uns alle herzlich empfangen würde. Die Mauern von Briva sind hoch, doch die Tore der Stadt stehen jedem offen, der in Not ist.«

»Könnten wir uns von dort aus auf die Reise zu den Türmen begeben?«, fragte Jori.

Weyd nickte. »Es würde uns zwar weiter wegführen vom Weißen im Südlichen Ozean, dafür aber näher hin zum Grauen Turm im Norden. Außerdem sind die Straßen dort frei und offen, denn als ich das letzte Mal dort war, gab es viele Meilen weit keinen Baron oder König, der sie geschlossen hätte. Über sie kämen wir zur Wegscheide von Lieht. Die Menschen, die dort leben, nennen den Ort Lieht, in den Liedern besingt man ihn als Lewkraitaz, den

Kreis des Lichts, angeblich führt jede seiner Straßen hin zu einem der alten Türme. Dort gibt es eine Karte.« Er unterbrach sich kurz. »In Briva gibt es eine Karte, die uralt und zugleich ohne Alter ist. Die werden wir brauchen, wenn wir uns tatsächlich auf die Reise machen wollen zu Weiß, zu Schwarz und zu Grau, dessen Standort niemand mehr kennt.«

»Aber wie kommen wir nach Briva?«, fragte Bahr schroff. »Wie sollen wir aus diesem verfluchten Tal raus und nach Norden kommen?«

»Man erzählt sich, du könntest den Pass auch im Winter überwinden«, schaltete sich Andrin zögernd ein. Seine Stimme war voller Bewunderung.

Der Wanderer antwortete dem jungen Mann ganz offen: »Es stimmt, ich kann den Pass auch im Winter beschreiten. Aber ich kann euch nicht hinüberführen, der Weg ist tückisch. Schon allein ist es schwierig, sich dort oben zurechtzufinden, und ihr würdet es nicht überleben, würdet ein Opfer der Kälte werden, allein und verlassen im tiefen Schnee.«

»Ist das die einzige Möglichkeit?«, fragte Caer.

»Der letzte Tunnel wurde geschlossen«, erklärte Jelscha grimmig. »Da kommen wir niemals durch. Ich habe dort schon Wachdienst geschoben, und der Tunneleingang ist so schmal, dass ein Mann ihn mühelos gegen fünfzig Angreifer verteidigen kann. Außerdem sind dort Bogenschützen, Armbrustschützen und Schlimmeres postiert. Nicht einmal unsere Schreie würde man hören.«

Caer nickte. »Ist der Pass die einzige Möglichkeit, Weyd? Wenn es jemand weiß, dann du.«

Seine Hand auf Bellitas' Rücken hielt kurz inne, als er

ihr ins Gesicht sah. »Der Pass im Norden und der Tunnel im Süden«, bestätigte er. »Wäre jetzt Frühling und die Veta wieder frei, könnten wir es mit einem Floß oder einem Boot über den Fluss versuchen. Die Veta war einst eine der großen Wasserstraßen des Kontinents, auf der Menschen, Waren und Geschichten transportiert wurden, tags wie nachts.«

»Wir können aber nicht bis zum Frühling warten«, gab Caer zu bedenken.

»Das Eis ist nicht mehr sehr dick«, meinte Jelscha. »Das haben wir doch gesehen, als wir nach Festra geritten sind.«

»Aber wir können es nicht mit Gewalt aufbrechen«, wandte Bahr ein. »Auf der *Mapamba* hatten wir mal eine Erste Offizierin, die die Sprache des Wassers beherrschte. Einmal steckten wir in einer zugefrorenen Flussmündung fest, und sie hat das Wasser dazu überredet, das Eis zu sprengen. Etwas Beeindruckenderes habe ich selten gesehen. Aber seitdem habe ich nie wieder jemanden getroffen, der die Sprache des Wassers konnte. Die ist quasi unmöglich zu lernen.«

Neugierig fragte Caer: »Ich bin überhaupt noch nie jemandem begegnet, der die Sprache des Wassers konnte! Wie klingt sie?«

Achselzuckend meinte Bahr: »Eigentlich wie Gesang.«

»Es ist extrem selten, dass Menschen sie beherrschen«, bestätigte auch Weyd.

Andrin räusperte sich.

Jori holte tief Luft und fasste zusammen: »Das klingt so, als bliebe uns keine andere Wahl, als es über den Pass zu versuchen. Ich wäre bereit dazu, Kinder. Selbst wenn es zu meiner letzten Reise werden sollte: Lieber versuche ich mein Glück auf dem Pass, als auch nur eine Nacht länger in dieser Stadt zu verbringen.«

Andrin räusperte sich.

»Mir gefällt das nicht.« Grimmig schaute Bahr zu Jori hinüber. »Kein bisschen gefällt mir das, alter Junge. Viel zu gefährlich für dich.«

Wieder ein Räuspern von Andrin.

Aufmerksam wandte Ealdre sich ihm zu. »Benötigst du meine Dienste als Heiler, Andrin aus Festra?«

»Äh … nein.« Der junge Mann war so rot geworden wie die Maulbeeren in den Bergen. Jelscha rammte ihm den Ellbogen in die Rippen. »Nein, ich dachte nur, ich sollte euch sagen …«

Er schluckte. Dann fuhr er zu seiner Schwester herum. »Nein, Jelscha, das finde ich nicht gut. Ich kann doch nur ein bisschen, und ich habe mich nie an etwas Größerem als einer Pfütze versucht, und …«

»Spuck's schon aus, Brüderlein«, knurrte Jelscha. »Wenn du es ihnen nicht sagst, übernehme ich das.«

Wieder schluckte er krampfhaft. Schweißperlen glänzten auf seiner Stirn.

»Bitte, Andrin«, sprach Caer ihm Mut zu.

»Na ja …« Er wischte sich nervös die Stirn. »Nein, ich bin nicht … Na ja, ich sollte es euch wohl sagen. Nein, ich muss. Ja, ich muss es euch sagen.«

Sprach er und schwieg.

»Mein lieber Junge!«, platzte es aus Jori heraus. Der Alte stand sogar auf, stützte sich mit seinem gesunden Arm ab. »Versuchst du etwa, uns mitzuteilen, dass du die Sprache des Wassers beherrschst?«

»Beherrschen kann man das nicht nennen«, wiegelte

Andrin hastig ab. »Ein bisschen kann ich sie. Aber ich spreche sie nicht fließend.«

Jelscha schnaubte nur.

»Okay, ich bin halbwegs gut.«

»Du hast es regnen lassen«, spottete Jelscha. »Und nicht nur ein Mal!«

»Na ja. Ja«, gab Andrin zu. Inzwischen hatte sich die gesamte Gruppe dem jungen Mann zugewandt und sah ihn erwartungsvoll an.

»Oh, bitte, schaut mich nicht so an. Seht ihr, genau das ist das Problem. Jetzt setzt ihr all eure Hoffnung in mich, dann werde ich euch enttäuschen, wir werden alle da draußen auf dem Eis sterben, und das ist dann meine Schuld. Ich habe schon mal versucht, das Wasser dazu zu bringen, dass es das Eis aufbricht, und es hat nicht auf mich gehört.«

»Das Eis war damals dicker«, betonte Jelscha. Neben der für sie typischen Strenge und dem Schmerz spiegelte sich nun eindeutig auch Stolz auf ihren Bruder in ihren Augen.

»Manchmal klappt es, manchmal nicht.« Bahr musterte den jungen Mann abschätzend. »So ist es eben. Das heißt aber nicht, dass du es diesmal wieder nicht hinkriegst.«

»Es verweigert sich mir ebenso oft wie es gehorcht«, protestierte Andrin.

»Weil es seinen eigenen Willen hat«, nickte Weyd. »Du bist nicht sein Herr, Andin. Das erwartet auch niemand von dir. Du bist sein Freund. Eine Art Bittsteller. Wir wissen, dass du uns keine Garantien geben kannst. Wer kann das schon? Es ist keine Magie, kein Gebet zu einer höheren Macht. Es ist nur ein Gespräch.« Seine grauen Augen fixierten Andrins blaue. »Aber würdest du es versuchen?«

Der junge Mann zitterte.

Dann sackte er in sich zusammen. »Na gut«, seufzte er. »Gut, ich werde es versuchen.«

Jelscha grinste, Bahr rieb sich tatkräftig die Hände und Jori riss begeistert seinen gesunden Arm in die Höhe. »Hervorragend!«

»In der Tat«, sagte Ealdre ruhig, »das ist hervorragend. Dürfte ich allerdings eine Frage stellen: Besitzt einer von euch ein Boot oder Floß?«

Stille breitete sich aus.

»Bei allen Flauten«, schimpfte Bahr. »Natürlich nicht, wir sind Entwurzelte. Wie sieht es bei euch Eisernen aus?«

Jelscha hob frustriert die Hände. »Mich braucht ihr nicht anzusehen. Keinerlei Boote verfügbar.«

»Wir könnten eines bauen«, schlug Andrin vor. »Ein Floß zumindest?«

»Nicht innerhalb eines Tages«, wandte Bahr ein. »Das ist schwierig, das muss man können. Allein schon, das Holz richtig zu schlagen … Nein, das ist nicht so einfach, wie du denkst. Vielleicht könnten wir eins suchen? Es irgendwo stehlen? Selbst in diesem beschissenen Tal muss es doch irgendwo noch Boote geben …«

An dieser Stelle hörten sie wieder ein Räuspern.

Geschlossen drehte sich die Gruppe zum Gittertor um.

An dem eine Frau stand.

Caer erkannte sie sofort.

Es war die Holzfällerin.

Die Holzfällerin, die am ersten Abend gefordert hatte, die Gefährten in den Kerker zu werfen.

Und sie war nicht allein. Sie hatte Freunde mitgebracht. Freunde mit Äxten.

Alle außer Ealdre und Weyd sprangen auf. Caer griff zum Bogen und holte drei Pfeile aus ihrem Köcher. Einen legte sie an die Sehne.

Doch die Holzfällerin hob beschwichtigend die Hände.

Angespannt wirkte sie, ihre Augen waren weit aufgerissen und ihre Hände zitterten. »Nein, bitte, Bardin. Ich bin … Bitte.«

Caer ließ die Sehne locker, hielt den Bogen aber schussbereit.

Jelscha stellte sich neben sie und zog ihren Pallasch. »Verschwindet«, fauchte sie.

Flehend sah die Holzfällerin sie an. »Wir waren das nicht.« Ihre Stimme verriet, dass sie glaubte, den Verstand zu verlieren. »Ihr müsst mir glauben. Wir waren das nicht. Wir hätten nie … Ich hätte nie … Das war nicht das, was …«

Sie biss sich so fest auf die Unterlippe, dass Blut floss.

»Caer«, sagte Weyd leise. Die Bardin drehte sich zum Wanderer um. »Sie sagt die Wahrheit. Diese Angreifer waren ausgebildete Soldaten. Sie wussten genau, wie man ein Beil als Waffe einsetzt. Sie wussten, wie man tötet.«

Zähneknirschend ließ Caer den Bogen sinken.

»Es stimmt«, meldete sich Ealdre leise zu Wort. »Es war euer Baron, Holzfällerin. Ich war selbst dabei, als er seinen Soldaten befahl, in eurer typischen Kleidung in die Stadt hinunterzugehen und dort zu morden.«

»Das würde er nicht tun«, wehrte ihre Anführerin ab.

»Für mich klingt das sehr wohl wie etwas, das er tun würde«, widersprach eine ihrer Kameradinnen, die weiter hinten stand. Nun trat die ältere Frau vor. Grimmig sah sie aus, kräftig gebaut, mit Haaren, die ihr sogar geflochten bis zur Hüfte reichten. »Klingt absolut so. Der hat es doch so mit den Entwurzelten, redet ständig darüber, dass sie uns die Arbeit wegnehmen, während er uns erst Arbeit gibt. Damit wir unsere Arbeit für Schur leisten. Und jetzt hat er uns reihenweise aufgeknüpft – jetzt, wo er uns nicht mehr braucht. Jetzt, wo wir genügend Holz rangeschafft haben und ihm gebaut haben, was er wollte.«

Die Anführerin drehte sich zu ihr um: »Es ist gefährlich, so über den Baron zu sprechen.«

Achselzuckend erwiderte die alte Holzfällerin: »Bäume fällen ist auch gefährlich. Das ganze Leben ist gefährlich. Alles ist gefährlich. Schon hier zu sein und arm zu sein ist gefährlich.«

»Und ihr habt das zugelassen?«, empörte sich Caer. »Ihr wollt nichts unternehmen gegen einen solchen Baron?«

»Caer«, rief Weyd sie leise zur Ordnung. Die alte Holzfällerin zuckte abermals mit den Schultern. »Was können wir schon groß tun?«

»Ohne den Kopf abgeschlagen zu bekommen wie die Bäume, die wir fällen sollen?«, fügte die Anführerin hinzu.

»Zündet ein Licht an«, erwiderte Caer. »Singt ein Lied.«

»Du hast leicht reden«, meinte die alte Holzfällerin. »Ihr hockt da draußen in eurer Poststation, seid von niemandem abhängig. Müsst keine Rücksichten nehmen, egal ob es um euer Essen geht, um eure Sicherheit, um Geld. Außerdem ist der Baron so scharf auf dich, dass er eher drei Mägde gleichzeitig vergewaltigt, als dass er dir auch nur ein Haar krümmt. Du hast große Ähnlichkeit mit seiner Schwester, weißt du? Ich kann mich noch gut an sie erinnern. Bei uns sieht das anders aus. Uns würde so was den Kopf kosten.«

Darauf hatte Caer keine Antwort.

Doch, sie hätte eine Antwort gehabt – für Lurin, den Eisernen Baron. Und keine besonders freundliche.

»Meine Damen!« Jori trat vor. Eine Spur des alten Funkelns kehrte in seine Augen zurück. »Herrinnen des Holzes! Meine Herrinnen und Herren der Scheite! Ihr fragt, was ihr tun könnt?«

Nachdem er Caer kurz zugezwinkert hatte, wandte er sich ganz den Holzfällern zu. »Nun ja, ich hätte da eine Idee, wie ihr einen großen Beitrag leisten könnt.«

Und so schlug Jori, alt wie die Sterne, ohne Feder am Hut oder Hut auf dem Kopf, den Holzfällern vor, dass sie ihnen ein Floß bauen sollten. »Falls so etwas in nur einem Tag überhaupt machbar ist«, fügte er hinzu. »Und falls Holzfäller wie ihr überhaupt ein Floß bauen können, das nicht sofort absäuft.«

Empört nahm die Anführerin die Schultern zurück und baute sich drohend vor dem Alten auf. »Sticheleien ziehen bei uns nicht, alter Mann.«

Jori schluckte nervös. »Na ja, einen Versuch war es wert«, fand er und trat eilig den Rückzug an.

Nun wandte sich die Anführerin wieder Caer zu. Musterte sie abschätzend. Schließlich sagte sie: »Man könnte sagen, dass ich dir etwas schuldig bin, Bardin.«

»Oh ja! Ja, das könnte man allerdings sagen!« Jori blieb stehen und nickte bekräftigend.

»Klappe halten, alter Junge.« Bahr hatte sich neben ihn gestellt, nur für den Fall, dass sie ihn gegen einen Angriff abschirmen musste.

Die Anführerin nickte. Dann fuhr sie mit fester Stimme fort: »Und ich begleiche meine Schulden. Immer.«

An ihre Freunde gewandt, fragte sie: »Was meint ihr? Sollen wir diesen Narren ein Floß bauen?«

Und so hatte Jori ganz ohne Feder am Hut oder Hut auf dem Kopf die Holzfäller dazu überredet, ihnen ein Floß zu bauen. Sie würden es direkt draußen an der Grenze errichten, bei den alten Anlegestegen von Avastat, da es widersinnig wäre, es erst in die Stadt zu schleppen, wenn es dort genügend Bäume gab. Als der Wanderer anmerkte, dass ein Tag vielleicht nicht ausreichen würde, schnaubte die Holzfällerin. »Ihr habt keinen blassen Schimmer von Holz«, sagte sie. »Überlasst das uns. Wir haben in den letzten Jahren kaum etwas anderes gebaut als Flöße und Boote und Fahnenstangen.«

»Dann wollen wir euch aber zumindest bezahlen.« Doch auch diesen Vorschlag lehnte sie ab.

»Ich begleiche damit eine Schuld, Vagabund! Wenn du mich dafür bezahlst, wäre ich ihr doch immer noch etwas schuldig, oder? Außerdem …« Sie warf ihnen allen einen finsteren Blick zu. »… verschwindet ihr dann endlich von unserem Land und aus unserem Tal.«

Und so machten sich die Holzfäller an die Arbeit.

Und so sah Jori seine Gefährten wieder mit dem alten Schalk im Blick an.

Und so kam Weyd endlich wieder auf die Füße, hob Mundian vom Boden auf und schob das Schwert zurück in die Scheide.

Sie würden einen Weg finden.

Er würde einen Weg finden.

Er war ein Wanderer. Wanderer fanden immer einen Weg.

»Wir sollten so bald wie möglich aufbrechen und dem Grauen Pfad durch die Sorteid-Klamm folgen.« Unwillkürlich berührte er die Brosche an seiner Brust. »So kommen wir an die Grenze und zu den Bootsstegen in den Ruinen von Avastat. Falls wir es schaffen, uns hier unbemerkt rauszuschleichen.«

»Bei Sonnenuntergang steht immer nur eine Wache am Tor«, berichtete Jelscha. »Die anderen machen eine letzte Runde oben auf dem Wehrgang, bevor das Tor geschlossen wird.«

»Dann ist das der beste Zeitpunkt für uns.« Weyd sah kurz zum Himmel hinauf. »Uns bleiben also nur wenige Stunden. Packt eure Sachen – nur das Nötigste, und so, dass es niemandem auffällt. Wir sollten auch so wenige Pferde mitnehmen wie möglich, denn wir werden sie mit auf das Floß nehmen müssen. Wenn wir sie nach Anbruch der Dunkelheit freilassen, werden sie den Schatten zum Opfer fallen. Zwei Reiter pro Tier. Raud und Demar reichen für uns vier.«

»Ich werde Blíkna holen«, beschloss Ealdre und fügte mit Blick auf die Geschwister aus der Eisernen Patrouille hinzu: »Er kann auch drei tragen.«

Offenbar war Weyds Skepsis nicht zu übersehen, denn Ealdre versicherte lächelnd: »Vertrau mir. Blíkna ist kein gewöhnliches Pferd.«

»Dann ist es also beschlossene Sache«, fasste Caer zusammen. »Hier im Schlosshof können wir nicht bleiben. Lurin darf nicht wissen, was wir vorhaben. Er würde versuchen, uns aufzuhalten. Er will deinen Mantel, Ealdre, er will mich, und den Rest von uns will er tot sehen.«

»Verzeihung, Meister Heiler«, fragte Andrin schüchtern. »Dein Mantel … ist das eines der alten Gewänder, gewoben aus dem Herzen eines gefallenen Sterns?«

Eine ganze Weile sah Ealdre den jungen Mann einfach nur an. Dann antwortete er: »Euer Baron glaubt das, ja. Er glaubt auch, er habe ein Anrecht auf diesen Mantel. Ein althergebrachtes Recht. Doch manche Dinge sind älter, als euer Baron ahnt, älter als jedes Liedgut, älter als die ältesten Legenden. Älter als Worte, weshalb man sie auch nicht in solche fassen kann.«

»Ist er so weich, wie er aussieht?«, fragte Jelscha schroff.

»Du darfst ihn berühren, wenn du das möchtest, Jelscha aus Festra«, erwiderte der Heiler.

Sie streckte die Hand aus, und plötzlich meinte sie das Licht der Sterne unter ihren Fingern zu spüren, eine silbrig sprudelnde Quelle, einen goldenen Sonnenstrahl, der zu feinstem Tuch gesponnen worden war.

Und für einen Moment schloss Jelscha aus Festra ihre Augen. Denn sie liebte schöne Dinge, was niemand wusste außer ihrem Bruder: weiche Laken, warme Mäntel, zarte, hohe weiße Blumen. Kein grobes Korn, hartes Stroh, oder kratzige Wolle. Hohe weiße Blumen, Haar so rot wie Feuer in der Nacht und leuchtende Augen, die eilig niedergeschlagen wurden, sobald sie ihrem Blick begegneten.

Jelscha öffnete die Augen und zog ihre Hand so hastig zurück, als hätte sie sich an dem Mantel verbrannt. Ruckartig wandte sie sich ab und stapfte aus dem Schloss.

Andrin folgte ihr, und auch die anderen machten sich daran, ihren heimlichen Aufbruch vorzubereiten. Caer ging mit Weyd und Ealdre zu den Trümmern, die gestern noch ihre Unterkunft gewesen waren, in der Hoffnung, zwischen dem verbrannten Schutt etwas von ihrem Hab und Gut zu entdecken.

»Was meinst du, wie stünden unsere Chancen?«, fragte sie Weyd, während sie über das Kopfsteinpflaster liefen. Die Nachmittagssonne strahlte unbekümmert auf die niedergebrannten Häuser hinab, auf halb eingestürzte Scheunen und auf die Toten, die noch nicht fortgeschafft worden waren. Auf die gelben und blauen Blüten in den Blumenkästen, auf die gierigen Ranken in den Gärten und an den Mauern. Vereinzelt krochen sie sogar über das Straßenpflaster. »Oben auf dem Pass?«

Nach kurzem Zögern antwortete er: »Unsere Chancen stehen nirgendwo wirklich gut.«

»Doch manchmal stehen die Sterne günstig«, schaltete sich Ealdre ein. »Auch wenn wir sie nicht sehen, scheinen sie auf uns herab. Wir können es also schaffen.«

»Du sprichst von den Sternen, als hättest du sie gesehen, Ealdre von Nirgendwo«, wunderte sich Caer. Und dann dachte sie: *Warum soll ich nicht einfach fragen? Wozu schweigen?*

»Bist du ein Albitz?«, sprach sie es also aus.

Ein leises Lächeln umspielte Ealdres Lippen. »Albitze gehören dem Sagenreich der Menschen an, Caer.«

»Das ist keine Antwort«, fand sie. Dann riss sie die Augen auf. »Oder vielleicht doch!«

Während Ealdre weiter schmunzelte, drehte sie sich aufgeregt zum Wanderer um. »Ist das zu fassen, Weyd? Die Geschichten sind wahr!«

Weyd warf dem Heiler einen fragenden Blick zu. »Bist du wirklich ein Albitz, Ealdre von Nirgendwo?« Dann fügte er etwas leiser hinzu: »Hast du wirklich die Sterne gesehen?«

Es dauerte lange, bis er eine Antwort bekam.

»Ich war ein Heiler. Ich war ein Fährmann. Ich war ein Bote. Und – ja, ich habe die Sterne gesehen«, gestand Ealdre schließlich ein. »Und auch wenn ich selbst mich nicht als Albitzen bezeichnen würde, könnt ihr mich gerne so nennen.«

Caer riss Mund und Nase auf.

Ein Albitz.

Ein echter Unsterblicher.

»Dann verfügst du vermutlich über wesentlich mehr Wissen als wir und kannst uns helfen«, stellte Weyd fest. »Weißt du noch etwas über die Schatten? Kommen sie wirklich aus den Grabhügeln?«

Tiefe Qual zeichnete sich auf Ealdres Gesicht ab. Er nickte langsam und musterte die Leichen am Straßenrand. »Es gibt Tote, die keine Ruhe finden. Tote, denen gesagt wurde, sie würden ihr Leben nicht grundlos opfern, dass sie es für ihr Land täten. Dass die Ehre Lohn genug sei, sie und ein Leben danach. Lügen, nichts als Lügen. Und so bringen sie ihre Waffen, ihre Kriegstrommeln, und der Tod folgt ihnen, wohin sie auch gehen.«

Noch immer starrte Caer ihn an: ein Albitz. Vor ihr stand ein Albitz, wie in den Geschichten. Ein Albitz, der viele Kriege erlebt haben musste.

»Es gibt Bücher darüber«, erklärte Ealdre. »In der Bibliothek der Stadt Hewsos. Und dann wäre da noch die Frijaz Universität, wo seit vielen Generationen die drei Professoren des Lehrstuhls der Nornen alte Überlieferungen und Geschichtskunde lehren. Die könnten es sicher besser erklären als ich.«

»Wenn ich nicht als unwissender Narr sterben will, muss ich also lediglich die Veta hinauffahren und es bis ganz hinauf in den Norden schaffen, bei minimaler Überlebenschance? Mehr nicht?«

Ealdres Mundwinkel zuckten. »Du bringst mich zum Lachen«, stellte er fest. »Woher nimmst du die Kraft, den Mut und die Güte, andere zum Lachen zu bringen, wenn du selbst doch leidest?«

Weyd beobachtete die beiden.

Täuschten ihn seine Augen?

Hatten ihre Wangen sich tatsächlich gerötet?

Hatten seine Wangen sich tatsächlich gerötet?

»Ich muss Blíkna holen«, sagte Ealdre unvermittelt. »Wir treffen uns dann bei unserer Unterkunft.«

Bardin und Wanderer nickten heftig.

Dann gingen sie gemeinsam zu den Ruinen, die einmal ihre Unterkunft gewesen waren.

Eine der Eisernen sah sie kommen. Es war die Armbrustschützin mit dem flammend roten Haar, die seit dem Morgen wieder Dienst tat. Die, nach der Jelscha in eben jenem Moment suchte, um sie zu fragen, ob sie nicht mit auf die Reise kommen wolle. Doch sie konnte sie nicht finden, denn der erste Befehl der Armbrustschützin lautete, sich bei den Scheunen zu verstecken und abzuwarten, ob die Bardin dorthin zurückkehren würde. Was die Bardin nun tat. Und so beobachtete die Armbrustschützin, wie die beiden auf den Schutthaufen zuliefen, der einmal ein mächtiges Stallgebäude gewesen war. Saß in ihrem Versteck und beobachtete. Lauschte. Erkannte, dass sie ihre Sachen packten.

Und die Armbrustschützin hörte, wie der Wanderer und die Bardin von Andrin und Jelscha sprachen. Hörte sie sagen, dass Bruder und Schwester sie begleiten würden.

Erschrocken war sie.

Wurde ganz ruhig.

Dachte nach.

Dann wandte sie sich ab.

Ihren Befehlen folgend, ging sie zum Schloss, stieg in die höchste Kammer im höchsten Turm hinauf und berichtete dem Eisernen Baron, wo sich die Bardin aufhielt.

Der Baron lauschte schweigend ihrem Bericht. Dann fragte er: »Wie lautet dein Name, Soldatin?«

»Menga, Herr. Menga aus Colmstat.«

Eine Hand glitt zu ihrem Helm hinauf, um sich zu versichern, dass keine der roten Strähnen darunter hervorlugte.

»Menga.« Der Baron ließ den Namen über seine Zunge gleiten, während er sich ihr näherte. Die Sonne ging gerade unter. Blutrotes Licht fiel durch die zwölf Schießscharten herein. Zeichnete zwölf blutrote Streifen auf den Körper der jungen Frau. Sie hatte eine schöne Stimme. »Gut gemacht, Menga. Du hast deine Pflicht erfüllt.«

Sie verneigte sich. »Für Schur.«

Noch immer ruhte sein Blick auf ihr.

»Du weißt, dass ich noch keinen Nachfolger für Cassian bestimmt habe.«

Ruckartig hob sie den Kopf.

Sah ihn an.

Und in ihrem Gesicht … etwas an ihrer Miene verriet ihm, dass ein Hunger sie trieb.

Nach Macht.

Nach Kontrolle.

Nach etwas, von dem sie nicht geglaubt hatte, es jemals zu bekommen.

Wie gut er das kannte.

»Wärst du gerne mein neuer Hauptmann, *sora*?«, fragte er leise.

Mit aller Gewalt hielt Menga die Hände hinter dem Rücken verschränkt, um nicht wieder nach ihrem Helm zu tasten. »Es wäre eine Ehre, von der ich nicht zu träumen gewagt hätte, Herr.«

Fragend neigte er den Kopf. »Wieso das? Mangelt es dir an Geschick mit dem Pallasch? Der *drimba*? Der Armbrust?«

»Mit der Armbrust bin ich die Beste«, erwiderte sie schnell. »Und mit dem Pallasch konnte mich nur Cas…«

Sie verstummte.

»Ah … Aber Cassian ist tot. Es hat also ganz den Anschein, als solltest du in seine Fußstapfen treten.« Er kam näher. So nah, dass er den Lederhandschuh an ihr Gesicht heben konnte. Tur über ihre Wange gleiten lassen konnte, ganz sanft, ohne die Haut zu verletzen. »Möchtest du deinem Land dienen, Menga? Möchtest du seinem Baron dienen?«

Plötzlich dachte sie an Jelscha, während der Nachtwache am letzten Tunnel. Eine getrocknete Blume hatte sie gehalten, als sie dachte, niemand würde sie sehen.

Dachte an Jelscha und die Hoffnung in seinen Augen, wann immer er sie ansah.

Dachte an Cassian, der ihr dort draußen auf dem Feld das Leben gerettet hatte.

Und dann dachte Menga an ihren Vater, ihren Onkel und die drei jungen Männer mit den weißen Federn.

Schnell konzentrierte sie sich wieder auf den Baron, der ihr so viel mehr Macht anbot, als sie je für möglich gehalten hätte.

Den Baron, der ihr immer näher kam.

Ja, er konnte den Hunger in ihr brennen sehen, und dieser Hunger barg Gefahren. Auch in seiner Schwester hatte er diesen Hunger brennen sehen, hatte miterlebt, wie er sie dazu verleitete, sich gegen ihre Pflicht zu stellen, gegen ihren Vater, gegen ihn.

Und so hatten sie ihr die Pflicht wieder beibringen müssen. So war es zu Lurins Pflicht geworden, Ladina das wieder beizubringen. Zuzusehen, während ihr Vater sie folterte; die Wahrheit aus ihr herauszupressen, die Identität all jener Verräter, die den Niedergang von Schur eingeläutet hätten. Wie dankbar er gewesen war, als ihr Vater ihm endlich gestattet hatte, Ladinas Kehle aufzuschlitzen, um ihrem Leid ein Ende zu bereiten. Seine Hände hatten gezittert, seine Arme, bis hinauf zu den Schultern. Deshalb hatte er Tur nicht schnell genug durchgezogen. So hatte es zu lange gedauert. Viel zu lange.

Danach hatte er gelernt, geschickter mit Tur umzugehen, sogar geschickter als sein Vater.

Sinnend betrachtete der Baron Mengas Kehle, und da die Nacht hereinbrach, senkte er die Stimme, als er ihr erklärte: »Wenn du mein Hauptmann sein willst, muss ich mich deiner Treue versichern. Ich muss wissen, ob du bereit bist, deinen Körper für die Pflicht zu opfern.«

Nun stand er so dicht vor ihr, dass sie sich berührten. Sie konnte spüren, dass er hart geworden war. Er nahm ihre Hand und legte sie auf die Wölbung in seiner Hose.

Menga schluckte angestrengt.

Wieder dachte sie an Jelscha, deren Stimme immer so tief wurde, wenn sie fluchte. An ihren Duft, wie die gelbe, sternförmige Arnika oben in den Bergen. Immer verströmte sie diesen Duft, selbst wenn sie verschwitzt und dreckig war. Menga erinnerte sich daran, wie sehr sie sich danach gesehnt hatte, ihre Lippen zu schmecken, die Haut an ihrem Hals, mit den Händen über ihre nackten Brüste zu streichen. Erinnerte sich an die brennende Gier, die sie in vielen Nächten dazu trieb, sich eine Hand zwischen die Beine zu schieben, sodass sie sich erst im letzten Moment zurückhalten konnte.

Denn sie sollte sich nicht nach so etwas verzehren. Ihr Körper diente dem Wohl von Schur, und nichts anderem.

Und jetzt würde Jelscha gehen.

Also nickte Menga.

Spürte seinen Atem an ihrer Wange. »Sehr schön. Wir werden heute Nacht also beide unsere Pflicht tun. Wir müssen stumm bleiben. Was auch immer ich in dieser Nacht mit dir tue, du darfst keinen Ton von dir geben. Hast du das verstanden?«

Wieder nickte sie.

Und dann packte er sie, packte sie, ohne sich vorzumachen, die Bardin an sich zu pressen.

Die Bardin, die so viel Ähnlichkeit hatte mit seiner Schwester. Die Bardin, die lieber mit einem alten, ausgelaugten Mann in dreckigen Stiefeln und schäbiger Tassel zusammen war, der nie an einem Ort blieb. Die Bardin, die es nach einem Unsterblichen gelüstete, einem Unsterblichen in einem goldenen Mantel, der eigentlich Lurin gehören sollte. Die Bardin, die sogar seine Mägde heimlich begaffte, die glaubte, niemand würde merken, dass es sie auch nach ihnen gelüstete. Die Bardin, die nicht bereit war, ihren Körper für Schur hinzugeben, für irgendeinen Ort, irgendeinen Mann, weder als Kämpferin noch als Ehefrau noch als Mutter.

Aber er würde sie sich holen. Sie dachten also, sie könnten sich davonschleichen? Sie dachten, sie könnten entkommen?

Nein.

Und so befahl er Menga, sich auszuziehen, und während sie das tat, schickte er eine Magd hinunter zu den Eisernen, schickte die besten Männer zu den Waffen, die verstohlensten zu den Unterkünften, um der Bardin zu folgen.

Um ihnen eine Falle zu stellen.

Dann wandte er sich wieder Menga zu, die nun splitternackt vor ihm stand, die rote Mähne offen auf den Schultern.

Rot wie ein warmes Feuer in der Nacht.

Er zog die Augenbrauen hoch. »Auch als Stria hättest du enden können«, flüsterte er. »Knie nieder.«

Und während Menga oben in der Festung auf die Knie sank, sank Weyd in der Asche der verbrannten Scheune auf die Knie. Nicht viel von seinem Hab und Gut hatten sie finden können, stattdessen aber ein ganzes Regal voll irdener Krüge. Es gab keine Leichen zu bestatten, und wie hätten sie unterscheiden sollen zwischen der Asche von Holz, der Asche von Bären, der Asche von Menschen? Also sammelten Caer und er ein wenig Asche ein und füllten sie in kleine Krüge, wie es Brauch war an der Küste der Bhelsee im Nordosten und in der Stadt Klawppeda. Sie knieten nieder, hoben sie vorsichtig auf mit ihren geschundenen, schwieligen Händen.

Und nun, während sie das taten, war für Caer die Zeit der Tränen gekommen.

Sanft zog Weyd den Krug aus ihren Händen und stellte ihn hin. Dann nahm er sie in den Arm, drückte sie fest an sich. So heiß waren ihre Tränen. Sie lösten ihre Zunge, verschlossen ihre Augen, ließen alles aus ihr herausströmen, was aus ihr herausmusste.

Und während Caer wilde, raue, bloße Laute ausstieß, presste Menga oben im Schloss die Lippen zusammen. Versiegelte sie. Ihr Leben lang hatte man sie gelehrt, den Mund zu halten: erst ihr Vater, wenige Jahre später ihr Onkel. Dann die Eisernen. Jene drei jungen Männer, die nachts zu ihr kamen, wenn sie allein beim Wachdienst war, die sie Stria geschimpft hatten, Hexe, während sie keuchend in ihr steckten.

Der Eiserne Baron ließ seine Hand durch die roten Strähnen gleiten. »Wahrhaftig«, raunte er leise, »ich mag es. Weißt du, wie ich diese Kammer nenne?«

Sie schüttelte den Kopf.

Er nahm eine weiche Bürste von einem Brett, auf dem Kerzen und Eisen versammelt waren. Drehte sich zu ihr um. Presste sich von hinten an sie. »Ich nenne sie die Kammer der zerstörten Dinge«, flüsterte er.

Und dann schob der Eiserne Baron die Bürste zwischen ihre Beine und rieb sie über ihre Klitoris, bis sie sich in seinem Griff wand.

Er vergrub eine Hand in ihren roten Haaren und zog, bis ein leiser Schmerzenslaut aus ihrem geschlossenen Mund drang. Tur glitt über ihre Wange, grub sich in die Haut. »Schhhh«, raunte Lurin, der Eiserne Baron. Ihre Haut brannte.

Und Menga presste die Lippen noch fester zusammen. Die Erregung schoss durch seinen Körper. Er hatte nie gelernt, ein Instrument zu spielen, aber wie man auf ihr spielte, das wusste er.

Und unten in der Scheune hielt Weyd die Bardin fest in seinem Arm und summte ihr eine leise Melodie ins Ohr.

Summte das Lied der Nacht für sie.

Nun ließ sie den Gedanken zum ersten Mal zu.

Es war meine Schuld. Ich habe mich dafür entschieden zu singen.

Caer wollte nicht mehr schweigen, wollte das nicht länger verschweigen, also sprach sie es aus: »Es war meine Schuld.« Und er drückte sie noch fester an sich, antwortete beinahe wütend: »Nein.« Immer und immer wieder sagte er es. »Nein.«

Und genau das sagte auch Menga, oben in der Festung. »Nein«, sagte sie, als der Baron ihren nackten Körper gegen seine Brust presste, gegen sein festes Lederwams, und drei Finger in sie hineinschob, drei Finger in einem dicken Lederhandschuh, sodass er kaum spürte, wie sie sich um ihn herum zusammenzog.

Ein weiterer Schnitt in die Wange war seine Antwort. Der Geruch von Blut breitete sich in der Kammer aus.

Und wieder verstummte sie.

Drei in Leder gekleidete Finger stießen in ihren Körper, drei Finger mit harten, eisernen Ringen, und sie schwieg.

Er hatte die Kontrolle.

Warum fürchtete er sich dann so sehr?

Immer fester stieß er zu. Starrte auf ihre Kehle, immer nur auf ihre Kehle. Drückte ihren Körper an sich, riss ihren Kopf nach hinten, bis er auf seiner Schulter ruhte, krallte sich in ihre Haare. Sah zu, wie ihre Kehle sich bei jedem Stoß verkrampfte, um nur ja keinen Laut von sich zu geben.

Bei allem Eisen des Elbongebirges, wie perfekt er auf ihr spielte.

Doch warum fürchtete er sich?

Caer, unten bei den Unterkünften, fühlte sich indessen so sicher in Weyds Armen, so sicher, dass sie langsam wieder atmen konnte, selbst während sie noch schluchzte.

In ihrer Trauer bemerkte sie nicht, dass sie beobachtet wurden.

Und sie sammelten noch mehr Asche ein. Sollte ihr Plan gelingen, wollten sie sie in der Veta ausstreuen; sollte er scheitern, im Schnee. Sie sammelten Asche, und sie wurden beobachtet.

Wurden beobachtet, als Weyd sagte, sie müssten noch einmal bei ihrer Poststation haltmachen, denn nun, da ihre Sachen verbrannt seien, bräuchten sie von dort noch Kräuter, Proviant und Kleidung. Wurden beobachtet, als Ealdre mit Raud und Demar dazustieß. Er sagte ihnen, er habe Blíkna nicht finden können, und müsse hinaus in die Felder, wo er seinen Hengst vermutete.

Sie sahen ihm nach, als er ging.

»Er ist ein Albitz.« Caer beobachtete den Heiler, bis er hinter einer Ecke verschwand. »Sieh mal einer an. Die Geschichten sind also wahr.« Sie zögerte. »Glaubst du, er ist der letzte?«

»Warum willst du das wissen?«

»Weil ich bis jetzt noch nie einem Albitz begegnet bin, und ich mich frage, ob er nicht schrecklich einsam ist«, erklärte sie.

Er sah sie an.

Sein Löwenherz. Eine Bardin, die ohne Furcht ihre Stimme erhob. Die Herrin über Geschichten voller Größe, Wahrheit und Schönheit.

»Wir haben wirklich schön zusammen gesungen dort oben auf der Mauer, du und ich«, sagte er.

Sie erwiderte seinen Blick. »Und ich wusste, dass du dich wieder mal selbst zum Opferlamm erklären würdest, du dämlicher Vollidiot.«

Und er lachte.

Und sie griff nach seiner Hand.

Und er drückte sie.

Und auch dabei wurden sie beobachtet. Sie wurden beobachtet, während die Sonne am Horizont verblasste.

Auch oben in der Festung verblasste das Licht, wurde trüb und grau, als Lurin Mengas Haar losließ und stattdessen ihr Kinn umfasste. Seinen Daumen über ihre Lippen gleiten ließ. Ihr Körper zitterte, als seine Finger sich in sie hineinbohrten, sich drehten. Ihre Hüften spannten sich, ihre Lippen öffneten sich, und gegen ihren Willen entkam ihr ein Laut. Sie schloss die Augen. Sagte sich, dass sie überleben würde. Auch den dritten Schnitt überleben würde, unten an ihrem Kiefer.

Hinunter zu ihrem Hals.

Und in diesem Moment sah sie es vor sich. Sah es glasklar vor sich. Wie sie ihn umbringen würde. Stückchen für Stückchen.

Lurin schauderte, als er ihr diesen einen Laut entriss. Für ihn hallte er durch die ganze Festung, durch die Dämmerung, auch noch als er ihr die Finger in den Mund schob, um sie verstummen zu lassen.

Unten in den Ruinen füllten Weyd und Caer ihre Krüge bis zum Rand mit Asche, hielten sie in ihren schwarzen, klebrigen Händen, versiegelten sie. Dann wandte Weyd sich zu seiner Bardin um und hob die verschmierten Finger.

Sie nahm seine Rechte. Er sah sie an. »Wir werden uns ihrer erinnern«, sagte er. So leise, so ruhig. In der Sprache von Hewsos fuhr er fort: »Auch wenn die Trauer noch zu frisch ist. Wir vergessen nicht: Wir sind noch hier, hier waren auch sie. Sie lebten, und es war wundervoll.«

Er schloss ihre Lider, sie schloss die seinen.

Und der Baron schloss seine Augen, als er seine Hose abstreifte und in Menga hineinstieß. Endlich schloss er seine Augen, ließ den Kopf zurückfallen, gab sich der feuchten Wärme hin, die ihn umschloss.

Die Hand des Barons legte sich um ihren Hals und drückte zu.

Der nächste Laut aus Mengas Kehle war halb erstickt.

Noch ein wenig fester packte er zu. Schon wurde aus ihrem nächsten Laut ein Keuchen. Er vergrub sein Gesicht in ihrem Nacken, sog den Geruch ihres Schweißes in sich auf. Stieß in sie hinein, wieder und wieder. Wieder und wieder und wieder glitt er in die feuchte Hitze hinein.

Die Furcht. Die drückende Furcht in seinem Bauch.

So versank die Sonne am Horizont, fahles, kaltes Zwielicht breitete sich aus, dicke, bedrohliche Wolken schoben sich träge über die Berge. Und die Bardin und der Wanderer knieten noch immer in der Asche. Auch dies gehörte zu dem Trauerritual aus Hewsos, einer Stadt so weit im Norden, dass man das Normeer und die Bhelsee überwinden und noch an den Inseln von Sker vorbeimusste, vor der Küste von Klawppeda. Im Winter herrschte dort ewige Nacht, im Sommer waren die Tage strahlend hell. Doch dort waren die Nächte nicht finster, denn die Menschen hatten die Kunst des Lampenbaus gemeistert, ebenso die Sprache des Feuers. Und an jedem Haus dieser Stadt, auf jedem Platz hingen lange Ketten aus leuchtenden Lampen, und im Winter war der Himmel oft in grünes Licht getaucht. So sagte man, doch viele fragten sich, ob Hewsos nicht dem Reich der Mythen entstammte, denn wie könnte es sonst so schön sein?

Nicht so der Wanderer, denn er war dort gewesen und sehnte sich stets danach, dorthin zurückzukehren. Nach Hewsos, in die Stadt des Lichts, in deren unerforschtem Hinterland irgendwo der Graue Turm stand, das Leuchtfeuer des Nordens.

Doch in Colmstat brach die Nacht an, die Fenster wurden verrammelt, die Türen verriegelt, die Lampen gelöscht.

Es wurde Zeit.

Und während der Wanderer und die Bardin sich erhoben und feststellten, dass Ealdre mit seinem grauen Hengst Blíkna auf sie zukam, zog sich der Baron aus Mengas Körper zurück und verteilte seinen Samen auf der wunden Haut ihrer Oberschenkel. Sah zu, wie er auf ihr Hinterteil spritzte. Und noch immer waberte die Furcht tief in seinem Inneren.

Also nahm er seine Panzerhandschuhe und ohrfeigte sie, und Menga ließ es stumm geschehen, vollkommen stumm, denn auch so etwas kannte sie bereits.

Immer fester und fester schlug er zu, bis sie endlich verstand.

Verstand und einen Laut ausstieß, es so klingen ließ, als sei er ihr entrissen worden.

Nun packte er ihr Kinn und riss ihren Kopf herum. Setzte lächelnd den vierten Schnitt. »Du bist so schön«, flüsterte er. »Da musste es symmetrisch werden.«

Verklebt vom Schweiß trat er zurück, mit schlaffem Glied, Beine und Hände zitterten. »Nun erteilst du die Befehle, Menga aus Colmstat, Hauptmann der Eisernen.«

Im fahlen Zwielicht richtete sie sich auf und nahm von ihm die lange graue Feder entgegen. Und als er sie an ihrem Helm befestigte, spürte sie es – in jedem ihrer Glieder, selbst in ihrem Gesicht. Dieses eigentümlich berauschende Gefühl.

Das Gefühl der Macht.

Und gleichzeitig spürte sie etwas Schweres in sich, etwas Drückendes, doch es war noch so klein, so winzig, dass Menga es im fahlen Zwielicht leicht ignorieren konnte.

Im fahlen Zwielicht erhielt der Baron Bericht über die Bardin und wandte sich dann ihr zu. Er sagte ihr, dass sie dem Wanderer und seinen Gefährten an der alten Poststation eine Falle stellen würden.

»Lasst das Eiserne Tor heute Nacht unbewacht. Lasst sie glauben, sie wären uns entkommen. Und du, Hauptmann«, fügte er leise hinzu, »wirst die Erste sein.«

»Die Erste?«

»Hole dir eine Fackel. Du findest welche in der Waffenkammer.«

Das machte sie sprachlos.

»Wir befinden uns im Krieg«, flüsterte Lurin. »Dies ist ein Krieg, und wir müssen uns verteidigen, und laut den Gesetzen unseres Landes dürfen wir ein Feuer entfachen in der Nacht, wenn Krieg herrscht. Hole dir eine Fackel. Die Holzfäller sollen sie nicht umsonst angefertigt haben.« Er hielt inne. »Aber zünde sie nicht an. Noch nicht.«

Und noch mehr sagte er, bevor sein Hauptmann ihn verließ.

Die Nacht hatte schon fast begonnen, als die Gefährten sich durch das Stadttor stahlen, an dem überhaupt keine Wache auf sie wartete, wofür sie den Sternen und allen Wegen aus diesem Tal dankten. Auf die verschneiten Felder schlichen sie, ritten durch die zunehmende Dunkelheit, über die Ebene, hindurch zwischen den hohen Grabhügeln, gekrönt von den Ruinen der einst so stolzen Lichtsäulen. In den Wald hinein ritten sie, hin zu ihrer Poststation, in der sie haltmachen und Proviant aufnehmen konnten, bevor sie weiterzogen zur Klamm und den Ruinen von Avastat dahinter. Über ihren Köpfen wurden die drohenden Wolken immer dichter und raubten ihnen das Licht viel früher als gedacht. Und im Stillen fragte sich ein jeder von ihnen, ob ein altes Lied sie wirklich schützen konnte, wenn die Finsternis über sie hereinbrach.

Die Poststation in den Tiefen des Waldes war ihnen allen ein willkommener Anblick. Sie lachten, als das Haus in Sicht kam, atmeten befreit auf, spürten, wie eine Last von ihren Schultern genommen wurde. Es hatte angefangen zu regnen, aber die Bäume schützten sie vor den eisigen Graupelkörnern, und sie wussten, wie heimelig es sich anhören würde, wenn sie erst drinnen waren und die Tropfen gegen die Fenster und auf das Dach klopften. Nun wünschten sie sich, sie wären zurückgekehrt, um weiter hier zu leben. Um über dem Feuer in der Küche Kastanien zu rösten, während Caer ihre Balladen sang. Bahr würde die Kohlen noch bis tief in die Nacht glühen lassen, und Bellitas würde sich zusammenrollen und Beeren futtern. Jori würde Andrin im Lesezimmer Sprachen lehren, und Jelscha würde hinten im Garten Blumen pflanzen.

Ihr erster Gang führte sie in den Stall, wo sie Fackeln aus

ihrem Vorrat anzündeten, um das Dunkel der Gewitterwolken zu vertreiben; jetzt spielte es sowieso keine Rolle mehr, ob sie die Gesetze des Eisernen Barons befolgten. Dann betraten sie durch die Hintertür die Küche und holten sich den nötigen Proviant. Weyd griff auch unter das Bett am Kamin und holte einen kleinen, robusten Segeltuchbeutel hervor. Nachdem er sich vergewissert hatte, dass seine Werkzeuge noch drin waren, half er den anderen dabei, Nahrungsmittel, Wasser, Kochgeschirr, Zündsteine, Zunder, Seile und alles andere einzupacken, was man für eine längere Reise brauchte.

Schließlich hatten sie alles beisammen, und Weyd nickte. »Dann lasst uns gehen.« Er musterte seine Mannschaft. »Jori, wo willst du …?«

»Einen Moment noch, mein Junge.« Der Alte hatte sich auf den Weg ins Lesezimmer gemacht. »Ich muss die Wortsammlung aus der Krähensprache einpacken. Einen so kostbaren Schatz können wir nicht einfach dem Eisernen Baron überlassen. Ich komme dann vorn raus.«

Also gingen Weyd und die anderen hinten hinaus und verstauten alles in den Satteltaschen.

Da hörten sie Bellitas' Schrei, den er in den Himmel entsandte.

Alle blickten hinauf.

Eine Krähe schwebte heran. Sie war beinahe so groß wie der Fuchs, und sobald sie den Boden berührte, stürzte Bellitas sich auf sie. Der Vogel krächzte, breitete die Flügel aus und schlang sie um den Fuchs. Dann tobten die beiden gemeinsam durch den Schnee hinter dem Haus.

»Belle«, rief Weyd, »ist das vielleicht die Freundin, die du nicht finden konntest?«

Belle nickte begeistert, und die Krähe glättete ihr Gefieder.

»Wie heißt du, Freundin?«, wollte Weyd von ihr wissen.

Die Krähe musterte ihn mit schräg gelegtem Kopf. Sie sagte etwas in der Sprache der Krähen. Ihre Augen waren dunkel und glänzend und ihre Federn so leuchtend schwarz wie ein Himmel voller Sterne.

»Wir brauchen wohl Jori«, murmelte Weyd. »Komm, Belle, da kann er diese Schriftrolle sofort zum Einsatz bringen und für uns übersetzen. Denn vielleicht will deine Freundin uns ja begleiten.«

Belle sagte etwas zu der Krähe, die daraufhin die Flügel spreizte und zur Vorderseite des Hauses flog.

Die anderen folgten ihr, Blíkna, Raud und Demar am Zügel führend.

Noch bevor sie die Hausecke erreicht hatten, kehrte die Krähe zu ihnen zurück.

Sie krächzte.

Unheilvoll klang das.

Bellitas rannte los. Weyd und Caer folgten ihm. Hastig bogen sie um die Ecke, denn vielleicht war Jori ja gestürzt, vielleicht lag er hilflos im Schnee mit seinem gebrochenen Arm, unfähig, von allein wieder auf die Füße zu kommen …

Doch die Lichtung vor dem Haus war leer. Nirgendwo war etwas zu sehen, das sie in Alarmbereitschaft versetzt hätte.

Wenn Raud und Demar nur nicht so nervös gestampft hätten.

Wie ein weißer Blitz schoss Bellitas durch die Tür und verschwand im Lesezimmer. Angespannt hielten die Freunde ihre Waffen bereit und folgten ihm.

Folgten ihm ins Haus.

Betraten zögernd das Lesezimmer.

Jori war dort. Hinten an der Wand stand er, die Schriftrolle in der Hand. Todesbleich und zitternd.

Und vor ihm standen die Eisernen.

Zwölf Mann mit gezogenen Pallaschen und ein Hauptmann. Die Klingen funkelten rot im Schein der Fackeln. Und bei ihnen stand Lurin, der Eiserne Baron, mit einem schmalen, tödlichen Schwert in der Hand.

Als sie hereinkamen, drehte er sich um. Ohne die anderen auch nur wahrzunehmen, flüsterte er: »Zieh, Vagabund.«

Wortlos starrte Weyd ihn an.

Der Baron wiederholte: »Zieh dein Schwert, denn ich werde mir nun holen, wofür ich gekommen bin.«

Und für einen Moment huschte Lurins Blick zu Ealdre und Caer. Caer, deren Finger die Hand des Wanderers umschlangen. Nicht seine.

Der Baron stellte sich vor, wie er sie ihnen abschnitt, diese Hände – erst seine, dann ihre. Und dann die des Heilers.

Caer wollte etwas erwidern, aber Weyd war schneller: »Lass Jori gehen. Entscheide dich für den Frieden, Eiserner Baron«, flüsterte er. »Entscheidet euch für den Frieden, Soldaten der Eisernen Patrouille.«

Lurins Gesicht verzerrte sich. Drei der jungen Männer lachten leise. Nun trugen alle Soldaten der Eisernen Patrouille eine weiße Feder am Helm, alle außer einem. Die größte Feder war grau, und sie ragte am Helm des neuen Hauptmanns auf.

Andrin stieß ein entsetztes Keuchen aus.

Jelscha hingegen trat einen Schritt vor. »Menga!« Atemlos, fast lautlos löste sich der Name von ihren Lippen. Fassungslos starrte Jelscha den neuen Hauptmann an, den Hauptmann mit der grauen Feder.

Und der Hauptmann mit der grauen Feder war nicht in der Lage, ihr ins Gesicht zu sehen.

»Das tue ich, wenn du meine Forderung akzeptierst. Denn ich fordere dich heraus, Weyd der Wurzellose«, wiederholte Lurin flüsternd. Noch einmal wanderte sein Blick zu Caer und zu Ealdre, erfasste die beiden gierig von Kopf bis Fuß, bevor er sich wieder auf Weyd richtete. Mit leiser Stimme fuhr der Baron fort: »Ich fordere dich zum Zweikampf. Bist du siegreich, darfst du sie, ihn und seinen Mantel behalten und mit deinem Pack von hier verschwinden. Bin ich der Sieger, kriege ich sie und seinen Mantel, und ich werde dich nach Gutdünken in Stücke hacken. Dieses Pack wird es sich ansehen und ist hinterher frei zu gehen, denn sie sind für mich keinen Erzkrümel wert.«

Noch nie hatte der Wanderer seine Waffe leichtfertig gezogen.

Bis jetzt.

Jetzt zog er wortlos das Schwert aus der Scheide.

Jetzt entschied er sich für das Schweigen.

Der Baron zeigte kurz auf Jori, woraufhin der Hauptmann den Alten am Arm packte und zu seinen Gefährten hinüberstieß. Bahr fing ihn auf, Bellitas stürzte zu ihm hin, und die Krähe schlug mit den Flügeln und stieß ein warnendes Krächzen aus.

Der Baron in der nachtschwarzen Rüstung packte sein Schwert.

Der Wanderer in der leichten Reisetassel hielt Mundian fest in seiner Rechten.

Lurin musterte die Kehle seines Gegners.

Weyd sah ihm direkt in die Augen.

Dann holte der Wanderer zum Schlag aus.

Das Kreischen der aufeinandertreffenden Klingen hallte durch das Tal. Am Himmel flammte der erste Blitz auf. Dann warf sich Lurin mit voller Kraft auf ihn. In seiner harten, schweren Rüstung griff er Weyd an. Natürlich wusste der Baron, wer hier im Vorteil war, wer von ihnen ausgelaugt und erschöpft war und mit der schwächeren Hand kämpfen musste. Er prügelte auf Weyd ein, legte all seine unverbrauchte Kraft und das massige Gewicht in seine Schläge. Weyd gelang es mit Mühe, ihm auszuweichen. Doch der Baron folgte seiner Bewegung, fuhr herum und schlug erneut zu. Dem Wanderer blieb nicht einmal Zeit, um nach Luft zu schnappen. Wieder wich er aus, taumelte nach hinten. Er blieb mit der Ferse an etwas hängen, wäre beinahe gestürzt. Lurin setzte ihm verbissen nach, schlug wieder zu. Weyd riss sein Schwert hoch. Die Wucht des Hiebes trieb ihn noch weiter zurück. Er musste eine Hand vom Schwert nehmen, um das Gleichgewicht zu halten, sonst wäre er hilflos zu Boden gegangen.

Und in diesem Moment sprang das Adrenalin ein.

Er würde nicht verlieren.

Niemals.

Nicht gegen einen Mann wie Lurin. Nicht gegen einen Mann, der seine Soldaten für ein Gemetzel missbrauchte. Nicht gegen einen Mann, der Caer und Ealdre ansah wie ein Pferd oder ein Schwein oder was er sonst so dort oben in seinem Turm fickte, wenn die Nächte allzu einsam wurden. Nicht gegen einen Mann, der glaubte, Licht und Lieder wären die Gefahr, nicht Finsternis, Stille und Furcht.

Weyd verlagerte Mundian in seine Linke. Ein Knurren stieg aus seiner Kehle. Und dann stürzte er sich auf seinen Gegner, warf sich ihm entgegen. Entließ den Schrei aus seinem Mund, der ihm fast die Kehle abschnürte. Alles ließ er los. Nein, er würde nicht verlieren, denn er wollte leben. Er wollte nicht das große Nichts. Er wollte Kastanien essen und Wasser trinken, gewürzt mit Beschimpfungen drüben vom Brunnen, wollte Caer singen hören, während ein weicher Lumpen über seine Hände und sein Gesicht glitt. Er wollte Wege erkunden, Pässe überwinden, Meere befahren.

Brüllend stürmte er los, hob sein Schwert und ließ es mit brutaler Gewalt auf die Klinge des Barons niedergehen.

Der Schrei des Metalls war so laut, dass alle zusammenfuhren. Und Weyd schlug und schlug, warf sich gegen seinen Gegner, kümmerte sich nicht darum, ob er selbst verletzt wurde. Gar nichts kümmerte ihn mehr. Nichts außer Metall, Blut, Kampf, Gebrüll und Spucke.

Und er war im Begriff zu verlieren.

Denn Lurin war ausgeruht, der Wanderer erschöpft, und der Tod war ihm auf den Fersen.

Bis plötzlich dieses Geräusch erklang.

Erklang und verging, schnell wie ein Blitz, wie der Sturzflug eines Falken, wie ein Pfeil, der sich von der Sehne eines wahren Meisters löst.

Ein Pfeil mit eiserner Spitze, der am einzigen Schwachpunkt von Lurins Rüstung eingedrungen war: zwischen Arm und Brustpanzer.

Schreiend fiel der Baron auf die Knie. Sofort waren die drei jungen Männer an seiner Seite. Weyd fuhr herum.

Caer stand direkt hinter ihm, neben ihr hielt Bahr eine

Fackel in die Höhe. An ihrer anderen Seite stand Jelscha mit gezogenem Pallasch. Locker hing der Bogen in Caers Hand. Und Weyd hatte sie noch nie so wütend erlebt.

»So denkt ihr euch das also?«, fragte sie leise. »Dass ich einfach danebenstehe und zugucke, während ihr um mich kämpft?«

Weyd wollte etwas sagen.

Und bekam kein einziges Wort heraus. »Ihr denkt also«, Caer zog drei weitere Pfeile aus dem Köcher, woraufhin Lurin zurückwich und sich in die Arme seiner drei jungen Männer flüchtete, »dass ich einfach danebenstehe und mir dieses Duell ansehe, als ginge es hier um ein Stück Land, eine Kuh oder eine hübsche Schleife?«

Tiefer Donner rollte durch das Tal. Die Bardin schob einen Pfeil auf die Sehne. »Ihr denkt, dass ich danebenstehe und zusehe, damit ihr hinterher sagen könnt, ihr hättet ehrenvoll gekämpft?«

Sie spannte den Bogen. »Ihr denkt, ich nehme das schweigend hin?«

Alle hörten ihr zu. Alle sahen sie an. Ihre Arme zitterten.

Ihre Stimme nicht.

»Ich werde nicht länger schweigen.«

Wieder zuckte ein Blitz über den Himmel. »Seht euch doch nur an.« Ihre leisen Worte waren so scharf wie die Spitzen ihrer Pfeile. »Seht euch nur an, wie gespannt ihr mir auf einmal zuhört. Jetzt, wo ich eine Waffe in der Hand halte.« Zähneknirschend wandte sie sich an den Baron, der noch immer schmerzerfüllt keuchte. »Wenn du mich haben willst, Lurin, solltest du besser eine verdammte Armee mitbringen. Bring jeden deiner Männer, jede deiner

Waffen, bring alles mit. Denn ich werde niemals freiwillig mitkommen. Nicht für die Ehre. Nicht für Schur. Nicht für dich.«

Weyd wollte ihr so vieles sagen. Er wollte ihr sagen, dass sie auf diese Weise nicht hätte sterben müssen. Dass dann keiner von ihnen hätte sterben müssen. Dass er deshalb zugestimmt hatte.

Doch er konnte all das nicht sagen. Denn Caer würde nicht länger schweigen.

»Du willst mich haben?« Sie sah Lurin fest in die Augen. »Dann komm und hol mich.«

Und zum zweiten Mal ließ sie die Sehne los.

Weyd blieb nicht einmal mehr Zeit für einen Fluch, er schaffte es gerade noch herumzuwirbeln. Den Flug des Pfeils mit den Augen zu verfolgen. Zu beobachten, wie er direkt auf Lurins Gesicht zuschoss.

Im letzten Moment rissen die drei jungen Männer ihre Schilde hoch.

Die Pfeilspitze bohrte sich tief in das Holz.

Für einen Augenblick war es still. Alle starrten auf den Pfeil in dem Schild, auf das fahle Gesicht des Barons, auf die erregt funkelnden Augen der drei jungen Männer, die langsam ihre Schilde sinken ließen. Alle außer Hauptmann Menga. Sie blickte die Frau an, die das Schweigen gebrochen hatte.

Dann erklang die Stimme des Barons. Leise wie ein Windhauch glitt sie durch die Poststation: »Tötet sie alle.«

Und die Stille war vorbei.

8

Nur eine Schlacht noch

Stolz trugen die Eisernen ihre Waffen. Stolz waren sie, die gerade erst so viel Blut vergossen hatten, stolz auf die weißen Federn an ihren Helmen.

Weyd war kein Narr. Egal wie meisterhaft er sein Schwert führte, niemals konnte er es mit einem Dutzend Soldaten aufnehmen.

Er brauchte einen Vorteil. Einen Vorteil wie eine Klamm, die so eng war, dass ein Kämpfer sie gegen dreizehn Mann verteidigen konnte.

Der Wanderer lockerte seine Finger an Mundians Griff und sah kurz zu Caer hinüber.

Formte mit den Lippen ein Wort: *Sorteid.*

Dann fuhr er herum, drückte die Haustür auf und zerrte Jori hinter sich her. Während Jelscha und Caer die Eisernen mit Pfeil und Armbrust dazu zwangen, in Deckung zu gehen, rannte der Rest der Gruppe zu den Pferden. Weyd hob Jori auf Blíknas Rücken, Bahr schaffte es allein, trotz der Fackel in ihrer Hand. Ealdre schwang sich in den Sattel, und die Krähe schoss in den Himmel hinauf. Auf den knappen Befehl des Wanderers hin bestieg Andrin mit Belitas auf den Schultern Raud, und Weyd setzte sich hinter ihn. Dann kamen Caer und Jelscha aus dem Haus gerannt und sprangen auf Demars Rücken.

Mit zitternder Stimme aber klar und deutlich rief Jori den Pferden in ihrer Sprache, eingefärbt durch den Dialekt ihrer Heimatstadt Klawppeda, ein einzelnes Wort zu: *Lauft!*

Und die Tiere gehorchten nur zu gern.

Die Eiserne Patrouille stürmte aus dem Haus und lief zu ihren Pferden, die sie im Wald versteckt hatten.

Weyd übernahm die Führung, und Andrin leuchtete ihm von hinten mit einer Fackel. Raud war die Schnellste und zog die anderen mit. Caer hingegen sicherte ihren Rücken, Kurzbogen und drei Pfeile in der Hand, während Jelscha vor ihr im Sattel saß und die Zügel übernahm. Die Pferde sprinteten durch den Wald und donnerten dann den Grauen Pfad entlang. Das Stampfen ihrer Hufe übertönte sogar den Donner, der Himmel, Wolken und Berge erbeben ließ. Blitze schnitten durch die Finsternis, tauchten den Weg vor ihnen in kaltes Licht und ließen Ealdres goldenen Mantel und Weyds silbernen Stern aufleuchten. Schnaubend hetzten die Pferde dahin, ließen sich von ihren starken Muskeln tragen. Weißer Schnee, Grauer Pfad und die finstere Nacht umgaben sie, während sie rannten, rannten, rannten. Wie der Blitz rannten sie, flohen sie vor ihren Verfolgern. Weyd drehte sich nicht um, sondern redete auf Raud ein, auch wenn er ihre Sprache nicht beherrschte, brüllte beinahe, damit sie ihn hörte.

Und ganz hinten ritt Caer mit einem Pfeil auf der Sehne. Sie fuhr herum, als der nächste Blitz aufflammte. Der

Baron und seine Männer holten auf. Ihre Pferde waren jung und trugen nur einen Reiter, und ihre Herren kümmerte es nicht, ob die Flanken der Tiere aufrissen unter ihren Sporen, die lang und spitz waren wie Tur. Die Bardin spannte ihren Bogen.

Doch als sie den Pfeil fliegen lassen wollte, war der Blitz verglüht, und die Finsternis schlang sich wieder um sie. Mit einem Fluch aus ihrer Muttersprache auf den Lippen wartete sie auf den nächsten Blitz.

Als er kam, sah sie, um wie viel die Verfolger aufgeschlossen hatten.

»Weyd!«, brüllte sie. »Schneller!«

Die anderen gaben den Befehl weiter an den Wanderer, und bald hallte er von den Bäumen und Bergen wider: *Weyd, schneller!*

Schneller! Schneller! Schneller! Schneller! Schneller!

Und sie hörte erst Joris Stimme, so leise in der Nacht, und dann Weyds. Doch erst nachdem sie die Klänge gebeten hatte, sich zu verstärken, konnte sie trotz des grollenden Donners verstehen, was sie da flüsterten: »Joksegiri, Raud!«

Und Raud lief schneller – *Joksegiri!* – schneller – *Joksegiri!* – schneller und schneller – *Joksegiri!* – schneller, immer schneller, ließ ihre Hufe wirbeln, als sehnten sie sich danach, den Boden zu verlassen, als gierte alles in ihr danach zu fliegen, zu fliegen, zu fliegen. Hinter ihr schoss wie ein grauer Blitz Blíkna dahin mit Ealdre, Bahr und Jori, dann kam Demar mit Caer und Jelscha. Schwarz, Grau und Weiß flogen dahin, Nacht, Zwielicht und Tag. Flogen den Grauen Pfad in der Dunkelheit entlang, vertrauten darauf, dass dieser Weg sie zur Klamm führen würde. Dass die Schatten sie nicht dort erwarten würden. Bahr schrie, zischte und fauchte von Blíknas Rücken aus das Feuer der Fackeln an, trieb es durch ihren Spott dazu, immer weiter und weiter zu brennen, hell genug, um den Pfad und die Bäume ringsum zu sehen, die so schwer trugen an ihrer Last aus Schnee, Eis und Sturm.

Wieder drehte Caer sich um. Sie wartete auf den nächsten Blitz. Zwei Pfeile in der Hand, einer an der Sehne. Sie spannte ihren Bogen und wartete.

Gleißendes Licht zuckte über den Himmel, schoss weiter und weiter, bis es die gesamte Bergkette überspannte.

Und Caer sah Lurin und seine Eisernen. Hörte sie.

Der Hufschlag ihrer Pferde klang wie dumpfes Trommeln. Die Trommeln der Steppe. Die Trommeln, die zur Schlacht riefen. Kriegstrommeln. Trommeln des Todes. Ihre Finger waren steif vor Kälte, steif trotz ihrer dicken Handschuhe. Das Haar klebte ihr am Kopf, der feine Eisregen nahm ihr die Sicht.

Ob wohl jemand ein Lied hierüber schreiben würde? Ein Lied über ihr letztes Gefecht im Schatten der Berge – die Tochter der Steppe, die auf dem Pferderücken kämpfte wie die Eltern ihrer Eltern, wie ihre Brüder, Schwestern und Freunde, begleitet von den Trommeln des Todes? Nicht mit ihrer Oud in der Hand und einem Lied auf den Lippen, wie sie es sich immer gewünscht hatte?

Der nächste Blitz schlug mit so lautem Getöse in der Erde ein, dass die Pferde verschreckt wieherten und beinahe durchgegangen wären. Caer konnte Lurins Gesicht erkennen. Er war so nah herangekommen, dass sie sein Gesicht sehen konnte, seinen Blick spürte – auf ihren gespreizten Beinen, mit denen sie sich auf dem Pferderücken festhielt. Auf ihrem Hals.

So heiß und heftig überfiel sie der Ekel, dass sie spürte, wie er von den Füßen bis in ihren Bauch hinaufkroch. Wäre es möglich gewesen, hätte sie ihre Beine fest zusammengepresst. In diesem Moment wollte sie nichts anderes tun, als Lurin ihren Pfeil direkt ins Auge zu schießen.

Und dann hörte sie noch etwas anderes als die trommelnden Hufe, den trommelnden Donner, das Zischen der Blitze über den Bergen. Einen Schrei hörte sie.

»Da!«

Andrin hatte sie zuerst gesehen. Im Licht eines weiteren Blitzes schälte sich vor ihnen die Klamm aus der Dunkelheit. Ein schmaler Spalt nur, ein feiner, grauer Streifen in der schroff aufsteigenden Schwärze.

Gerade schmal genug.

Noch einmal raunte der Wanderer Raud ermutigende Worte ins Ohr. Und Raud, die schwarze Raud, schoss den Weg entlang wie ein Blitz geschaffen aus dem Dunkel der Nacht, so schnell, so kraftvoll, dass sie sogar Lurins Pferde hinter sich ließ. Lurins Pferde, denen das Blut über die Flanken lief, geschunden durch die Sporen ihrer Herren. Rauds Kraft übertrug sich auf Demar und Blíkna, und gemeinsam sprinteten die drei durch die Nacht, rasten so schnell auf die Klamm zu, dass Caer deutlich sah, wie der Baron und seine Männer hinter ihnen zurückfielen. Weiter und weiter blieben sie zurück. Das Gesicht des Barons, sein Blick, seine tödlichen Ringe, seine Lederhandschuhe, seine stechenden, scharfen Augen. Alles wurde durch den Regen verwischt. Mit einem Jubelschrei wandte sich Caer von den Verfolgern ab, denn beim nächsten Blitzschlag wollte sie die Klamm sehen, die schmale Klamm, die der Wanderer und seine

Bardin gegen dreizehn Mann verteidigen konnten. Gegen dreißig, wenn es sein musste.

Als sie den Eingang der Schlucht erreichten, ließ Weyd Blíkna an sich vorüberziehen. Der graue Hengst trug Ealdre, Jori und Bahr in die Klamm hinein und raubte ihnen so das Licht der hellsten Fackel. Weyd rief Ealdre hinterher: »Brecht das Eis auf!« Dann kam Demar neben ihm zum Stehen, und er sprang von Rauds Rücken. »Nimm mein Pferd!«, rief er Jelscha über den Donner hinweg zu. »Begleite deinen Bruder und beschütze die anderen! Ihr müsst das Eis aufbrechen!«

Weyd riss Andrin die Fackel aus der Hand, und Jelscha zog sich auf Rauds Rücken. Als die Stute mit den Geschwistern davongaloppierte, wandte er sich Caer zu: »Du deckst ihnen den Rücken!«

Mit einem höhnischen Schnauben ließ die Bardin Demar ein kleines Stück in die Schlucht hineintraben, wendete das Pferd und zog die Füße aus den Steigbügeln. Über ihnen am Himmel zog die Krähe ihre Kreise.

»Caer«, flehte er sie an. »Wir haben keine Zeit, das auszudiskutieren!«

»Stimmt«, pflichtete sie ihm bei, zog die Beine an und stellte sich auf Demars Rücken. »Sei so lieb und halte ihre Zügel, ja?« Ihre Hand schwebte kurz über dem Speer, doch dann griff sie nach dem Bogen. »Ich werde ihnen jetzt eine Botschaft schicken.«

Bei den Sternen, wie mutig diese Frau doch war. Mutig und wunderschön.

»Nicht mit dem Speer?«, wunderte er sich, während er nach Demars Zügeln griff und der Stute beruhigende Worte einflüsterte.

»Der wäre an die verschwendet.« Caer ließ die Schultern kreisen – einmal, zweimal –, dann den Kopf. Als sie den Bogen an die Wange hob, drehte auch Weyd sich um und blickte den Eisernen entgegen.

Sie wartete auf den nächsten Blitz.

»Nur einen Warnschuss«, mahnte Weyd.

Sie schickte den Pfeil von der Sehne.

Zwar konnten sie nicht sehen, wie er sein Ziel traf, doch sie hörten einen schmerzerfüllten Schrei.

»Warnschuss! Verdammte Scheiße!«, rief Weyd.

»Habe ich ja versucht!«, wehrte sich Caer. »Ehrlich! Eigentlich habe ich auf …«

»Verstärke einfach meine Stimme, ja?«, verlangte Weyd zähneknirschend. Sie verdrehte die Augen, bat dann aber die Laute, bat sie höflich und listig, sich weiter tragen zu lassen als sonst. Schmeichelnd, lockend, stichelnd trieb sie seine Stimme an, sich über das Getöse des Sturms und über das donnernde Hufgetrappel hinwegzusetzen und bis an das Ohr des Eisernen Barons vorzudringen: »Du weißt, dass wir diese Schlucht mühelos gegen dich verteidigen können. Lass deine Soldaten kehrtmachen, wenn du nicht willst, dass sie sinnlos abgeschlachtet werden. Kehrt um, Eiserne. Entscheidet euch für den Frieden.«

Und tatsächlich verlangsamte sich der Hufschlag, verstummte. Selbst der Donner schien innezuhalten, die Blitze und der eisige Regen.

Dann wurde eine Fackel entzündet. Über ihnen stieß die Krähe einen heiseren Ruf aus. Und als der Fackelschein sich näherte, spürte Weyd, wie sich etwas Schweres in seine Magengrube bohrte, etwas Schweres, Spitzes, wie ein Kern aus Eisen. Lurin, der Eiserne Baron, erschien, an seiner Seite sein Hauptmann mit der langen, grauen Feder am Helm. Sie trug die Fackel.

Schweigend saß der Baron auf seinem Pferd. Weyd achtete darauf, mit seiner Hand nicht einmal in die Nähe von Mundians Heft zu kommen, als er flüsterte: »Lass uns gehen. Lass uns in Frieden ziehen.«

Das Pferd des Barons schnaubte. Demars Rücken bebte unter Caers Füßen. Mit schussbereit erhobenem Bogen stand die Bardin da.

Und Lurin beobachtete sie stumm. Durchbohrte sie mit seinem Blick. Weyd machte es nichts aus, auf eine Antwort zu warten. Jeder Moment, der verstrich, verschaffte ihren Freunden mehr Zeit, um das Wasser des Flusses zu wecken. Der Gewittersturm verzog sich langsam, der Regen hatte nachgelassen.

Der Sturm ging, doch das Geräusch blieb. Dieses tiefe, dumpfe Dröhnen.

Das dumpfe Dröhnen vieler Hufe, die auf den Boden trommelten.

»Verfluchte Scheiße«, murmelte Caer. Denn natürlich hatte sie es zuerst gehört.

Es waren Hufe.

Mehr Soldaten waren im Anmarsch.

Viele, viele Soldaten.

»Wie viele sind es?«, fragte Weyd leise.

»Beschissen viele«, antwortete Caer.

Dass sie so unpräzise war, gefiel ihm nicht. »Können wir die Schlucht halten?«

Die Bardin antwortete nicht.

»Caer«, drängte er. »Können wir die Schlucht halten?«

»Wir sollten es zumindest versuchen«, erwiderte sie grimmig.

»Nein«, entschied er. »Geh. Reite zu den anderen. Sie brauchen jemanden, der sie beschützt.«

Dann hörten sie die *drimbas*. Nach und nach setzten sie ein, im ganzen Tal schienen sie widerzuhallen. Und in der finsteren Nacht, in dem finsteren Sturm klang es, als wäre eine ganze Armee im Anmarsch.

Und nur aus einem einzigen Grund würde der Eiserne Baron des Nachts ihren Klang fordern. Nur aus einem einzigen Grund würde er Licht in der Dunkelheit entzünden.

Einzig und allein für den Krieg.

Im Licht der Fackel musterte Weyd das Gesicht des Barons. Und der Baron musterte seines. Und so erfasste Lurin, der Eiserne Baron, ganz genau den Moment, als der Wanderer begriff.

Sein Blick wanderte zur Kehle des Vagabunden.

Er könnte es kurz machen.

Dann verklang das Signal der *drimbas*.

Und die Fackeln flammten auf.

Ein Dutzend. Dann noch ein Dutzend. Weiter und weiter sprang das Feuer, bis vier Dutzend, sechs Dutzend, einhundert Fackeln in der tiefen, finsteren Nacht flackerten.

Sie waren ein Grund gewesen für die Schwerstarbeit der Holzfäller.

Einhundert helle, flackernde, brennende Fackeln.

Einhundert schimmernde Lichtpunkte zogen über den Grauen Pfad heran. Einhundert Jahre nach dem letzten Großen Krieg.

»Geh«, drängte Weyd die Bardin erneut. Noch waren die Soldaten so weit entfernt, dass einer von ihnen es schaffen konnte. »Du gehst, ich halte sie so lange auf, bis ihr das Wasser befreit habt. Dann ruft ihr mich, und ich stoße zu euch.«

»Mach dich nicht lächerlich.« Sie legte drei Pfeile gleichzeitig an die Sehne. »Ich werde dich nicht verlassen.«

»Welchen Sinn hat es, wenn wir beide sterben?«, rief er. »Geh, Caer! Verfluchte Scheiße, geh!«

»Weyd.« Ihre Stimme klang so unerschütterlich wie der ewige Wechsel des Mondes. »Du wirst niemals allein sein.«

Langsam rückten sie heran, die vielen, vielen Fackeln. Rückten heran über den Grauen Pfad, der ihn stets so verlässlich durch dieses Tal geführt hatte, hinein und hinaus, bis an die Küsten des Südens und des Nordens.

Und sein Herz
sein treuloses Herz
war froh, nicht allein zu sein.
Nicht allein im letzten Gefecht.

Weyd zog sein Schwert. Funkelnd glitt die Klinge aus der Scheide. Und Caer wandte sich noch einmal an den Baron: »Du weißt, dass ich niemals dir gehören werde. Stoppe den Angriff. Höre auf den Wanderer. Entscheide dich für den Frieden, Lurin.«

Die einzige Antwort des Barons war der Griff nach der Fackel seines Hauptmanns und seinem Schwert.

Dann löschte er das Licht.

Caer schoss, aber eine Sekunde zu spät. Seine Armee war noch weit entfernt, und ohne eine Fackel, ohne einen Blitz, war der Baron von Schur nun unsichtbar. Ebenso wie seine Eiserne Patrouille, der sie sich als Erstes stellen mussten.

Weyd musste nicht einmal zu Caer hinübersehen. Noch einmal trieb die Bardin die Klänge an, sich für ihn zu verstärken, damit er auch ohne Licht in der Finsternis kämpfen konnte.

Ja, in den Geschichten wird gerne vergessen, dass der Wanderer nur dann nach Gehör kämpfen konnte, wenn seine Bardin bei ihm war.

Und so löschte auch der Wanderer seine Fackel, ließ sie achtlos in den Schnee fallen. »Danke, Caer«, sagte er leise, als die Finsternis sich um ihn schlang. »Ich danke dir für jedes deiner Lieder. Ich danke dir für jeden Moment. Ich danke dir für dich.«

Und dann konnte er nichts mehr sagen, denn er hörte das Zischen einer Klinge und riss gerade noch rechtzeitig das Schwert hoch. Das Metall kreischte, und Weyd verschloss die Augen gegen die Finsternis, um zu lauschen. Über ihm stieß die Krähe noch einmal ihren heiseren Ruf aus, dann glitt sie mit leisem Flügelschlag davon. Über ihm glitt ein Schwert heran, leise wie ein Flügelschlag. Auch diesen Angriff wehrte er ab, dann drehte er sich, trat einen Schritt vor und riss Mundian herum. Sein Angreifer verlor das Gleichgewicht und fiel direkt in die wartende Klinge – so dicht an Weyds Ohr, dass er den Schmerzensschrei hörte, das würgende Keuchen, den Gestank von Blut, Scheiße und Pisse roch. Er versuchte, das auszublenden, nicht zu hören, wie Fleisch aufplatzte, Knochen brachen, Gedärme sich entleerten. Nicht zu hören, wie die Bogensehne in der Finsternis ihr grausames Lied sang. Weyd schloss beide Hände um den Schwertgriff und wirbelte herum, um den nächsten Schlag abzufangen, immer geführt vom leisen Zischen der Klingen. Mit einem Ruf trieb er Demar tiefer in die Schlucht hinein. Ducken, Schlag nach oben, der nächste Mann fiel in der

Finsternis, der grausamen Finsternis, der erstickenden Finsternis. Knochen brechen, das Schmatzen von Fleisch, der Gestank von Blut, wie sehr er das alles verabscheute, wie sehr es ihn anwiderte, und es würde noch hundert Mal so gehen. Sinnlos war es, das wusste er, denn er konnte keine hundert Männer töten, selbst wenn er gewollt hätte. Wieder ein Zischen, dem er einfach auswich, dann eine fließende Bewegung, und er trennte einen Kopf von den Schultern. Schon jetzt war er mit Blut bedeckt, es klebte in seinen Haaren, auf seiner Kleidung, seiner Haut. Wie sehr er es hasste. Wieder schlang er die Finger um Mundians Griff, wieder schlug er zu, ließ seine Muskeln die Kontrolle übernehmen, denn sie wussten, was zu tun war. Wussten es ebenso instinktiv, wie sie sich auf den Wegen zurechtfanden, auf Karten, auf Straßen. Und über ihm sang der Bogen sein schreckliches Lied, und die Armee der Fackeln rückte näher und näher. Näher und näher, die vielen, vielen Fackeln, bis Weyd sich schließlich nicht mehr allein auf sein Gehör verlassen musste. Nun sah er, wie der Rest der Eisernen Patrouille sich um den Baron und den Hauptmann scharte. Und er hörte den Hufschlag, den dröhnenden Hufschlag.

Dröhnend wie
dumpfe
finstere
Trommeln.

Neun Tote glaubte er zu sehen. Neun Tote zu seinen Füßen. Er musste würgen.

Und mehr würden kommen. Wie viele würde er noch töten müssen, bevor sie ihn überrannten? Bevor sie erst ihn und dann Caer abschlachteten?

Da kamen sie. Die Fackeln waren gerade mal noch hundertfünfzig Meter entfernt. So viele Fackeln. Vier Dutzend, sechs Dutzend, acht Dutzend. Einhundert Fackeln.

Sie kamen.

Stetig.

Unbeirrbar.

Tödlich.

Einhundert Fackeln brannten im Tal von Schur, wo des Nachts nicht Laut, nicht Lampe, nicht Licht gestattet war, denn die Menschen glaubten, das würde die Furcht anlocken. Und nun brannten hier so viele Lichter, jedes von ihnen eine tödliche Klinge, ein tödlicher Schlag. Denn durch die Menschen zog die Furcht ihre Kraft aus allem, selbst aus Licht und Wärme, und schuf sich aus ihnen tödliche Werkzeuge. Und so viele Laute. Von den Bergen hallten sie wider, das Stampfen der Hufe, der Stiefel, der Trommeln.

Der

dumpfen

finsteren

Trommeln.

Weyd hörte das Knirschen von Stiefeln im Schnee, dann stand Caer an seiner Seite. Plötzlich musste der Wanderer an ihren letzten Abend in der Poststation denken, an all das, was er nicht gesagt hatte.

Das Schweigen hatte seinen Preis, so wie es immer seinen Preis hatte, wenn man sich nicht an die Wahrheit hielt.

Reue. Reue war der Preis, den er zu zahlen hatte.

»Du bist nicht allein, mos segurs«, sagte Caer. Sie stand an seiner Seite.

»Du bist nicht allein, midons«, antwortete er. Er hörte,

wie sie Schild und Streitaxt packte. Und vielleicht war das sogar besser als *Ich liebe dich*.

Vielleicht umfasste *Du bist nicht allein* so viel mehr von dem, was er ihr hatte sagen wollen.

Vielleicht hatte er gar nicht von sich sprechen wollen, sondern immer nur von ihr.

»Ich hoffe nur, die anderen schaffen es«, fügte Caer hinzu, in Gedanken ganz bei ihren Gefährten, während sie den Marsch der Fackeln verfolgte. Hundert Meter noch. Vielleicht auch nur neunzig.

»Wir werden ihnen so viel Zeit verschaffen, wie wir können«, erwiderte Weyd und beugte sich zu ihr hinüber.

»Ich habe Angst, Weyd.« So leise war ihre Stimme neben dem Hufschlag, den Schritten, den Trommeln. So leise, obwohl so viel unterdrückte Verzweiflung in ihr mitschwang. »Was erwartet uns auf der anderen Seite?«

So verloren klang sie.

Er rang nach Luft.

Ich auch, wollte er sagen.

Du bist nicht allein.

Doch die Worte blieben ihm im Hals stecken. Reue, Trauer, Angst raubten ihm die Stimme.

Die unerforschte Fremde rückte näher. Rückte näher in Gestalt von hundert brennenden Fackeln, von hundert Stiefelpaaren, von dröhnendem Hufschlag, dumpf wie der Klang unzähliger Trommeln

Trommeln
Trommeln
Trommeln.

Dumpfe, finstere Trommeln, die direkt aus der Erde zu tönen schienen, aus den Tiefen der Erde, den Tiefen der Berge.

Fünfzig Meter.

So nah. Das Licht der Fackeln tanzte bereits über Caers Gesicht. Er konnte ihre dunklen Augen sehen, ihr zerzaustes, nasses Haar, ihre raue Wange, die er so gerne streicheln würde. Und er sagte es ihr in der Sprache, die sie beide so liebten: »No estas sol, midos, mais ab solatz. Estem toz deus ensems.«

Du bist nicht allein. Wir sind zusammen.

Und als sie ihn ansah, wollte er noch mehr sagen.

Er wollte sagen *Ich liebe dich.*

Da stieß sie einen Laut aus. »Weyd!«

Und er begriff, dass er ihr Gesicht nicht mehr sehen konnte.

Als wären die Lichter plötzlich erloschen.

Und tatsächlich ...

Vorn auf dem Grauen Pfad

waren die Lichter erloschen.

Nicht alle.
Aber langsam,
stetig,
unbeirrbar,
Reihe für Reihe
erloschen die Fackeln vor ihnen.
Und kurz bevor der erste Schrei ertönte, begriff Weyd
begriff Caer
begriffen sie alle

Dass nicht der Hufschlag das dumpfe Dröhnen verursacht hatte. Nicht die Schritte der Soldaten. Nicht der Donner, nicht der Sturm.

Es war der Klang der Trommeln.

Der dumpfen Trommeln aus finsterer Tiefe.

Die Schatten waren gekommen.

Und dann gellte der erste Schrei in den Reihen von Lurins Soldaten; die Truppe floh in alle Richtungen. Hinter ihnen erschienen vierzehn hoch aufragende Gestalten, vierzehn Schatten mit weißen Klingen, die im Licht der Fackeln zu brennen schienen.

Caer drückte Weyds Hand. Einmal nur, ganz kurz. Dann sprangen sie auf Demars Rücken, erahnten ihr weiß schimmerndes Fell in der Dunkelheit, silbern und bläulich im Licht des Sterns auf Weyds Brust. Hinter ihnen gellten die Schreie, das Zischen der Feuerklingen, glühend weiß, beißend kalt, die eine Armee von hundert Mann in Stücke hackten. Demar stürmte durch die Schlucht, halb blind durch die drückende Finsternis. Der Gestank von Schweiß und Blut lag in der Luft: Schweiß, der auf ihrer Haut gefror, Blut, das in ihren Gesichtern trocknete.

Caer flehte die Klänge an, ihre Stimme weit, weit schallen zu lassen, bis hinaus an die Grenze: »Bahr, wir könnten hier ein wenig Licht gebrauchen!«

Und weiter jagte Demar durch die Klamm, preschte dahin, so schnell sie konnte. Ihre Hufe trafen auf einen Stein, sie taumelte, wäre beinahe gestürzt. Und die Furcht lachte.

Ihre langen, dicken, erstickenden Tentakel schlangen sich um Demars Beine. Die Stute stieg, wieherte panisch.

Doch der Wanderer hielt sie mit aller Kraft, und Caer klammerte sich an ihm fest.

Die Furcht streckte sich höher, wand sich um ihre Kehlen, ihre Stimmbänder, bis sie sich fühlten, als gäbe es keine Luft mehr, keine Luft, um zu rufen, zu singen, zu sprechen. Die Furcht wand sich weiter, wand sich geschickt um Demars Hals.

Die Stute taumelte.

Und es war so finster, die Schatten so nah. Und die Schreie, die Schreie waren so laut.

Demar wurde langsamer. Blieb stehen.

Ihr seid ganz allein, flüsterte die Furcht ihnen ein. Raunte in ihren Ohren, dröhnte im Kopf des Wanderers. *Nur du, eine Bardin und ein Pferd, sonst ist da niemand. Nichts und niemand außer vierzehn Schatten in eurem Rücken und einer Armee von Soldaten, die hinter euch her ist. Eure Freunde haben sich bereits auf dem Fluss abgesetzt. Und die Schatten werden sie finden und sie töten. Es gibt kein Licht jenseits der Finsternis. Es gibt keine Sterne am Himmel. Es gibt kein Leben im Nichts. Nur den Tod.*

»Ach ja?« Es kostete Weyd sämtliche ihm verbliebene Kraft, seine Stimme ertönen zu lassen, sämtliche Kraft, nicht länger zu schweigen. »Und was ist das?«

Denn hoch über ihren Köpfen ertönte ein Krächzen. Und am Ende der Schlucht blitzte ein goldener Schimmer auf.

Ein goldener Mantel.

Als wäre ein Stern aus dem Dunkel des Nachthimmels herabgefallen.

Ealdre war gekommen.

Demar gab sich einen Ruck, marschierte los. Mit behutsamen Schritten ging sie auf den goldenen Schimmer zu. Aus ihrem langsamen Schritt wurde Trab, und schließlich galoppierte sie so schnell es in der engen Schlucht möglich war, hielt auf die Öffnung zu, auf die Veta, auf Ealdre.

Und so stürmten der Wanderer und seine Bardin aus der Schlucht heraus auf die offene Ebene, erblickten die Ruinen von Avastat mit ihrer längst von Fäulnis zerfressenen hölzernen Lichtsäule und der Anlegestelle am Fluss, schwach erleuchtet von Bahrs Fackel. Und dort am Fluss, bei der alten Lichtsäule, lag ein Floss, wie die Holzfäller es versprochen hatten. Andrin stand daneben am Ufer. Selbst von Weitem konnten sie seine Stimme hören. Und auch Bahr sprach, und Jori, beide wiederholten einen stetigen Singsang, den der Wanderer sich als das Wort *bitte* in der Sprache des Wassers erklärte. Es klang tatsächlich mehr nach Lied als nach Sprache, eine Melodie wie das Rauschen der Wellen an einem Strand, die stete Wiederholung von Auf und Ab, von Anstieg und Rückzug, mit jedem Mal ein wenig höher als zuvor. Ja, es war der Klang der steigenden Flut. Und Andrin sagte noch mehr, sang beinahe. So klar hallte seine Stimme über den Steg, auf dem er mit seiner Schwester und Bellitas stand: Jelscha mit gespannter Armbrust, der Fuchs mit gefletschten Zähnen.

Und vom Himmel stieß die Krähe herab, glitt vor ihnen her und landete schließlich auf Rauds Rücken. Ungeduldig tänzelnd und wiehernd, stand die Stute am Flussufer und hielt nach dem Wanderer Ausschau. Ealdre kam ihnen auf Blíkna entgegen, als sie der Krähe zum Fluss folgten. Tief und warm hallte seine Stimme durch die Finsternis, als er ihnen zurief: »Das Wasser hat das Eis noch nicht durchbrochen. Wir brauchen mehr Zeit!«

»Wir haben aber keine Zeit mehr«, entgegnete Weyd. »Die Schatten kommen!«

Ja, die Schatten kamen.

Während Grau und Weiß zum Fluss hinuntergaloppierten, glitt der erste Schatten in die Schlucht hinein. Seine kalte weiße Klinge war voller Blut, verströmte den Geruch von verbranntem Fleisch und gefrorener Erde, auf der niemals wieder etwas wachsen würde. Sein Körper war aufgedunsen und prall. Der Schatten schob sich durch die Klamm. Sechs weitere Schatten folgten ihm, all jene, die nicht mehr damit beschäftigt waren, die Soldaten von Schur abzuschlachten. Ihre dicken, aufgedunsenen Körper schoben sich durch die Klamm, bis der Fels ächzte und stöhnte vor Qual. Fünf Reiter jagten vor ihnen durch die Schlucht, jagten Grau und Weiß.

Lurin, der Eiserne Baron, und sein Hauptmann, gefolgt von den letzten Überlebenden der Eisernen Patrouille, drei junge Männer mit stolzen, weißen Federn am Helm. Sie alle preschten durch die Klamm. Sie alle klammerten sich verzweifelt an ihr Leben.

Und so stürmten auch sie aus der Schlucht heraus auf die weite Ebene, die man die Grenze nannte.

Auf halbem Weg zum Fluss hielten sie an, der Wanderer, die Bardin und der Heiler, und wendeten ihre Pferde. Blickten zurück zum Ausgang der Schlucht, aus deren Finsternis das Dröhnen der Trommeln erklang. Zwischen kahlen, dürren Buchen standen sie, überragt von den fahlen, drohenden Grabhügeln, und das panische Schnarren der Wanzen, die bei ihren Bäumen ausgeharrt hatten, summte in ihren Ohren. Sie mussten ebenfalls ausharren, bis das Wasser wieder floss an dem Steg bei der alten Lichtsäule.

Sie mussten am Grauen Pfad ausharren.

Mussten ihn verteidigen mit einem Lied.

Einem Lied, das nun seinen Wert unter Beweis stellen musste.

Sie hörten die Pferde von Baron, Hauptmann und dem Rest ihrer Patrouille heranpreschen. Und sie hörten die Trommeln.

Und dann sahen sie den ersten Schatten.

Lautlos glitt er aus der Schlucht heraus.

Trat beiseite.

Wartete auf seine Kameraden.

Und seine Kameraden kamen. Einer nach dem anderen glitt aus der Schlucht heraus. Trat beiseite. Reihte sich ein.

Lautlos.

Unbeirrbar.

Erbarmungslos.

Zwei.

Drei.

Vier.

Fünf.

Als der sechste Schatten seinen Platz in der Reihe einnahm, hatten der Baron, der Hauptmann und die beiden Soldaten den Wanderer erreicht. Ihre Pferde waren panisch, die Reiter atemlos. Sogar Lurin. Und hinter ihnen sprach Andrin noch immer beschwörend auf die Veta ein.

Sie brauchten mehr Zeit.

Der Wanderer richtete sich auf. »Lurin«, sagte er in der Sprache der Schurer, denn er wusste, dass sie nun jede Stimme im Tal brauchen würden. »*Chantas.*«

Der Baron stieß einen kurzen Laut aus, ein ungläubiges Schnauben vielleicht. Oder einen Laut der Furcht.

»Sing, Baron. Sing, Hauptmann«, wiederholte der Wanderer in der Gemeinen Sprache. »Singt das Lied der Nacht, wie es von jeher gesungen wurde.«

Und als der siebte Schatten aus der Schlucht glitt, stimmte Caer mit klarer, heller Stimme die Melodie an, auf der all ihre Hoffnung ruhte. Das Lied, das sie auf dem Wehrgang gesungen hatte.

Das Lied der Nacht stimmte sie an.

Laut und klar sang Caer die Worte hinaus, als der letzte Schatten in die Reihe trat.

Bei der nächsten Strophe stimmte Weyd mit ein. Sie sangen, und sie hielten Ausschau, Ausschau nach den Schatten.

Den reglosen Schatten, die ihnen stumm entgegenblickten.

Die knochenweißen Klingen hoben, schimmernd in der Dunkelheit.

Dann rückten die Schatten vor.

Lautlos.

Unbeirrbar.

Erbarmungslos.

Ja, die Schatten kamen.

Demar tänzelte nervös, die Pferde der Schurer wieherten voller Angst. Doch niemand hatte genügend Luft für Worte des Trostes, weder in ihrer Sprache noch in einer anderen. Nur das Lied konnte sie jetzt noch retten.

Dann fiel eine dritte Stimme mit ein. Die Stimme des Hauptmanns. Dünn klang sie, ungeübt, eher an das Brüllen gewöhnt als an das Singen, aber sie gab ihr Bestes.

Und dann sang auch Lurin. Der Baron sang in seinem Tal, dessen Land, Blut und Straßen er als sein alleiniges Eigentum betrachtete. Über jedes Stückchen Land, jeden Tropfen Blut, jeden Meter Straße glaubte er zu herrschen, und musste nun erkennen, dass dem nicht so war. Dass schon seit Langem allein die Furcht das Land beherrschte, das Blut vergoss, auf den Straßen wandelte: Furcht, die sich ihm in Gestalt von sieben Manifestationen der Finsternis näherte, mit sieben Schwertern aus weißem, kaltem Feuer. Jeden Meter des Grauen Pfades verbrannten sie, jedes Stückchen Erde. Jeder Baum fiel ihnen zum Opfer, nichts und niemand wurde verschont – Baron und Entwurzelter ebenso wenig wie der Baum, der hier seit tausend Jahren stand und wegen seiner Wurzeln nicht weglaufen konnte, nicht fliehen konnte wie die Menschen. Menschen, die es immer an neue Orte zog, in neue Länder, um neue Dinge zu erfahren, neue Lieder zu erschaffen, alte Lieder zu erinnern.

Sie sangen das Lied der Nacht.

Und doch kamen die Schatten. Aus ihren dicken, aufgedunsenen Leibern wuchsen dicke, finstere Tentakel, und die Tentakel der Furcht reckten sich ihnen entgegen.

Da ertönte eine fünfte Stimme.

Und was für eine Stimme das war.

Schon vom ersten Moment an hatte der Wanderer bemerkt, wie wundervoll Ealdres Stimme war. Vom ersten Moment an hatte er sie mit seinem ganzen Körper gespürt, in seinem Blut, seinen Knochen, tief hinein bis ins Mark.

Und selbst das war nichts, verglichen mit seinem Gesang.

Durch Ealdres Stimme schien das Lied der Nacht zum Leben zu erwachen. Voller klang es, weiter trug es. Es klang, als wüsste er, was die Worte bedeuteten. Es klang, als stammten sie aus einer Sprache, die ihm wohlvertraut war, die von diesem Mann niemals vergessen worden war, obwohl sie aus einer Zeit stammte, in der bei Tag das Licht und bei Nacht die Sterne den Himmel erfüllt hatten, als die Türme standen hoch und hehr, einer Zeit der silbernen Sterne und des goldenen Sonnenlichts.

Und plötzlich sang auch Caer lauter, kräftiger, und plötzlich schien auch sie genau zu wissen, was die Worte bedeuteten. Ihr Lied veränderte sich. Es wurde zu einem brüllenden, lärmenden Tosen: laut, klar und furchtlos.

Ja, es war frei von jeder Furcht.

Genau das war es: Ealdres Stimme war frei von Furcht. Und so wurde auch ihr Lied von jeder Furcht befreit. Und sie wurden von Furcht befreit.

Und über ihnen
am dunklen
dunklen
Himmel,
wo des Nachts weder Licht noch Klang zu finden waren,
schien etwas zu zerreißen.

Die Finsternis bekam einen Riss.

Einen Riss, durch den die Sterne zu sehen waren, sogar der Mond. Und ihr Licht schien auf den Grauen Pfad herab, auf das Tal von Schur, auf die gequälten Berge.

Silbern wand sich der Graue Pfad durch die Nacht. Silbern schimmerte sein breites Band in der Dunkelheit. Silbern wie die Sterne oben am Himmel, wie der Stern an der Brust des Wanderers. Silbern war jeder Ton ihres Liedes, silbern leuchtete die Straße, auf der sie standen.

Und die Schatten …

Langsamer wurden sie. Fahl schimmerten ihre Klingen, gierig reckten sich ihre Tentakel, dumpf dröhnten ihre Trommeln in der Tiefe.

Und doch wurden sie langsamer.

Langsamer

immer

langsamer.

Dann hielten sie inne. Verharrten reglos am Rand des silbernen Kreises, der sich um die Reiter herum ausdehnte, die Reiter mit dem Stern und dem Lied.

Reglos verharrten sie.

So

vollkommen

reglos.

Unbeirrbar saßen die Entwurzelten auf ihren Pferden, ebenso der Baron und sein Hauptmann, und sie spannen mit ihrem Gesang einen Strang aus Silber, einen Strang aus Sternenlicht. Spannen eine Melodie aus Gold. Unbeirrbar schickten sie das Lied der Nacht zu den silbernen Sternen hinauf.

Und die Schatten wichen zurück.

Langsam.

Lautlos.

Vor dem Licht wichen sie zurück.

Und je länger die Sänger das Lied erklingen ließen, desto mehr Risse erschienen in der Finsternis, desto mehr Licht durchdrang die Nacht. Mond und Sterne schienen herab auf dieses Land, das sie so viele, ermüdende Jahre hatte entbehren müssen. Das Lied brachte sie zurück, die Worte von ihren Lippen, die Töne aus ihren Kehlen brachten das Licht. Nun war die Nacht nicht mehr finster, sondern ebenso schön wie der Tag.

Der Wanderer beobachtete, wie die Schatten sich zurückzogen. Und er spürte etwas, tief in seinen Knochen.

In seinem ganzen Körper. Selbst in seinem Atem. Ein feines Summen, ein freudiges Kribbeln, und eine wärmende Kraft. So stark, so gut, so wahrhaftig hatte er sich seit vielen Jahren nicht mehr gefühlt.

Dann wandte er sich nach rechts, sah seine tapfere Löwin an. Seine Bardin. Caer. Plötzlich spürte er, dass er es ihr sagen wollte. Die Worte lagen ihm auf der Zunge. Er hätte sie auch gleich singen können.

Doch als er sich zu ihr umdrehte, sah er, dass sie sich von ihm abgewandt hatte.

Caers dunkle Augen, ihre silberne Stimme, ihre gesamte Aufmerksamkeit waren nur auf den Mann an Weyds Seite gerichtet.

Ihr Blick galt nur Ealdre.

Und auch er sah sie an, und im Licht von Mond und Sternen, im goldenen Strahlen seines Mantels, konnte Weyd mühelos das grenzenlose Staunen in seiner Miene erkennen; die übersprudelnde Freude in ihrer. Denn die beiden sahen sich nicht nur an.

Sie sangen gemeinsam.

Und die Schatten wichen zurück. Bis in die Schlucht und immer weiter, als immer mehr Sterne am Himmelszelt erschienen, als der Schein des Mondes immer heller und strahlender wurde. In späteren Zeiten würde man dies in Schur als *Staila Notg* bezeichnen, die erste Nacht der Sterne.

Erst als die Schatten nicht mehr zu sehen waren, erst als Ealdres Stimme verklang, als sie alle verstummten, blickte der Wanderer wieder zu Caer hinüber.

Nun sah sie ihn an, und sie strahlte. Schien kurz davor zu sein, triumphierend in die Luft zu boxen.

Was sie dann auch tat. Mit einem Sprung stellte sie sich auf Demars Rücken, riss die Arme hoch und jubelte: »Nehmt das, ihr Schurken! Ihr Trottel! Ein törichtes Lied? Ha!«

Und obwohl ein bohrender Schmerz in seiner Brust wütete, erwiderte er ihr Grinsen.

Dann sah er sich nach Ealdre um, der Caers Freudenausbruch mit einem sanften Lächeln beobachtete.

Und schließlich drehte der Wanderer sich zum Fluss um, wo Andrin noch immer auf dem Steg stand und auf das Wasser einredete. Im Licht von Mond und Sternen waren erste Risse im Eis zu sehen. Ja, sie hörten es auch, das Knacken des Eises und das gurgelnde, langsam erwachende Tosen darunter.

Sie würden lebendig aus diesem Tal herauskommen. Sie würden aus diesem Tal entkommen, seinem Baron und den Schatten entkommen, da das Wasser sich bereit erklärt hatte, ihnen zu helfen. Über die Veta würden sie parallel zum Grauen Pfad reisen, bis der Fluss Handalon hieß, und sie würden Briva erreichen, sie …

Sie würden Briva erreichen.

Der Wanderer streichelte liebevoll Demars Hals und schwang sich aus dem Sattel. »Du hast dich tapfer gehalten«, lobte er sie. »Nun sollst du nicht mehr so schwer tragen müssen.«

Caer folgte seinem Beispiel, und sie machten sich zu Fuß auf den Weg zum Schiffsanleger, wo Raud noch immer nervös tänzelnd wartete und ihnen wohl am liebsten entgegengaloppiert wäre. Die Krähe saß auf ihrem Rücken, und neben der Stute hatte sich nun auch Bellitas eingefunden und rief nach ihnen.

So gingen die Bardin, der Wanderer und der Heiler zum Steg. Zu ihren Freunden.

Ohne zu wissen

ohne zu ahnen

dass es noch eine Schlacht auszufechten galt.

Furcht flammte in den Augen des Barons auf, als er sah, wie die drei sich abwandten. Furcht, die ihn nicht mehr losließ, die sich in sein Innerstes bohrte, schwer und spitz wie ein eiserner Kern. Denn nun wusste er, dass ein Lied die Welt beherrschen konnte, wo das Schwert versagte, dass Entwurzelte ein Land beschützen konnten, das nicht das ihre war. Und zum ersten Mal in seinem Leben spürte Lurin wahrhaftige, ungetrübte Furcht in sich.

Gesang war ihm als Waffe nicht vertraut. Gesang hatte ihn dazu getrieben, seine Schwester zu töten. Mit Gesang hatte das Blutvergießen erst begonnen.

Und der Baron hatte nicht in tiefster Finsternis gekämpft. Er war ausgeruht, er war schnell, und er brauchte nicht einmal sein Schwert für einen tödlichen Schlag.

Er würde es kurz machen.

Und so, als der Wanderer sich mit der Bardin und dem Heiler dem Fluss zuwandte …

… stürzte sich der Baron mit aller Kraft auf ihn, die Arme ausgestreckt, sodass Tur im Licht der Sterne funkelte.

Weyd ahnte es nicht einmal.

Er nicht.

Doch Caer hatte seit ihrer Ankunft in Erebu gelernt, ständig auf der Hut zu sein vor manchen Männern, auch wenn sie es grässlich fand. Es war ihr in Fleisch und Blut übergegangen. Weshalb sie den Baron nie ganz aus den Augen ließ.

Einen Mann wie Lurin niemals.

Und so bemerkte sie, wie er angriff.

Caer der Bardin blieb kaum Zeit für eine Entscheidung.

Für den Bogen war es zu spät.

Einen Pfeil konnte sie nicht mehr ziehen.

Zu spät für Axt, Schwert oder Schild.

Ein Lied würde hier nicht helfen. Eine Warnung könnte zu spät kommen.

Ihr blieb nur ihr Körper.

Also katapultierte sie sich nach vorn, als Lurin loshechtete. Warf sich ihm mitten in den Weg.

So fing Caer den Angriff ab, der eigentlich dem Wanderer gegolten hatte.

Eine präzise Bewegung, und Tur glitt über ihre Kehle.

Ein Herzschlag.

Dann sprudelte das Blut aus ihr heraus.

Stellt es euch vor, während ihr hier am Feuer sitzt, am warmen, fröhlich knisternden Feuer, umgeben vom Dunkel der Nacht. Stellt es euch vor, das viele Blut.

Wie das Blut aus ihrem Körper strömt.

Stellt euch den Schmerz vor, das Entsetzen, den lähmenden Druck auf ihrer Brust.

Könnt ihr es spüren?

Caer konnte ihren Herzschlag spüren. Ihren ganzen Körper ließ er beben. Sie konnte spüren, wie er das Blut aus ihr herauspumpte. Heiß und nass lief es über ihre Haut, ihr eigenes Blut, während ihre Knochen bebten, während sie verzweifelt nach Luft schnappte. Und niemals hätte sie gedacht, dass sie ihn spüren würde.

Den Tod.

Er war hier, hier an ihrer Seite.

Niemals hätte sie gedacht, dass sie ihn

so

sehr

fürchten würde.

9

Der Schrei der Krähe

Weyd fing sie auf.

Gemeinsam sanken sie zu Boden.

Ein brennender Schmerz schoss durch seinen Arm, die Welt verlor jeden Halt. Verschwamm, als er auf sie herabblickte, so starr in seinen Armen. Als er spürte, wie ihr Blut über seine Hände lief.

Jemand schrie. Es war Lurin.

Weyd achtete nicht auf ihn. Verzweifelt legte er sie auf den Boden. Presste beide Hände auf die Wunde, auf das hervorquellende Blut. Es quoll zwischen seinen Fingern hervor, egal wie fest er drückte. Und er rief um Hilfe, Hilfe, einen Verband, Heiler!

Und Ealdre kam zu ihnen. Weyd blickte auf, wollte ihm sagen, dass er den Heiler brauchte, ein zweites Paar Hände, um das Blut aufzuhalten, das aus ihrem Körper strömte!

Aber Ealdre schritt an ihm vorbei.

Ealdre ging zu Lurin, dem Eisernen Baron.

Ein leises Schaben verriet, dass ein Schwert gezogen wurde.

Ealdre hatte ein Schwert gezogen.

Keiner von ihnen hatte ihn je mit einer Waffe gesehen. Lang war die Klinge, schmal und knochenweiß.

Und da war etwas in seinen Augen … kein Entsetzen, keine Fassungslosigkeit, nicht einmal Zorn.

Es war Finsternis.

Der Baron signalisierte seinem Hauptmann und den drei Soldaten zurückzutreten. Dann erhob er sein Schwert gegen den Heiler, der ihm ja nicht annährend gewachsen sein konnte, dachte Lurin, ihm in seiner eisernen Rüstung.

Kreischend traf das Schwert auf die fahlweiße Klinge.

Und die Furcht wuchs in Lurins Brust. Denn in diesem Heiler spürte er eine Stärke und eine Sicherheit, die ihm noch von keiner Waffe entgegengeschlagen war, nicht einmal von der des Vagabunden. Die Klinge dieses Entwurzelten schien wahrhaftig eine Verlängerung seines Armes zu sein. Seiner Seele. Jedes einzelnen Atemzugs.

Ealdre erhöhte den Druck auf die Waffe. Die Wunde am Arm des Barons, die Caers Pfeil ihm an der Poststation beigebracht hatte, begann wieder zu bluten. Lurin brüllte. Er atmete schwer. Blutete heftig.

Doch nicht so heftig wie Caer. Weyd presste und presste, während Ealdre drückte und drückte, den Baron niederrang.

Lautlos.

Unbeirrbar.

Erbarmungslos.

Bis der Baron den Halt verlor. Bis er stürzte.

Und dann kroch er. Kroch rückwärts, auf die Ellbogen gestützt, ächzend vor Schmerz bei jeder Bewegung. Immer weiter kroch er, immer weiter verfolgte ihn Ealdre.

Lautlos.

Unbeirrbar.

Erbarmungslos.

Und der Wanderer riss sich die Tassel ab, ohne auf die Schmerzen in seinem Arm zu achten, drückte den Stoff auf die Wunde, starrte voller Entsetzen darauf. Er war kein Heiler. Er hob den Kopf, sah zu Ealdre in dem goldenen Mantel hinüber. Schrecklich groß war er, schrecklich still.

»Ealdre!«, rief Weyd. »Ealdre, ich brauche Hilfe!«

Aber Ealdre beachtete ihn nicht. Mit einem gelassenen Schwung aus dem Handgelenk entwaffnete er die drei jungen Männer mit dem strahlend weißen Helmschmuck, die auf ihn zustürmten. Schleuderte sie beiseite. Dann hob er den Fuß, stellte ihn auf die Brust des Barons und drückte ihn zu Boden. Hob noch einmal den Fuß und setzte ihn diesmal genau auf die Wunde an seinem Arm.

Lurin schrie vor Schmerz.

Schrie und schrie und schrie.

Bis Ealdre den Druck lockerte.

»Ealdre!«

Schrecklich groß war er, schrecklich gelassen. Und sein Mantel war kein goldener Schimmer mehr in der Nacht, verströmte keinen warmen Glanz mehr, sondern wurde fahl, silbrig grau wie Asche. Und dann breitete sich wie schwarze Tinte die reinste Dunkelheit auf ihm aus, er wurde finster wie die Nacht, die nun wieder zu ihnen vordrang. Finster wie die schreckliche Nacht, vor der die Sterne und das Licht des Mondes flohen.

Caer würgte, keuchte. Der Stoff auf der Wunde war vollkommen durchnässt von ihrem Blut. »Ealdre, ich brauche dich!«, brüllte Weyd.

Und Ealdre hob sein Schwert. Sein knochenweißes, fahles Schwert.

So bleich schimmerte es im verblassenden Licht des Mondes, im sterbenden Glanz der Sterne.

Denn das Strahlen der ersten Nacht des Lichts verging.

Verging, während das Flüstern des Wassers sie umtoste,

während das Eis brach,

während der Fluss Veta rauschend zu neuem Leben erwachte.

Langsam, unbeirrbar, erbarmungslos

hob Ealdre sein Schwert.

Nie zuvor war dem Wanderer so bewusst gewesen, dass die Zeit ihm zwischen den Fingern zerrann. Seine Tassel war längst von Caers Blut durchtränkt. Und mit jedem Schlag ihres Herzens quoll mehr davon aus der Wunde. Mehr, immer mehr. Mit zitternden Händen tastete er nach seinem Kräuterbeutel. Immer wieder rutschte er ihm durch die Finger. Die Kräuter. Der abgetragene Stoff seines Umhangs. So schwer. Zeit. Die Zeit zerrann zwischen seinen Fingern. Das Leben zerrann hier unter seinen Fingern, ihr Leben, und sein Leben, wo er sich doch an beidem so verzweifelt festgeklammert hatte – überzeugt davon, dass er sie alle retten konnte, alles haben konnte, alles tun konnte. Seinen Körper, seinen Geist, seine Gedanken und seine Stimme hatte er geschunden, damit er genau passte, passend wurde für alle. Genug, gut genug war für alle. Gut genug, um sie alle zu retten.

Weyd presste noch fester zu. Es fühlte sich an, als würde er laufen, laufen, laufen, nach den Kräutern suchen, Ealdres Schwert abfangen, das Floß ins Wasser schieben, alles gleichzeitig.

Und Caer lag in seinen Armen, die Augen noch immer weit geöffnet. So weit geöffnet, dass er die Furcht darin sah.

Er durfte sie nicht verlieren.

Also erhob der Wanderer noch einmal seine Stimme und schrie: »Ealdre! Sie stirbt!«

Die fahle Klinge hielt inne.

Nur Zentimeter vom Körper des Barons entfernt
hielt sie inne.

Ealdre drehte sich um. Musterte den Wanderer, die Bardin in seinen Armen.

Und eine Wandlung ging mit ihm vor. Einen Moment noch zögerte er, dann zog er sein Schwert zurück und hastete an Caers Seite. »Lass mich!«, befahl er mit zitternder Stimme. So sehr zitterte sie. »Ich kann sie retten, ich kann sie retten! Geh! Kümmere dich um das Floß. Schieb es ins Wasser!«

Weyd sprang auf. Während Lurin nach seinem Hauptmann rief, während Hauptmann Menga an die Seite ihres Barons eilte, wandte Weyd sich ab und lief zum Steg. Dort brauste nun laut der Fluss Veta. Dort schoben Andrin und Bahr bereits das Floß Richtung Wasser, sie drückten und kämpften. Er kam ihnen zu Hilfe, während Jelscha mit gespannter Armbrust ihren Rücken deckte.

Als das Floß im Wasser lag, nestelte Bahr am Knoten des Stricks herum, der es noch immer am Steg festhielt. »Beeilt euch!«, rief sie.

Jori rief Demar, Blíkna und Raud herbei. Bellitas lief ihnen entgegen, um sie willkommen zu heißen und auf das Floß zu begleiten, während seine Freundin, die Krähe, sich in die Luft erhob und zu Caer und Ealdre flog. Raud stupste den Wanderer liebevoll an, bevor er sie auf das Floß führte. Ihm folgte Jori, gestützt von Andrin. Jelscha gab ihnen noch immer Rückendeckung.

Und so fehlten nur Caer und Ealdre.

Noch immer kniete der Heiler an Caers Seite. Weyd konnte nicht sehen, was er tat.

»Weyd, schnell!«, rief Bahr wieder. Ihre Muskeln spannten sich. »Hol sie!«

Der Wanderer rannte los.

Rannte, bis er die Bardin und den Heiler erreichte. Ealdre hob den Kopf. Blass war er, und sein Mantel hatte wieder die Farbe von Asche angenommen. Die Krähe an seiner Seite stieß einen Schrei aus, musterte den Wanderer mit glänzenden Augen. »Trag sie«, befahl der Heiler mit schwacher Stimme. Seine Hände waren voller Blut, und an seinem Mantel fehlte ein Stück. Einen Streifen hatte er abgerissen und der Bardin wie einen Verband um den Hals geschlungen. »Ich konnte die Blutung eindämmen, aber wir müssen sie in Sicherheit bringen!«

Und auch wenn die ganze Welt ins Trudeln geriet, hob Weyd die Bardin in seine Arme. Er fragte Ealdre nicht, durch welche Albitzenkünste er die Blutung verlangsamt hatte. Er hob sie einfach hoch. Die Nacht um ihn wurde wieder dunkel. Das einzige Licht war der silbrige Schein des Sterns, der auf seiner Brust saß.

Er musste sie retten.

Er musste sie alle retten.

Weyd wandte sich dem Steg zu.

Er tat einen Schritt.

Und noch einen.

Und dann hörte er es.

Das Geräusch eines Bolzens, der durch die Dunkelheit raste.

Der Bolzen schlug durch seinen Gambeson. Er bohrte sich tief in sein Fleisch. Blut spritzte aus der Wunde.

Der Wanderer keuchte. Fest hielt er Caer in seinen Armen. Er tat noch einen Schritt.

Jemand schrie. Es klang nach Lurin.

Noch einen Schritt.

Drückende Dunkelheit umfing ihn. Geräusche hörte er. Schmerzenslaute. Verzweiflungslaute.

Weyd taumelte.

Es dauerte einen Moment, bis er begriff, dass diese Laute von ihm stammten.

Der Wanderer richtete sich auf. Er musste weitergehen. Musste weitergehen. Musste sie retten. Kräuter. Wärme. Licht.

Kräuter.

Wärme.

Licht.

Aber die Nacht wurde immer finsterer, und plötzlich wusste der Wanderer nicht mehr, wie sich das anfühlte: Kräuter zwischen den Fingern; Wärme auf der Haut; Licht vor seinen Augen. Hatte vergessen, wie es sich anfühlte, aussah, roch. Immer dunkler wurde es um ihn herum. Und die Finsternis ließ ihn stolpern.

Caer stöhnte. Keuchte. Sie bekam keine Luft.

Der Wanderer sank auf die Knie. Er konnte nichts mehr sehen. Konnte nicht sehen, wo er war. Konnte nicht sehen, wohin er ging. Konnte die anderen nicht sehen. Das Wasser schien verschwunden, das Feuer erloschen. Im Tal von Schur gab es weder Lied noch Licht noch Lampe, und nach dem kurzen Aufglimmen der Sterne, den zu früh erloschenen Strahlen des Mondes, schien die Finsternis noch schrecklicher geworden zu sein. Die Finsternis, die Mond und Sterne so gierig verschlang. Weyd spürte nur noch das Brennen seiner Muskeln, die Schmerzen in seinem Körper, den lähmenden Druck auf seiner Lunge. Luft. Er bekam nicht genug Luft. Furcht in seinem Magen und Panik in seinem Kopf. Blut rann aus seiner Schulter.

Dann verschluckte ihn die Finsternis.

Verschluckte ihn mit Haut und Haar.

Hätte er nicht das Bewusstsein verloren, wäre ihm wohl nicht das äußerst beeindruckende Schimpfwort entgangen, das nun ertönte.

Und er hätte die Arme gespürt, die sich um ihn schlangen, ihn auffingen, bevor er fiel.

Denn Bahr fluchte, Bahr fing ihn auf, Bahr drehte ihn auf den Rücken. Und neben ihm kniete Ealdre, mit der Krähe auf der Schulter, und hob Caer in seine Arme. Und auf dem Floß sprach Jori leise mit Raud, Demar und Blíkna, beruhigte sie, so gut er konnte. Andrin hielt das Floß am Steg, Jelscha gab ihnen Deckung. Stumm starrte sie Hauptmann Menga an, die ihrem Blick beharrlich auswich, als sie scharf den drei jungen Männern befahl, ihre Armbrüste zu senken. Lurin befahl es, denn wenn sie den Heiler trafen, würden sie auch Caer verletzen.

Gemeinsam kamen Bahr und Ealdre zum Steg. Gemeinsam brachten sie den Wanderer und die Bardin auf das Floß.

Dort legte Bahr ihn ab und löste den letzten Knoten, der sie noch am Ufer festhielt. Jelscha schluckte, wandte sich mühsam von Menga ab und sprang an Bord.

Sobald sie ihr den Rücken zukehrte, hob Menga den Blick.

Jelscha würde es nie erfahren.

Bahr übernahm das behelfsmäßige Ruder, während Jori sich über den bewusstlosen Weyd beugte und ihm die Kräuter aus den verkrampften Fingern zog. Ealdre kümmerte sich um Caer. Und Andrin sprach weiter in der klangvollen Sprache des Wassers, und Bellitas klammerte sich an seine Freundin, die Krähe mit dem scharfen Blick und den schwarzen Schwingen.

So fuhren sie die Veta hinunter. Fuhren über den wild schäumenden Fluss. Entkamen dem Tal von Schur. Entkamen der finsteren Nacht, nahmen Kurs auf den Morgen.

Und weder Bahr noch Jori noch Andrin noch Jelscha hörten auf die säuselnden Einflüsterungen der Furcht. Auch nicht Bellitas oder seine Freundin, die Krähe mit dem scharfen Blick. Auch nicht Ealdre. Sie hörten nicht hin, sie blickten nicht zurück. Immer weiter lenkten sie ihr Floß die Veta hinunter, den Fluss, den sie erweckt hatten. Und Ealdre kümmerte sich um Caer und Weyd, sie alle hielten sie in ihrer Mitte, wie sie sich auch aneinander festhielten, während sie die Berge langsam hinter sich ließen.

So erreichten sie das Land nördlich des Elbongebirges.

Und als der Wanderer für einen Moment zu sich kam, fand er sich auf einem ruhigen Fluss wieder. Vögel zwitscherten. Um ihn herum war Frühling.

Und eine Schulter stützte seinen Kopf. Eine goldene Schulter.

Da schloss Weyd die Augen wieder und blieb ganz still, denn er wollte nichts lieber, als einfach weiter so dazuliegen.

Wollte den Kopf an diese Schulter betten.

Wollte sich an diesen Mann lehnen.

An diesen Mann und diesen Mantel, der nun wieder golden und warm war.

Also hielt er die Augen geschlossen, verhielt sich ganz still, atmete gleichmäßig.

Bei allen Straßen von Erebu, das war ein wundervolles Gefühl.

So wundervoll. Sich einfach auszuruhen. Jemand anderen die Last seines Körpers tragen zu lassen. Nur für ein Weilchen. Ein kleines Weilchen nur.

Und er lauschte. Belauschte das Gespräch zwischen Jori und Ealdre, bei dem die Worte fielen, die er so dringend herbeigesehnt hatte. Denn der Alte hatte durchaus bemerkt, dass der Wanderer erwacht war – was dieser nicht ahnte –, und sagte, damit Weyd es hören konnte: »Deine Fähigkeiten sind bewundernswert, mein lieber Heiler. Dass du eine solche Blutung eindämmen und schließlich sogar ganz stoppen konntest, und Weyds Wunde noch dazu, mit einem einfachen Verband und deinen Kräutern …«

»Es könnte immer noch zu einer Infektion kommen«, erwiderte Ealdre leise.

»Aber dass sie nun überhaupt nicht mehr blutet!«, beharrte Jori. Irgendwo über ihnen krächzte die Krähe. »Das ist einfach unfassbar. Ich bin so glücklich darüber. Und so glücklich darüber, dass du bei uns bist.«

Weyd spürte, wie Tränen in seinen Augen aufstiegen und wie der Druck auf seiner Brust verflog. Und auch das Gefühl, dass alles ihm entglitt, verschwand, als er an die warme Schulter gelehnt den Fluss hinuntertrieb, durch ein Land namens Allaith, das früher nur aus Sümpfen bestanden hatte und jetzt von Feldern durchzogen war, so weit das Auge reichte. Hier hatte der Frühling bereits Einzug gehalten. Die Sonne stieg früh am Himmel auf, die Bäume waren mit zarten grünen Trieben und weißen oder rosafarbenen Blüten bedeckt. Die Vögel schmetterten ihre Lieder. Das alles nahm der Wanderer flüchtig wahr, bevor er wieder das Bewusstsein verlor, nicht mehr als ein dumpfer Schmerz in seiner Schulter und in seinen Gliedern.

Und so sah er nicht, was seine Freunde sahen.

Denn es gab zwar blühende Bäume und singende Vögel, und die Sonne schien über Allaith. Doch ihr warmes Licht fiel auf Ruinen. Und natürlich wusste Jori, der den Blick stumm über die Trümmer schweifen ließ, dass Ruinen in Erebu keine Seltenheit waren. Menschen hatten hier gelebt, gebaut und waren weitergezogen, und das seit vielen Generationen. Wo ein Fuß den Boden berührte, schritt er stets in alten Spuren. Unter jeder Straße ruhte ein älterer Weg, ein älterer Pfad. Der Wanderer hatte ihm einmal erklärt, dass es überall in Erebu verlassene Schlösser gab, und auch Tempel, die einst eifrig besucht worden waren, bis die Menschen vor einigen hundert Jahren erkannt hatten, dass es keiner Gebete oder Priester bedurfte, um mit der lebendigen Welt in Kontakt zu treten. Dass es einem nur gelang, wenn man die Sprache der verschiedenen Wesenheiten erlernte. Dass jeder sich diese Sprachen aneignen konnte. Daraufhin seien die Tempel aufgegeben worden, hatte der Wanderer gesagt, vor allem im Westen und im Norden, und ihre alten Steine seien nun ein Teil von Erebu, Monumente einer längst vergangenen Zeit. Ja, von vielen Ruinen hatte er ihnen erzählt, davon, wie Bäume, Blumen, Gräser und sogar Vögel sie für sich eroberten. Oft hatte er die alten Lichtsäulen in Schur betrachtet, und ein Schatten war über sein Gesicht gehuscht. Dann hatte Jori scherzhaft gemeint, er selbst sei ja wohl auch alt genug, um als Ruine durchzugehen, woraufhin Weyd ihn ansah und sagte: »Du? Du wirst als Letzter von uns allen zu einer Ruine verfallen, das kann ich dir versprechen, mein Freund.«

Doch die Ruinen, die Jori an diesem Morgen im Licht der aufgehenden Sonne vor sich sah, waren neu.

Überall am Fluss entdeckten die Freunde Bäume, die entzweigeschnitten waren. Zerstörte Dörfer – eine Hälfte intakt, die andere niedergebrannt. Die Vögel saßen auf Ästen, deren Bäume bald zusammenbrechen würden. Entlang der Straße und der Veta, die hier Handalon genannt wurde, lagen dunkle, reglose Körper – Leichen, die zerteilt worden waren; Leichen, die noch intakt waren.

Die Schatten hatten sich nicht nur in Schur erhoben.

»Wie viele Kriegsgräber gibt es wohl in Allaith?«, fragte Jori an Ealdre gewandt, während Bellitas entsetzt den Kopf einzog und die Krähe sich tröstend an ihn drängte. Urth war ihr Name, oder zumindest kam diese Aussprache – und zu mehr waren die Zungen von Jori und den Gefährten nicht fähig – ihm wohl am nächsten. »In wie vielen Hügeln haben sie hier die Toten ihrer Kriege verscharrt, und wie viele Schatten durchstreifen dieses Land?«

Bahr, die grimmig nach Westen blickte, fügte hinzu: »Ich habe auch noch eine Frage: Was meint ihr, wie sieht es wohl in Briva aus?«

»Wenn sie Schur nicht einnehmen konnten, dann werden sie auch Briva nicht eingenommen haben, altes Mädchen«, versicherte Jori. Vorsichtig, um seinen verletzten Arm nicht zu belasten, nahm er seine Tassel ab, damit sie in der Sonne trocknen konnte. »Angeblich sind die Mauern dort so hoch, wie die Brücken breit sind.«

»Verzeihung.« Andrin half Jori mit seiner Tassel. »Aber wenn es hier auch Schatten gibt, was machen wir dann, wenn es Nacht wird?«

Auf diese Frage hatte niemand eine Antwort.

»Was meint ihr? Ob die wohl schwimmen können?«, überlegte Jori.

Bahr stieß einen derben Fluch aus. »Wir müssen noch fünf Tage auf diesem Schrotthaufen hier aushalten, bis wir Briva erreichen. Wir müssen durch ganz Allaith, dann nach Brakbant. Was wenigstens eine Republik ist, sodass sie uns wohl nicht einfach von irgendeiner Brücke aus abknallen, weil wir in ihr Königreich eingedrungen sind. Ist irgendjemand mit den landesüblichen Regeln hier vertraut?«

»Weißt du, meine Gute«, meinte Jori, »ich halte es für ziemlich unwahrscheinlich, dass morgen noch viele Schützen übrig sind, wenn die Schatten sich heute Nacht erheben.«

Wieder schwiegen sie.

»Ich kann Wache halten«, schlug Ealdre vor. Er löste sich von den beiden Verletzten und stand auf. Sein Mantel schimmerte warm und golden im Licht der Sonne. »Macht euch keine Sorgen.«

»Oh nein, du wirst hier nicht den Weyd machen«, protestierte Bahr scharf. »Diese Selbstaufopferungsscheiße hat jetzt mal ein Ende. Du gehörst zur Truppe. Wir werden uns abwechseln.«

Ein Lächeln huschte über Ealdres Gesicht, und einen Moment lang wirkte er überwältigt. »Wenn ihr es so wollt. Aber ich übernehme die erste Schicht.«

Und so trat Ealdre ans Ruder, als die Dämmerung einsetzte. Und Bahr und Jori, Andrin, Bellitas und Jelscha streckten sich auf dem Floß aus, dicht aneinandergekuschelt, um sich zu wärmen.

Und erst als die Nacht sich finster und voller Ingrimm über dem Wasser ausgebreitet hatte, kam der Wanderer wieder zu sich.

Im ersten Augenblick dachte er, er wäre gar nicht wach. Oder vielleicht auf der anderen Seite erwacht. Tot. Es war so finster. Und er fühlte sich so leicht.

So

durch

und

durch

ausgeruht.

Dann entdeckte er den goldenen Schimmer.

Ealdre stand am Ruder, sein Gesicht lag im Schatten. So still stand er da.

Weyd musste daran denken, wie der Heiler gesungen hatte, an seine wundervolle Stimme. Und an die Finsternis, die ihn umgeben hatte, als er sein Schwert zog. Plötzlich packte ihn der schmerzliche Drang, Ealdre ins Gesicht zu sehen, sich zu vergewissern, dass der Freund nicht anders aussah als zuvor. Dass er unverändert war. Unversehrt.

Dann musterte er die formlosen Gestalten, die er in der Dunkelheit nur mit Mühe auseinanderhalten konnte: Jori, Bahr, Andrin, Jelscha, Bellitas. Und die Krähe, deren Namen er noch nicht kannte.

Und neben ihm, am Bug, lag Caer. So finster war es hier, dass er sie nur ertasten konnte, als er sich ihr zuwandte.

Unter dem Protest seiner schmerzenden Schulter suchen musste, bis er ihre Hand spürte.

Und nichts anderes wollte er – sie spüren. Spüren, dass sie atmete. Spüren, dass ihr Herz schlug. Spüren, wie ein Lachen in ihrer Kehle aufstieg. Ihre warme Haut spüren, ihre Lippen.

»Was wird das hier? Wilde Fummelei im Dunkeln?«, flüsterte sie mit einem leisen Lachen. Rau klang es, müde, und man hörte noch viel zu deutlich, dass sie vor Kurzem erst eine Menge Blut verloren hatte. Eine beinahe tödliche Menge Blut.

»Caer.« Nur mit Mühe kam ihm ihr Name über die Lippen.

»Nein, nein, nein, so geht das nicht«, erwiderte sie. »Jetzt musst du einen Witz machen. Am besten etwas Schlüpfriges. Pass auf, ich zeige es dir: *Ich würde dich ja auch im Hellen befummeln, aber leider ist die Sonne schon untergegangen.* Oder etwas ähnlich Schwachsinniges. Etwas Unbeschwertes musst du sagen, etwas Törichtes. So wie an dem Abend, als ich die Stuten für uns gewonnen habe und du die Verlierer dazu gebracht hast, uns noch ein Bier und diesen grässlichen Wein obendrauf zu geben.«

Weyd konnte nicht anders, er musste grinsen. »An jenem Abend war ich sehr, sehr betrunken.«

»Du warst hackedicht«, betonte sie, noch immer flüsternd, doch das glucksende Lachen blieb.

»Mag sein. Aber du wirst es niemals beweisen können.«

Nun lachte sie richtig. Bis der Husten kam, ihre Stimme erstickte und ihren ganzen Körper verkrampfen ließ.

Weyd drückte ihre Hand. »Caer.«

Zu mehr war er nicht fähig. Nur ihren Namen konnte er sagen, ganz leise.

»Wird schon wieder«, wisperte sie. Ihre Stimme war so heiser, als würde jeder Laut ihr Schmerzen bereiten.

»Ich werde nicht zulassen, dass du stirbst. Nicht meinetwegen.«

Eine ganze Zeit lang sagte sie nichts. Dann antwortete sie leise: »Das könnte aber ziemlich verzwickt werden. Denn ich werde auch nicht zulassen, dass du stirbst.«

»Du bist für etwas Besseres bestimmt. Für ein langes Leben voller Geschichten und Wunder.«

Entschlossen drückte sie seine Finger. »Scheiß drauf.«

»Nein, Caer, hör mir zu«, begann er noch einmal, aber sie ließ ihn gar nicht zu Wort kommen: »Scheiß drauf, Weyd. Ich bin hier bei dir. Und mich loszuwerden wird die größte Plage, die dir je blühen könnte.«

»Nein«, wiederholte er nur. »Nein.«

»Warum sprechen wir überhaupt über den Tod?« Sie schob sich dichter an ihn heran. So rau klang ihre Stimme. »Wir sind am Leben, Weyd. Wir leben noch. Und wir haben das Lied. Wir haben einen Schild, der uns sogar vor den Schatten beschützt. Wir können die Leuchtfeuer entzünden, Weyd. Wir können die Türme des Lichts finden, können die Feuer entzünden und die Glocken erklingen lassen.«

Noch immer hielt er ihre Hand. Sie würde mit ihm kommen. Wenn er voranging, würde sie ihm folgen, sogar zu den Türmen, auf dem Weg, der Hand in Hand mit dem Tod beschritten wird.

Noch mehr würde sie verlieren als ihre Stimme.

Er drückte ihre Hand. Drückte sie fest.

»Ich bin wirklich froh, dass du nicht gestorben bist«, sagte er. »Denn dir werde ich niemals Lebewohl sagen wollen, midons.«

Da war zu viel Luft in seiner Lunge. Er musste sich aufsetzen. Einatmen, einatmen, einatmen, aber es war zu viel Luft, oder vielleicht auch zu wenig, denn er schnappte nach Luft, wieder und wieder, aber nichts davon erreichte seine Lunge, kein bisschen.

»Weyd?«

Caer wollte sich ebenfalls aufsetzen, ließ sich aber mit einem rauen Schmerzenslaut wieder zurücksinken. Was er ihr auch sagen wollte. Weyd wollte ihr sagen, dass sie sich hinlegen sollte, ausruhen sollte, dass sie noch nicht geheilt war. Aber ihm fehlte die Luft. Oder es war zu viel. Er konnte nichts anderes tun, nur atmen.

Nur atmen.

Bis noch andere Geräusche durch die Nacht hallten. Weicher Pelz schmiegte sich an seinen Unterarm. Bellitas war da. Eine Hand auf seiner Schulter, Arme an seinem Rücken. Jemand hielt ihn fest.

Es war Ealdre.

Ealdre hielt ihn im Arm.

Leise und gelassen drang seine Stimme an das Ohr des Wanderers. Diese tiefe, ruhige Stimme. Gelassen und unendlich geduldig bat er: »Nenne mir drei Dinge, die du hörst.«

Luft. Noch immer zu viel Luft. Zu wenig Luft. »Meinen Atem«, sagte Weyd. »Deinen Atem. Das Wasser ... unter dem Floß. Das ... Holz auf dem Wasser. Es ächzt und plätschert.«

Ealdre nickte. Griff nach Weyds Hand. »Nenne mir zwei Dinge, die du spürst.«

Weyd schluckte. »Deine Haut.« Ein Atemzug. Er hob die freie Hand und vergrub sie in Ealdres Mantel. »Deinen Mantel.«

Weich und warm war er. Weyd klammerte sich mit aller Kraft daran fest.

Ealdre nickte wieder. Weyd spürte die Bewegung an seiner Wange. »Nenne mir etwas, das du siehst.«

»Deinen Mantel«, presste der Wanderer hervor. Nichts anderes sah er als Ealdre. Nichts anderes spürte er. Hörte er. Den goldenen Schimmer des Mantels, Ealdres Stimme, Ealdres Atem. Die Kälte seiner Haut, die Wärme seines Mantels, dieses golden schimmernden Mantels in der finsteren Nacht. Seine Atmung hatte sich beruhigt. Nun war genug Luft in seiner Lunge. Nicht zu viel. Nicht zu wenig.

Genug Luft.

Doch er lauschte weiter auf Ealdres Atem. Auf Ealdres Stimme.

»Du hast sie gerettet«, sagte dieser jetzt. »Du hast uns alle gerettet. Nun ist es Zeit, sich auszuruhen, Wanderer. Zeit, zur Ruhe zu kommen. Du kannst dich nicht ausruhen, wenn du tot bist. Lebe. Denn du hast nur dieses eine Leben.«

Weyd hörte ihn. Und er spürte ihn. Sog den Geruch des Mantels in sich auf, und den Geruch des Mannes. Asche und Salbenduft.

Asche.

Feuer.

Trommeln.

Er roch das Feuer.

Er roch die Asche.

Weyd hob den Kopf.

»Die Schatten.« Nun sah er sie auch, Finsternis noch tiefer als die Nacht, in fester Gestalt am Ufer.

Aufgereiht standen sie am Ufer, auf beiden Seiten. Mit ihren knochenweißen Schwertern und ihren dicken Tentakeln reckten sie sich nach den Entwurzelten, die ganz allein auf ihrem Floß dahintrieben.

Und die Trommeln dröhnten.

Die dumpfen

finsteren

Trommeln.

Reglos standen sie da. Zehn Stück zählte der Wanderer. Mit ihren knochenweißen Schwertern und ihren dicken Tentakeln glitten sie auf die Freunde zu.

Unbeirrbar.

Lautlos.

Erbarmungslos.

Ealdre sah Weyd in die Augen. »Komm zur Ruhe, Wanderer. Ruh dich jetzt aus.«

Und dann begann der Heiler zu singen. Das Lied der Nacht sang er, klar und rein wie die Glocken im Morgengrauen. Und der Rest der Gruppe erwachte und fiel mit ein, alle außer Caer, deren Stimme sie schon nach den ersten Tönen im Stich ließ. Und so glitten sie singend den Fluss hinunter.

Und die Schatten hielten inne.

Sie hielten inne.

So reisten sie den Handalon hinunter, fünf Tage und vier Nächte lang. Tagsüber schliefen sie, und nachts sangen sie. Alle außer Caer, deren Stimme noch immer nicht zurückgekehrt war. Und am Morgen des fünften Tages blickte Jori mit dem ersten Licht nach Osten, und so war er auch der

Erste, der es sah: die hohen Türme, deren silberne Spitzen die Sonnenstrahlen reflektierten; die geschwungene Brücke, die sich über den breiten, glitzernden Fluss spannte; die alte Lichtsäule, höher als alle Türme und Brücken, hoch und stolz in strahlendem Weiß. Und an ihrer Spitze brannte, tags wie nachts, ein loderndes Feuer.

Ein Willkommenslicht.

Briva.

Sie hatten die Stadt der Brücken erreicht.

Joris Freudenschrei weckte die anderen.

Sie hatten es bis nach Briva geschafft.

Briva mit seinen blauen Mauern.

Briva mit seinen hohen Türmen.

Briva mit seinen unzähligen Brücken. Die Stadt, über der sich eine alte Lichtsäule in den Himmel reckte, sorgsam gepflegt, stets mit einem Feuer versehen, deren Glocken am frühen Morgen erklangen.

Blau und wunderschön erstreckte sich die Stadt zu beiden Seiten des Flusses. In dieser Stadt war das Herz des Wanderers zu Hause. In dieser Stadt würden sie sicher sein.

Und ihre Mauern waren nicht geschwärzt von Ruß. Hier war nichts in zwei Stücke gespalten worden.

Ja, sie hatten die Stadt erreicht, die ihnen Sicherheit bieten konnte.

All das dachten sie, als sie lachend auf ihrem Floß zusammenstanden. Als Bahr ein Lied aus ihrer Kindheit anstimmte, das ihre Mutter sie gelehrt hatte – Seefahrerin und Herrin des Wassers, wie es selten eine gegeben hatte. Und Caer griff nach ihrer Oud, auch wenn ihre Finger beim Spielen noch schmerzten. Und niemand konnte es ihr ausreden.

Die Bardin spielte ihre Oud, und der Wanderer und ihre Freunde sangen. So erreichten sie Briva, die Blaue Stadt. Singend und musizierend kamen sie: erschöpfte Reisende, steif von der tagelangen Floßfahrt, die Reisemäntel so gut es ging gesäubert, und doch verstaubt und durstig und hungrig, eingehüllt in den Gestank von Blut und Finsternis, von der ewigen Feuchtigkeit des Flusses, von Asche und Feuer und Eisen und Kräuterduft. So erschöpft waren sie, und so erleichtert, als sie das Lied der Nacht sangen, erst in der alten Sprache, dann in der Gemeinen Sprache ihrer eigenen Zeit.

So erreichten die Reisenden die Stadt der Brücken, und sie trugen ihr Lied vor sich her wie einen Schild.

Und welch ein Willkommen ihnen bereitet wurde.

Die Bewohner von Briva strömten durch die blauen Tore, kamen hinter den blauen Mauern hervor, hinunter zum Fluss, um zu sehen, wer dort sang. Wer überlebt und den weiten Weg gemeistert hatte. Und da sahen sie den Wanderer. Wahrhaftig, er war es! Der Wanderer, der Straßen erkundet, Berge erklommen und Meere befahren hatte, von denen sie nur träumen konnten! Der Wanderer, der in der finsteren Nacht kämpfen konnte, als wäre helllichter Tag, der sämtliche menschlichen Sprachen von Erebu sprach, der sich dorthin wagte, wo niemand seit Jahrhunderten gewesen war. Der Wanderer mit den wundersamen Karten im Gepäck und dem funkelnden Stern auf der Brust, der hier den Namen Noordesterno trug. Dort kam er, zusammen mit seinen Freunden. Und jeder Einzelne von ihnen war erstaunlich anzusehen. Von manchen hatte man in Briva bereits gehört: von der hochgewachsenen Bardin mit der legendären Stimme; von der Seefahrerin, die das Feuer zähmen konnte; von dem Freund aller Tiere, der älter war als die Sterne; von dem Fuchs mit dem schneeweißen Fell und dem stets knurrenden Magen. Und von manchen hatte man nie gehört, doch eines Tages würde sich auch das ändern: von der Krähe aus dem Norden mit dem scharfen Blick und dem glänzenden Gefieder; von den drei Pferden, grau, schwarz und weiß, stark und hehr wie die Türme selbst; von Bruder und Schwester, Freund des Wassers und Freundin der Blumen; von dem Albitz mit dem silbernen Haar und dem goldenen Mantel.

Eine Krämerin brachte vier Pferde hinaus zum Fluss und warf ihre Halteseile zu dem Floß der herangleitenden Reisenden hinüber. Die Freunde machten die Taue fest, und so zogen die Pferde das Floß Richtung Stadt. Überall an den Ufern standen rufende und winkende Menschen. Und auch in der Stadt liefen die Leute zusammen, Männer und Frauen, Schüler und Kaufleute, Alte und Handwerker. Sie brachten Wasser aus den Brunnen und von den Quellen, Decken, saubere Kleidung und warmes, frisch gebackenes Brot. Außen knusprig und innen weich, so war das Brot in Briva, das beste Brot von ganz Erebu. Caer hatte einst ein Lied darüber geschrieben, denn sie hatte beschlossen, über jedes Essen, das sie liebte, ein Lied zu schreiben. Nun stand sie auf und spielte dieses Lied, während sie sich der Anlegestelle in der Stadt näherten, an der die Menschen mit den Decken und dem Brot sie erwarteten. Und die Glocken tönten, und die Menschen riefen ihnen zu, dass die Bürgermeisterin bereits auf dem Weg zu ihnen sei. Auch nach den Schatten fragten sie, wollten wissen, wie die Freunde ihnen entkommen konnten.

Und so verbreiteten sich die ersten Gerüchte, noch

bevor das Floß angelegt hatte. Reisende seien gekommen, Weltenbummler, die von den Türmen des Lichts sangen. Weiterziehen wollten sie, um die Feuer von Schwarz, Weiß und Grau wieder zu entzünden. Mond und Sterne würden wieder am Nachthimmel erstrahlen, würden die Schatten vertreiben, ebenso wie der helle Klang der Glocken. Die Herrschaft der Finsternis werde ein Ende haben, denn nun würden des Nachts wieder die Geschichten erwachen, nun würde man des Nachts wieder sagen, was man am hellen Tag nicht auszusprechen wagte.

Sogar die Seevögel stimmten in den Trubel mit ein und stiegen auf von dem Anleger, an dem die Menge die Reisenden empfing. Urth die Krähe schloss sich ihnen an, ein schimmernder schwarzer Fleck umgeben von Weiß, Grau und Gelb. Und sie krächzte, lauter noch als die Möwen, als die ihr wehmütiges Lied von der weiten, endlosen See anstimmten.

Und Caer spielte, und Weyd sang mit den Freunden das Lied vom Brot. Lächelnd sah der Wanderer die Bardin an, umfasste ihren Nacken und drückte seine Stirn an ihre. Dann stimmte er die nächste Strophe an, besang das Brot, das backwarme Brot, das backwarme, berückende, brotige Brot aus Briva, gebracht über die brillant bauwerkliche Brücke, o dieses berückende, brotige Brot! Er erinnerte sich daran, wie Caer auf einem Stein am Straßenrand gesessen hatte, an den Überresten des Grauen Pfades in Allaith, bevor der Weg sich durch die Berge nach Schur wand, umgeben von grünem Gras, träge grasenden Kühen und diesen kleinen violetten Blumen mit dem schwarzen Muster in der Mitte, die man gerne auch Liebesgesichtli nannte. Sie hatte versonnen an ihrer Oud gezupft, dann hatte sie ihn angesehen und gesagt: *»Da muss sich doch noch irgendein Wort mit B unterbringen lassen.«*

Er hatte dagestanden wie ein absoluter Trottel, unfähig, sich noch ein Wort mit B auszudenken. Und so platzte er heraus mit »entzückend«. Wie ein absoluter Trottel eben.

Caer hatte seufzend seine Hand getätschelt und gemeint: »Deine Füße sind flink, mein Lieber, aber du bist wahrlich kein Poet.« Dann hatte sie gelacht und ihre Stirn an seine gedrückt, ganz kurz nur, flüchtig wie ein Augenblick.

Warm war ihre Haut gewesen, so wie jetzt.

Nein.

Nein, jetzt war sie nicht warm.

Sie war heiß.

Glühend heiß.

»Caer …« Mahnend runzelte der Wanderer die Stirn.

Doch sie lächelte nur und spielte weiter, auch wenn er nicht mehr sang. Sie wisperte: »Ich kann es gar nicht erwarten, mich auf die Suche nach diesen Türmen zu machen, weißt du? Das wird ein Abenteuer, das in Liedern verewigt werden muss! Das wird mein größtes Werk. Und vielleicht trägt es eines Tages jemand vor. Auch wenn ich es nicht bin.«

»Caer«, wiederholte er drängend, »deine Stirn …«

»Meine Stirn? Nun, es liegt wohl eher an meiner Stimme! Wirklich lächerlich, oder? Jetzt habe ich die Bezeichnung Krähe wahrlich verdient.« So rau klang ihre Stimme, so rau. »Ich muss schon sagen: Als hätte das Volk von Schur es vorausgeahnt!«

»Sie wird sich erholen«, behauptete er beinahe zornig.

»Wird sie das, Weyd?«

Erst jetzt bemerkte er das Blut an ihren Fingerkuppen.

Wund waren sie, weil Caer so heftig an den Saiten gezupft hatte. Und er bemerkte diesen Unterton in ihrer Stimme, diese brennende Verzweiflung, die selbst im leisesten Flüstern noch mitschwang, obwohl sie standhaft lächelte. »Ealdre scheint da anderer Meinung zu sein, und auch wenn du natürlich stets mein vollstes Vertrauen genießt, kann unser Heiler das vielleicht etwas besser beurteilen, oder?«

»Caer ...« Der Wanderer schob sie ein Stück von sich fort, um eine Hand an ihre Stirn legen zu können.

»Oh ja, ich weiß.«

»Was soll das heißen: ›Ich weiß‹?«

»Wunden können sich infizieren, mos segurs. Aber es hätte doch wenig Sinn gehabt, dich in Sorge zu stürzen, bevor wir etwas gegen dieses Fieber tun konnten, oder?« Noch immer zupfte sie an ihrer Oud, spielte das Lied vom backwarmen Brot. »Nun bin ich euch nicht mal mehr eine große Hilfe bei den Schatten. Wir müssen auf jeden Fall dafür sorgen, dass ich den Text zum Lied der Nacht aufschreibe, bevor das Fieber weiter steigt.«

Weyd griff nach ihren Händen. Caer taumelte leicht. »Oder kennst du die Worte noch, Weyd? Sag mir, dass du sie noch kennst, mein Lieber.« Ihre Stimme war so schwach, dass es nicht einmal mehr für ein Flüstern reichte. »Denn es könnte sein, dass ich nicht mehr in der Lage sein werde, eine Feder zu halten, bevor ich endgültig schlappmache.«

Er rief nach seinen Freunden. In diesem Moment war der Text des Liedes ihm völlig egal.

Und Caer stand zu ihrem Wort.

Sie brach zusammen, als das Floß gegen die Anlegestelle stieß.

Viele Hände fingen sie auf – Ealdre, Weyd, Jelscha und Andrin hielten sie. Und Urth die Krähe landete auf Joris gesunder Schulter und schrie. Bellitas stürmte an Caers Seite.

Weyd sah zu Ealdre hinüber, der den Schreien der Krähe lauschte. »Ihre Stimme wird sich doch erholen, oder?«

»Das Fieber«, erwiderte der Heiler nur. »Zuerst das Fieber.«

»Ealdre! Sag mir, dass sie ihre Stimme zurückbekommt«, drängte der Wanderer. »Du kannst ihre Stimme doch retten, stimmt's?«

Und Ealdre brachte es nicht über sich zu lügen.

Er brachte es nicht über sich, dem Wanderer zu sagen, dass alles gut werden würde.

10

Zu den Türmen hoch und hehr

Es gab sehr gute Ärzte in Briva. Vielleicht hatten Ärzte eine Vorliebe für Brot.

Zufälligerweise war die Bürgermeisterin eine von ihnen.

Sie mochte es, Bürgermeisterin zu sein. Und sie mochte Brot. Und es gefiel ihr, Ärztin zu sein. Zumindest meistens.

Es gefiel ihr allerdings um einiges weniger, wenn sie jemanden behandeln musste, den sie auf keinen Fall verlieren durfte. Unter keinen Umständen. Sie würde einfach alles tun, um zu verhindern, dass ihr Bruder einen geliebten Menschen verlor.

Ja, die Bürgermeisterin von Briva war die Schwester des Wanderers. Seine Zwillingsschwester, um genau zu sein. Eine äußere Ähnlichkeit bestand allerdings nur in der Art, wie sie sich bewegten, sprachen, die Brauen lupften oder gestikulierten. Die gleichen Gesten, die gleichen Worte, und wenn man die beiden zusammen sah, erkannte man schnell, dass sich zwei Menschen kaum näher sein konnten als sie. Meistens wussten sie, was der andere dachte, und wenn das mal nicht der Fall war, wussten sie doch, dass sie sich einander stets anvertrauen konnten, wenn Bedarf bestand. Und dass der andere immer kommen würde, wenn etwas nicht stimmte.

Und gerade jetzt sollte seine Schwester bitte zu ihm kommen und ihm sagen, dass Caer bald wieder gesund würde, fand Weyd.

Ihre bunte Schar war sofort in das Rathaus von Briva gebracht worden, das hier Stadizhûsa hieß. Genauer gesagt, bezeichnete man es im gesamten Westen und Norden, bis hinunter ins Elbongebirge und in allen Freien Städten als *das* Stadizhûsa, da es als Erstes seiner Art in solch opulenter Pracht errichtet worden war. Weyd wusste zum Beispiel, dass die Erbauer der Rathäuser der Freien Städte Lĭvago, Hewsos und Klawppeda mehr oder weniger schamlos kopiert hatten, was die filigranen Steinmetzarbeiten, die eleganten Fenster und die drei hohen, reich verzierten Türme anging. Er selbst fand das Stadizhûsa ebenfalls wunderschön. Schon lange bevor seine Schwester zur Bürgermeisterin gewählt worden war, als sie noch Kinder waren, hatten sie sich ausgemalt, wie sie eines Tages in diesem prächtigen Haus leben würden, in einer freien, lebendigen Stadt voller Reisender, Geschichten und köstlichem Essen.

Jetzt wanderte er blind hinter den hohen Fenstern auf und ab, die einen grandiosen Ausblick auf das geschäftige Treiben unten auf dem Marktplatz boten, wo Flüchtlinge neben Nahrungsmitteln auch jede Menge Geschichten finden konnten. Man hatte sie ins oberste Stockwerk geführt, in die schönste Halle des ganzen Bauwerks, die sich direkt unterhalb der alten Lichtsäule befand. Oh ja, schön war es hier drin, und warm, denn es gab einen großen Kamin, dazu mehrere Ottomanen mit dicken Kissen und vielen Decken. Und die großen, hohen Fenster zeigten alle nach Süden.

Der Saal gehörte zu den liebsten Räumen des Wanderers, dieser Empfangsraum für Gäste, hier Wilkumtimra genannt. Von diesen Fenstern aus konnte man über die silbernen Dächer der Stadt hinwegblicken, bis zu den blauen Mauern und dem funkelnden Band des Handalon. Außerdem standen auf jeder freien Oberfläche kleine Schalen mit Nüssen, gerösteten Kastanien und Früchten oder auch getrocknetem Fisch und kaltem Fleisch. Tee und Wasser gab es ebenfalls. Bellitas hatte sich sofort auf diese Leckereien gestürzt, und inzwischen bediente sich auch der Rest der Gruppe aus den Schalen.

Nur Weyd hatte sich einzig und allein auf seinen stummen Marsch verlegt: hin und her, vor den Fenstern hin und her. Ab und zu warf er einen Blick nach draußen, wo drei Flaggen an den Türmen des Rathauses flatterten: Die von Briva zeigte ein blaues Tor und ein blaues Boot auf weißem Grund; die des Bundes Freier Städte sechs silberne Sterne auf schiefergrauem Grund. Und dann war da noch die älteste der Flaggen, die das Stadizhûsa nie verlassen hatte: drei Türme auf schwarzem Grund, einer weiß, einer grau, einer schwarz, mit je einem hellen Stern an der Spitze, eingestickt mit glänzendem Silberfaden. Einst hatte diese Flagge überall auf dem Kontinent geweht, als der Bund der Städte noch der Bund von Erebu gewesen war.

Der Wanderer kehrte den Fenstern den Rücken. Er musste hier raus. Ja, dies war für ihn der schönste Raum der Welt, aber jetzt, in diesem Moment, ertrug er es nicht länger, hier zu sein. Vielleicht sollte er sich eine Taverne suchen. Oder ein Bordell. Ja, warum nicht ein Bordell?

»Verfluchter Scheißdreck, pflanz dich hin«, knurrte Bahr. »Und iss etwas.«

»Verfluchter Scheißdreck, halt die Klappe«, erwiderte der Wanderer. »Und iss etwas.«

Alle starrten ihn schockiert an.

»Hast du gerade Scheißdreck gesagt?«, fragte Jelscha um einen großen Bissen Fleisch herum. »Hat er dieses Wort schon jemals benutzt?«

»Ja und nein«, erklärte Jori, als hätte er es hier mit einer höchst philosophischen Frage zu tun. Er hatte sich eine Handvoll Trauben genommen. »Ein oder zwei Mal, möglicherweise.«

Der Wanderer warf ihnen ein paar Beschimpfungen aus einer Sprache an den Kopf, von der er ziemlich sicher war, dass keiner hier sie verstand. Dann fügte er voll grimmiger Zufriedenheit noch ein »Bled«!« hinzu, marschierte zurück zum Fenster und blickte über die Dächer der Stadt. Jelscha und Andrin hatten es sich auf einer Ottomane bequem gemacht, ein zusammengerollter Bellitas zwischen ihnen. Jori lag auf dem Platz direkt am Feuer und versuchte, so viel Wärme wie möglich in seine schmerzenden Gelenke dringen zu lassen. Und Bahr hatte mit Ealdre vor der Wand Stellung bezogen. Die beiden tranken Tee, und sie erklärte ihm die verschiedenen ausgestellten Seekarten. Hin und wieder versuchte das Feuer, sie in ein Gespräch zu verwickeln, was sie trotz eines gewissen Misstrauens nicht ganz ausschlug, da sie gerne wissen wollte, wie es Feuer an einem Ort erging, wo es für sein Licht und seine Wärme geschätzt und nicht des Nachts mit Schimpf und Schande belegt wurde.

So fand sie heraus, dass dem Feuer in Briva überhaupt nicht begreiflich gemacht werden konnte, dass es Orte geben sollte, wo seine Gesellschaft nicht herbeigesehnt, sondern sogar verboten wurde. Manchmal war es eben extrem schwer, Feuer, Wasser oder Tier menschliche Verhaltensweisen zu erklären. Manchmal war es ja schon schwer, Menschen menschliche Verhaltensweisen zu erklären.

Weyd ließ es sich noch einmal durch den Kopf gehen, das mit der Taverne.

Und dann das mit dem Bordell.

Und dann wurden die schweren, blau lackierten Holztüren des Wilkumtimras geöffnet, die Messingklinken blitzten auf. Die Bürgermeisterin kam herein, noch mit dem Waschlappen in der Hand, und brachte eine angenehme Duftwolke aus Zitronenwasser, Holunder und Seife mit sich. Sie war eine große Frau, so groß wie ihr Bruder, mit kurz geschnittenem, hellem Haar. Ihre Augen waren so grau wie die des Wanderers, ihre Hände groß, die Finger schlank. Unter einer grauen Seidentassel trug sie eine hochgeschlossene, mit Silberfäden durchwirkte Robe mit weiten Ärmeln, dazu feste Schuhe. Diese Frau lächelte nur, wenn sie Grund dazu hatte.

Zum Glück hatte sie nun Grund dazu. »Wenn meine Erfahrungen auf dem Gebiet der Heilkunst mich nicht irreleiten, wird sie durchkommen, Weyd«, erklärte sie in der Gemeinen Sprache. »Sie braucht nur ein paar Tage Ruhe.«

Der Wanderer setzte sich. Setzte sich einfach dort hin, wo er gerade stand. In diesem Fall war das der Fußboden vor dem Fenster.

»Das ist gut, Reys«, antwortete er in derselben Sprache.

»Gut?« Jori gelang es, in die Hände zu klatschen, ohne dabei seinen verletzten Arm zu bewegen. »Nein, das sind *fantastische* Neuigkeiten, meine liebe Frau Bürgermeisterin!«

Die Bürgermeisterin war noch immer dabei, ihre Hände und Unterarme zu reinigen. »Allerdings, guter Mann. Leider bin ich in Bezug auf ihre Stimme weniger optimistisch. Diese Verletzung war wirklich verheerend.« Mit einem schweren Seufzer wandte sie sich an die gesamte Gruppe: »Meine hochverehrten Gäste, bitte verzeiht, dass ich euch erst jetzt in Briva willkommen heiße. Mein Name ist Reys, ich bin die Bürgermeisterin der Blauen Stadt. Ihr seid uns herzlich willkommen, heute und jederzeit. Doch gerade heute müssen wir euch leider sofort belästigen, noch bevor ihr euch ein Bad oder eine anständige Mahlzeit gönnen könnt, denn wir sind dringlichst auf Neuigkeiten angewiesen. Wie ist die Lage in Schur? Wie steht es um die Länder im Süden? Habt ihr vielleicht sogar Nachricht von jenseits des Elbongebirges erhalten? Wird nur diese Seite des Gebirges von den Skadwaz heimgesucht?«

»Wenn du mit Skadwaz die Schatten meinst, Bürgermeisterin«, antwortete Jori, »dunkle Gestalten, die nachts mit fahlen Klingen aus eisigem Feuer Dörfer, Bäume, Tiere und Menschen in zwei Hälften schneiden, dann ja. Sie sind auch in Schur erschienen.«

Reys nickte grimmig. »Das überrascht mich nicht, auch wenn ich auf bessere Nachrichten gehofft hatte. Wie viele sind es in Schur?«

»Vierzehn. Wir denken, es ist einer für jeden Hügel. Also für jeden der Grabhügel, in denen die Kriegstoten bestattet wurden.«

Wieder nickte die Bürgermeisterin. »Laut den Berichten sind es bei uns sieben, was zu eurer Hypothese passen würde. Und auch sieben können genug Grausamkeiten begehen. Wie schlimm ist es in Schur?«

»Festra wurde dem Erdboden gleichgemacht, das ist das letzte Dorf im Grenzgebiet am Fluss. Die Menschen haben sich nach Colmstat geflüchtet, Entwurzelte ebenso wie das Volk von Schur.«

Erstaunt zog Reys die Augenbrauen hoch. Sie warf sich den Waschlappen über die Schulter, während sie feststellte: »Verzeiht, wenn ich das so sage, aber ich hätte niemals gedacht, dass Lurin, der Eiserne Baron, auf die Idee käme, Entwurzelten Schutz zu bieten.«

Jori deutete nur mit dem Kopf auf Weyd. »Dieser Wanderer und seine Bardin haben das möglich gemacht.«

»Gut gemacht, dubbelin«, lobte Reys mit hörbarer Bewunderung.

Weyd, der noch immer auf dem Boden hockte, schüttelte stumm den Kopf und vergrub das Gesicht in den Händen.

»Was ist?«, hakte die Bürgermeisterin nach.

Niemand wollte ihr die Antwort liefern.

Letztlich war es Ealdre, der erklärte: »Es ist in der Stadt zu einem Pogrom gekommen, Frau Bürgermeisterin. Fast alle Entwurzelten, die dort Zuflucht gefunden hatten, sind tot.«

Reys presste die Lippen zusammen.

Die Bürgermeisterin ging zu einem der Tische, füllte einen Becher mit Tee und brachte ihn ihrem Bruder. »Trink«, befahl sie und drückte den Becher fordernd gegen seine Hand.

Er hob den Kopf und gehorchte.

»Faszinierend«, flüsterte Jori, nachdem er das beobachtet hatte. »Er hört auf dich.«

Reys schenkte ihm ein angespanntes Lächeln. »Viel zu selten.« Sie stellte sich neben ihrem Bruder vor das Fenster, lehnte sich gegen den Sims und verschränkte die Arme vor der Brust. »Ihr bringt wirklich schlimme Neuigkeiten. Angesichts dessen bin ich froh, euch bessere Nachrichten mitteilen zu können, auch wenn froh hier vielleicht nicht der passende Ausdruck ist. Die Skadwaz haben sich überall in Erebu erhoben. Ich habe entsprechende Berichte von den Bürgermeistern in Hewsos, Turis, Pau und Lĭvago erhalten. Aber zumindest war man dort wie hier in der Lage, innerhalb der Stadtmauern ausreichend Platz für jeden zu finden, der kommen wollte.«

»Soll heißen, manche wollten nicht?«, fragte Bahr ungläubig.

Die Miene der Bürgermeisterin verfinsterte sich. »Einige dachten, hier könnte so etwas nicht passieren. Aber auch sie flohen schon in der ersten Nacht zu uns in die Stadt, geführt von unserem Wilkumlewk.« Sie zeigte zur Decke hinauf, über der sich die alte Lichtsäule erhob. »Die meisten haben es geschafft. Wir haben natürlich versucht, alle zu retten, aber die Skadwaz …«

Sie räusperte sich. »Sie sind schrecklich. Wir suchen noch immer nach einem Schild, der ihnen standhalten kann.«

Alle Blicke richteten sich auf Weyd.

Und Weyd wiederum musterte seine Freunde: den alten Jori, noch immer wohlauf, vor allem jetzt, da seine alten Knochen ein wenig Wärme bekamen und an seinem Hut eine neue Feder hüpfte – ein großzügiges Geschenk von Urth der Krähe. Und Bahr, deren verbrannte Hand schon wieder vergessen war, die ihn in Sicherheit gebracht und sie alle an ihr Ziel gesteuert hatte. Sie grinste. Die miesepetrigste Frau, die er je gekannt hatte, grinste. Neben Jori stand Andrin, der junge Mann mit dem großen Herzen, der behauptet hatte, die Sprache des Wassers kaum zu beherrschen, und dann einen ganzen Fluss für sie vom Eis befreit hatte. Daneben seine Schwester Jelscha, ihr aller Rückendeckung auf dem Weg zu ihrem Floß, Caers Schützenhilfe bei ihrem Kampf mit dem Eisernen Baron. Und zu ihren Füßen saß Bellitas, der kleine Fuchs, der den Wanderer mit sanftem Pfotendruck gefragt hatte, was er brauche, und der nun so unauffällig wie zufrieden auf einem Stück Trockenfleisch herumkaute. An seiner Seite hockte seine Freundin Urth – um eine Feder ärmer, auch wenn sie freudig auf sie verzichtet hatte –, pickte einige Nüsse und musterte sie mit scharfem Blick.

Und Ealdre. Ealdre mit dem goldenen Mantel.

Ealdre, der frei von Furcht gesungen hatte.

Bei allen Wegen und Pfaden – sie waren ihm die besten Gefährten. »Reys«, sagte Weyd. »Wir haben gefunden, wonach ihr sucht, Reys.«

Überrascht sah die Bürgermeisterin ihn an. »Wie bitte?«

»Wir haben einen Schutzschild gegen die Skadwaz gefunden.«

»Also, Caer hat ihn entdeckt«, korrigierte Bahr ihn, noch immer mit dem Teebecher in der Hand, Schulter an Schulter mit Ealdre.

»Die Bardin?« Der Blick der Bürgermeisterin flog zur Tür.

»Genauer gesagt, war es das Vermächtnis der Stria von

Festra. Sie hat ihn uns mit ihrem letzten Atemzug anvertraut.« Noch einmal sah Weyd vor sich, wie die alte Frau in seinem Arm gelegen hatte. Wie sie bis zum Schluss gesungen hatte. Wenn überhaupt, war sie ihrer aller Rettung gewesen.

»Aber was ist es?«, wollte Reys wissen. »Was für eine Art von Waffe kann das sein?«

Jori konnte sich nicht länger zurückhalten. Es platzte einfach aus ihm heraus. »Es ist ein Lied!« Wieder klatschte er in die Hände. »Es ist ein Lied, meine liebe Frau Bürgermeisterin!«

Bahr löste eine Hand von ihrem Teebecher und hielt sie hastig vor den Mund. Ealdre klopfte ihr sanft den Rücken.

»Es durchdringt die Furcht und die Substanz der Finsternis«, erklärte der Heiler. »Es bringt das Licht von Mond und Sternen hervor. Das ertragen die Schatten nicht.«

»Ist es das Lied der Nacht, Weyd?«, fragte sie. »Ist es das Lied, das wir so lange gesucht haben?«

Weyd nickte.

»Werden sie dadurch vernichtet?«, fragte die Bürgermeisterin.

Ealdre schüttelte den Kopf. »Nein. Solange die Nächte finster sind, solange die Furcht auf den Straßen wandelt, wird man sie nicht vernichten können.«

»Aber es drängt sie zurück. Es ist ein Schutzschild«, betonte Jelscha. Ihre Hand ruhte auf der Lehne der Ottomane, auf der ihr Bruder und sie gesessen hatten. Sanft fuhr sie mit dem Finger über die wundervollen Schnitzereien. »Ein klarer strategischer Vorteil. Ihr müsst Boten entsenden, die das Lied verbreiten.«

»Ja.« Mit Mühe wandte die Bürgermeisterin den Blick

von Ealdre ab. »Ja, natürlich. Den Wegen sei Dank, die euch hergeführt haben! Dem Lichte sei Dank, das euch geleitet hat. Danke!«

Ein Teil der Anspannung schien von ihr abzufallen. Ebenso von ihrem Bruder.

Nun erst lehnte Weyd den Kopf an das Bein seiner Schwester.

Nun erst spürte er es, ganz tief in seinem Inneren.

Er war in Sicherheit.

Auch wenn er glaubte, ihnen kein guter Führer gewesen zu sein, zumindest war er sich sicher, sie an einen Ort geführt zu haben, wo sie sicher waren.

Hier waren seine Freunde sicher.

Ein Lächeln huschte über das Gesicht der Bürgermeisterin. Dann sagte sie ihnen, dass sie sofort die Berichtschreiber kommen lassen werde. Als Erstes müssten Avvisi verbreitet werden. Diese handgeschriebenen Nachrichtenbogen wurden im Norden noch immer entlang der alten Straßen verteilt und in den alten Poststationen ausgehängt. Sie würde auch Boten entsenden, über den Fluss und zu Pferde, in jede nur machbare Richtung. Singende Boten. »Könnte einer von euch das Lied aufschreiben und es meinen Boten beibringen? Wenn wir es schaffen, sollen sie noch vor Sonnenuntergang aufbrechen.«

Stumm drehten sich alle zu der Tür um, durch die Reys den Saal betreten hatte. »Natürlich, die Bardin«, sagte die Bürgermeisterin. »Man wird Balladen über sie schreiben. Über sie und über die Stria von Festra. Man wird sie als Heldin verehren.«

»Es wird ihr ihre Stimme nicht zurückgeben«, murmelte Weyd.

Darauf wusste niemand etwas zu sagen. Der lange Blick, den Reys ihrem Bruder zuwarf, zeigte deutlich, wie gerne sie mit ihm allein gewesen wäre.

Und so fragte Jori nach einem vielsagenden Räuspern: »Hattest du nicht etwas von einem Bad gesagt, werte Bürgermeisterin?«

Hätte Reys sich dergleichen gestattet, wäre sie wohl rot geworden, doch sie rief nur nach einem ihrer Assistenten, und die Freunde wurden hinausgeführt und zu den Baderäumen gebracht. Sie versicherte ihnen noch, dass sie sofort geholt würden, wenn das Essen serviert wurde oder die Berichteschreiber einträfen, je nachdem, was zuerst kam. Dann gingen sie, und der Wanderer und die Bürgermeisterin blieben allein zurück.

Reys ließ sich an der Wand hinuntergleiten, bis sie neben Weyd auf dem Boden saß. Er legte den Kopf an ihre Schulter.

»Verblijdt u, lieve susterkijn«, begrüßte er sie noch einmal.

»Van herten ben ic nu verblijdt, dat ic gheleeft hebbe den dach, dat ic di anescouwen mach«, antwortete sie. »Ich bin so froh, dass du es aus diesem grauenvollen Tal herausgeschafft hast und du diesem *ēkila* entkommen bist.«

Es gab nicht viele Männer, die sie mit einem briuanischen Schimpfwort bedacht hätte, wenn sie eigentlich die Gemeine Sprache benutzte. Lurin, der Eiserne Baron, war jedoch einer davon.

»Ich habe ihnen von Ladina erzählt«, sagte er leise.

Reys zuckte kurz zusammen.

»Nicht das von dir und ihr«, beruhigte er sie. »Verzeih mir, da hat jetzt die Einleitung gefehlt. Ich habe ihnen erzählt, welche Rolle ich beim Aufstand der Singenden gespielt habe. Dass ich nichts unternommen habe.«

Seine Schwester hob eine Hand an den Hals, legte sie kurz an ihre Lippen. Dann fuhr sie sich durchs Haar. »Das ist viele Jahre her, Weyd.«

Er schloss die Augen. Im Moment war er vollauf zufrieden damit, einfach seinen Kopf an der Schulter seiner Schwester auszuruhen.

Schließlich fuhr er fort – auch weiter in der Gemeinen Sprache, denn sie führte er schon so lange im Munde: »Caer und ich ...«

Und Reys begann gleichzeitig: »Weyd, wir müssen über die Tür...«

Beide hielten inne. Er hob den Kopf von ihrer Schulter und sah sie an. »Entschuldige.« Aufmunternd nickte sie ihm zu. »Was wolltest du sagen?«

»Nein, ich muss mich entschuldigen«, wehrte er ab. »War nicht wichtig. Türme. Lass uns über die Türme sprechen.«

»Nein!«, protestierte sie hitzig. »Du wolltest mir deine Gefühle offenbaren. Also: Offenbare mir deine Gefühle!«

»Die Türme!«, beharrte er. »Türme, Weltrettung et cetera.«

»Wen interessiert schon die Welt? Gefühle. Sofort.«

»Du bist wirklich gnadenlos, eenelin«, stellte Weyd fest. Schon immer hatte er sie so genannt, *eenelin*, was *langsam* bedeutete und *eins*. Und sie hatte ihn stets *dubbelin* genannt, was kleines Doppeltes bedeutete, denn er war kurz nach ihr zur Welt gekommen.

»Ich weiß, dubbelin«, winkte sie ab. »Also, raus damit. Ich habe schlaflose Nächte hinter mir. War ganz krank vor Sorge um dich. Und jetzt raus mit der Sprache. Was ist mit der umwerfenden Frau, die momentan in meinem Bett liegt?«

»Sie liegt in deinem Bett?«

»Für die Lieben meines Bruders stets nur das Beste«, erwiderte Reys, doch es schwang ein fragender Unterton darin mit. »Denn das tust du doch, oder? Du liebst sie, richtig?«

Er wich ihrem Blick aus.

Als ob das irgendetwas gebracht hätte.

»Wenn es wahr ist, kannst du es genauso gut zugeben«, hielt sie ihm vor Augen.

Er holte einmal tief Luft. Dann sagte er es: »Ja. Ich liebe sie.«

Und während er es sagte,

es endlich laut aussprach,

brachte ein Beamter Jelscha an Caers Krankenbett. Das Schlafzimmer der Bürgermeisterin war ordentlich und komfortabel eingerichtet, mit vielen hohen weißen Kerzen, schlichten grauen Vorhängen und einem breiten, mit silbernen Laken bezogenen Himmelbett. Jelscha versuchte, sich nicht anmerken zu lassen, wie überwältigend das alles auf sie wirkte. Caer die Bardin lag unter einem ganzen Haufen weicher blauer Wolldecken. »Hallo, Kampfgefährtin«, begrüßte sie Jelscha noch immer flüsternd. »Was bin ich froh, dich zu sehen.«

»Und ich bin froh, dich zu sehen.« Jelscha setzte sich zu ihr aufs Bett. Sofort strich sie über eine der feinen, weichen, wunderschönen Decken. »Also, dich lebend zu sehen. Verdammte Heldin.«

Die Bardin lächelte müde. »Na ja, ganz so dramatisch war es ja nicht.«

»Man wird Lieder über dich schreiben«, prophezeite Jelscha. »Über deine Rede. Mann, ich habe echt geglaubt, Lurin geht gleich in Flammen auf, zusammen mit seinen Arschkriechern.«

»Warte mal ab, was für Lieder sie erst über uns schreiben werden, wenn wir die Türme gefunden und die Leuchtfeuer entzündet haben«, wisperte Caer. »Vielleicht dichte ich die dann auch einfach selbst.«

Jelscha streckte die schmerzenden Beine aus und warf unwillkürlich einen Blick auf die Federmatratze: weich wie frisch gefallener Schnee und warm wie das Feuer im Kamin. »Soll ich mich wieder verziehen?«, fragte sie die Bardin. »Du brauchst ja Ruhe.«

Die schüttelte den Kopf. »Ich würde mich über Gesellschaft freuen.«

Also streifte Jelscha die Stiefel ab, streckte sich auf dem Bett aus und lehnte sich an das Kopfteil. »Gedankt sei dem Eisen des Elbongebirges«, seufzte sie. »Ich werde keinen einzigen Schritt mehr machen in den nächsten ein bis drei Tagen. Dieses Floß hat mir den Rest gegeben. Zum Glück ist es nicht abgesoffen. Diese Holzfäller wussten offenbar, was sie tun. Was eigentlich komisch ist, denn Flöße werden in Schur jetzt nicht gerade oft gebraucht.«

Caer lehnte den Kopf an Jelschas Schulter. »Hauptsache, wir sind da weg«, flüsterte sie. Dann lachte sie leise. Auch das klang rau. »Welch eine Ironie. Jetzt könnte ich endlich so laut singen und schreien, wie ich wollte, aber das wird wohl nichts mehr.«

»Aber es kann doch sein, dass sie zurückkommt, oder?«, fragte Jelscha vorsichtig. »Deine Stimme, meine ich.«

Caer nickte. »Es kann sein.«

Jelscha betrachtete sie genau. »Aber es kann auch nicht sein.«

Caer nickte. »Es kann auch nicht sein«, sagte sie leise.

Ungefähr so leise wie die Bürgermeisterin, die noch immer im Wilkumtimra saß und den Kopf ihres Bruders an ihrer Schulter spürte, während sie fragte: »Aber ist das nicht ein Grund zur Freude?«

Er sah sie an. »Sie hat bereits ihre Stimme verloren, als sie mir das Leben rettete. Du weißt ebenso gut wie ich, dass der Weg zu den Türmen der ist, den man Hand in Hand mit dem Tod geht. Würdest du wollen, dass ich sie auf eine solche Reise mitnehme?«

»Diese Entscheidung sollte ihr überlassen sein.«

»Und was für eine Wahl hat sie noch, wenn ich ihr sage, dass ich sie liebe? Sie ist treu und mutig. Es würde ihr das Gefühl geben, mich im Stich zu lassen.« Er schaute auf den Boden. »Stattdessen könnte ich sie ziehen lassen. Sie könnte hierbleiben. Sich in jemand anderes verlieben.«

Reys sah ihn genau an: »Weyd, du willst sie beschützen. Aber Caer die Bardin braucht deinen Schutz nicht.«

»Wir brauchen alle Schutz.« Sein Blick ging ins Leere. »Ich habe noch nie ein solches Gemetzel erlebt, Reys«, flüsterte er. »Das Massaker in Colmstat. Ich war dort. Ich habe gekämpft. Ich habe getötet. Wieder war ich in Colmstat, als dort gemordet wurde. Und wo ich als Nächstes hingehe, wartet ebenso wenig der Frieden.«

Wieder sah er seine Schwester an: »Ich habe ihr nichts anzubieten. Nichts als den Tod.«

Und während die Bürgermeisterin seinen Blick erwiderte, lag Caer in ihrem Schlafzimmer und sprach weiter zu Jelscha: »Ich habe es mir oft vorgestellt. Was ich tun würde, wenn mir alle Finger brechen würden. Wenn ich meine Hände oder meine Arme verlieren würde, sodass ich niemals mehr dazu in der Lage wäre, meine Oud zu spielen. Ich habe mir immer vorgestellt, ich würde lernen, das Instrument mit den Zehen zu spielen. Ich habe mir vorgestellt, ich würde einfach noch mehr singen. Denn ich glaubte, meine Stimme würde für immer bei mir bleiben.«

Sie schüttelte den Kopf, sogar während sie lächelte. »Was war ich doch für ein Narr.«

Jelscha dachte an all die Male, die sie sich verboten hatte, die Wahrheit auszusprechen. »Wir sind alle Narren«, sagte sie.

Und auch im Wilkumtimra schüttelte Weyd den Kopf. »Vielleicht ist es besser, wenn wir über die Türme und die Rettung der Welt sprechen«, sagte er. Denn auch wenn er versuchte zu lächeln, spürte er, wie Tränen in seinen Augen brannten.

Normalerweise fiel es der Bürgermeisterin von Briva niemals schwer, die richtigen Worte zu finden. Aber diesmal entzogen sie sich ihr. Denn nichts fürchtete sie, nichts hasste sie so sehr, wie ihren Bruder leiden zu sehen. Sie hatte miterlebt, wie er am Abgrund stand. Sie hatte ihn mit aller Kraft von diesem Abgrund weggezerrt und hatte dabei doch das Furchteinflößendste von allem begriffen: Dass ihr dies niemals gelungen wäre, wenn er sich nicht selbst dazu entschlossen hätte.

Niemals wieder wollte Reys ihn an diesem Abgrund stehen sehen. »Was brauchst du?«, fragte sie leise.

Und da begann er zu weinen.

So wie auch Caer die Tränen in die Augen stiegen. Grimmig drängte sie sie zurück und erklärte stattdessen lächelnd: »Ich lebe noch. Viele hatten nicht dasselbe Glück. Ich lebe noch, und wir werden aufbrechen und die Leuchtfeuer in den Türmen des Lichts entfachen. Die Bardin und der Wanderer. Wir alle.« Ihre Hände umklammerten die seidenen Laken. »Und ich werde ein Lied daraus machen. Irgendwie.«

Und Weyd weinte, während sie von ihm sprach, und ließ sich von seiner Schwester halten.

Ganz fest hielt sie ihn. Und er weinte.

Weinte.

Weinte.

Die Seide an ihrer Schulter wurde durchnässt von seinen Tränen.

Und die Bardin klammerte sich an den seidenen Laken fest und sprach weiter, denn sie spürte, wie ihre Stimme das wenige an Kraft verlor, das ihr noch geblieben war: »Ich werde ein Lied darüber machen. Ein Lied von uns. Wart's nur ab.«

»Schh«, sagte Jelscha, denn Caers Stimme klang nun so rau, als würde jedes Wort ihr Schmerzen bereiten. So vieles wollte Jelscha sagen. Sie wollte Caer die getrocknete Arnika zeigen, die sie mit sich herumschleppte, einfach weil sie so wunderschön war. Wollte ihr erzählen, wie sie die Blume gepflückt hatte, für Menga, während ihr Cassians Worte durch den Kopf gingen, *das Leben hat uns viel Schönheit zu bieten – die Dohlen am Himmel, Mäntel gewirkt aus gefallenem Sternenmark und Mut so unerschütterlich wie geschmiedetes Eisen*. Wollte der Bardin von ihrer Liebe berichten, ihrer unglücklichen Liebe zu einer Frau, obwohl doch ihr Körper dazu gedacht war, Kinder zu gebären oder Waffen zu tragen, zumindest hatte man es sie im Tal von Schur stets so gelehrt. Sie wollte der Bardin sagen, dass Caer der einzige Grund war, warum sie sich überhaupt vorstellen konnte, diese Worte auszusprechen. Denn sie hatte gesehen, wie Caer dem Eisernen Baron widersprochen hatte. Caer hatte er nicht zum Schweigen bringen können.

Doch Jelscha sagte nichts davon. Stattdessen schaute sie Caer in die Augen: »Ich werde an deiner Seite sein, Schwester.«

Und die beiden Frauen umarmten sich, hielten sich einen Moment lang aneinander fest, dort auf dem Bett der Bürgermeisterin von Briva.

Im Wilkumtimra löste sich Weyd genau in diesem Moment aus den Armen der Bürgermeisterin von Briva, seiner Schwester.

»Ich werde noch deine Tassel ruinieren«, entschuldigte er sich mit rauer Stimme.

»Das ist mir so was von egal«, erwiderte Reys. »Was brauchst du, Weyd?«

Eine Weile saß er einfach schweigend neben ihr.

Schweigen.

Und als er dann sprach, geschah es so leise, dass seine Worte kaum zu verstehen waren. »Ich muss zu den Türmen des Lichts.«

Und als er die Worte aussprach …

bei allen Wegen an Land, zu Wasser und in der Luft …

… etwas in ihm löste sich

löste sich auf.

Etwas in seiner Brust, in seiner Lunge, in seinem Hals löste sich auf.

Und plötzlich erkannte Weyd:

Dass das die Wahrheit war.

Er war der Wanderer. Er konnte Wege beschreiten, die kein anderer zu beschreiten wagte.

Seine Schwester sah ihn an. Sie lächelte. »Ich hoffe, du möchtest nicht direkt aufbrechen, o großer Weyd. Mag sein, dass du dir Sorgen um meine Kleidung machst, aber meiner Meinung nach solltest du dich eher um deine kümmern. Du stinkst.«

Unwillkürlich musste er lachen.

»Zugegeben, die Sachen haben schon bessere Tage gesehen.« Er schnüffelte an seiner Tassel. »Aber die stammt aus Hewsos, und du weißt doch: Es gibt keine besseren Reisetasseln.«

»Räume mir nur eine Chance ein, dich von der Qualität der Reisetasseln aus Briva zu überzeugen«, erwiderte Reys. »Ich habe sogar eine passende Rede vorbereitet.«

»Ach ja? Ich bin äußerst kritisch, musst du wissen.«

»Heutzutage ist jeder kritisch«, meinte sie achselzuckend. »Obwohl ich zugeben muss, dass du schon immer einen sehr erlesenen Geschmack hattest.«

»Mein Winterquartier ist eine Poststation, die vor zweihundert Jahren aufgegeben wurde«, gab Weyd zu bedenken.

»Stimmt, du hast recht.« Die Überraschung in Reys' Stimme war beinahe echt. »Das war ja ich. Ich bin die mit dem erlesenen Geschmack.«

»Was werden deine Bürger wohl sagen, wenn sie herausfinden, dass du das alles aus tiefstem Herzen genießt – die Seide, das gute Essen, die Bankette und das ganze Chichi?«, fragte er streng.

»Wir werden es ihnen einfach nicht verraten.«

»Ich ganz sicher nicht«, bekräftigte Weyd. »Immerhin bin ich einem gewissen Luxus selbst nicht abgeneigt. Wie zum Beispiel einem Bad.«

»Das du umgehend bekommen sollst. Allein schon wegen des Gestanks.«

Mit einem leisen Lachen stemmte Weyd sich hoch. Reys packte seine Hand und hielt ihn zurück. »Ist es also an der Zeit, Weyd?«, fragte sie. »Ist das der Moment, auf den wir gewartet haben? Werden die Leuchtfeuer wieder brennen? Werden die Glocken wieder läuten?« Sie sah zu ihm auf. »Wir sind nicht mehr jung. Wir sind nicht mehr naiv.«

Der Wanderer zögerte. Sein Blick ging aus dem Fenster, über die Dächer der Stadt hinweg, die er so liebte. Dann sah er seine Schwester an, die er noch mehr liebte. Dann das Willkommenslicht in der alten Lichtsäule über ihren Köpfen, das hier schon brannte, seit er denken konnte. Er dachte an die vielen Willkommenslichter, die ihn in seinem Wandererleben geleitet hatten: das in der Poststation, das auf der Stadtmauer von Pau, das im Schloss von Lĭvago. Er dachte an die Stadt Hewsos hoch oben im Norden, die selbst ein einziges Willkommenslicht war mit ihren vielen

Lampen und Laternen. Ein Willkommenslicht in einem Teil der Welt, wo die Nächte endlos waren und die Menschen dennoch mit Güte und Freundlichkeit im Herzen der Finsternis trotzten.

Bald würden sie alle voneinander abgeschnitten sein, alle belagert werden – Briva, Pau und Hewsos. Turis, die schönste Stadt, die er jemals gesehen hatte. Die alte Poststation in den Wäldern von Schur. Jedes Heim, jede gastfreundliche Stadt. Sicher, eine Zeit lang würden ihre Mauern den Schatten standhalten. Aber wie lange? Und wie lange würde es wohl dauern, bis sie stattdessen der Furcht zum Opfer fielen? Bis sie durch die Steine drang, durch die Mauern, ihre schwarzen, dicken Tentakel ausstreckte, leise säuselnd in jedes Ohr kroch?

»Ich werde tun, was ich am besten kann«, sagte er schließlich.

Reys sah ihn fragend an, woraufhin er erklärte: »Ich kann die Türme finden, eenelin. Selbst den Grauen. Ich kann dorthin wandern, wo seit Jahrhunderten niemand gewesen ist.«

Sie drückte ihre Stirn an seine Hand. »Ich weiß.«

»Aber du willst nicht, dass ich gehe.«

»Ich will nicht, dass du dich in Gefahr begibst«, korrigierte Reys ihn und sah zu ihm hoch. »Ich will, dass du glücklich bist. Ich will, dass du lebst.« Nun stand auch sie auf, ließ seine Hand aber nicht los. »Du könntest hierbleiben. Hier wärst du sicher. Das weißt du. Du bist hier immer willkommen, genau wie deine Freunde, solange ihr es wollt.«

»Ich kann Wege beschreiten, die kein anderer zu beschreiten wagt. Ich kenne all die Pfade durch die Berge, die Wälder, an den Flüssen und über das Meer. Entweder bin ich sie schon gegangen, oder ich kann sie entdecken.« Weyd sah sie an. »Ich bin der Wanderer. Ich kann die Türme finden. Ich werde sie zurückbringen, das goldene Licht und den hellen Klang.«

Er spürte, wie seine Schwester von einem Schauer gepackt wurde. »Die Türme.«

»Die Türme, die unsere Urahnen nicht geschützt haben, eenelin«, betonte er. »Die Hüter der Nacht waren sie, und doch haben sie zugelassen, dass die Glocken verstummten und die Feuer erloschen.«

»Das ist nicht unsere Schuld«, erwiderte Reys leise, so wie ihre Mutter und ihre Großmutter es ihnen immer wieder gesagt hatten.

»Aber es liegt in unserer Verantwortung, dass so etwas nicht wieder geschieht.«

Für einen Moment drückte Reys ihre Stirn an seine. Gleich groß waren die Zwillinge. Dann lachte sie. »Sieh mich an.« Sie deutete auf die Decke. »Da bestehe ich trotz aller Widerstände darauf, das Licht brennen zu lassen, die alte Lichtsäule ständig instand zu halten … und dann versuche ich, dich davon abzuhalten, die Türme des Lichts zu finden.« Kopfschüttelnd fuhr sie fort: »Ich mache mir einfach Sorgen um dich, Weyd. Sorgen, dass die Geschichten wahr sein könnten. Die Geschichten über das, was an der Spitze dieser Türme wartet. Über den Weg, der zu ihnen führt. Der Weg zu den Türmen wird Hand in Hand mit dem Tod beschritten, heißt es.«

Und Weyd erwiderte leise: »Ich auch, Reys.«

Noch einen Moment länger drückte Reys die Stirn an die ihres Bruders. Dann drückte sie ihm einen Kuss auf die Schläfe. »Pass gut auf dich auf.«

»Und du auf dich«, bat er. »Pass auf sie alle auf.«

Ruckartig hob sie den Kopf. »Du willst damit doch nicht etwa sagen, dass du allein gehen wirst?«

»Wenn die Alternative wäre, sie mitzunehmen und alle in Gefahr zu bringen, weil sie mir unbedingt folgen wollen?«, hielt er dagegen. »Caer hat bereits ihre Stimme verloren. Als Nächstes verlieren sie vielleicht alle ihr Leben. Das werde ich nicht zulassen.«

»Weyd, eine solche Reise kann ein Einzelner nicht auf sich nehmen«, protestierte Reys. »Weiß und Schwarz findest du vielleicht noch, und vielleicht gelingt es dir sogar, ihre Feuer zu entzünden, denn sie sind auf den Karten eingezeichnet. Aber niemand weiß, wo der Graue Turm steht. Irgendwo hoch oben im Norden, heißt es nur, weit draußen im tödlichen Eis.«

Da wandte sich Weyd seiner Schwester ganz zu, blickte in ihre grauen Augen, so grau wie seine eigenen. Nur in diesem einen Punkt sahen sie sich ähnlich. »Ich werde genug Zeit haben«, erklärte er ihr. »Mit dem Lied können die Schatten mir nichts anhaben.«

»Das ist der falsche Zeitpunkt, um den Helden zu spielen, dubbelin«, beharrte sie. »Wir brauchen keine Einzelkämpfer. Die verrecken bloß irgendwo einsam und allein im Straßengraben, und dann wird niemand wissen, was mit dir passiert ist, wir bekommen keine Nachricht, die Feuer werden nicht entzündet, und die Schatten werden uns überrennen. Dein Leben ist kein Opfer, die Türme keine alten Gottheiten!«

Das ließ den Wanderer zögern.

»Lass mich gehen«, schlug Reys vor.

»Niemals«, erwiderte er heftig.

Mit einem hintergründigen Lächeln erwiderte seine Schwester: »Siehst du? Du willst nicht, dass ich mich in Gefahr begebe, genauso wie ich nicht will, dass du es tust.«

»Okay …«, gab er nach kurzem Schweigen zu. »In die Falle bin ich wohl sehenden Auges getappt, wie?«

Reys lachte. »Ich sag's nicht gerne, aber … mit Anlauf!«

»Du hast ja recht«, nickte der Wanderer mit einem tiefen Seufzer. »Verzeih mir, Reys. Das war dumm von mir. Wenn nicht gar töricht.« Ein verstohlenes Lächeln huschte über sein Gesicht, als er sich aufrichtete. Sich gründlich streckte. Ein verräterisches Knacken veranlasste ihn zu der Frage: »Was ist denn nun mit dem versprochenen Bad?«

»Ab mit dir«, befahl die Bürgermeisterin. »Ich sehe solange mal nach meiner Patientin.«

Sie wandte sich zum Gehen, und er blickte noch einmal auf die Stadt hinab, die er so liebte – an den blauen Flaggen vorbei, hinaus auf den belebten blauen Platz unter dem endlosen blauen Himmel.

Wieder stahl sich ein Lächeln in sein Gesicht.

Dann kniff er die Lider zusammen. »Reys?«

Sekunden später war sie an seiner Seite, den Waschlappen schon wieder einsatzbereit in der Hand. »Was ist?«

»Ist das Rauch, dort im Süden?«

Auch Reys spähte mit schmalen Augen in die Ferne. Fern im Süden schienen schmale Rauchsäulen emporzuklimmen. »Sieht so aus, ja. Es sind Berichte reingekommen über Plünderungen in Allaith. Dort herrschen katastrophale Zustände. Die Königin wurde angeblich abgeschlachtet, als sie gegen die Schatten ins Feld gezogen ist, und nun regiert das Chaos. Ihre Söhne und Onkel führen Krieg um die Krone, fackeln alles ab, was sie finden können, um ihren lieben Anverwandten nur verbrannte Erde zu hinterlassen. Ich warte auf Nachricht vom Than in Brakbant. Der Bote sollte bald zurückkehren.«

»Hast du Nachricht aus Turis erhalten? Wie steht es dort?«

»Mach dir nicht auch noch Sorgen um Turis. Der Tag, an dem diese Stadt fällt, wird der Tag sein, an dem es keine Schönheit mehr unter den Menschen auf Erden gibt.«

Reys trat so dicht an das Fenster heran, wie es möglich war. Dann schüttelte die Bürgermeisterin den Kopf und drehte sich wieder zu Weyd um. »Mach dir darüber jetzt keine Gedanken, du bist erschöpft und unter schwersten Mühen hierhergekommen. Los, genieße dein Bad! Um die Staatsangelegenheiten, Kriegsherren und Rauchwolken werde ich mich kümmern, und vor allem um die Boten und die Avvisi, die das Lied und seine schützende Wirkung in die Welt hinaustragen sollen. Du musst dich ausruhen. Gegen Ende der Woche planen wir dann, wie eure Truppe am besten zu Weiß, Schwarz und Grau gelangen kann.«

Und so begab er sich in den Badezuber und sie zu ihren Geschäften. Die Bürgermeisterin von Briva rief so viele Avvisischreiber zusammen, wie sie finden konnte. Dazu noch professionelle und freiwillige Boten, die in Dreiergruppen ausziehen und den Menschen das Lied beibringen sollten, das schon jetzt von immer mehr Menschen als ihr Schutzlied bezeichnet wurde. Drei ganze Tage dauerte es, die Boten zusammenzutrommeln und loszuschicken, drei Tage, in denen die Bardin Caer, unterstützt von Ealdre, mit nachlassendem Fieber vom Bett aus das Lied aufschrieb und den Boten beibrachte.

Drei Tage und vier Nächte, in denen lauter Gesang von den blauen Stadtmauern herabschallte, bis alle verfügbaren Boten losgeritten waren, um das Lied Menschen und Tieren und Vögeln beizubringen. Bis alle Avvisi geschrieben waren, die sie an den alten Poststationen anbringen würden. Und Caer schien wieder heil und gesund zu sein, auch wenn ihre Stimme weiter nur krächzte, und auch der Rest ihrer Schar heilte langsam, innerlich wie äußerlich.

So fanden sie sich auf Wunsch der Bürgermeisterin am vierten Morgen alle wieder im Wilkumtimra ein. Neben Büchern und Schriftrollen ließ sie auch ein köstliches Frühstück bereitstellen, mit allem, was die Stadt an frisch gebackenem Brot zu bieten hatte.

Und die Bürgermeisterin selbst brachte eine Karte.

Über die verschiedenen Schriften gebeugt, aßen und tranken sie, planten, was sie an Ausrüstung mitnehmen und welche Routen sie einschlagen sollten auf ihrer Suche nach den Türmen des Lichts, nach Weiß, Schwarz und Grau.

Doch vor allem studierten sie die Karte, die Reys mitgebracht hatte. Sie war ein Wunderwerk, wie man es kaum zu Gesicht bekam, hergestellt durch ein mysteriöses Verfahren mit dem Namen *wēdenblokthruk*, das aus den Landen jenseits der Berge Urr stammte, weit, weit aus dem Osten, wo die Sonne sich am Morgen erhob. Diese Karte zeigte den gesamten Kontinent Erebu, vom Endeleasmeer im Westen bis zum Gebirge von Urr im Osten, sorgsam abgezeichnet von einer alten Holzschnitzerei. Doch selbst das war nicht das Verblüffendste daran.

Das Verblüffendste waren die Anmerkungen.

An verschiedensten Stellen des Kontinents war die Karte,

von unterschiedlichen Schreibern festgehalten, durch Worte und Zeichnungen ergänzt worden – manche alt und verblasst, andere so frisch wie der Morgen; einige kraftvoll, elegant geschwungen, nachdrücklich, andere klein und krakelig. Auf Caer wirkte diese wundervolle Karte wie eine alte, oft erzählte Geschichte, für Jori war sie ein Hort geballten Wissens, für Bahr eine wahrhaftige Schatzkarte. Diese wundervolle Karte enthielt das Wissen vieler, vieler Wanderer, die stets landauf, landab gereist waren. Reys hatte sie aus den Händen der Wanderin bekommen, die Weyd und sie einst unterrichtet hatte, einer Frau namens Sameea.

Diese fantastische Karte würde ihnen den Weg weisen. In den Týrskogher, den dichten, dunklen Wald von Tyr nördlich von Hewsos, waren Flammen eingezeichnet worden; an den Küsten von Klawppeda waren Wälder nachgetragen worden, die noch niemand je durchquert hatte; die Küstenlinie Richtung Süden hin war korrigiert und nachträglich mit einem Namen versehen worden: Estreit Fu, Sund des Feuers. Auf einem eigens dazu festgenähten Stück Pergament war vermerkt worden, wie lange die Krähe in der Luft und der Wanderer am Boden brauchten, um einmal von Ost nach West oder von Süd nach Nord zu gelangen. Kurze Notizen warnten vor längst vergessenen Gefahren oder gaben Gruß- und Abschiedsworte in den verschiedenen Landessprachen wieder, sogar einzelne Zeilen uralter Lieder waren hier festgehalten.

Und doch war selbst auf dieser Karte voller Wunder nirgendwo vermerkt, wo sie den Grauen Turm finden konnten.

Einen einzigen Hinweis fanden sie, die Worte *Der Graue – nördlich von Hewsos*, eingezeichnet an der Wegscheide von Lieht, die hier Lewkraitaz hieß. Und daneben hatte jemand in hastiger Krakelschrift zwei Worte eingetragen, die inzwischen so verblasst waren, dass man sie kaum noch entziffern konnte: *Deeth Rade.*

Und sie alle wollten Weyd begleiten, auch Bellitas der Fuchs und Urth die Krähe. Und sie entschieden, alle Vorbereitungen zu treffen, um am siebten Morgen mit dem ersten Tageslicht aufzubrechen.

Und der Wanderer stimmte ihnen zu.

Stimmte ihnen zu und ging in der fünften Nacht in die Taverne *Rosmarijn ande Thym*, wo man Schnaps und Schönheiten kaufen konnte. Drückte einer der Frauen eine großzügige Summe in die Hand, einer mit dunklen Haaren, dunklen Augen. Sie führte ihn nach oben, wo sich beide ihrer Kleidung entledigten. Er bat sie, sich auf den Bauch zu legen, ließ seine Hände über ihren Rücken gleiten, der mit feinen Sommersprossen übersät war, dann über ihre Arme, ihre Hände. An den Fingerspitzen und den Handflächen war ihre Haut rau und schwielig, was sein Herz einen kleinen Satz machen ließ.

Dann küsste er ihren Nacken, das Rückgrat, die Pobacken. Zog ihre Hüfte in die Höhe, mit festem, sicherem Griff, denn seine Wunden waren fast vollständig verheilt. Befeuchtete sich und glitt in sie hinein. Sie gab genau die richtigen Laute von sich, genau an den richtigen Stellen. Und doch spürte er, wie er erschlaffte.

Er war nie sonderlich gut gewesen, wenn er dafür bezahlte.

Also kehrte er im Dunkel der Nacht nach Hause zurück, begleitet vom Gesang auf den Mauern. Im Bett dann legte er selbst Hand an, schloss die Augen, dachte an Caer. Sah ihr freches Lächeln vor sich, die feinen Strähnen, die sich immer aus ihrem Zopf lösten, stellte sich vor, wie ihre langen Finger das taten, was er nun selbst tun musste, wie die raue Haut an ihm auf und ab glitt.

Doch seine Vorstellungskraft war nie sonderlich überzeugend gewesen in Bezug auf Handarbeit, und er spürte, wie er erschlaffte.

Noch fester presste er die Lider zusammen, stellte sich vor, wie sie es mit dem Heiler tat, wie seine Hände über ihren Rücken glitten, über ihr Gesäß. Wie sein Handrücken über ihren Bauch strich. Jeder seiner Finger ihre Haut berührte. Ihre Brüste. Wie sie schauderte, sich wand. Wie lästerliche Worte aus ihrem Lästermaul hervorbrachen, während sie sich ihm entgegenhob.

Und ebenso lästerliche Worte brachen aus Weyd hervor, während er allein im Dunkeln lag und sich zum Höhepunkt brachte.

Am nächsten Morgen, dem Morgen des sechsten Tages, erwachte der Wanderer noch vor Morgengrauen.

Er stand auf.

Er sammelte

zügig
lautlos

die Ausrüstung zusammen, die man für ihn bereitgelegt hatte, und packte das wenige ein, was er mitnehmen wollte, darunter auch die Karte voller Wunder.

Zügig und lautlos
versteckte er das Bündel.

Und der helle Morgen wich dem strahlenden Mittag,

dem goldenen Nachmittag, und der Wanderer tat so, als wäre alles in Ordnung.

In der Abenddämmerung dann legte er seine neue Reisetassel an, die Tassel aus Briva.

In der Abenddämmerung dann schlüpfte er in die neuen Stiefel, die seine Schwester für ihn gekauft hatte und die er während der letzten Tage sorgsam eingelaufen hatte.

In der Abenddämmerung dann heftete er die silberne Brosche an seiner Brust und nahm sein Bündel. Schob Mundian in seine Scheide, die Karte voller Wunder in seine Tasche, und schlich hinaus.

Leise ging der Wanderer in den Stall, flüsterte seiner Stute beruhigende Worte ins Ohr, legte ihr den Sattel auf, schnallte die bis zum Bersten gefüllten Taschen daran fest. Und Raud rieb mit einem leisen Schnauben ihren Kopf an seiner Brust. Gemeinsam stahlen sie sich fort vom Stadizhûsa mit seiner alten Lichtsäule und dem warmen Willkommenslicht. Und vielleicht hätte man ihm kaum einen zweiten Blick geschenkt, wäre er nicht so groß gewesen, und hätte er nicht eine so außergewöhnliche Stute am Zügel geführt, wären seine Augen nicht so grau gewesen wie das Meer an einem trüben Morgen. Doch selbst dadurch wäre er wohl nicht weiter aufgefallen, hätte er nicht leise vor sich hingesungen – das Lied der Nacht. Traurig klang es aus seinem Mund, traurig und wundervoll.

Der ein oder andere erkannte den Wanderer und grüßte. Weyd, der Weltenbummler. Sie wussten, dass er sämtliche Meere bereist hatte, und sie beneideten ihn, denn sie wussten nicht, wann sie noch einmal würden reisen können, nun, da die Schatten gekommen waren und die Furcht auf allen Wegen wandelte.

Er achtete ganz bewusst darauf, gesehen zu werden. So gab es jemanden, der seiner Schwester und seinen Freunden berichten konnte, wenn sie am Morgen aufstanden und feststellten, dass er fort war.

Denn auf keinen Fall würde er sie alle in Gefahr bringen.

Auf keinen Fall würde er sie auf einen Weg führen, der Hand in Hand mit dem Tod beschritten wurde.

Und so führte der Wanderer Raud zu einem kleinen Tor im nördlichen Teil der Stadtmauer, das abends nicht verschlossen wurde. Es lag halb versteckt hinter einem Cambret, einer Taverne für Musik und Verskunst, mit dem Namen Ijsvōgel. Ein kleines, blaues, standhaftes Tor.

Kurz bevor er es erreichte, blieb Weyd noch einmal stehen und vergewisserte sich, dass Sattel und Zaumzeug richtig saßen. Dann streichelte er der Stute den Hals. »Nun geht es wieder los, Raud«, erklärte er ihr leise. »Wir müssen die Türme finden. Zuerst zum Lewkraitaz, dann weiter zu Schwarz, Weiß und Grau, wo auch immer sie genau liegen mögen.«

Raud wieherte leise und drängte ihn mit dem Kopf Richtung Stadtmauer. Lächelnd nahm er die Zügel und führte sie zum Tor.

Als er die dunkle Gestalt bemerkte, war es bereits zu spät.

Sie trat aus den Schatten, als der Wanderer nach dem Torflügel griff.

»Na, wo wollen wir denn hin, guter Mann?«

Weyd drehte sich um. Groß war der Mann, und er trug eine Feder am Hut.

Die Gestalt trat in den Lichtkreis der Fackel, die am Eingang des Ijsvōgel brannte.

Da erkannte Weyd, dass dieser Mann jung und fröhlich war und den Wanderer obendrein anerkennend musterte. Erleichtert atmete Weyd aus.

Einen Moment lang hatte er befürchtete, Jori wäre ihm gefolgt.

»Es wäre wesentlich klüger, mit mir hineinzukommen, Wanderer«, sagte der junge Mann, so sorglos lasziv, wie auch Caer es getan hätte. »Die Nacht bricht an.«

Und einen Moment lang stellte sich Weyd vor, wie er seiner Aufforderung nachkam. Wie er einfach durch die Tür des Ijsvōgel trat. Aufgab. Der Sicherheit den Vorzug gab. Die Nacht sogar in einem warmen Bett beendete, und nicht allein.

Dann schüttelte er den Kopf, vertrieb diesen Gedanken. Freundlich schlug er die Einladung aus und wandte sich wieder dem Tor zu.

Er würde nicht vor dem Tod zurückscheuen. Er würde nicht auf die Einflüsterungen der Furcht hören.

Diesmal nicht.

Und so trat der Wanderer durch das kleine Tor hinaus auf die offene Straße. Trat aus dem Schatten der Stadtmauer, blieb stehen und atmete einmal tief durch. Nahm den Geruch der Weite in sich auf, der Straßen, den Geruch von Wasser, Wald und Bergen.

Tief einatmen.

Und ausatmen.

Die Luft war frisch und klar. Es roch nach den letzten Tropfen eines kühlen Frühlingsregens.

Der Wanderer nahm Rauds Zügel und schritt auf die Straße hinaus.

»Ich könnte dich begleiten!«

Es durchfuhr ihn. Die Stimme hatte so bekannt geklungen. Dann drehte Weyd sich seufzend um. Er musste dem jungen Mann klarmachen, dass er in seine Taverne zurückkehren und sich an seiner Poesie und seinen Männern erfreuen sollte – und dabei allen Sternen des Himmels danken, dass die Pfade des Schicksals ihn einem Leben zugeführt hatten, das so voller Sicherheit war.

Ja, dort kam er. Gerade trat der Mann mit der Feder am Hut aus dem Schatten der Mauer.

Aber dieser Mann war nicht jung.

Er war alt.

Älter als die Sterne.

Es war Jori. Jori trat dort aus dem Schatten der blauen Mauer; Jori in einer Reisetassel aus Briva, hellblau in der Dämmerung, grau schimmernd in der Nacht.

»Jori.« Steif aufgerichtet, blieb Weyd stehen, ging dem Alten nicht einen Schritt entgegen. »Ich muss gehen.«

»Aber ja doch«, antwortete der Alte gelassen, »ich verstehe schon, mein Junge. Ich schlage ja lediglich vor, dass wir dich begleiten.«

Plötzlich trat Bahr aus dem Schatten und stellte sich neben ihn. Auch sie war für die Reise gekleidet, hielt zwei Bündel in der Hand und musterte ihn mit grimmiger Entschlossenheit.

Liebevoll, aber unnachgiebig schüttelte Weyd den Kopf. »Nein, diesmal nicht. Keiner von euch wird mich begleiten, meine lieben Freunde.«

»Wird bestimmt spannend anzusehen, wie du sie davon abhalten willst«, stellte eine weitere Stimme fest.

Und auf der anderen Seite des Tores löste sich Jelscha von der dunklen Mauer, dicht gefolgt von Andrin. Beide waren in die prachtvollen Reisemäntel aus Briva gehüllt und hatten fest verschnürtes Gepäck dabei. »Uns wirst du jedenfalls nicht daran hindern. Meine Chancen stehen sicher nicht schlecht, falls du es mit dem Schwert ausfechten möchtest.«

Weyd konnte nicht anders, seine Brauen schossen wie von allein in die Höhe. Mit Mühe verkniff er sich ein *Das wage ich stark zu bezweifeln*, und sagte stattdessen: »Ich fühle mich wirklich geehrt, Freunde. Ich bin …« Ein dicker Kloß schien plötzlich in seiner Kehle zu sitzen. Sein Herz pochte wild. Doch sie durften nicht mitkommen. »Aber diese Reise ist gefährlich. Die Reise zu den uralten Türmen führt hinein in die Finsternis, über unbekannte Wege voll tödlicher Gefahren. Ich kann euch dort nicht beschützen.«

»Das hat auch niemand verlangt.« Andrins Stimme zitterte ein wenig, aber er verbarg das geschickt, ließ sie beinahe kraftvoll klingen. Nun sprang auch noch Bellitas auf die Schulter des jungen Mannes. Seine schwarzen Augen schienen Weyd regelrecht zu durchbohren, während er wieder einmal auf irgendetwas herumkaute. Dann schüttelte er den pelzigen weißen Kopf.

Weyd klammerte sich an den Zügeln fest. Er durfte nicht nachgeben. Ganz egal, wie sehr er sich wünschte, seine Freunde bei sich zu haben – er würde nicht nachgeben, bis sie endlich begriffen, dass er sie einfach nicht verlieren durfte. Dass sie schon zu viel verloren hatten.

Der Wanderer setzte zu einem erneuten Protest an.

»Ich hätte da einen Vorschlag«, meldete sich eine leise Stimme zu Wort. »Spar dir den Atem, mein Lieber.«

Und Weyd wusste,
wusste mit absoluter Sicherheit,
wer vor ihm stehen würde, wenn er sich umdrehte.

Ja, sie war es. Dort stand Caer, mit ihrer Oud, ihrer weinroten Tassel, mit funkelnden dunklen Augen und einem breiten Grinsen im Gesicht.

Und neben ihr stand Ealdre, ein Funken Gold in der finsteren Nacht. Beide waren reisefertig. Und begleitet wurden sie von seiner Schwester, der Bürgermeisterin. Sie führte Demar und Blíkna am Zügel. Ein raues Krächzen ertönte, und Urth die Krähe stieß vom Himmel herab, um sich auf Blíknas Rücken niederzulassen.

Seine Schwester war sogar so frech, gelassen mit den Schultern zu zucken. »Du bist unglaublich leicht zu durchschauen, Weyd.«

»Sie hat recht«, nickte Ealdre. »Selbst ich habe es geahnt, und ich kenne dich wirklich nicht sonderlich lang, Weyd Weltenbummler.«

Frustriert warf der Wanderer die Arme hoch. »Ist Raud denn wirklich die Einzige, der ich noch trauen kann?«

»Das kommt darauf an, mein Junge.« Jori lächelte mild, und die Feder an seinem Hut wippte fröhlich. »Das kommt darauf an, in welcher Hinsicht: In Bezug auf dein Wohlergehen, deine Gesundheit oder dein Glück kannst du uns blind vertrauen. Aber wenn es darum geht, dass wir dich allein losziehen und eine Reise antreten lassen sollen, die nur ein Narr ohne jede Unterstützung unternehmen würde, eher nicht. Was soll ich sagen? Das Leben ist hart und grausam, und wir sind es eben auch.«

»Meine Freunde«, versuchte Weyd es erneut, »meine lieben Freunde, ich weiß ja, dass ihr es gut meint. Aber ich flehe euch an … nein, ich verlange es einfach: Ihr dürft mich nicht begleiten! Diese Reise muss ich allein antreten. Diesen Weg muss ich allein beschreiten.«

Caer verdrehte die Augen. »Blödsinn«, krächzte sie. »Wir werden mitkommen. Dir bleiben genau zwei Möglichkeiten, Weyd: Entweder reisen wir an deiner Seite, oder wir folgen dir mit zwei Meter Abstand. Deine Entscheidung.«

Und dann sah sie ihm in die Augen und fügte mit Nachdruck hinzu: »Du musst keinen deiner Wege mehr allein beschreiten, Weyd.«

Hastig senkte er den Blick, damit sie nicht sahen, dass seine Augen glitzerten.

Er holte tief Luft, und es war weder zu viel noch zu wenig.

Dann war seine Schwester an der Reihe. »Du hast es die ganze Zeit gewusst«, warf er ihr vor.

»Ich wäre ein Narr, wenn es nicht so wäre«, gab Reys lächelnd zu. »Der sterren loep moet u geven, broederkijn, wel te varene al u leven. Nu ne vreset dat doncker niet, ende blivet vri van anxt.« Sie wandte sich der gesamten Gruppe zu. »Ich werde das Willkommenslicht brennen lassen. Damit ihr jederzeit zurückfindet.« Jedem Einzelnen blickte sie in die Augen, und es war, als wirke sie einen alten Zauber. »Solange das Licht brennt, werdet ihr alle stets hierher zurückfinden. Fürchtet nicht die Dunkelheit, und ergebt euch nicht der Furcht.«

Ein breites Lächeln erschien auf Weyds Gesicht. Schnell wandte er sich nach vorn, der leeren Straße zu, damit die anderen es nicht sahen. »Na dann los, wenn es denn unbedingt sein muss, ihr Narren.«

Ihr geliebten Narren.

Und so verabschiedeten sich die Freunde von der Bürgermeisterin und traten auf den Grauen Pfad hinaus, der hier breit, sorgsam gepflastert und vom Licht der Stadt erhellt war, die nun in ihrem Rücken lag.

Und sie begannen zu singen.

Leise und ruhig sangen sie das Lied der Nacht.

Und auch in der Stadt, im Ijsvōgel, in den Häusern, auf den Straßen und Plätzen begannen die Bürger von Briva zu singen.

Und über ihnen riss der Himmel auf.

Der Himmel riss auf, und die Sterne funkelten, und der Mond tauchte die Straße vor den Freunden in silbernes Licht. Hell und rund stand er am Himmel, erhellte die Nacht, erhellte den Weg vor ihnen. Weyd drehte sich noch einmal um, betrachtete die Stadt, die hinter ihnen zurückblieb. Das Willkommenslicht oben auf der alten Lichtsäule.

Und da wusste er

da wusste er mit absoluter Gewissheit

dass er stets den Weg zurückfinden würde, solange dieses Licht brannte.

Er wandte sich wieder der Straße zu. Caer ging neben ihm und zupfte die Saiten ihrer Oud. An ihrer Seite lief Ealdre und sang, frei von jeder Furcht. Und hinter ihnen kam Bahr mit ihrer Fackel, Jori mit der Feder am neuen Hut saß auf Rauds Rücken, und ihnen folgten Andrin und Jelscha mit Bellitas und Urth auf Demar und Blíkna. Die Geschwister trugen mit Silberfäden durchwirkte Reisetasseln, die ebenso schön und tröstlich schimmerten wie ein mit Sternen übersäter Nachthimmel.

Wie der Himmel über ihnen.

Und unter demselben Himmel jagte eine Reiterin dahin, trieb ihr fuchsbraunes Pferd in aller Eile auf die Brücken von Briva zu. Mit letzter Kraft hielt sie sich auf dem Pferderücken, während aus der tiefen Wunde an ihrer Schulter das Blut strömte.

So schnell sie konnte, hetzte sie dahin. Ihr Pferd war erschöpft, sie selbst nur noch halb bei Bewusstsein, denn es war ein harter Ritt von Allaith bis hierher gewesen. Doch sie galoppierte weiter.

Immer weiter den Grauen Pfad entlang bis in die Blaue Stadt Briva. Und hätte man in der Stadt nicht so kraftvoll gesungen, hätten die Schatten die Reiterin sicher in Stücke gerissen. Aber so glänzte der Sternenhimmel über ihr, und sie schaffte es bis zum Blauen Tor.

Man brachte sie zur Bürgermeisterin, die zunächst ihre Wunde versorgte, eine tiefe Schwertwunde an der Schulter, die sich leicht entzünden konnte. Reys' Hände zitterten, denn sie hatte gerade erst ihren Bruder auf eine Reise ins Ungewisse geschickt, und sie hatte sich jeden angstvollen Gedanken, jede Träne der Trauer untersagt. Bis sie fort gewesen waren.

Solange das Willkommenslicht brennt, sagte sie sich immer wieder, *wird er zu mir zurückfinden.*

Und auch jetzt, während sie die Botin verarztete, spürte sie, dass es so war.

Die Botin, die, bevor die Bürgermeisterin sich ihre Wunde auch nur ansehen konnte, Reys' Arm packte und mit fiebrigem Blick hervorstieß: »Hör mich an, Bürgermeisterin!«

»Ich höre«, versicherte Reys. »Ich höre dir zu.«

»Sie kommen.«

Beruhigend legte die Bürgermeisterin der Frau die Hand auf die Schulter. »Bitte, sei unbesorgt. Wir wissen um die Gefahr. Und wir kennen ein Lied, das uns vor den Skadwaz schützt. Du bist hier in Sicherheit.«

Doch die Frau schüttelte den Kopf, immer und immer wieder. »Sie kommen. Singend kommen sie. Sie singen das Lied, und sie plündern und brandschatzen, machen alles nieder auf ihrem Weg.«

Verwirrt runzelte die Bürgermeisterin die Stirn. »Wer? Von wem sprichst du, gute Frau?«

Die Botin starrte sie an. »Sie haben mir diese Wunde zugefügt. Allaith musste sich ihnen ergeben. Ohne eine Königin fehlte uns ein Anführer, der eine Verteidigungslinie errichtet hätte. Aber sie haben es nicht auf uns abgesehen. Ich liebe Briva. Deshalb musste ich kommen.«

»Sag mir alles«, bat die Bürgermeisterin. »Wer kommt?«

Die Botin war so erschöpft, dass sie sich kaum noch wach halten konnte. Trotzdem kämpfte sie, ballte die Fäuste, biss die Zähne zusammen, rang ihrem Herzen jeden einzelnen Schlag ab. »Schur. Der Eiserne Baron. Lurin kommt. Mit einer Armee. Er marschiert gegen Briva.«

Wie ein scharfes Schwert bohrten sich diese Worte in die Brust der Bürgermeisterin.

Keine Luft.

Zu viel Luft.

Ihr Blick huschte zum Fenster, ihre Hand wanderte an ihre Kehle, an ihre Lippen. Sie suchte, fand, die Rauchsäule am Horizont. Den dicken, schwarzen Balken in der sternenklaren Nacht.

So nah.

Er war schon so nah.

Sie blickte hinauf zur Decke. Dachte an das Willkommenslicht in der alten Lichtsäule.

So hell in dieser sternenklaren Nacht.

In der sternenklaren Nacht

unter dem ungetrübten Himmel

im Licht der Sterne und des Mondes

geschützt von dem Lied, das er von der Bardin und dem Wanderer gelernt hatte

kam er.

Lurin, der Eiserne Baron, mit seiner Armee. Über die Veta war er durch die Berge gekommen, auf vielen, vielen Flößen, die seine Holzfäller heimlich gebaut hatten, den ganzen Winter, den ganzen Herbst, den ganzen Frühling, den ganzen Sommer hindurch. Und an der Spitze dieser Armee ritt sein Hauptmann mit ihrer neuen Patrouille aus Eisernen; eine lange graue Feder, zwölf so weiß wie Schnee. Ihnen folgte ein Meer aus Fackeln, mehr als man hätte zählen können.

Näher und näher kamen sie. Immer weiter marschierten sie voran. Mordeten, schlachteten.

Singend und plündernd zogen sie den Grauen Pfad entlang.Hundert Jahre nach dem letzten Großen Krieg.

Der Eiserne Baron zog nach Briva.

Um sich den Wanderer zu holen.

Um sich die Bardin zu holen.

Krieg kam, um sie zu holen.

Um sie alle zu holen.

Die Freunde wussten es nicht.

Sie wussten nicht, dass die Zeit der Finsternis noch vor ihnen lag.

Und doch frage ich mich …

Es muss einen Moment gegeben haben, ganz am Anfang vielleicht, in dem sie sich für einen anderen Weg hätten entscheiden können. Eine Gabelung, an der sie eine andere unter den vielen, uralten Straßen hätten wählen können.

Aber das taten sie nicht. Sie wählten diesen Weg. Den Weg in die Finsternis. Den Weg zu den Türmen. Den Weg, den man Hand in Hand mit dem Tod beschreitet.

Ich sehe, wie nah ihr an das Feuer herangerückt seid, sehe, wie dringend ihr den Rest der Geschichte erfahren wollt.

Blickt Richtung Osten. Dort dämmert der Morgen herauf.

Kommt wieder. Kehrt zurück in den fahlen Stunden des Zwielichts, im blauen Schimmer der Abenddämmerung.

Kommt wieder, wenn die Sonne untergegangen ist, wenn die Sterne erscheinen und der Mond so hell am Himmel steht.

Kommt wieder. Folgt dem alten Pfad durch den tiefen Wald, hin zum wärmenden Feuer.

Denn des Nachts erwachen die Geschichten.

Und bis dahin …

Verliert nicht den Pfad aus den Augen, auf den euer Herz euch führen wollte, bevor Furcht auf allen Wegen wandelte.

Danksagung

Jedes Buch ist nur so gut wie das Team, das hinter ihm steht. Ich hatte das Beste. Ich danke von Herzen:

Thérèse Coen, meiner Agentin, die auch diese wahnsinnige Geschichte durch all ihre vielen Veränderungen hindurch unterstützt, angepriesen und immer besser gemacht hat.

Beatrice Lampe, meiner Lektorin, die durch alle Wandlungen von der ersten Idee an diese Geschichte und diese Autorin geglaubt hat, auch wenn kein Stein auf dem anderen blieb. Danke, dass du mich durch ein schwieriges Jahr und eine schwierige Geschichte getragen hast, liebe Beatrice.

Charlotte Lungstrass-Kapfer, meiner Übersetzerin, die genau den Ton des Originals getroffen hat, Lieder so schön übersetzt, wie ich sie niemals schreiben könnte, und mich immer wieder Tränen lachen lässt.

Jennifer Jäger, meiner Redakteurin, die in rasendem Tempo die Poesie hervorgelockt hat.

Angela Kuepper, ebenfalls meine Redakteurin, für den tiefsten Blick und das genaueste sprachliche Gespür. Außerdem für Trost und Beistand.

Isabelle Hirtz für einen Umschlag, zugleich episch und modern, der jedem, dem ich ihn zeigte, den Atem raubte.

Lisa Pohlers, meiner Assistentin, ohne die ich schon viele Male den Kopf verloren hätte.

Dr. Berit Böhm für den kleinen Finger und dem gesamten Team in der Presseabteilung von Blanvalet, ohne die kein Erfolg möglich wäre!

Jeder Mitarbeiterin, jedem Mitarbeiter meines Verlages, vom Vertrieb über die Leitung bis hin zur Assistenz, ohne die es dieses Buch nicht gäbe, keine einzige Seite davon.

Allen freien Mitarbeiter:innen, die an der Entstehung dieses Buchs mitgewirkt haben und ohne die wir nun ebenfalls nur ein Stück Luft in den Händen halten würden.

Ich danke außerdem von Herzen meinen »Fremdsprachenkorrespondenten«, die es mir ermöglichten, vergangene europäische Sprachen in diesem Manuskript zu verwenden: Sjoerd Levelt, Samatha Pious und Valerie Wilhite.

Nicole Etherington für ihr genaues Auge sowie dem gesamten Team der Hardman & Swainson Literary Agency, die jedes weitere irre Projekt, das ich vorschlage, mit der gleichen Aufmerksamkeit und Hingabe aufnehmen.

Den vielen Kolleginnen und Kollegen, die mich bei der Entstehung dieses Buchs unterstützt und ermutigt haben: Christian Handel, Stefanie Hasse, Ava Reed, Marah Woolf, ebenso Robert Corvus, Akram El-Bahay und Timo Leibig. Mein besonderer Dank gilt Bernhard Hennen, ohne dessen Rat und Ermutigung ich dieses Buch nicht geschrieben hätte.

Außerdem danke ich Barbara Ruhnau vom Kulturamt der Stadt Recklinghausen und Anke Link sowie ihrem gesamten Team in der Stadtbibliothek Recklinghausen, die mir eine Bühne boten, auf der ich den ersten Teil dieses Buchs vorlesen konnte. Ich danke auch Jennifer Morscheiser-Niebergall, die mir einen sehr stimmungsvollen Vortrag des englischen Originals auf der wunderschönen Burg Linn ermöglichte.

Ich danke jeder einzelnen Buchhändlerin und jedem einzelnen Buchhändler, die zuerst die *Palace*-Saga und nun auch *Das Lied der Nacht* empfohlen, ins Regal gestellt, angepriesen, kurz, einer Debütantin vertraut haben. Ein Leben ohne euch möchte ich mir nicht vorstellen.

Derselbe Dank gilt jeder und jedem einzelnen meiner Leser:innen. Danke für euer Vertrauen. Danke für eure Treue. Danke für euch. Ich hoffe, dass *Das Lied der Nacht* euch gefällt. Wenn ihr mir irgendetwas zu sagen habt, bitte lasst es mich wissen: auf Instagram unter @christinebernardwrites oder per E-Mail an christine@cebernard.eu. Ich möchte von euch hören.

Last, but very decidedly not least danke ich meinen Freunden, ob sie schon von Kindheitsbeinen an an mich glauben oder später zur Gemeinschaft dazugestoßen sind: Sarah Assaf, Anne Ballhausen, Lukas Ballhausen, Ina Habermann, Eva-Lotte Hill, Daniela Husmann, Johannes Frohnhofen, Anne Küpperbusch, Rebecca Rhode, Lena Westermann. Ich danke Eva Fürst und Jonathan »Noa« Noack nicht nur für ihre Freundschaft, sondern auch für ihr Fachwissen und ihre Freude an Schwertkampf und mittelalterlicher Architektur sowie ihren Katzen. Ich danke außerdem Leonie Overwien und den Kolleginnen und Kollegen im Eutopia, sowie Dr. Stefan Plasa, Verena Koll und Michél Schüler, Jan Hilgers und Jens Müller, Eliana Berger und allen Studierenden der Romanwerkstatt der Universität Bonn. Dank euch bin ich Schriftstellerin und will es bleiben.

Nun bleibt mir nur noch, von ganzem Herzen meiner Familie zu danken: Karin Surmann-Lehnen und Thomas Lehnen, Nils Lehnen und Laura Döing, Matthias Lehnen und Adrian Bolz. Ohne euch geht nichts.

Leseprobe

aus »Das Flüstern des Zwielichts«

von C. E. Bernard

Erscheinungstermin:
19.7.2021 im Penhaligon Verlag

Ihr seid also an mein Feuer zurückgekehrt.

Hell und warm brennt es, während die Abenddämmerung den Himmel mit tiefem Blau überzieht und die Bäume und den Pfad schwärzt, auf dem ihr zu mir gekommen seid. Ihr habt euch nicht in den Tiefen der Wälder verirrt. Ihr habt euch nicht schrecken lassen von den Narben in meinem Gesicht und den Blutflecken auf meinem Mantel. Ihr sitzt wieder an meinem Feuer, hier in der Abenddämmerung.

Seid ihr im Zwielicht gekommen, weil ihr befürchtet habt, ihr könntet euch des Nachts zwischen den Bäumen verlieren?

Denn das geschieht nur allzu leicht. Ihr verlasst den Weg, eure Füße tragen euch fort von eurem Pfad, einen Moment lang gebt ihr nicht acht und bemerkt euren Fehler erst, wenn ihr schon tief im Wald steht.

Oder seid ihr im Zwielicht gekommen, weil ihr es gehört habt?

Habt ihr mein Lied gehört?

Denn die Abenddämmerung ist die Stunde, in der die Geschichten erwachen.

Wenn der erste Stern am Himmel erscheint, hell und silbern schimmernd, beginnen sie zu flüstern.

Sie wispern.

Sie singen.

Sie erwarten euch.

Rückt dichter ans Feuer heran. Schert euch nicht um meine Tränen, um mein Lächeln. Rückt dichter heran, dann singe ich euch ein Lied, erzähle euch eine Geschichte. Sie beginnt an einer alten Straße, im schwindenden Zwielicht. Sie beginnt in der Stadt, die der Finsternis der Nacht anheimfällt, der Finsternis des Krieges. Sie beginnt mit Reisenden, leise singenden Reisenden, guten Freunden, denen noch nicht bewusst ist, wie leicht man vom Weg abkommen kann. Vor allem in der Dämmerung, wenn die Geschichten locken, wenn die Lieder rufen, wenn ein Raunen in der Luft liegt, ohne dass man wüsste, wer dort spricht.

Rückt dichter heran.

Und hört mir zu.

Wer ist das?

Wer wispert dort?

1

Reiter

Ein Fremder kam den Grauen Pfad entlang.

Es war ein Mann, entschieden die meisten, die ihn vorbeiziehen sahen. Heutzutage wagte sich niemand mehr nach Anbruch der Dämmerung auf die Straße, denn eigentümlich waren die Tage und schrecklich die Nächte, seit die Schatten sich erhoben hatten. Des Nachts waren sie erschienen, mit ihren Schwertern aus Feuer, grellweiß und so kalt. Abgeschlachtet hatten sie alles, was lebte – kleine Kinder, alte Frauen, stolze Rösser. Die Ziegen, die den Menschen brav ihre Milch gaben. Manche behaupteten, man könne sich schützen gegen die Schatten, indem man sich hinter Mauern aus Stein und Toren aus Eisen verschanzte. Wieder andere erzählten, es gebe ein Lied, das als Schild diene, aber wer hatte schon jemals gesehen, dass ein Lied gegen eine Klinge schützte, eine strahlende, tödliche Klinge?

Lieber machten sich die Menschen hinter steinernen Mauern und eisernen Toren zu Gefangenen, in den Städten, Dörfern und Burgen, und so waren die Tage fremd und die Nächte finster. Denn des Nachts wisperte die Furcht, kroch in ihre Häuser und Hütten, schob ihre langen, dürren Tentakel in jede Schlafkammer. Sie raunte und flüsterte, wie sie es schon immer getan hatte in den ach so finsteren Nächten, die weder Mond noch Sterne erhellten. Legenden besagten, dass die Nächte einst hell gewesen waren, geleuchtet hatten durch den Mond und die Sterne, als die Feuer noch brannten in den Türmen des Lichts, als die Glocken noch sangen. Als Feuer und Glockenklang die Finsternis und die Stille vertrieben, überall auf dem Kontinent Erebu.

Aber niemand wusste, ob er diesen Legenden Glauben schenken sollte, wo die Nächte doch so finster waren und die Schatten so tödlich.

Deshalb war es umso merkwürdiger, nun diesen Fremden auf der Straße zu sehen. Einst hatte man sie den Westlichen Weg genannt, als sie sich noch breit und stolz durch die Lande erstreckt hatte, als ihr weißer Stein noch gepflegt und instand gehalten worden war. Heute nannte man sie den Grauen Pfad, oder einfach nur den Pfad, denn es war kaum noch etwas geblieben von den vielen Wegen und Handelsrouten, die einst den gesamten Kontinent durchzogen hatten.

Nahe der kleinen Stadt Ricoldinchuson sah man den Fremden zum ersten Mal, bei einem Bauernhof, dessen Bewohner hinausgingen aufs Feld, sobald das erste Licht durch den Morgennebel drang. Sie beackerten die Scholle, hofften eine Ernte einfahren zu können, auch wenn Nacht für Nacht die Schatten über sie herfielen. Jemand musste ja das Land bestellen und Nahrung für Ricoldinchuson anbauen, hinter dessen Stadtmauern sich auch die Bewohner jenes Hofes versteckten, nachts, wenn die Schatten erschienen. Sie mussten es zumindest versuchen, sonst würde der Hunger sie während der Belagerung durch die Schatten ebenso sicher töten wie die Klingen aus Feuer, so weiß und kalt.

Der älteste und der jüngste Bewohner des Hofes waren im Obstgarten und spazierten zwischen den Apfelbäumen einher. Großvater und Enkelsohn waren sie, und sie unterhielten sich in der Sprache des südlichen Königreiches Sapaudia, aus dem der Großvater als Kind mit seinen Eltern geflohen war, die auf der Suche nach Arbeit mit ihm nach Norden zogen.

Der Enkel sah den Fremden als Erster.

»Guarda, nonnus!«

Er zeigte zur Straße, und sein Großvater hob den Kopf und erblickte ihn. Sah den Fremden, der in der Morgendämmerung unterwegs war.

Zu Pferde reiste er. Einen Mantel trug er, einen langen grauen Mantel. Sein Pferd war groß und prächtig.

Und er schien zu singen.

Sofort atmeten die beiden auf, denn das war keine Armee. Die Eiserne Armee sei auf dem Vormarsch, erzählten die Leute, doch das hier war nicht die Eiserne Armee, unter deren Ansturm Ricoldinchuson innerhalb eines halben Tages fallen würde. Nicht die Armee von Lurin, dem Eisernen Baron.

Nein, das war sie nicht.

Nur ein einzelner Reiter. Ein Reiter, der sang. Auch wenn der Großvater die Worte des Liedes nicht ausmachen konnte. Sein Enkelsohn ebenfalls nicht. Leise schlichen sie bis zu der Hecke, die den Obstgarten von der Straße trennte. Traurig klang das Lied. Als würde der Reisende von längst vergangenen Zeiten singen, einer längst verlorenen Liebe, einer Heimat, die nicht mehr aufzufinden war. Und während sie heranschlichen, um dem Lied des einsamen Reiters zu lauschen, marschierte viele Meilen weiter südlich eine Armee über den Grauen Pfad.

Eine Armee, ganz in Eisen gewandet, die Rüstungen geschmiedet aus schwarzem, starkem Metall. Fackeln trugen die Männer, und wenn sie abends ihr Lager aufschlugen, sangen sie das Lied der Nacht. Im Licht des Tages marschierten sie über die Straße, brannten die Felder nieder, die von den Schatten verschont worden waren, überließen Gärten und Höfe und Mühlen den Flammen. Den Kopf der Königin von Allaith hatten sie auf einen Spieß gesteckt, und gelacht hatten sie, als sie durch ihr Königreich marschierten, denn für sie war es so klein, dass es nicht einmal als richtiges Land zählte. Im Winter wären sie wieder daheim, glaubten diese Soldaten, die dort über den Grauen Pfad marschierten. Eine Frau war unter ihnen, eine Frau, die am lautesten von allen gelacht hatte, als sie den Kopf der Königin auf den Spieß steckte. Lauter als alle anderen hatte sie gelacht, denn sie wusste, dass sie stark erscheinen musste, sollte ihr Kopf nicht der Nächste sein. Bigna war ihr Name. Bis sie den Kopf einer Königin aufgespießt hatte, war sie einfacher Soldat gewesen, doch als der Baron das sah, befahl er, ihr ein Pferd und einen Rang zu geben, der ihrem Eifer entsprach. Und so ritt nun Leutnant Bigna über den Grauen Pfad, den Blick starr nach vorn gerichtet, wo der Baron und sein Hauptmann mit ihren eisernen Helmen ritten. Eine lange graue Feder trug der Hauptmann an seinem Helm, und diese

Feder wollte Bigna unbedingt haben. Denn eines stand für sie fest: Niemand würde es wagen, den Hauptmann der Eisernen gegen seinen Willen anzufassen. Die Armee steuerte auf ein Dorf zu. Hell leuchteten ihre Fackeln in der Dämmerung. Bigna reckte ihre in die Höhe, während sie das Tempo beschleunigte. Während sie auf das Dorf zugaloppierte.

Sie würde dafür sorgen, dass Schur stolz auf sie war.

Viele Meilen weiter nördlich lauschten Großvater und Enkel darauf, wie der Fremde sich auf dem Grauen Pfad näherte. Vielleicht brachte er Neuigkeiten. Neuigkeiten, die von Frieden kündeten. Von dem Lied, das ein Schutzschild sein sollte. Neuigkeiten aus der Stadt Briva. Briva der Blauen, so stolz und so schön. Briva, der Stadt der Brücken. Briva, der Stadt der Schiffe. Briva, der Stadt des Brotes, des köstlichsten Brotes, das je gebacken wurde. Der Großvater kannte ein Lied darüber. Eine Bardin hatte es in Ricoldinchuson zum Besten gegeben, mit dieser wundervollen Stimme, als sein Enkel noch cin kleiner Wurm gewesen war. Nun zählte der Junge bereits fünf Lenze, und er kannte das Lied auswendig, weil sein Großvater es ihm so oft vorgesungen hatte.

Der Reiter allerdings sang ein anderes Lied.

Warum dröhnt der Hufschlag laut, so laut
aus dem Tale zu mir herauf?
Das sind nur die Bauern und Tölpel, mein Kind,
nur die Bauern kommen herauf.

Es klang wie ein Klagelied.

»Nonnus«, sagte der Enkel und zeigte auf seine Füße.

Dünn und fahl klang seine Stimme, so fahl wie der Umhang des Reiters. Der Großvater blickte zu Boden.

Mit einem Mal krochen unzählige Spinnen über die Erde, mit langen, dünnen Beinen, und graue, zuckende Kellerasseln. Über ihre Schuhspitzen krochen sie, über ihre Füße.

Durch die Hecke kamen sie.

In den Garten hinein liefen sie.

Warum dringt Lärmen laut, so laut
über die Straße zu mir heran?
Das sind nur die Boten und Herolde, Kind,
nur die Herolde kommen heran.

Und dann hörten sie das Rauschen unzähliger Flügel, ein lautes Tosen, als wäre plötzlich ein Sturm losgebrochen. Großvater und Enkel hoben den Kopf. Überall stiegen Vögel aus den Bäumen auf und schwangen sich in die Lüfte. Hektisch flatterten sie, flogen davon so schnell sie konnten, schossen über den Garten hinweg.

»Sind das die Schatten, nonnus?«, fragte der Enkel.

Der Großvater sah sich um. Der Morgen war angebrochen. Es konnten nicht die Schatten sein, die erhoben sich nur des Nachts.

Welch Gestalt seh ich vor mir, klar, so klar,
welch Gestalt kommt im Zwielicht heran?
Das ist nur ein einsamer Reiter, mein Kind,
ein grauer Reiter trabet heran.

»Komm.« Der Großvater nahm seinen Enkelsohn an die Hand. »Komm, wir müssen nach Ricoldinchuson zurück.«

Und auch dem Fremden auf dem Grauen Pfad rief er es zu. In der Gemeinen Sprache rief er: »Guter Mann! Komm mit uns, zurück in die Stadt!«

Und der Fremde hielt an.

Tief in seinem Inneren begann der Großvater zu zittern.

Der Reiter sang noch immer.

Warum fühl ich in mir die Furcht so stark,
wenn im Zwielicht er trabet heran?
Schließ die Augen nun, schließ die Augen, mein Kind,
der Fahle Reiter trabet heran.

Sehr lange schon lebte der Großvater in dieser Welt. Sehr lange war er selbst ein Fremder gewesen, hatte viel Freundlichkeit erfahren von Menschen, die ihn aufgenommen hatten, auch hier in Ricoldinchuson, wo er zunächst in den Minen gearbeitet hatte, bevor er sein eigenes Gehöft bezog. Fremdes machte ihm keine Angst.

Aber nun, nun regte sich Furcht in ihm, ohne dass er gewusst hätte warum.

Denn dieser Reiter, er klang doch nur traurig. Falls es ein Er war. Die Stimme hätte ebenso zu einem Mann wie zu einer Frau gehören können, und sie klang schrecklich einsam.

Viele Meilen weiter südlich trieb Bigna ihr Pferd voran. Sie überholte ihre Kameraden. Sie wollte die Erste sein. Selbst den Hauptmann und den Baron überholte sie.

»Für Schur!«, brüllte sie, als sie in das Dorf preschte. In dem noch Menschen waren.

Sie zog ihren Pallasch.

Viele Meilen weiter im Norden packte der Großvater seinen Enkelsohn an den Schultern. »Komm, guter Reisender! Es könnten die Schatten sein, von denen du gewiss schon gehört hast. Komm mit nach Ricoldinchuson! Der Bürgermeister wird dich sicher dort aufnehmen.«

Der Reiter setzte sich wieder in Bewegung. Langsam und schweigend ritt er zu dem Tor in der Hecke.

Und als der Reiter sich dem Tor näherte, sahen sie ihn zum ersten Mal ganz deutlich.

Der Großvater wich einen Schritt zurück, hätte beinahe das Gleichgewicht verloren.

Das war kein Reiter. Es hatte den Anschein, aber nun sah er keinen Mann vor sich. Auch keine Frau verbarg sich in dem fahlen grauen Mantel. Nein, er sah seinen Enkel vor sich.

Seinen Enkel, mit leerem Blick, mit getrocknetem Blut im Gesicht, das Genick gebrochen wie ein trockener Zweig.

Er sah seinen Enkel vor sich, und sein Enkel war tot.

Und dann sah er nicht mehr seinen Enkelsohn vor sich, sondern seine Enkeltochter.

Seine Älteste, deren Haar so dunkel war, deren Blick so grimmig. Und dann die Zweitälteste mit dem kräftigen Kinn und der Vorliebe für Äpfel.

Und dann kamen die dritte, die vierte, die fünfte Enkeltochter, dann die sechste und die siebte.

Und dann sah er sich selbst.

Sich selbst, wie er tot und leblos lag.

Er stieß ein ersticktes Geräusch aus, ein Keuchen, bevor er sich abwandte und floh, seinen Enkel hinter sich herschleifend. Seinen Enkel, in dessen weit aufgerissenen

Augen die blanke Furcht flackerte. Denn er hatte eine Gestalt gesehen,

so finster,
so entsetzlich,
dass der bloße Anblick
ihm das Augenlicht geraubt hatte.

»Lauft!«

In der Gemeinen Sprache rief der Großvater es, damit alle Menschen auf dem Hof – von denen einige zu seiner Familie gehörten, andere seine Freunde waren – es verstehen konnten. Retten, er wollte sie alle retten. Und in der Sprache seiner Kindheit rief er es, laut und schrill: »Correre!«

Auf den Feldern hörten sie ihn. Sie legten ihre Hacken und Gabeln und Harken und Schaufeln weg. Sie blickten hoch und sahen die Vögel. Sie sahen, wie Vögel die Flucht ergriffen.

Die älteste Enkeltochter mit dem dunklen Haar und dem grimmigen Blick ließ alles fallen und rannte los, rief den anderen zu, dass sie ihr folgen sollten. Zurück in die Stadt.

Die Zweitälteste mit dem kräftigen Kinn und der Vorliebe für Äpfel blickte zum Garten hinüber, wandte sich um und lief zu ihrem Großvater und ihrem kleinen *veter*.

Wie gejagt stürmte sie los und rief: »*Veter*! *Ahn*!«

Der Großvater hatte seinen Enkelsohn hinter sich hergezogen. Nun hörte der Junge die Stimme und antwortete: »Muhme!«

Hufschlag dröhnte hinter dem Großvater. Hufschlag, der näher und näher kam.

Hastig schob er seinen Enkel vor sich her.

»Lauf, mein Junge!«

Aber der Junge konnte nicht weglaufen. Ängstlich klammerte er sich an die Hand des Großvaters. »Ich kann nicht, *ahn*! Ich kann nichts sehen!«

Nun erreichte die Enkeltochter den Garten.

Sah es.

Sah, wie *ahn* und *veter* auf sie zurannten.

Sah, wie hinter ihnen ein Reiter auftauchte.

Zumindest für einen Moment.

Dann sah sie keinen Reiter mehr. Sie sah einen Mann mit übermütigem Lächeln und Augen, die Alkohol und Lust mit einem glasigen Film überzogen hatten. Einen Mann mit einem eleganten Hut und ach so weichen Handschuhen.

Diesen Mann hatte sie seit vielen, vielen Jahren nicht mehr gesehen.

Sie wusste, dass er tot war. Sie selbst hatte den Stein genommen und damit auf seinen Schädel eingeschlagen, bis er aufgeplatzt war.

Und nun war er zurück, der Mann mit den starken Händen, die doch so weich waren. Er war zurück, und er wollte sie holen.

Wollte sich noch mehr holen.

Also hob sie noch einmal einen Stein vom Boden auf. Ging damit auf ihn zu.

Ahn und *veter* hielten weiter auf sie zu. Der Mann hatte sie fast eingeholt. Und trotzdem war sein Blick starr auf sie gerichtet. Gier brannte in seinen Augen. Nun hörte sie auch seine Stimme. Ganz leise flüsterte sie, dicht an ihrem Ohr.

Wenn du schreist, wenn du nur einen Mucks machst, werde ich dich töten.

Ja, sie hörte ihn. Neben sich, über sich. Spürte ihn in sich, wie er ihr Innerstes zu zerfetzen drohte.

Er lächelte.

Du kannst mir nicht entkommen.

Sie warf den Stein nach ihm.

Er blieb stehen. Stöhnte. Als er den Kopf hob, zog sich eine große Platzwunde über sein Gesicht.

Jetzt lächelte er nicht mehr. Jetzt war er wütend. So wütend wie damals, als er beide Hände um ihre Kehle geschlungen und sie gewürgt hatte. Als er ihr ins Gesicht gespuckt hatte, nachdem er sie vergewaltigt hatte.

Als wollte er sie umbringen.

Die Furcht durchfuhr sie so heftig, dass sie zurückwich.

»Lauf!«, rief ihr Großvater. »Kein Stein wird uns retten!«

Sie gehorchte. Sie alle flohen.

Und hinter ihnen dröhnte der Hufschlag.

Der Reiter war schneller als sie.

Schnell war der Reiter, und schnell war die Armee, die viele, viele Meilen weiter südlich über den Grauen Pfad marschierte. Die Armee, in der Bigna, einst Fußsoldat und nun Leutnant, ritt. Singend ließ sie vom Pferderücken herab ihren Pallasch tanzen. Direkt vor ihr rannte ein Mann auf den Dorfplatz. Sie ritt ihn einfach nieder. »Für Schur!«, brüllte sie, unterstützt von vielen Stimmen. So vielen Stimmen. Und nun gellten auch die *drimbas*. Viele, viele *drimbas* erklangen laut und schrill in der Morgendämmerung.

Und während die Armee das Dorf stürmte und alles niedermachte, was noch nicht geflohen war, hielt der Reiter auf den Großvater zu, den Enkelsohn, die Enkeltochter.

In donnerndem Galopp verfolgte er die Bauern von Ricoldinchuson.

Furcht packte den Großvater. Eine so schreckliche Furcht, dass sie sein Herz erzittern ließ. Erzittern, dann innehalten. Sein Körper verkrampfte sich.

Er stürzte.

Stürzte und zog seinen Enkelsohn mit sich.

Fünf Jahre war sein Enkelsohn alt. Der Junge beugte sich über den Großvater. Zerrte an ihm. Schüttelte ihn. »Komm, *ahn*! Wir müssen weiterlaufen!« Mit aller Kraft zog der Junge an seinem Ohr. Diesem zerbrechlichen Ohr, aus dem weiße Haare herauswuchsen. Er versuchte, sich den Alten auf die Schultern zu laden, aber er war nicht stark genug. Schließlich drehte er sich um.

Der Reiter kam heran.

Wieder spürte der Junge diese schreckliche Gestalt vor sich. Diese vollkommen unbegreifliche Gestalt.

So

unfassbar

schrecklich.

Der Junge brach zusammen. Auch sein Herz hörte auf zu schlagen.

Und die Enkeltochter sah es voller Grauen.

Nun wandte sich der Reiter ihr zu. Nun kam der Reiter zu ihr hinüber.

Er kam zu ihr.

Hastig wich sie zurück, wirbelte herum und rannte weiter.

Dreh dich nicht um, befahl sie sich.

Dreh dich nicht um!

Schnell rannte sie, und schnell galoppierte viele Meilen südlich Bigna, der Eiserne Leutnant, durch das Dorf. Im gestreckten Galopp schwang sie ihren Pallasch, tötete, setzte mit ihrer Fackel jedes Haus in Brand, das sie passierte.

»Verschont die Bäume!«, rief Lurin, der Eiserne Baron. »Denkt daran: Wir lieben unsere Bäume in Schur, wir lieben unsere Erde. Also verschont die Bäume!«

Und sie verschonte die Bäume. Stattdessen hielt sie ihre brennende Fackel an einen Mann, der sich keuchend auf der Erde wand und versuchte, vor ihr davonzukriechen.

Sie lachte, als die Flammen ihn verzehrten.

Sie lachte und sorgte dafür, dass der Baron es sah.

Im Norden, viele Meilen weiter im Norden, hatte der Reiter die Enkeltochter fast eingeholt. Und als sie seinen Atem im Nacken spürte, konnte sie nicht anders.

Sie drehte sich um.

Und wieder sah sie den Mann mit dem eleganten Hut und den feinen Handschuhen.

Mörderische Wut spiegelte sich in seinen Zügen.

Geilheit und Gier spiegelten sich in seinen Augen.

Ihr Herz raste,

raste,

und dann blieb es stehen.

Und auch sie stürzte.

Und der Reiter zügelte sein Pferd.

Der Reiter in dem grauen, fahlen Mantel. Der Reiter, der keine Waffe bei sich trug.

Nur dieses Lied.

Das Lied, das er mit so trauriger Stimme gesungen hatte.

Ganz allein stand der Reiter da.

Ganz allein stand er da und sah zu, wie die verbliebenen Bauern vor ihm flohen. Ganz allein stand er da und musterte die drei Toten auf der Erde.

Der Fahle Reiter trabet heran, heran,
der Fahle Reiter, er kommt zu dir.
Nun ist es bald vorüber, mein Kind,
denn der Tod, er trabet heran.
Der Tod, er kommt zu dir.

Reglos sah der Reiter zu, wie die Bauern sich nach Ricoldinchuson flüchteten.

Er folgte ihnen. Jeder Einzelne von ihnen fiel leblos zu Boden, noch bevor sie das Stadttor erreichten.

Der Reiter kehrte zurück auf den Grauen Pfad und setzte seinen Weg nach Süden fort.

Wenn Sie wissen möchten,
wie es weitergeht, lesen Sie

C. E. Bernard
Das Flüstern des Zwielichts
ISBN 978-3-7645-3264-2/
ISBN 978-3-641-26895-4 (E-Book)
Penhaligon

Übersicht der digitalen Sonderinhalte

Folgendes digitales Bonusmaterial kannst du als Augmented Reality (AR)-Inhalte in diesem Buch entdecken. Übrigens sind die Seiten oft mit einem Fuchs versehen, damit du sie nicht übersiehst.

Inhaltsverzeichnis:

Hörprobe »Das Lied der Nacht«	Umschlagvorderseite
Begrüßungsvideo der Autorin	Vordere Innenseite des Umschlags
Landkarte in Farbe	S. 5
Spotify-Playlist der Autorin	S. 7
Video der Autorin zu Band 2	S. 391
Verlängerung der Leseprobe zu Band 2	S. 409
Ein Besuch bei der Palace-Saga	S. 411
Wayfarer-Special	Hintere Innenseite des Umschlags
Pinterest-Inspirationboard der Autorin	Umschlagrückseite

So einfach geht's: Um die digitalen Sonderinhalte der Wayfarer-Saga zu entdecken, holst du dir einfach die kostenlose App »Dein AR Viewer« bei Google Play oder im App Store oder scannst den folgenden QR-Code. Einmal runtergeladen kannst du dann einfach mit der App die jeweilige Buchseite mit Fuchs, Elemente der Vorder- und Rückseite des Umschlags sowie dessen Innenseiten scannen und schon tauchen die digitalen Sonderinhalte wie durch Magie auf. Viel Spaß beim Entdecken.